W0469629

LAURA DREWRY

Was das Herz dir sagt

LAURA DREWRY

WAS DAS HERZ DIR SAGT

Roman

Ins Deutsche übertragen von
Cornelia Röser

LYX
EGMONT

Die Originalausgabe erschien 2014 unter dem Titel *Plain Jayne*
bei Loveswept, a division of Random House LLC, a Penguin Random
House Company, New York, NY, USA.

Deutschsprachige Erstausgabe September 2015 bei LYX
verlegt durch EGMONT Verlagsgesellschaften mbH,
Gertrudenstraße 30–36, 50667 Köln
Copyright © 2014 by Laura Drewry
Published in agreement with the author,
c/o BAROR INTERNATIONAL, INC., Armonk, New York, U. S. A.
Copyright © der deutschsprachigen Ausgabe 2015
bei EGMONT Verlagsgesellschaften mbH
Alle Rechte vorbehalten

1. Auflage
Redaktion: Catherine Beck
Satz: Greiner & Reichel, Köln
Printed in Germany (670421)
ISBN 978-3-8025-9781-7

www.egmont-lyx.de

MIX
Papier
FSC FSC® C083411

Die EGMONT Verlagsgesellschaften gehören als Teil der EGMONT-Gruppe zur **EGMONT Foundation** – einer gemeinnützigen Stiftung, deren Ziel es ist, die sozialen, kulturellen und gesundheitlichen Lebensumstände von Kindern und Jugendlichen zu verbessern. Weitere ausführliche Informationen zur EGMONT Foundation unter:
www.egmont.com

Für Thomas, Michael und John.
Ihr seid mir die Liebsten.

1

We're all pretty bizarre. Some of us
are just better at hiding it, that's all.

Andrew Clark, Der Frühstücksclub

»Jayne!«

Halb in den länger werdenden Schatten der von Geschäften gesäumten Straße verborgen und vier Jahre nachdem sie ihn zuletzt gesehen hatte, war sein Gang noch fast derselbe wie früher; die linke Hand tief in die vordere Jeanstasche geschoben, mit einem leichten Hinken auf der rechten Seite.

Nick Scott.

Keine zwei Meter von ihr entfernt blieb er zögerlich stehen, das Gesicht zu einem schiefen, unsicheren Lächeln verzogen, als wüsste er nicht, ob er sie umarmen durfte oder sich lieber ducken sollte, falls sie zu einem Schwinger ausholte. Nicht, dass sie in den letzten vier Jahren nicht daran gedacht hätte, ihm eine reinzuhauen – und zwar kräftig –, aber er war eben Nick.

Sie konnte ihrem besten Freund schließlich nicht ewig böse sein.

Aber auch wenn er ihr bester Freund war, wollte Jayne sich nicht hier, mitten auf der Hauptstraße, von ihm umarmen lassen, um Himmels willen. Er würde es trotzdem tun, die Frage war nur, wann. Und obwohl sie wusste, dass es passieren würde, war sie nicht bereit dazu. Das war sie nie. Ihr blieb nichts anderes übrig, als sich auf ihren üblichen Abwehrmechanismus zurückzuziehen: verschränkte Arme, ein Seufzen und spöttisch verzogene Lippen.

»Kannst du dich nicht einfach mal an einen Plan halten? Ich habe doch gesagt, ich würde anrufen, wenn ich da bin.«

»Du hast auch gesagt, du würdest gegen eins hier sein, und jetzt ist es …« Nick klopfte auf seine Uhr, hielt sie sich ans Ohr und klopfte noch einmal darauf. Dabei wurde sein Blick weicher, und ein ironisches Lächeln legte sich auf sein Gesicht. »Sieh an, Viertel nach zwei.«

Mit ausgebreiteten Armen kam er auf sie zu. Jayne wich einen Schritt zurück, war aber nicht schnell genug. Er hatte sie schon umarmt. Fest. Und zwar mitten auf dem Gehweg, wo es alle Schaulustigen sehen konnten.

»Willkommen zu Hause, Jayne.« Seine Arme waren wie ein Schraubstock und ließen sie nicht los, nicht einmal, nachdem sie ihm symbolisch den Rücken getätschelt und die Arme sinken gelassen hatte.

Ein nervöses Lachen blieb ihr in der Kehle stecken, eingeklemmt unter einer Lawine von Gefühlen, auf die sie ganz und gar nicht vorbereitet gewesen war.

Gillette-Rasierschaum, Sonne und Sägemehl vermischten sich zu dem Geruch, der schon immer zu ihm gehört hatte. So sehr hatte sie versucht, diesen Geruch zu verdrängen, und war kläglich gescheitert.

»Ich … bekomme … keine Luft.« Sie wand sich, bis er allmählich den Griff lockerte, wenn auch langsam. Endlich befreit, trat Jayne einen Schritt zurück, versteckte ihr Grinsen hinter einer drohenden Miene und versuchte, die neugierigen Blicke der beiden alten Männer zu ignorieren, die vor der Eisenwarenhandlung auf der anderen Straßenseite standen. Thackery und Thayer Ostlund entging nichts, das in der Stadt geschah. Sie hatten dieses Geschäft lange vor Jaynes Geburt eröffnet und würden es erst verlassen, wenn sie in zwei Kiefernkisten hinausgetragen wurden.

Die Zwillingsbrüder lächelten und winkten Unisono, was Jayne mit einem Kichern und Augenrollen erwiderte.

»Großartig. Seit zwei Minuten wieder in der Stadt, und morgen um diese Zeit haben die Eisenwaren-Brüder jedem hier weisgemacht, wir hätten es auf dem Gehweg getrieben.«

»Sieh dich nur an.« Nicks Miene wurde wärmer, als er ihr Gesicht musterte. Von den Blicken der alten Männer schien er nichts mitzubekommen. »Du siehst fantastisch aus.«

Jayne schnaubte und rückte ihr verblichenes blaues Basecap zurecht. »Niemand sieht fantastisch aus, wenn er drei Tage lang unterwegs war.«

»Du schon.«

Wenn er das für »fantastisch aussehen« hielt, brauchte er offensichtlich einen guten Optiker. Ihr letzter Haarschnitt lag sechs Monate zurück, ihr Gesicht hatte seit Weihnachten kein Make-up mehr gesehen, und das einzig Gute, was sie über ihre Kleidung sagen konnte, war, dass der Riss über dem Knie vom ständigen Tragen und Waschen herrührte und nicht von den zehn Pfund, die sie seit ihrer letzten Begegnung mit Nick zugelegt hatte.

Nick hingegen sah noch genauso gut aus wie in der Highschool, vielleicht sogar besser. Sein dichtes, dunkles Haar war immer noch kurz und unordentlich, die kleinen grünen und goldenen Sprenkel in seinen Augen schienen ein wenig nachgedunkelt zu sein, und das Garth-Brooks-T-Shirt passte ihm jetzt besser als damals, als sie es ihm zum Beginn seines letzten Schuljahrs gekauft hatte.

Wer bewahrte T-Shirts so lange auf? Und vor allem: Wer passte nach so langer Zeit noch hinein?

Sein unsicheres Lächeln kehrte zurück, und gleichzeitig legte sich ein Schatten über seine Augen. Ein sorgenvoller Blick, der nur eins bedeuten konnte.

»Oh nein.« Langsam schüttelte sie den Kopf und wollte ihn mit einem warnenden Blick aus weit geöffneten Augen zurückhalten. »Denk nicht einmal ...«

»Es tut mir wirklich leid.«

Verdammt. Normale Menschen warteten, bis sie an einem etwas ungestörteren Ort waren, aber so tickte Nick nicht. Ihn hatte es noch nie interessiert, was andere von ihm dachten. Wenn er jemanden umarmen wollte, dann tat er es; wenn er etwas sagen wollte, sagte er es, und nie scherte er sich einen feuchten Dreck darum, wo er war oder wer dabei zusah.

»Schon klar«, murmelte Jayne. »Die ersten dreihundert Entschuldigungen haben das ziemlich deutlich gemacht.«

»Anrufe und E-Mails zählen nicht.«

»Es waren auch ein paar SMS dabei. Und die ersten kamen in Begleitung von Blumen.« Sie zog ihren Schlüsselbund aus der Tasche und ließ ihn um ihren Zeigefinger kreisen, bis Nick ihn einfing und festhielt.

»Jayne.«

»Nick.« Sie wandte ihm das Gesicht zu und schenkte ihm ein Lächeln, das genauso falsch war wie seines vor knapp einer Minute. Es funktionierte nicht. Die Sorge blieb in seinem Blick, er verzog den Mund ein wenig nach rechts.

Wenn sie ihn auch nur ansatzweise erkennen ließ, wie sehr er sie verletzt hatte, würde sie sich wahrscheinlich in einer seiner Schraubstock-Umarmungen wiederfinden, bis er ihr sämtliche Rippen gebrochen hatte. Am besten brachten sie das Thema hinter sich – und zwar schnell.

»Du hast mich also bei der Beerdigung deiner Frau aus der voll besetzten Kirche geschmissen. Keine große Sache. War ja nicht das erste Mal, dass ich in dieser Stadt vor die Tür gesetzt wurde.«

Die grünen Sprenkel in Nicks Augen verdunkelten sich, und seine Kiefermuskeln spannten sich an, doch bevor er noch etwas sagen konnte, riss sie ihm den Schlüsselbund aus der Hand und sah ihn fest an.

»Ehrlich. Es ist genug.«

Nachdem er tief ausgeatmtet hatte, senkte er das Kinn und blickte auf das mit Papier abgeklebte Schaufenster hinter ihr. »Warst du schon drin?«

»Nein.« Nur zögerlich richtete sie den Blick auf das alte Gebäude. »Noch nicht.«

Türen und Fenster waren mit wasserfleckigem braunem Papier verdeckt, und von außen haftete eine dicke Schmutzschicht an den Scheiben. Wie oft hatte sie diese Fenster geputzt? Wie viele Bücher hatte sie hinter dieser Schaufensterscheibe ausgestellt, und wie oft hatte sie sich den Besen geschnappt, um die ekligen Spinnweben vom Dachvorsprung zu fegen?

Vor zwölf Jahren hatte sie an genau derselben Stelle gestanden, als Gran die Tür hinter ihr geschlossen hatte, ohne auch nur Auf Wiedersehen, Viel Glück oder Geh zum Teufel zu sagen. Im Laufe dieser Jahre war Jayne ein paar Mal in der Stadt gewesen, um Nick zu besuchen, doch in den Laden hatte sie nie wieder einen Fuß gesetzt, so sehr sie es sich auch gewünscht hatte. Und nach der Demütigung bei Abbys Beerdigung vor vier Jahren hatte Jayne die Stadt insgesamt weiträumig gemieden.

Jetzt gab es kein Ausweichen mehr. Es war höchste Zeit zu akzeptieren, dass ihre Gran sie nie geliebt hatte und es Zeitverschwendung gewesen war, sich so viele Jahre lang eine normale Familie zu wünschen.

Da konnte Nick sie umarmen, bis sie beide schwarz wurden,

es würde nicht mehr das Geringste ändern. Gran war tot, und außer ihr hatte Jayne keine Familie.

Was sie aber hatte, war der Buchladen. Hundert Quadratmeter, die so viele Jahre lang ihr Zufluchtsort gewesen waren. Wenn sie die Augen schloss, konnte sie sich an jeden Riss in den Bodendielen erinnern und wusste genau, wie tief jede einzelne war, wie viele Taschenbücher in jede Abteilung passten und wie oft die Sockelheizung knackte, bevor sie warm wurde. Sechs Mal an normalen Tagen, acht Mal im tiefsten Winter.

»Hey.« Nicks leise, ruhige Stimme riss sie zurück in die Gegenwart. »Alles okay?«

»Klar.«

Er zögerte nur eine Sekunde. »Lügnerin.«

Jayne schnaubte, musste dabei ein bisschen schmunzeln und zuckte die Schultern. »Doch, sicher. Es ist nur komisch, wieder hier zu sein. Nach allem.«

Den Schlüssel fest in der Hand, steckte sie ihn ins Schlüsselloch und zögerte dann. »Als ich den Schlüssel beim Rechtsanwalt abgeholt habe, meinte der, jemand von der Bauaufsicht wolle sich am Dienstagmorgen hier mit mir treffen, um ›einige Dinge zu besprechen‹. Ich gehe also davon aus, dass es ein paar Probleme gibt.«

»Na ja, klar. Das Haus ist alt, und deine Gran hatte es seit … wie lange? … mindestens sechs oder sieben Jahren so fest verriegelt wie Fort Knox. Da wird sicherlich einiges an Arbeit nötig sein, aber wir werden es uns ansehen, bevor …«

»Ganz ruhig, Tim Taylor.« Jayne hob die rechte Hand. »Steck deinen Hammer wieder in den Werkzeuggürtel und entspann dich. Er hat nur gesagt, dass es um einen Verstoß gegen irgendeine Bauvorschrift geht. Kein Grund also, jetzt schon in den Startlöchern zu kauern.«

»Verstoß?« Nick runzelte die Stirn. »Was für ein Verstoß?«

»Das hat er nicht gesagt, aber fang bitte nicht an, den Hammer zu schwingen, bevor ich mit ihm gesprochen habe.«

»*Wir* werden mit ihm sprechen. Wir beide«, murmelte Nick. »Und dann beheben wir das Problem, egal was es ist, und die Stadt kann zum Teufel gehen, genau wie es deine Gran gewollt hätte.«

»Vorausgesetzt, es lässt sich beheben, meinst du wohl.«

»Jayne. Deine Gran hätte dir den Laden nicht vererbt, wenn er nicht zu reparieren wäre.«

»Ist das dein Ernst?« Jayne schnaubte. »Und ob sie das getan hätte, allein schon, um mich zu ärgern.«

Da konnte Nick ihr so viele vorwurfsvolle Blicke zuwerfen, wie er wollte, sie würde die Beziehung zu ihrer Großmutter im Nachhinein nicht beschönigen.

»Du warst derjenige, der wie in der glücklichen Familie von Beaver Cleaver aufgewachsen ist, Nick. Nicht ich. Also machen wir uns nichts vor. Sie hat mir den Laden vererbt, weil die einzige Alternative gewesen wäre, ihn nach ihrem Tod der Stadt in die Hände fallen zu lassen. Und wir alle wissen, dass sie ihn lieber der Ausgeburt des Satans – *mir* – überlassen wollte als der Stadt.«

Sie holte tief Luft, um sich zu beruhigen, und zog die Tür auf, doch schon nach einem Schritt blieb sie wieder stehen. Hier stimmte etwas nicht. Wegen der abgeklebten Scheiben hatte sie damit gerechnet, dass es dunkel sein würde. Aber es war zu dunkel. Erstickend dunkel.

Und der Gestank!

Nick trat an ihr vorbei in die Düsternis und deutete mit dem Kopf zur Wand. »Drück auf den Lichtschalter.«

Instinktiv streckte sie die Hand nach dem Schalter aus, doch als sie die erste Berührung von Spinnweben spürte, riss sie die Hand zurück.

»Uh!« Bevor sie die Taschenlampen-App auf ihrem Handy finden konnte, beugte sich Nick schmunzelnd an ihr vorbei und betätigte den Schalter selbst.

Die Lichter gingen eines nach dem anderen flackernd an, bis der gesamte Laden – oder was einmal der Laden gewesen war – in zuckendes, gelblich fluoreszierendes Licht getaucht war.

»Oh mein …« Der Rest blieb Jayne zusammen mit dem Atem im Hals stecken.

Alles war mit einer dicken, grauen Staubschicht überzogen – und es gab eine Menge *alles*. Kisten stapelten sich deckenhoch, riesige grüne Müllsäcke standen ausgebeult und überquellend zwischen Zeitungen, Zeitschriften, Geschirr, Decken, Kunstblumen, einem Spielzeug-Einkaufswagen …

So. Viel. Zeug.

Das musste ein Irrtum sein. Das hier konnte nicht Grans Laden sein. Was war passiert? Wo waren die Bücherregale? Und der Verkaufstresen? Um Himmels willen, *wo war der Fußboden*?

Die einzigen freien Flächen, die Jayne sehen konnte, waren der kleine Fleck, auf dem sie standen, und ein schmaler Trampelpfad, der zwischen den Stapeln hindurch in den hinteren Bereich des Ladens führte. Sie wusste nicht, wie lange sie so dagestanden hatten, aber erst lange nachdem die Tür zugefallen war, konnte sie endlich blinzeln.

Mit großen Augen starrte Nick sie an. »Heilige Scheiße.«

»Ich …« Sie stützte sich auf die nächstbeste Kiste und atmete langsam aus. »Ich … was zum Teufel ist das?«

Nick nahm die oberste Kiste von einem Stapel, stützte sie auf der Hüfte ab und schlitzte das Klebeband mit seinem Taschenmesser auf. Haufenweise Babykleidung, Strickschühchen, Strampler, Hemdchen und ein ganzer Stapel Stoffwindeln, die zu ordentlichen Quadraten gefaltet waren.

Nick sah zu Jayne auf, zog die Brauen hoch und stieß einen leisen Pfiff aus. »Hast du mir vielleicht irgendwas zu sagen?«

»Sehr witzig.« Sie konnte nur den Kopf schütteln. »Könnte das Zeug jemand anderem gehören?«

»Wem?«

»Ich weiß nicht. Aber warum sollte sie diesen ganzen Kram besitzen, und wie hat sie das alles hierher geschafft?« Sie hielt ihr Handy umklammert und starrte Nick vorwurfsvoll an. *»Und warum zum Teufel hat mir niemand etwas davon gesagt?«*

»Sieh nicht mich an.« Er klappte den Karton wieder zu und stellte ihn dorthin zurück, wo er ihn hergeholt hatte. »Mom sagte, deine Gran hätte niemanden mehr ins Haus gelassen, nachdem sie das Geschäft geschlossen hat.«

»Irgendjemand muss es gewusst haben!«

»Wer?«, fragte er. »Wer sollte mit ansehen, dass sie so etwas tut, ohne jemandem davon zu erzählen?«

»Ich weiß es nicht, Nick. Aber irgendjemand muss etwas davon gewusst haben. Kein geistig gesunder Mensch kann so viel Müll horten, ohne dass es jemand bemerkt – besonders nicht in dieser Stadt!«

»Uns anzuschreien bringt uns auch nicht weiter.« Seufzend rieb er sich den Nacken. »Ich sage dir, sie war dieselbe Tilly wie immer. Die Kleidung … die Frisur, das Make-up …« Er senkte die Stimme. »Die Einkaufstüten.«

»Nick!«

»Was? Sie hat diese Tüten ständig mit sich herumgetragen, das weißt du.«

Okay, damit hatte er recht.

»Wo hat sie gewohnt?«

Nick schluckte schwer. »Hier.«

»Das ist unmöglich.«

»Wenn sie umgezogen wäre, hätte Mom mir davon erzählt.«

Ein winziger Funke Hoffnung keimte in ihren Gedanken auf. »Dann sieht es in der Wohnung vielleicht anders aus. Vielleicht ist dort alles in Ordnung.«

Nick versuchte nicht einmal, überzeugt auszusehen; er atmete nur langsam aus und zwängte sich durch den engen Durchgang zwischen den Kisten. Jayne folgte ihm, die Hände schützend über dem Kopf, damit nichts auf sie herabstürzte.

»Allmächtiger Gott.« Sie hielt sich die Ellenbeuge vor Mund und Nase, um einen Würgereiz zu unterdrücken. *»Was ist das für ein Gestank?«*

Zentimeter für Zentimeter arbeiteten sie sich weiter vor, bis sie die Treppen an der Rückseite des Ladens erreichten. Links neben der Treppe befand sich der winzige Raum, der zur Hintertür führte. In diesem Raum hatte Gran stets die neu eingetroffenen Bücher sortiert. Jetzt aber war er nur mit noch mehr Müll vollgestopft, und an der Tür befanden sich zusätzlich zu dem Riegel, der schon immer da gewesen war, drei weitere Vorhängeschlösser.

»Ich nehme nicht an, dass du die Schlüssel dafür hast?«, fragte er.

Jayne schüttelte den Kopf und beäugte ängstlich die Stufen. Wie es aussah, hatte Gran sich einen Weg über die dreizehn Stufen gebahnt, war dabei aber auf Kleidung, Tüten und Gott-weiß-was-sonst-noch getreten.

»Oh mein Gott. Es ist ein Wunder, dass sie nicht gestürzt ist und sich das Genick gebrochen hat.« Am oberen Ende der Treppe befand sich das winzige Zwei-Zimmer-Apartment, in dem Jayne aufgewachsen war. Das Apartment, in das sie in diesem Moment eigentlich einziehen sollte. Was sie definitiv nicht tun würde.

Mit dem Fuß schob Nick alles auf der untersten Stufe rechts an den Rand, um ein wenig Platz zu schaffen, auf den sie ihre

Füße setzen konnten. Das wiederholte er zwölf Mal, bevor sie die Tür am oberen Ende öffneten.

»Oh mein …« Fliegen fielen im Sturzflug über offene Mülltüten, schmutzige Wäsche, Unterlagen und verkrustete Teller her. Plastik-Weihnachtsmänner, Pappschachteln, umgekippte Pflanzen, Katzenstreu, Weidenkörbe, Cracker-Schachteln, Brot, leere Suppendosen, verfaulendes Gemüse, Wackel-Elvisse … nirgendwo war auch nur ein Zentimeter frei. Sie hatten den Ursprung des Gestanks gefunden.

»Pass auf.« Nicks Arm schoss hervor, um sie eine Stufe zurückzudrängen, als eine lange, graue Ratte an ihnen vorbeiflitzte und in dem Raum verschwand, der einmal das Wohnzimmer gewesen war.

Jaynes Magen rebellierte, ihre Knie wollten nachgeben. »Ich kann nicht … ich … was …«

Nick drehte sie um und schob sie die Treppe hinunter, nachdem er die Tür fest hinter ihnen zugezogen hatte. Halb trug, halb zog er sie durch das Chaos im Erdgeschoss, bis sie wieder draußen waren und die Eingangstür hinter sich abgeschlossen hatten.

»Oh. Mein. Gott.« Jayne schaffte es bis zur Bordsteinkante, bevor ihre Beine nachgaben. »Sag mir, dass sie da oben nicht mit den Ratten gehaust hat.«

Nick schüttelte ungläubig den Kopf, antwortete aber nicht. Als er sich neben ihr auf die Bordsteinkante sinken ließ, legte er den Arm um ihre Schulter. Anstatt zurückzuweichen, wie sie es normalerweise getan hätte, schloss sie die Augen und nahm einen langen, tiefen, tröstlichen Atemzug: Gillette-Rasierschaum, Sonne und Sägemehl.

Sie hatte alles aufgegeben, um hierher zu ziehen – ihre Wohnung, ihre Möbel. *Ihren Job.* Und jetzt hatte sie keinen Platz zum Wohnen, kein Einkommen außer dem Geld, das Gran ihr hinterlassen hatte, und ihr gesamtes Hab und Gut befand sich auf der vollgestopften Ladefläche ihres sechs Jahre alten Ford Escapes.

»Ich kann nicht mal … ich … ich muss weg.« Sie versuchte aufzustehen, doch Nick hielt sie fest.

»Wo willst du hin?« Seine Stimme war tief, ruhig und fest. So typisch Nick. »Bleib nur noch einen Moment sitzen und versuche, dich zu beruhigen.«

»Mich beruhigen?« Jayne unterdrückte ein Schnauben. »Willst du mich verarschen?«

Wie um sie zu wärmen, rieb Nick ihren Arm, doch Jayne entzog sich seiner Berührung. Die Erfahrung hatte sie gelehrt, dass es immer auf das Gleiche hinauslief, so neben ihm zu sitzen, wenn sie unter Stress stand. Und sie würde nicht hier auf dem Gehweg anfangen zu heulen.

Sie beugte sich vor und presste die Fäuste fest auf ihre Augen. Seufzend zog Nick den Arm zurück.

»Entschuldige, Fräulein Rühr-mich-nicht-an, aber vor mir brauchst du dich nicht zu verstecken, Jayne. Du darfst ruhig weinen …«

»Ich weine nicht!« Sie richtete sich auf und ließ die Hände sinken, für den Fall, dass er ihr nicht glaubte. Sie zwang sich sogar zu einem Lächeln. Vielleicht war es auch eher eine Grimasse. »Nichts, was Gran getan hat, konnte mich je zum Weinen bringen, Nick. Das warst immer nur du.«

»Ich habe dich nie zum Weinen *gebracht*«, raunte er. »Ich habe dich weinen *lassen*. Das ist ein Unterschied.«

Ohne auf ihren Protest zu achten, zog er sie wieder an seine Seite und hielt sie noch fester als vorher. »Weine oder lass es bleiben. Ich weiß nicht, was wir im Moment sonst tun könnten. Also werde ich einfach hier sitzen und dich im Arm halten, bis uns etwas Besseres einfällt.«

Lange saßen sie schweigend da, während Menschen in orangefarbenen Westen an der Kreuzung vor Grans Laden Straßensperren errichteten und den Verkehr über die Second Avenue und die Logger's Lane umleiteten. Es schien keine Rolle zu spielen, dass Jaynes Traum gerade mit lautem Scheppern zerbrochen war; es war das erste Augustwochenende, und in dem kleinen Städtchen Newport Ridge hieß das: Holzfäller-Wettkämpfe.

Die Menschen kamen aus der ganzen Welt, um an den Veranstaltungen teilzunehmen – alles vom Stuhl-Sägen bis zum Springboard-Hacken, vom Chokerman's Race bis zum Birling, dem Balancieren auf schwimmenden Baumstämmen. Außerdem gab es eine riesige Parade und die heutige Eröffnungsveranstaltung, ein Bettenrennen.

In ein paar Stunden würden sich Familien auf den Bürgersteigen um die besten Plätze rangeln, um zuzusehen, wie die Teams mit geschmückten Krankenliegen die Main Street entlangrasten.

Ob irgendjemand von denen wusste, was sich hinter den abgeklebten Fenstern der alten Second-Hand-Buchhandlung verbarg? Ob es überhaupt jemanden interessierte?

»Läufst du heute beim Bettenrennen mit?« Jayne musste jedes Wort mit Gewalt durch ihre zugeschnürte Kehle pressen. Es war eine dumme Frage; natürlich würde Nick mitmachen, das tat er jedes Mal. Aber wie lange sollten sie noch so dasitzen, ohne etwas zu sagen?

»Jayne.« Nicks Atem strich über ihren Scheitel, als er seufzte, ohne auf ihre Frage einzugehen. »Alles wird gut.«

»Wie?«, brachte sie hervor. »Wie zum Teufel soll alles wieder gut werden? Dieser Laden war … ein Zufluchtsort … und das nicht nur für mich. Es war der einzige Ort, an den man gehen konnte, ohne beurteilt zu werden. Ob fett oder dürr, hässlich oder hübsch, das war nie wichtig. Schlaukopf, Freak, Sportskanone, Prinzessin … von einem guten Buch fühlte man sich immer verstanden. Ganz besonders dann, wenn der einzige Elternteil, den man je gehabt hatte, eine mürrische alte Schrulle war, die einen großziehen musste, nachdem ihre Tochter eine Überdosis genommen hatte. Und jetzt ist alles … *scheiße.*«

»Ich weiß.« Er drückte sie noch einmal und half ihr dann hoch. »Komm, verschwinden wir von hier.«

Was blieb ihr anderes übrig, als zu nicken? Sie widersprach nicht mal, als Nick ihr wieder den Arm um die Schultern legte und sie die Straße hinunterführte, fort von ihrem Laden, ihrem Wagen und dem, was ihr neues Zuhause hatte werden sollen. Was zum Teufel sollte sie jetzt tun?

»Wohin gehen wir?«

»Wohin du willst.«

Typisch Nick. In diesem Moment hätte sie sich den Mond wünschen können, und er hätte einen Weg gefunden, ihn ihr zu beschaffen. Aber den Mond wollte sie nicht.

»Ich könnte einen Drink vertragen.«

»Nur einen?« Sein Lachen rumpelte leise, als er ihre Schulter drückte. »Ich könnte ein ganzes Sixpack vertragen.«

2

You know, I'm getting input here that I'm reading as relatively hostile.

The Geek, Das darf man nur als Erwachsener

Nick hielt ihr die Tür zu seinem Pick-up auf und wartete, bis sie eingestiegen war, ehe er um den Wagen herumging und sich ans Steuer setzte.

Er hatte vorhin nicht gelogen; sie sah fantastisch aus. Erschöpft, ja, aber trotzdem fantastisch. Unter dem Basecap war es schwer zu erkennen, aber nach der Länge des herausguckenden Pferdeschwanzes zu urteilen, schien sie die Haare jetzt länger zu tragen. Einmal hatte er ihr gesagt, ihr Haar hätte die gleiche warme Farbe wie Honigeiche, aber sie hatte nur die Augen verdreht, ihn einen Idioten genannt und gesagt, es wäre einfach nur Mausgrau. Ihre tiefblauen Augen konnten ziemlich gut vor anderen verbergen, was sie empfand. Doch es gab andere verräterische Anzeichen, die sie nicht verstecken konnte, und eines davon war schon immer das Offensichtlichste gewesen.

Während sie in ihren ausgeblichenen alten Blue Jeans und einem schlichten weißen T-Shirt auf dem Beifahrersitz saß, spielte sie mit allem herum, was ihr zwischen die Finger kam: mit den Schlüsseln, dem Saum ihres T-Shirts oder dem Riss am Knie ihrer Hose. Bei jeder anderen hätte er die Hand genommen und festgehalten, aber das war eben Jayne; sie musste das tun, um ihre Beherrschung zu wahren. Außerdem hatte er sein Glück durch die Anzahl der Umarmungen schon ziemlich strapaziert.

Himmel noch mal, wie hatte er sie vermisst. Ihr spöttisches Lächeln, das Augenrollen und dass sie immer ein bisschen nach Erdbeeren roch. Nur wegen seiner Dummheit war sie so lange fort gewesen, und um nichts in der Welt würde er zulassen, dass irgendetwas sie wieder vertrieb – am allerwenigsten das Chaos im Buchladen. Er hätte sich immer noch in den Hintern treten können, weil er zugelassen hatte, dass Abbys Unsicherheit einen Keil zwischen ihn und Jayne getrieben hatte, aber am kräftigsten wollte er sich dafür treten, wie er sie bei Abbys Beerdigung behandelt hatte.

Sie war durch die Kirchentür gekommen, hatte den Blick fest auf ihn gerichtet, war unaufhaltsam auf ihn zugegangen und hatte ihn so fest umarmt, dass er geglaubt hatte, er würde zerbrechen.

Was auch fast passiert wäre.

Seine Frau, seine wunderschöne Abby, war von einem achtzehnjährigen Jugendlichen aus dem Leben gerissen worden, der nicht auf die Straße geachtet hatte. Er war zu sehr damit beschäftigt gewesen, seiner Freundin eine SMS zu schreiben. Von dem Moment an, in dem sein Freund Brett Hale im Streifenwagen bei Nick vorgefahren war und ihm gesagt hatte, er solle sich setzen, war es für ihn gewesen, als hätte ihm jemand das Herz in zwei Teile geschnitten. Der Schmerz war so scharf und unerwartet gewesen, dass Nick keine Ahnung gehabt hatte, wie er damit und mit sich selbst umgehen sollte. Und dann war ihm keine Zeit mehr geblieben, es herauszufinden.

Jemand musste sich um den Leichenbeschauer und das Bestattungsunternehmen kümmern, um Abbys Familie, seine Familie, die Polizei, den Floristen, die Sargträger, die Musik, darum, welche Kleidung sie im Sarg anhaben sollte.

Sein Leben lang war er derjenige gewesen, der Dinge in Ordnung brachte. Aber das Loch in ihm konnte er nicht wieder schließen, und auch sonst schien ihm niemand helfen zu können. Doch dann war Jayne gekommen, und zum ersten Mal hatte Nick das Gefühl gehabt, die nächsten zwei Minuten überleben zu können. Und vielleicht auch die beiden danach.

Wäre sie nicht genau in diesem Moment da gewesen … Nick schüttelte den Gedanken ab. Tatsache war, dass sie aufgetaucht war und ihm das gegeben hatte, was er am meisten gebraucht hatte. Doch anstatt ihr seine Dankbarkeit zu zeigen, hatte er sie aus der Stadt gejagt. Zum Teil hatte das an dem Schreck gelegen, vor aller Augen so von ihr umarmt zu werden; das hatte sie noch nie zuvor getan. Zum Teil aber auch daran, dass Abbys Mutter bei Jaynes Anblick die ganze Kirche zusammengeschrien hatte, bis Nick keine andere Wahl mehr geblieben war. Es war die Beerdigung ihrer einzigen Tochter gewesen – was hätte er anderes tun sollen, als es dieser Frau irgendwie erträglicher zu machen?

»Also, was meinst du?« Er startete den Wagen, legte schwungvoll den Rückwärtsgang ein und sah grinsend zu Jayne hinüber. »Ein paar Müllcontainer und ein Schneidbrenner … und in null Komma nichts ist das Haus so gut wie neu.«

»Genau.« Ihr Mund verzog sich zu einem widerwilligen Lächeln. »Und weil du ja so ein großer Bauunternehmer bist, kannst du mir bestimmt einen guten Preis machen, richtig?«

»'türlich.« Er setzte aus der Parklücke zurück, fuhr den Pickup auf die Logger's Lane und ließ eine Augenbraue spielen. »Du weißt doch, was man sagt: Wenn man nicht gut aussieht, muss man wenigstens gut zu gebrauchen sein.«

»Dann ist es ja gut, dass du wenigstens gut zu gebrauchen bist.« Der Versuch eines Lächelns fiel kläglich aus, aber sie zwang sich, es durchzuhalten. »Du siehst nämlich wie üblich ziemlich beschissen aus.«

Sie hatten fast das Ende der Stadt erreicht, als Jayne plötzlich ruckartig den Kopf hob. »Moment – kannst du kurz am Hotel vorbeifahren? Ich werde ein Zimmer brauchen.«

»Das würde ich gern.« Nick verzog das Gesicht. »Aber es ist vor drei Jahren irgendwie ausgebrannt.«

Ihre Lippen zuckten. Sie machte ein Geräusch, das wie ein Schluchzen klang, um dann laut loszulachen, was den Knoten in Nicks Brust ein wenig löste. Hysterisches Lachen war besser als nichts, oder?

»›Es ist *irgendwie* ausgebrannt‹?« Das Lachen ging in ein Seufzen über. »Was ist mit dem Super-8-Motel? Ist dem auch ›irgendwie‹ eine Katastrophe widerfahren, von der ich wissen müsste?«

»Nein …«

»Also, worauf wartest du dann noch? Dreh um.«

»Das wird auch nicht gehen.« Vor einer roten Ampel brachte er den Pick-up zum Stehen und deutete mit dem Kinn quer über den Highway.

Auf der anderen Seite der Kreuzung war ein frisch gewaschener, voll beladener Langholztransporter aufgestellt worden und präsentierte das riesenhafte Banner für die Holzfäller-Wettkämpfe, das an den Stämmen befestigt war. Jeder, der schon einmal zu dieser Veranstaltung in der Stadt gewesen war, wusste, dass die Chancen auf einen Lottogewinn besser standen als die auf ein Hotelzimmer.

»Mist.« Jayne ließ den Kopf gegen die Kopfstütze zurückfallen und stöhnte. »Wie sieht's mit einem Campingplatz aus?«

»Ja, genau«, schnaubte er. »Du in einem Zelt? Und, nein, die werden bis Montag ausgebucht sein. Langes Wochenende.«

»Na großartig.« Ein langes, leises Seufzen. »Dann vergiss den Drink und bring mich am besten gleich zurück zu meinem Auto.«

»Wozu?«

»Ich such mir ein Zimmer in North Vancouver.«

»Und dann?«, spottete er. Die Ampel wurde grün, und er fuhr Richtung Norden auf den Highway. »Willst du das ganze Wochenende hin- und herpendeln, bis du hier ein Zimmer kriegst?«

»Na ja, in dieser Wohnung werde ich ganz sicher nicht bleiben, Nick. Solange du also keine bessere Idee hast …«

»Rein zufällig …« War er verrückt, das auch nur vorzuschlagen? Wahrscheinlich. Würde sie sich darauf einlassen? Wahrscheinlich nicht. »Ich kenne da eine tolle Unterkunft mit viel Platz, rund um die Uhr geöffneter Küche, gut gefüllter Bar, einem Flatscreen-Fernseher, kostenlosem WLAN und Wäscheservice.«

Ein Augenblick des Zögerns, ein Stirnrunzeln, dann riss sie die blauen Augen auf. »Auf keinen Fall.«

»Warum nicht? Es wäre perfekt.«

»Nein.«

Nick ignorierte sie und fuhr weiter. Was sollte sie schon tun – aus dem Wagen springen?

»Als Wiedergutmachung, weil er bei eurer letzten Begegnung so ein Arsch war, bietet dir der Eigentümer kostenlos Kost und Logis, solange du möchtest.«

Er konnte hören, wie sich hinter ihrem offen stehenden Mund die Gegenargumente sammelten. Am besten ließ er sie erst gar nicht zu Wort kommen.

»Wo ist das Problem? Du brauchst ein Zimmer, und ich habe eins. Ein großes sogar, mit eigenem Bad und einer Riesenmenge Platz im Kleiderschrank.«

»Ernsthaft?« Sie hob die Hände, die Handflächen nach

oben, und stieß ein Schnauben aus, das ziemlich unmissverständlich ausdrückte, für wie dämlich sie ihn hielt. »*Wo ist das Problem?* Du meinst, abgesehen davon, dass es schlicht und einfach verrückt ist?«

»Wer sagt das?« Was ihn anging, war die Sache abgemacht. Zum Teufel, selbst wenn es freie Hotelzimmer gegeben hätte, wäre diese Lösung die bessere gewesen.

»Ich sage das!« Sie machte ein Geräusch, das wie das Knurren einer verwundeten Bärin klang und Nick nur zum Lachen brachte. »Wir haben uns seit vier Jahren nicht gesehen, Nick. Und davor …«

Er verdrehte die Augen. »Davor wolltest du nicht bei mir wohnen, weil du dachtest, Abby würde dich hassen.«

»Das hat sie auch!« Wieder erklang das Knurren, diesmal tiefer und länger. »Um nichts in der Welt hätte sie mich bei dir übernachten lassen, und ich hätte um nichts in der Welt gefragt.«

»Tja, du fragst ja nicht, und Abby ist nicht hier, um Streit anzufangen, oder?«

Das brachte sie für den Moment zum Schweigen, aber auch nur für den Moment. »Was werden die Leute denken?«

»Wen interessiert's?« Er fuhr weiter auf dem Highway, am Baseballplatz vorbei und über die Brücke.

»Hallo?«, schnaubte sie. »Klingelt bei dem Namen Debra Scott irgendwas bei dir? Himmel, Nick – deine Mutter hat es geschafft, mir die Schuld an jeder deiner Trennungen zu geben. Wenn es also so aussieht, als würde ich bei ihrem lieben kleinen Nicky einziehen, wird sie mich schneller auf dem Marktplatz aufknüpfen lassen, als du ›Heilige Wurfaxt, Batman‹ sagen kannst.«

»Auf dem Marktplatz? Meinst du?« Er lachte und zog dann den Arm aus ihrer Reichweite, als sie ihm einen Klaps geben wollte. »Den Galgen haben sie vor ein paar Monaten abgebaut, du dürftest also in Sicherheit sein.«

»Sehr witzig.«

Aus dem Augenwinkel sah er, dass sie den Kopf schüttelte, doch als er den Pick-up auf die Verzögerungsspur vor der Ausfahrt lenkte, konnte er den Anflug eines Lächelns entdecken.

»Hast du mir nicht erzählt, du hättest eine Freundin?«

Verdammt. Seit ein paar Monaten traf er sich jetzt mit Lisa, und für ihn war es nichts Ernstes, doch er wusste, dass sie das anders sah. Er musste ihr zumindest Bescheid sagen.

Jayne schnalzte mit der Zunge. »Ich werte dein Schweigen als Ja.«

»Und?«

»Oh Gott, Nick. Hast du den Hohlraum in deinem Kopf untervermietet? Keine Frau freut sich, wenn ihr Freund eine andere Frau bei sich im Haus wohnen lässt.«

»Das geht schon in Ordnung.« Es war eher eine Hoffnung als eine Lüge. »Also, solange es bei dir niemanden gibt, der mir für diesen Vorschlag den Arsch aufreißt …«

Er wartete darauf, dass sie antwortete, doch als sie es nicht tat, lachte er.

»Ich werte dein Schweigen als Nein. Irgendwelche anderen Ausreden?«

»Ich denke noch nach.«

»Denk schnell, wir sind nämlich gleich da.«

»Das ist doch verrückt.«

»Nein, jeden Tag nach Vancouver und wieder zurück zu fahren, das ist verrückt. Das hier ist gar nichts.« Am Stoppschild warf er ihr einen Blick zu und sah sie auf ihrer Unterlippe herumkauen. »Du sollst ja nicht für immer bei mir einziehen. Bleib nur so lange, bis wir deine Wohnung hergerichtet haben. Und vertrau mir, bei mir ist es tausendmal besser als in einem

Hotelzimmer – wir wissen doch beide, dass die nie sauber genug für dich sind, ganz egal, wie viel du putzt.«

In dem Moment, als sie die Nase kraus zog, wusste er, dass er gewonnen hatte.

»Wie hast du übrigens die Hotelzimmer auf der Fahrt hierher überlebt?«, fragte er.

Kurz zuckten ihre Lippen, bevor sie endlich lächelte. »Ich habe mir einen Schlafsack gekauft.«

»Und wie viele Packungen Desinfektionstücher hast du verbraucht?«

»Nur zwei.« Gleich darauf seufzte sie und hob eine Schulter. »Und eine halbe.«

Zweieinhalb Packungen Tücher. Er hätte die Ich-hab's-dir-doch-gesagt-Karte ausspielen können, tat es aber nicht. Stattdessen fuhr er einfach weiter und wartete, bis sie von selbst erkannte, dass er gewonnen hatte.

»Und was ist, wenn deine Freundin durchdreht?«

»Sie heißt Lisa, und das wird sie nicht.« Jedenfalls hoffte er das.

»Das kannst du nicht wissen«, rief Jayne aus, die Fäuste fest auf die Knie gepresst. »Wie kommst du darauf, dass Linda anders zu mir stehen wird als Abby damals? Ich will dir das nicht versauen.«

»Sie heißt Lisa.« Nick seufzte leise. »Und niemand wird irgendwas versauen, Jayne. Wenn sie mit dir und mir nicht klarkommt, ist das ihr Problem.«

»Nein, Nick. Üblicherweise ist es letztendlich mein Problem.« Jayne atmete so heftig aus, dass Nick überrascht war, als sie noch Atem zum Weiterreden hatte. »Es ist nicht total normal, dass wir … so sind. Und du kannst es den Leuten nicht verdenken, dass sie vom Schlimmsten ausgehen.«

»Wieso schlimm? Wenn mein bester Freund ein Kerl wäre,

würde sich niemand daran stören, dass er bei mir wohnt. Deshalb verstehe ich nicht, wo das Problem liegen soll, wenn ich dich bei mir wohnen lasse.«

»Das Problem«, presste sie hervor, »ist, dass ich kein Kerl bin. Falls es dir noch nicht aufgefallen ist, du Idiot. Ich bin ein Mädchen.«

Nick schaffte es gerade noch, nicht laut aufzulachen. Auch wenn sie in all den Jahren beste Freunde gewesen waren, war er trotzdem ein Mann. Es *fiel* ihm auf.

Allerdings konnte er das nicht eingestehen, ohne ihr recht zu geben.

Er lenkte den Wagen in die lange Auffahrt zu seinem Haus und stellte die Automatik auf Parken. »Ich sage dir, es wird Lisa nichts ausmachen. Und wenn doch, ist das eine Sache zwischen ihr und mir. Es hat nichts mit dir zu tun.«

»Ja, na klar. Bis sie weinend zu deiner Mutter läuft und ich wieder ganz oben auf der Abschussliste von Debra Scott lande.«

»So weit wird es nicht kommen. Und außerdem …«, er drückte einen Knopf an der Sonnenblende, woraufhin das Garagentor ruckte und sich aufrollte, »… gibt es noch jemanden, der möchte, dass du bleibst.«

In der nächsten Sekunde kam mit wedelndem Schwanz und schlackernden Ohren sein alter Basset Hound unter dem Tor hervorgewackelt.

»Duke!« Noch bevor Nick den Schlüssel aus der Zündung gezogen hatte, war Jayne aus dem Wagen gesprungen. Gurrend und lachend hockte sie sich mit ausgebreiteten Armen in der Auffahrt auf den Boden.

Nick stieg aus und kam lachend zu ihnen, während Duke bereits auf Jaynes Schoß geklettert war und ihr Gesicht eifrig mit nassen, schlabberigen Küssen bedeckte.

»Sieht aus, als hätten wir einen Hausgast, Kumpel.«

Jayne stand der Mund offen, und ihr wollten die Augen aus dem Kopf fallen. Bei Abbys Tod war Nick gerade mit dem Rohbau des Hauses fertig gewesen, und angesichts der Situation bei der Beerdigung war sie nie zu einer Besichtigung eingeladen worden.

Das großzügige abgesenkte Wohnzimmer bildete das Zentrum und den Mittelpunkt des Hauses. In diesem Raum mit dem großen steinernen Kamin und den hohen Decken hätte Jaynes gesamtes Apartment Platz gehabt. Die Möbel waren nichts Ausgefallenes, aber der Flatscreen war riesig, und die braunen Ledersessel sahen so bequem aus, als könnte man darin schlafen.

»Komm«, sagte er. »Führung gefällig?«

Das Wohnzimmer ging in eine große offene Küche mit Essecke über, von der aus man auf eine große Terrasse und einen weitläufigen, umzäunten Garten blickte. Gedankenverloren strich Jayne mit dem Finger über die Granitoberfläche der Kücheninsel, fasziniert von dem vielen Licht, das durch die hohen Fenster hereinfiel. Für einen alleinstehenden Mann war es hier überraschend ordentlich. Die Anrichten waren bis auf die Kaffeemaschine und den Toaster so gut wie leer, und der Herd zeigte keinerlei Anzeichen davon, dass jemand darauf kochte.

»Bist du sicher, dass du auch wirklich hier wohnst?«, fragte sie nur halb im Scherz.

»Meine Putzfrau ist ihr Gewicht in Gold wert.«

Nick führte sie auf der anderen Seite aus der Küche hinaus, vorbei an einem Bad und einem Hauswirtschaftsraum und durch einen kurzen Flur zum Hauptschlafzimmer. Das Federbett in Cremegelb und sanftem Braun sah aus wie frisch gemacht, die passenden Kissen wie gerade erst aufgeschüttelt. Der Robert-Bateman-Druck, den sie ihm und Abby zur Hochzeit geschenkt hatte, hing über der hohen Eichenkommode, und auf den zusammenpassenden Beistelltischen lagen ein paar Zeitschriften.

»Mark Zuckerberg als Mann des Jahres im *Time Magazine*?« Sie musste kichern, während sie ihm durch die Küche zur anderen Seite des Hauses folgte. »Du solltest mal deinen Lesestoff aktualisieren.«

Im ersten Raum standen ein halbes Dutzend Kisten mit der Aufschrift »Weihnachten«, ein Fahrrad ohne Vorderrad, Nicks altes Schlagzeug und eine Callaway-Tasche mit zerschrammten Golfschlägern. Ein weißes T-Shirt hing achtlos hingeworfen über einer schwarzen Sporttasche, und auf dem flachen Futon unter dem Fenster lag ein roter Schlafsack.

»Das ist Carters Zimmer, wenn er hier übernachtet.«

Das nächste Zimmer beherbergte einen leeren braunen Werkzeuggürtel aus Leder, drei Dosen Farbe, einen Satz Farbmuster, diverse Behälter mit Nägeln und Schrauben sowie vier verschiedene Teppichmuster.

»Gefällt mir, was du daraus gemacht hast«, sagte Jayne schmunzelnd. »Fühlt sich richtig heimelig an.«

Nachdem sie an einem Badezimmer ohne jegliche Dekoration vorbeigekommen waren, gelangten sie ans Ende eines Flurs, wo Nick auf zwei Zimmer zu seiner Rechten deutete. »Das ist das Büro, und hier ist mein Zimmer.«

»Dein Zimmer? Nutzt du denn nicht …?«

Er schüttelte den Kopf, stieß die Tür auf und trat zur Seite, damit sie hineinsehen konnte.

Wow. Das war nur geringfügig einladender als das Zimmer mit dem Werkzeuggürtel. An einer Wand stand ein Bettgestell mit einer Matratze. Das Bett hatte keinen Rahmen, aber immerhin lagen ein dickes Kissen und ein wie selbst gemacht aussehender Quilt darauf. Außerdem gab es einen weißen

Wäschekorb aus Plastik, über dessen Rand karierte Boxershorts hingen, ein großes Kissen für Duke und eine halbhohe Kommode, passend zu der im Hauptschlafzimmer.

Sein Büro sah nicht wesentlich besser aus, aber immerhin hatte er diesem Raum mit einem holzgerahmten Foto von Abby, die ihn von einer Ecke seines mit Papier übersäten Schreibtischs anlächelte, eine leichte persönliche Note verliehen. Jayne hob das Foto hoch und sah es lange an.

»So viel muss ich schon sagen, sie war wunderschön, nicht wahr?« Jayne war zwar nicht gerade Cheerleader für das Team Abby gewesen, aber es war nicht zu leugnen, dass die Frau umwerfend gewesen war. So umwerfend, dass Elle Macpherson sich dagegen warm anziehen musste.

»Oh ja.« Nicks Stimme war leise und schien aus weiter Ferne zu kommen. »Sie war schon etwas Besonderes.«

Mit ihren honigfarbenen Haaren und so grünen Augen, dass man geschworen hätte, es wären Kontaktlinsen, war Abby das Mädchen gewesen, das jeder Junge wollte. Und alle Mädchen wollten sein wie sie. Alle Mädchen außer Jayne, die bei so viel Aufmerksamkeit verrückt geworden wäre. Aber Abby hatte es genossen und jedem im Vorübergehen ein blendendes Lächeln oder ein freundliches Wort geschenkt.

Das Einzige, was sie gemeinsam gehabt hatten, war Nick gewesen; Jayne war mit ihm aufgewachsen, und Abby hatte mit ihm alt werden wollen.

Nick räusperte sich hinter ihr. »Du kannst das Hauptschlafzimmer haben.«

»Was?« Jayne stellte das Bild zurück auf den Schreibtisch und schüttelte eine ganze Zeit lang den Kopf. »Oh nein. Nein, nein, nein, nein, nein.«

»Warum nicht? Es ist da, es ist eingerichtet, und niemand benutzt es.«

»Aber das ist ...« Wenn sie die Augen so weit aufriss, wie sie nur konnte, würde er es dann verstehen, ohne dass sie es aussprechen musste?

»Das ist was?« Einige Sekunden verstrichen, dann schien ihm langsam ein Licht aufzugehen, und er lachte leise. »Wir haben erst kurz vor ihrem Unfall angefangen, das Haus zu bauen, weißt du nicht mehr? Das Zimmer ist noch nie benutzt worden, und das Bett genauso wenig.«

»Warum ist es dann eingerichtet?«

»Moms Idee.« Er zuckte die Schultern und ging zurück in Richtung Küche. »Vor ein paar Jahren habe ich daran gedacht, das Haus zu verkaufen, und sie fand, es sähe besser aus, wenn wenigstens ein Schlafzimmer richtig eingerichtet wäre.«

»Dann nimm du es, und ich schlafe in deinem Zimmer.«

»Ach nein, ich fühle mich hier wohl. Außerdem ...« Grinsend wackelte er mit einer Augenbraue. »Da ich jetzt weiß, dass du ein Mädchen bist, müssen wir dich so weit wie möglich von Carter fernhalten.«

»Von wegen«, lachte sie. »Als ob er mich je angemacht hätte.«

»Das sollte er auch lieber bleiben lassen.« Er nahm Cranberrysaft und eine Limette aus dem Kühlschrank und holte dann Grey-Goose-Wodka und Grand Marnier aus dem Regal.

»Bier ist auch okay, Nick.«

»Du hasst Bier.« Er maß alles in einem Shaker mit Eis ab und zog breit grinsend eine große Show ab, während er das Gemisch zur Perfektion schüttelte. Dann füllte er es in ein Martiniglas und schob es Jayne hin.

Nachdem er sich ein Bier aufgemacht hatte, stieß sie das Glas gegen seine Flasche und trank langsam einen Schluck von ihrem Cocktail. Ein guter Cosmo stach ein langweiliges Bier doch immer aus.

»Und das kommt dir nicht ein kleines bisschen seltsam vor?« Sie zog den Piekser aus der Limette und spielte damit herum, bis Nick ihr die Hand hinhielt und auffordernd den Finger krümmte.

»Nö.« Er nahm ihr den Piekser ab und schnappte sich die Limette, bevor sie danach greifen konnte. Gleich darauf war alles weggeräumt, und sie hatte nichts mehr, womit sie ihre Hände hätte beschäftigen können.

»Ich muss mit Duke raus«, sagte er. »Also trink du in Ruhe deinen Mädchen-Cocktail und … ich weiß nicht … nimm ein Bad oder so. Ich bin nicht lange weg.«

»Ein Bad? Ist das deine taktvolle Art, mir zu sagen, dass ich stinke?«

»Was? Nein.« Er wollte es mit einem Achselzucken abtun, aber Jayne war nicht entgangen, wie sich seine Augen geweitet hatten und seine Nase ein wenig zuckte. »Aber ich habe keine John-Hughes-Filme hier, und das Ben & Jerry's ist auch aus, also dachte ich, ein Bad wäre das Nächstbeste.«

Wie war es möglich, dass er sich an diese Dinge erinnerte?

Er begleitete sie wieder ins Hauptschlafzimmer und deutete auf einen zweitürigen Schrank im Badezimmer. »Mom hat das Ding vollgestopft mit Handtüchern, verschiedenen Seifen und allem, was man so braucht. Zahnbürsten sind im obersten Fach.«

»Ersatzzahnbürsten? Im Ernst?«

»Die hab ich von Paps.« Er lächelte so breit, dass das Werk seines Vaters zu sehen war. »Gerade Zähne und Zahnbürsten. Unmengen von Zahnbürsten.«

»Nett.« Sie schmunzelte. »Danke.«

»Kein Problem. Wir sind bald zurück.« Er nickte ihr kurz zu und pfiff nach dem Hund. Ein langes, schwermütiges Jaulen antwortete ihm, bevor Duke nach draußen tapste.

Während die klauenfüßige Badewanne volllief, putzte Jayne sich die Zähne, nahm ein riesiges weißes Handtuch aus dem Schrank und stieg dann in das heiße Wasser. Sie lehnte sich zurück, schloss die Augen und atmete tief und lange aus. Nick konnte ihr erzählen, was er wollte, die Situation war einfach seltsam. Sicher war es tröstlich zu wissen, dass sie nicht in der verdreckten Wohnung oder in einem schäbigen Hotelzimmer übernachten musste, aber seltsam war es trotzdem.

Es gab so viel, über das sie nachdenken und das sie sortieren musste, aber für den Moment wollte sie sich einfach nur zurücklehnen und versuchen, dieses ganze Durcheinander aus dem Kopf zu bekommen. Sowohl das Chaos im Laden als auch jenes, das ihnen bevorstand, wenn Nicks Freundin und seine Mutter erfuhren, was hier los war. Sie würde nicht darüber grübeln, wie in drei Teufels Namen ihre Gran es geschafft hatte, diesen ganzen Krempel in den Laden zu stopfen, und ganz bestimmt würde sie nicht an den Gestank denken. Oh nein. Sie würde einfach das heiße Schaumbad und ihren eiskalten Drink genießen und sich darauf konzentrieren zu atmen. Langsam und tief. Ein und aus. Einatmen, bis ihre Lunge zu platzen drohte, und dann alles bis auf den letzten Rest ausatmen.

Als sie Nick und Duke zurückkommen hörte, zog sie den Stöpsel und drehte die Dusche auf, um sich abzubrausen.

»Hoffentlich hast du Hunger«, rief Nick. »In ein paar Minuten kommt das chinesische Essen.«

Sie zog sich wieder an und kam gerade in dem Moment in die Küche, als Nick die Tüte mit dem Essen auf den Tisch stellte. Sie füllten ihre Teller und setzten sich einander gegenüber an den Tisch. Die einzigen Gespräche kamen aus dem Fernseher, der im Wohnzimmer lief. Jayne hatte gerade in ihre Frühlingsrolle gebissen, als Nick seinen Teller von sich schob, sich auf seinem Stuhl zurücklehnte und seufzte. Auf seinen Zügen lag ein unsicheres Grinsen.

»Ist lange her, dass wir das gemacht haben.«

Sie benutzte ihre Serviette und schmunzelte mit vollem Mund. »Es ist ziemlich schwierig, ein gemeinsames Essen zu organisieren, wenn man in verschiedenen Zeitzonen lebt.«

»Klar.« Er zuckte die Achseln. »Aber dass du nicht schon früher zurückgekommen bist, ist meine Schuld.«

»Ehrlich, Nick, lass es gut sein.« Sie atmete hörbar aus und verschränkte die Arme. »Du bist nicht der Einzige, der Schuld hat, weißt du? Ich hätte nicht zu ihrer Beerdigung kommen sollen. Wenn ich auch nur einen Gedanken daran verschwendet hätte, wie sehr sie und ihre Familie mich gehasst haben, wäre ich nicht gekommen. Aber ehrlich gesagt konnte ich nur daran denken, wie viel du damit zu tun haben musstest, dich um alle anderen zu kümmern, und dass niemand da war, der sich um dich kümmerte.«

»Jayne.« Er rückte ein Stück zur Seite und neigte den Kopf, um ihren Blick aufzufangen, doch sie hielt die Augen fest auf ihren Teller gerichtet.

»Drei Tage lang habe ich auf diesem blöden Flughafen festgesessen und das Ende des Sturms abgewartet, und dann alle Stand-by-Passagiere, die vor mir da waren. Und als ich endlich im Flugzeug saß, kam es mir vor, als würde der Pilot das Ganze für einen Sonntagsausflug halten. Die längsten fünf Stunden meines Lebens.« Nach langem Zögern wagte sie einen Blick in seine Richtung, dann hob sie ihre Gabel, um das Chow-mein-Gericht auf ihrem Teller hin und her zu schieben.

»Ich war so sicher, dass du mich brauchst. Und dabei habe ich für dich alles nur noch schlimmer gemacht. Und das …« Ein erschöpftes Seufzen entschlüpfte ihr, bevor sie es aufhalten konnte. »Es tut mir so furchtbar leid.«

»Himmel, Jayne. Es gibt nichts, was dir leidtun müsste.« Nicks Stimme war kaum mehr als ein Flüstern, doch sie traf ihr Herz wie ein Felsbrocken. »Dass du da warst, war genau das, was ich gebraucht habe. Aber statt dir das zu sagen, statt dir dafür zu danken, dass du quer durchs ganze verdammte Land geflogen bist, war ich der letzte Arsch.«

Sie blinzelte das Brennen hinter ihren Augen fort, zuckte die Schultern und hoffte, irgendwie den Kloß in ihrem Hals hinunterschlucken und halbwegs normal sprechen zu können.

»Du warst nicht der *letzte* Arsch«, sagte sie nach einer Weile. Das kleine Lächeln, das sie sich abrang, tat genauso weh wie der Kloß in ihrem Hals. »Ein Arsch vielleicht, aber nicht der letzte. Außerdem dachten ihre Eltern offenbar, dass ich gekommen war, um dich ihnen wegzunehmen oder auf das Grab ihrer Tochter zu spucken, also war es richtig von dir, mich rauszuwerfen.«

»Wenn es richtig war«, sagte er leise, »warum fühle ich mich dann immer noch so beschissen?«

»Weil du ein Idiot bist.« Diesmal gelang ihr das Lächeln sehr viel leichter, aber sie setzte noch ein dramatisches Augenrollen drauf. »Sieh mal, wenn es dir durch die schwerste Zeit in deinem Leben geholfen hat, dich mir gegenüber wie der letzte Esel aufzuführen, dann bin ich froh, dass ich helfen konnte.«

»Hey!« Er versuchte, verletzt auszusehen, scheiterte aber kläglich, als sich sein Mund zu einem Lächeln verzog. »Vor zwei Sekunden hast du noch gesagt, ich sei kein Rindvieh gewesen.«

»Nein. Ich habe gesagt, du seist nicht der letzte Arsch gewesen. Ein Esel warst du schon.«

»Da gibt es einen Unterschied?«

»Na logisch!« Ein Arsch hätte ihr absichtlich wehgetan; ein Esel tat es, ohne es zu merken. Und wie hätte er auch ahnen sollen, wie sehr er sie verletzt hatte? In der Familie Scott war es an der Tagesordnung, dass man anderen seine Zuneigung zeigte, während so etwas bei Gran zu Hause nicht mal in Erwägung gezogen wurde. Jayne umarmte nie jemanden, der sie nicht von sich aus in den Arm nahm, und selbst dann war es kaum mehr als ein kurzes Drücken oder ein symbolisches Rückenklopfen, bevor sie sich wieder herauswand.

Es lag nicht daran, dass sie Nick nicht umarmen oder die Zuneigung, die er ihr zeigte, nicht erwidern wollte. Bei Gott, wie sehr sie das wollte. Nur wusste sie einfach nicht, wie sie es anstellen sollte, ohne sich dabei wie eine Vollidiotin aufzuführen – und zu fühlen.

Abbys Beerdigung war der Beweis dafür gewesen. Zum ersten und einzigen Mal in ihrem Leben hatte sie sich nicht darum gekümmert, ob sie unbeholfen wirkte oder wer alles zusah – sie war einfach direkt auf Nick zugelaufen, hatte ihn in die Arme geschlossen und ihn so fest gedrückt, wie es nur ging.

Abbys Mutter hätte mit ihrem Geschrei fast das Kirchendach zum Einsturz gebracht, bevor endlich jemand ein Beruhigungsmittel für sie auftreiben konnte. Aber zu diesem Zeitpunkt hatte Nick Jayne bereits aus dem Gebäude geschleift und sie weggeschickt. Er hatte es nicht getan, um sie zu verletzen, sondern nur, um Mrs Griffins Leid zu lindern. Das wusste sie, jetzt und hier an Nicks Küchentisch. Also warum brannten ihre Augen dann stärker denn je? Und warum blinzelte sie so schnell?

Sie hob das Kinn, atmete hörbar aus und sah ihn unter einer hochgezogenen Braue an. »Es ist vier Jahre her, Nick. Können wir um Gottes willen nicht einfach nach vorn sehen? Du musst dich nicht jedes Mal aufs Neue entschuldigen, wenn wir miteinander reden.«

»Ich weiß, aber das hier ist unsere erste persönliche Begegnung seit damals, und eine Entschuldigung ist nur gut, wenn sie persönlich vorgetragen wird.«

»Okay«, stöhnte sie. »Also gut. Dir tut es leid, mir tut es leid, der ganzen Welt tut es leid. Es ist vorbei.«

»Aber …«

»Nick, ich schwöre bei Gott …«

Bevor einer von ihnen noch etwas sagen konnte, flog die Eingangstür auf, und Duke rastete völlig aus.

»Carter!« Jayne war kaum vom Stuhl hochgekommen, da hatte Nicks Cousin sie schon in eine herzliche Umarmung gezogen.

Bis heute war es ihr unbegreiflich, wie sie so lange mit Menschen befreundet sein konnte, die einander so viel umarmten. Soweit sie sich erinnern konnte, war Nick der erste Mensch gewesen, der sie in den Arm genommen hatte, und schon damals, mit seinen fünf Jahren, hatte es bei ihm ganz selbstverständlich gewirkt. Aber für Jayne war es das nicht. Weder damals noch heute.

»Ich dachte, du müsstest an diesem Wochenende arbeiten.«

»Hab einen Gefallen eingefordert und ein bisschen was verschoben.« Während er sie umarmte, spürte sie im Rücken seinen Motorradhelm, den er noch in der Hand hielt. »Ich kann doch die Holzfäller-Wettkämpfe nicht verpassen, oder? Besonders jetzt, wo du wieder da bist.«

Als Cousins wiesen Nick und Carter eine flüchtige Familienähnlichkeit auf, die allerdings so gering war, dass sie den meisten nicht mal auffiel. Nicks Haare waren zwar meistens etwas unordentlich, aber wenigstens ging er zu einem richtigen Friseur. Der Kerl war zwar total verrückt, doch er machte seine Arbeit vernünftig. Carters »Friseur« war irgendein Jugendlicher aus dem Krankenhaus, der zufällig eine Schere in die Finger bekam. An manchen Stellen standen sie senkrecht ab, an anderen war er fast kahl geschoren, und bei diesen ganzen Wirbeln … nun, für die hatte es ohnehin nie große Hoffnung gegeben.

»Okay«, lachte sie und wickelte sich aus seinen Armen. »Genug davon. Schnapp dir einen Teller.«

»Hast du deine Sachen schon in die Wohnung gebracht?«, fragte er. »Wenn du möchtest, kann ich dir nach dem Bettenrennen helfen.«

Carter füllte seinen Teller, und Jayne nahm eine Serviette vom Tisch und riss sie in lange, gleichmäßige Streifen, während sie ihm berichtete, was sie im Laden vorgefunden hatten. Ohne ein Wort zu sagen, streckte Nick die Hand aus und nahm ihr die Streifen aus den Händen, dann stellte er den ganzen Serviettenstapel aus ihrer Reichweite.

Carters dunkle Augen wurden düster, und sein Lächeln löste sich in nichts auf, während er ihr zuhörte.

»Ach du Schande. Was willst du jetzt machen?«

»Entrümpeln.« Die Antwort purzelte ihr über die Lippen, bevor sie Zeit hatte, darüber nachzudenken. Natürlich würde sie den Laden entrümpeln, er war schließlich Grans Buchhandlung. Nein, es war *ihre* Buchhandlung, und sie würde sie wiedereröffnen, komme, was da wolle.

»Braves Mädchen.« Fast hätte sie Nick nicht gehört, so leise war seine Stimme.

Carter nickte, den Mund voll mit Mandelhähnchen. »Wir fangen morgen an.«

»Wir?« Sie lachte. »Oh nein. Ihr zwei habt die Holzfäller-Wettkämpfe noch nie verpasst, und ihr werdet jetzt nicht damit anfangen.«

»Das Einzige, was wir nicht verpassen dürfen, ist der Stomp, der Holzfäller-Tanzabend«, sagte Nick, als er ein Bier vor Carter auf den Tisch stellte. »Seit ich Paps erzählt habe, dass du nach Hause kommst, redet er von nichts anderem, als dich auf die Tanzfläche zu kriegen, damit du noch mal den ›Achy Breaky‹ mit ihm tanzt.«

Ein Schwall Wärme drang in Jaynes Herz und wuchs allmählich zu einem Lächeln. Warren Scott war der Typ Vater, den sie sich selbst ausgesucht hätte, hätte sie die Wahl gehabt. Mit seinem freundlichen Lächeln und seiner warmherzigen Art gab er Jayne stets das Gefühl, willkommen zu sein, auch wenn seine Frau diese Einstellung nicht immer teilte.

Für Doc hätte Jayne so ziemlich alles mitgemacht, sogar Line Dance.

»Okay, klar, der Stomp ist was anderes. Aber ihr beiden solltet euch die Show ansehen, im Biergarten sitzen und euch mit dem Grillfleisch vom Spieß vollstopfen, das ihr so mögt. Ich komme schon zurecht.«

Es war egal, was sie sagte, weil die beiden sie schlichtweg ignorierten.

»Wie auch immer.« Sie lachte. »Was läuft bei dir, Carter? Wer ist derzeit das Mädchen des Monats?«

Schmunzelnd rieb sich Carter in langsamen Kreisen das Ohrläppchen. »Ich bin im Moment sozusagen solo.«

Scherzhaft ließ Jayne den Unterkiefer nach unten klappen. »Nein.«

»Ich halte mir nur die Möglichkeiten offen. Man weiß ja nie, wer beim Stomp so alles auftaucht.« Frech ließ er eine Augenbraue spielen. »Was ist mit dir? Ziehst du die Idioten immer noch an wie ein Magnet?«

»Hey!« Sie unterdrückte ein Lachen. »Ich habe mich auch mit ein paar netten Jungs beschäftigt.«

»Ehrlich?«, spottete er. »Nenn mir einen.«

Sie brauchte einen Moment. »Adam Metzler.«

Nick und Carter schnaubten einstimmig.

»Das war auf der Highschool«, sagte Nick lachend. »Und er hat mehr Zeit über seinem Bunsenbrenner verbracht als mit dir.«

»Ist doch egal, du hast gesagt ›nenn mir einen‹.« Jayne wollte nach den Tütchen Sojasauce greifen, doch Nick schnappte sie ihr weg und grinste dann, als er sah, wie sie die Augen verdrehte.

»Vielleicht finden wir beim Stomp jemanden für dich«, sagte Carter und schluckte den letzten Reis hinunter.

»Ich bin erst seit zehn Minuten in der Stadt, Carter. Wie wär's, wenn du mich erst mal zu Atem kommen lässt, bevor du mich an den erstbesten Single verheiratest, über den wir stolpern?« Sie gab ihm einen sanften Klaps und machte sich daran, das übrig gebliebene Essen wegzuräumen. »Wir sollten langsam mal los, sonst verpasst ihr noch das Rennen.«

»Stimmt.« Nick warf einen Blick auf die Uhr und stellte seinen Teller ins Spülbecken. »Bist du fertig, Carter?«

»Ja, gib mir nur eine Minute. Wir treffen uns am Wagen.«

»Und unterwegs«, sagte Jayne und lächelte zu Nick hinauf, »kannst du mir von Linda erzählen.«

»Lisa.«

»Genau, Lisa. Sag ich doch.«

3

Life moves pretty fast. If you don't stop and look around once in a while, you could miss it.

Ferris Bueller, Ferris macht blau

Die Geschäfte in der Innenstadt hatten allesamt ihre schönsten Holzfäller-Dekorationen ausgestellt. Auf der Schaufensterscheibe des Cactus Café war ein auf Holzfäller getrimmter Kaktus aufgemalt, einer der Arme lag auf der Ladefläche eines Langholzlasters, und auf einem anderen Arm stand ein Mann in Holzfällermontur, angegurtet und die Kettensäge im Anschlag.

Das Schaufenster des Spielzeuggeschäfts war mit Tonka-Spielzeuglastern und Plastiksägen gefüllt, und bei Pandora's, dem Modegeschäft direkt daneben, trugen die Schaufensterpuppen ausgeblichene rote Hosenträger, Flanellhemden und Helme. Zwischen zwei Puppen war eine Trummsäge eingeklemmt, und in den Ecken des Schaufensters standen aus Baumstämmen geschnitzte Stühle mit Lehnen in Form von Ahornblättern.

Mit Zuckerwatte und Eis verschmierte Kinder saßen auf den Schultern ihrer Väter, weißgesichtige Clowns mit leuchtend roten Wangen drehten Luftballons zu hotdogförmigen Tieren, und ein paar geschäftstüchtige Mädchen verkauften an einem roten Karren auf Rädern Popcorn, während sich die Besucher am Straßenrand aufstellten und auf den ersten Lauf warteten.

Mit den Jahren hatten sich die Bettenrennen von einem reinen Wettlauf über die Main Street zu einem Hindernisparcours entwickelt, doch ausgetragen wurden sie immer noch auf alten, wackligen Krankenhausliegen, die aussahen, als würden sie jeden Moment zusammenbrechen. Von den fünf Mitgliedern eines Teams saß jeweils einer auf dem Bett, während die anderen vier es an den Ecken packten und damit die Straße hinunterwetzten. Zwischendurch mussten sie hin und wieder anhalten, um einen Choker zu setzen, das Ende eines Baumstamms abzusägen oder sich in unzähligen anderen Holzfällerdisziplinen zu bewähren.

Einige Teams traten im Stil der altmodischen Holzfäller-Wettkämpfe in ihren Pyjamas an (oder in denen ihrer Ehefrauen, je nach Neigung), während andere Kostüme in einer ganz anderen Liga spielten. Hobbits, Gryffindors, Zombies und ein Team von Männern in nuttigen Krankenschwesterkostümen waren nur einige der Trends. Nicht auszudenken, wie viele Kinder eine Therapie brauchen würden, nachdem sie George Novaks Leibesfülle aus diesem winzig kleinen, weißen Kleid quellen gesehen hatten. Ganz zu schweigen davon, wie er seine Füße, Schuhgröße 49, in ein Paar weiße Pumps gequetscht hatte und es schaffte, aufrecht darin zu rennen.

»Verstörend« reichte nicht mal ansatzweise, um es zu beschreiben.

Die beste Stelle, um die Rennen zu sehen, war der Bürgersteig vor dem Geschäft der Eisenwaren-Brüder. Diese Stelle war immer für Edith Goodsen reserviert, deren Mann vor langer Zeit zu den ersten Organisatoren der Wettkämpfe gehört hatte.

Es war acht Jahre her, dass Jayne zuletzt ein Wochenende mit Holzfäller-Wettkämpfen miterlebt hatte, daher würde sich

Mrs G womöglich gar nicht mehr an sie erinnern, aber davon ließ sich Jayne nicht abhalten. Sie kaufte eine Tüte rosa Zuckerwatte und eilte auf die andere Straßenseite, wo Mrs Goodsen in ihrem Rollstuhl saß. Es war niemand zu sehen, der die alte Dame hergebracht hatte, aber immerhin hatte derjenige die grüne Häkeldecke um ihre Beine festgesteckt, bevor er gegangen war.

»Mrs G.« Jayne ging in die Hocke und öffnete ihre Tüte Zuckerwatte. »Erinnern Sie sich noch an mich?«

»Jayne Morgan.« Die Falten der Frau vertieften sich, und ihre wässrig blauen Augen funkelten. »Wurde auch Zeit, dass du nach Hause kommst. Sonst teilt niemand seine Zuckerwatte mit mir.«

Sie nahm eine Handvoll Zuckerwatte aus der Tüte und stopfte sie sich breit lächelnd in den Mund.

»Wie geht es Ihnen?« Jayne setzte sich neben ihrer Zuckerwattefreundin auf den Bürgersteig und lächelte. »Sie sehen fantastisch aus.«

»Ich sehe alt aus«, sagte Mrs G lachend.

»Nimmt einer Ihrer Enkel heute am Rennen teil?«

Mrs G nahm noch eine Handvoll und sagte mürrisch: »Sie kommen nicht mal zum Zusehen.«

»Wirklich? Wow.« Gran hatte immer gesagt, wenn Jack Goodsen und seinesgleichen nicht gewesen wären, die dieses Städtchen im Kielwasser der Holzwirtschaft aufgebaut hatten, hätten die meisten Leute, die hier lebten, heute nicht mal einen Topf zum Reinpinkeln. Und dazu zählten auch seine eigenen Enkel.

Mrs G legte eine Hand auf Jaynes Schulter und tätschelte sie sacht. »Mein Beileid wegen deiner Großmutter. Ich weiß, dass du und Tilly euch nicht nahegestanden habt, aber sie hat oft von dir gesprochen.«

Jayne schnaubte leise und stopfte sich Zuckerwatte in den Mund, um die Bitterkeit von ihrer Zunge zu vertreiben. »Ich kann mir nicht vorstellen, was sie *über* mich zu sagen hatte, wo sie sich doch geweigert hat, *mit* mir zu sprechen.«

»Wie dem auch sei, meine Liebe«, sagte Mrs G, »sie war sehr glücklich, dass du dir an einem anderen Ort dein eigenes Leben aufgebaut hast.«

»Wem sagen Sie das?«, murmelte Jayne, dann räusperte sie sich ausgiebig. »Mrs G, haben Sie gewusst, dass Gran diesen ganzen Krempel in ihrem Laden gehortet hat?«

»Was für Krempel, Liebes?«

»Der Laden und die Wohnung sind voller … Krempel. Kisten über Kisten voll mit Müll.«

»Hm, ich war schon so lange nicht mehr dort«, sagte Mrs G langsam. »Aber Tilly war schon immer ein bisschen sammelwütig.«

»Das geht weit über Sammelwut hinaus. Es ist …«

Die Stimme des Ansagers dröhnte aus den Lautsprechern, um den ersten Lauf aufzurufen, und die Menge fing an zu jubeln, noch bevor die Teams über die Startlinie waren. Mrs G beugte sich in ihrem Rollstuhl vor und kicherte, als wäre sie fünf Jahre alt und zum ersten Mal bei den Holzfäller-Wettkämpfen.

Die ersten beiden Betten sausten vorbei und wurden von allen bejubelt, doch niemand rief so laut wie Mrs G, die besonders die Schlusslichter anfeuerte. Einmal verließ ein ganzes Team von Holzfällern, allesamt in Flanellnachthemden, mit Waldarbeiterstiefeln und Plastikäxten, das Bett, um Mrs G einen glücksbringenden Kuss aufzudrücken. Sie erwiderte die Küsschen – natürlich auf die Wange – und lachte dabei die ganze Zeit. Dann ergriff sie Jaynes Hand und deutete mit dem Kopf in Richtung des kleinen Popcornwagens.

»Sieh doch bitte mal nach, was es dort zu trinken gibt, Liebes.«

Jayne kaufte ihnen jeweils einen Becher Limonade und eine Portion Popcorn für beide zusammen. Als der elfte Lauf angekündigt wurde, legte Mrs G Jayne abermals die Hand auf den Arm.

»Ist er das?«

»Wer?«

»Der Junge von den Scotts, Dummchen. Ist er es, dem du zusehen wolltest?«

Jayne sah mit gerunzelter Stirn zu ihr auf, doch die alte Frau hielt den Blick unverwandt auf die herannahenden Wettläufer gerichtet.

»Gott hab das süße kleine Ding selig, das er geheiratet hat.« Mrs G hob eine Braue und nickte schwach. »Aber ich fand schon immer, ihr zwei habt ein süßeres Paar abgegeben.«

»Nick und ich?« Schmunzelnd schüttelte Jayne den Kopf. »Wir waren nie ein Paar. Nur Freunde.«

Die alte Frau sah Jayne lange fest in die Augen, als glaubte sie, sich verhört zu haben. »Aber Tilly sagte … und ihr wart immer zusammen … ich dachte nur … Oh, sieh nur, da kommen sie.«

Das Team von Nick und Carter, aufgemacht mit voll bestückten Werkzeuggürteln und Schutzhelmen, hatte das Bett an den Seiten so dekoriert, dass es wie ein Haus ohne Dach aussah. Ihre Gegner, die Feuerwehr, rannten in voller Einsatzmontur mit Schläuchen über den Schultern, und mitten auf dem Bett saß ein hechelnder Dalmatiner.

Die Feuerwehrmänner gewannen nicht nur diesen Lauf, sondern liefen den Parcours sogar in Rekordzeit.

»Gut sieht er aus, der Junge.«

»Wer?« Jayne reckte den Hals auf der Suche nach den Feuerwehrmännern. Sie hatte ihren letzten Kalender gesehen. Vielleicht war ja Mr Oktober unter den Teilnehmern.

»Der Scott-Junge.« Mrs G's Seufzen klang regelrecht empört. »Wer sonst?«

»Sie meinen Nick?«

»Natürlich.« Diesmal war das Seufzen lauter und von einem Zungenschnalzen gefolgt. »Findest du nicht?«

»Na ja, doch schon, schätze ich.« Nick sah nicht einfach nur gut aus, er war verdammt heiß, aber das würde Jayne nicht laut aussprechen, weil sie der alten Dame damit nur Anlass zu weiteren Spekulationen geliefert hätte.

»Zu schätzen gibt es da nichts, Jayne.« Mrs G drehte sich in ihrem Rollstuhl um, damit sie Jayne direkt ansehen konnte. Ein mildes Lächeln umspielte ihre Lippen, und in den blassen Augen der Frau erschien ein winziger Funke. »Wenn ich fünfzig Jahre jünger wäre …«

Die Vorstellung brachte Jayne zum Lachen. »Dann tut es mir sehr leid, die schlechte Nachricht überbringen zu müssen«, sagte sie, »aber er hat eine Freundin.«

»Nein! Wen?«

»Linda? Lindsay? Vielleicht Lisa.« Sie zuckte die Achseln. »Irgendein Name mit L.«

»Ist sie von hier?«

»Ich glaube schon. Nick sagte, sie wäre vor etwa sechs Monaten hergezogen.« Sie schob Mrs G die Popcorntüte zu. »Sie ist Partyplanerin.«

»Pffft. Hast du sie kennengelernt?«

»Noch nicht, aber ich nehme an, das wird bald passieren.« Nach all den Jahren hätte Jayne daran gewöhnt sein müssen, sich mit den Frauen in Nicks Leben gut zu stellen, aber der Gedanke, es jetzt wieder tun zu müssen, lastete schwer auf ihrer Brust.

Sie verputzten gerade das restliche Popcorn, als die beiden letzten Teams über die Ziellinie kamen. Mrs G fasste Jayne am Arm und deutete mit dem Kopf kaum merklich zu Nick, der sich einen Weg durch die Menge bahnte. Sobald er sie entdeckte, legte sich ein breites Lächeln auf sein Gesicht, was wiederum Mrs G zum Schmunzeln brachte.

»Edith.« Nick trat auf sie zu, nahm Mrs G's Hand und beugte sich vor, um die Frau auf die Wange zu küssen. »Immer noch das schönste Mädchen der Stadt.«

»Ach du.« Sämtliche Falten in ihrem Gesicht färbten sich tiefrosa. »Jayne und ich haben beim Zuschauen ein kleines Picknick abgehalten, nicht wahr?«

»Lassen Sie mich raten. Zuckerwatte und Popcorn?« Nick lachte. »Sehr schön.«

Während sie sich unterhielten, trat von hinten ein Mann in den Dreißigern mit Bauchansatz an den Rollstuhl heran und löste mit dem Fuß die Bremsen.

»Tut mir leid, dich zu unterbrechen, Grandma, aber wir müssen los.«

»Jeff?« Jayne runzelte die Stirn und kniff die Augen zusammen. Das war unmöglich, und doch war er es. *Jeff Goodsen*. Bei niemandem sonst hätte sich Nicks Miene so sehr verfinstert. »Ich bin's, Jayne. Jayne Morgan.«

»Jayne, richtig.« Jeffs helle Augen, die denen seiner Großmutter so ähnlich waren, weiteten sich ein wenig, und sein Blick glitt von ihr zu Nick und wieder zurück. Er räusperte sich und nickte knapp. »Schön, dich zu sehen. Vielleicht können wir ja irgendwann mal … über alte Zeiten quatschen.«

Tja, so weit würde es garantiert nicht kommen, aber vor Mrs Goodsen wollte Jayne das nicht sagen. Stattdessen drückte sie der alten Frau die Hand und lächelte.

»Ich werde bei der Parade nach Ihnen Ausschau halten.«

Sie wartete, bis die Goodsens außer Hörweite waren, ehe sie Nick mit dem Finger in den Arm piekte. »Hör auf, so finster zu gucken. Er ist weg.«

»Er ist ein Idiot.«

Dass Jeff ein Idiot war, stand außer Frage, aber wenn er Jayne im Kindergarten nicht die Kekse geklaut hätte, wären Nick und sie vielleicht nie Freunde geworden. Nick hatte Jeff über den ganzen Spielplatz gejagt und sich auf ihn gesetzt, bis dieser ihm die Kekse schließlich überlassen hatte. Als Nick sie Jayne zurückbrachte, waren sie nur noch ein krümeliger Matsch gewesen, aber das war nicht der Grund gewesen, warum sie hatte weinen müssen. Damals hatte sie nicht gewusst, warum sie weinte oder warum sie noch mehr weinen musste, als der fünfjährige Nick sie in die erste Umarmung ihres Lebens zog und ihr versprach, nie wieder zuzulassen, dass ihr jemand die Kekse stahl.

Seitdem waren sie Freunde.

»Du wirst langsam, alter Mann.« Schmunzelnd wich Jayne einem Jugendlichen auf einem Skateboard aus. »Diese Feuerwehrmänner hatten jeder locker zehn Kilo mehr zu schleppen.«

Nicks Humpeln wurde plötzlich stärker. »Schlimmes Knie.«

»Ja, klar.« Sie schloss ihren Wagen auf und setzte sich hinters Steuer. »Soll ich dich zu deinem Pick-up fahren?«

»Schon okay. Ich werde Carter suchen, wir sehen uns dann zu Hause.«

Jayne nickte. Fünfzehn Minuten später saßen sie alle wieder in der Küche und lachten darüber, wie sie von Mr Oktober und Co eine Abreibung kassiert hatten.

»So übel war es gar nicht«, murmelte Nick grinsend, während er sein Wasserglas auffüllte.

»Sagen wir einfach, wenn ich du wäre …«, Jayne grinste hämisch, »… würde ich darüber nachdenken, im nächsten Jahr den Platz mit dem Dalmatiner zu tauschen.«

Sie lachten immer noch, als die Tür aufging und eine Frau mit rabenschwarzem Haar, khakifarbener Capri-Hose und einer adretten weißen Bluse hereinkam; sie war so frisch und schön wie ein Frühlingstag. Die Haare fielen in dichten, dunklen Wellen bis knapp übers Kinn, die Augen hatten fast die gleiche Farbe wie ihre Hose, und ihre Haut … guter Gott, sie hätte Revlon-Model sein können.

Nach diesem ersten kurzen Blick sah sie für Jayne wie jemand aus, mit dem Carter ausgehen würde. Wenn er einen Typ hatte, dann war sie das: jung, hübsch und einfach vollkommen.

Doch in dem Augenblick, als Nick aufsah, wusste Jayne: das war Linda.

Er trat auf sie zu und gab ihr einen Kuss auf die Wange. »Lisa, das ist Jayne.«

Richtig. Lisa. *Nicht Linda.*

»Lisa.« Jayne stand auf und reichte der anderen Frau die Hand. »Freut mich, dich kennenzulernen.«

»Gleichfalls. Nick hat mir viel von dir erzählt.«

»Glaub ihm nicht alles.« Jayne überspielte ihr Unbehagen mit einem Grinsen. »So übel bin ich gar nicht.«

»Doch, ist sie.« Carter schlang den Arm um Jaynes Hals und drückte ihr einen schmatzenden Kuss auf die Wange. »Nichts als Ärger bringt die Kleine.«

»Oh.« Eine Spur Verunsicherung flackerte über LindaLisas Züge, während sie zwischen Carter und Jayne hin und her sah. »Nick hat mir gar nicht gesagt, dass ihr zwei …«

Nicks Stirn legte sich für einen Moment in Falten. »Wer? Die beiden? Nein, sie sind …«

»Wir?«, brachte Carter hervor. »Garantiert nicht.«

»Vielen Dank, Blödmann.« Jayne stieß ihn von sich und gab ihm eine Kopfnuss. »Bin ich aussätzig, oder was?«

»Au! Nein.« Er rieb sich den Kopf und stieß ein lautes Schnauben aus. »Nick würde mich umbringen, wenn er auch nur auf die Idee käme, ich könnte ein Auge auf dich geworfen haben.«

Jayne wusste, dass Carter nur Unsinn redete, und Nick wusste das ebenfalls. Aber Linda … *Lisa* … tja, die sah aus, als wüsste sie nicht mehr, wo ihr der Kopf stand.

»Ignorier Carter einfach«, erklärte Jayne augenrollend. »Das machen wir auch immer.«

»Ah, okay.« Sie lächelte in die Runde, aber es war ein vorsichtiges Lächeln, bei dem man kein Stückchen Zähne sah. »Ich kann nicht lange bleiben, ich bin nur vorbeigekommen, um zu hören, wie es heute Abend gelaufen ist.«

»Nicht gut.« Lachend setzte Carter seine Bierflasche an die Lippen. »Dein Freund muss der Tatsache ins Auge sehen, dass er kein Usain Bolt ist.«

Nick widersprach nicht, sondern zuckte nur die Achseln und grinste, als LindaLisa einen Arm um seine Taille schob und ihm mit der freien Hand die Brust tätschelte.

»Schon gut, mein Schatz. Ich bin sicher, du hast dein Bestes gegeben.«

Nur mit Mühe konnte Jayne einen skeptischen Blick unterdrücken. Irgendetwas schien an dem Bild, wie Nick den Arm um diese Frau legte, nicht zu stimmen. Aber was? Sie war reizend, schien liebevoll zu sein und war bei Jaynes Anblick nicht hysterisch geworden … also, wo war der Haken?

»Ein Glas Wein?« Nick hatte die Hand schon nach einem Glas ausgestreckt, doch LindaLisa hielt ihn zurück.

»Ich kann nicht, aber danke. Ich muss noch arbeiten. Hat mich gefreut, dich kennenzulernen.« Sie lächelte Jayne an und wandte sich dann wieder der Tür zu, durch die sie gerade hereingekommen war. »Bis dann, Carter.«

»Warte.« Nick eilte ihr nach und schien dabei fest entschlossen, weder Jayne noch Carter anzusehen. »Ich muss noch etwas mit dir besprechen.«

Nick und sie verschwanden in den Eingangsbereich, wo Jayne Nicks Stimme zwar hören, seine Worte aber nicht verstehen konnte. Allerdings verstand sie die lange, klaffende Stille, die folgte, ehe seine Freundin mit leiser Stimme antwortete.

»Tja.« Jayne gab Carter einen Klaps auf den Rücken und versuchte, nicht zu lachen. »Ich werde mich jetzt in meinem Zimmer verstecken. »Du gibst mir doch ein Zeichen, wenn das hier außer Kontrolle zu geraten droht?«

»Klar. Aber wenn sie nur halb so laut schreit wie Abby damals, komme ich zu dir und verstecke mich auch.«

Am nächsten Morgen blieb Jayne in ihrem Zimmer, bis sie hörte, wie Nick und Carter zu ihrer morgendlichen Joggingrunde aufbrachen. Wer ging sonntagmorgens um sechs laufen? Sie ganz bestimmt nicht. Wenn sie schon zu einer so unchristlichen Zeit aufwachte, würde sie garantiert nicht etwas so Verrücktes machen wie Sport. Oh nein. Sie würde Frühstück machen, weil das nun mal ihre Art zu handeln war.

Wenn sie glücklich war: essen.

Wenn sie traurig war: essen.

Wenn sie wütend war: essen.

Wenn sie sich unbehaglich und irgendwie hilflos fühlte, weil sie bei Nick wohnte, obwohl der in einer ziemlich frischen Beziehung steckte: *definitiv* essen!

Sie durchstöberte die Küche, nahm aus den Schränken, was sie brauchte, und versuchte, nicht zu laut mit der Zunge zu schnalzen, als sie im Schrank eine Packung Fertigteig für

Pfannkuchen fand. Traurig, einfach traurig. Sie stapelte alles auf der Anrichte und hielt dann inne, um sich noch einmal umzusehen.

Hatte der Mann denn kein Radio? Auch gut, im Radio wurde ohnehin zu viel geredet. Sie kramte den Laptop aus ihrem Koffer, stellte ihn in der Küche auf und startete iTunes.

Achtzigerjahre-Playlist. Check.

Lautstärkeregler rauf. Check.

Sie setzte Kaffee auf, schlug ein paar Eier in eine Schüssel, maß die übrigen Zutaten ab, gab sie hinzu und verquirlte alles, wobei sie die Songs mitsang. Sie hackte sich in Nicks WLAN (er sollte sich wirklich mal originellere Passwörter ausdenken), rief E-Mails ab, überflog die Nachrichtenseiten und spielte eine schnelle Runde Solitär, bevor sie den Elektrogrill anschloss.

Bon Jovi mitsummend, gab sie Teig auf die Heizplatte und holte sich dann ein paar Holzkochlöffel aus den Schubladen, um im Takt mitzutrommeln.

»Your love is like bad medicine, bad medicine is what I need, oh oh …«

Der Kochlöffel in ihrer rechten Hand zerbrach, das obere Stück segelte quer durch die Küche und landete vor Nicks Füßen.

»Oh!« Hastig drehte Jayne den Ton leiser und blieb dann wie erstarrt stehen. Die Situation war ihr so peinlich, dass sie nichts anderes tun konnte als lachen. »Ich … ähm … ups … ich mache Frühstück.«

Schweißtropfen liefen ihm über die Wange, und sein verwaschenes Toby-Keith-T-Shirt klebte ihm an der Brust wie eine zweite Haut, als er sich bückte, um das abgebrochene Löffelstück aufzuheben.

»Ach, tatsächlich?« Er fuhr sich mit dem Arm übers Gesicht

und grinste sie spöttisch an. »Es klang nämlich eher so, als wolltest du das ganze Viertel aufwecken, Ringo.«

»Von wegen Ringo.« Carter kam in die Küche gestolpert. Seine verrückten Haare sahen noch wilder aus als vorher, Schweiß troff ihm vom Gesicht. Als er an Jayne vorbeiging, um sich Wasser zu holen, klopfte er ihr auf die Schulter. »Tico wäre stolz auf dich, Jay.«

Nick warf ihr das abgebrochene Stück Löffel zu und wandte sich dann zum Gehen, wobei er ihr über die Schulter zurief: »Hab Erbarmen mit dem restlichen Geschirr, *Tico*.«

Er war schon halb durchs Wohnzimmer, bevor Jayne ihn zurückrief.

»Ist das mit uns okay?«

»Klar.«

»Wenn es ein Problem gibt …«

»Es gibt keins.«

»Bist du sicher?«

»Ja, bin ich.«

Er *sah aus*, als wäre er sicher. Und er *klang* auch so. Aber bei Abby hatte er auch sicher ausgesehen und geklungen, und was daraus geworden war, hatten sie dann ja gesehen. Nach ein paar Sekunden deutete er mit dem Daumen Richtung Flur.

»Dusche.« Noch immer mit einem spöttischen Lächeln ging Nick in sein Zimmer und ließ sie stehen. Sie hoffte, er würde sich Zeit lassen, denn Springsteen hatte schon angefangen zu singen, und ihre Clarence-Clemons-Imitation gab sie doch lieber allein zum Besten. Alles, was sie brauchte, war eine Schöpfkelle.

Um neun Uhr stand Jayne vor einem gigantischen Container, der jetzt beide Parkplätze hinter ihrem Laden einnahm. Sie hatte einen Tyvek-Maleranzug über Shorts und T-Shirt gezogen und ihn an Knöcheln und Handgelenken mit Isolierband befestigt. Auf dem Beifahrersitz ihres Wagens lagen ein halbes Dutzend Atemschutzmasken, eine Schutzbrille, extragroße Müllsäcke, eine Schaufel und robuste Arbeitshandschuhe. Alles Aufmerksamkeiten von Nick.

Er würde verärgert sein, weil sie nicht gewartet hatte, bis er von seiner Baustelle zurückkam, aber je früher sie anfing, desto früher wurde sie fertig. Sie würde nicht darüber nachdenken, sondern es einfach tun. Und sie würde versuchen, nicht zu tief einzuatmen.

Als sie mit ihrer Ausrüstung das Haus umrundete, kam Carter auf sie zu, in der Hand eine Werkzeugkiste aus verbeultem roten Metall. Er blieb stehen, stieß einen leisen Pfiff aus und lachte.

»Wie attraktiv.«

»Halt den Mund. Ich dachte, du wolltest heute Morgen Nicks Familie besuchen.«

»Das habe ich, und jetzt bin ich hier.« Bevor sie etwas einwenden konnte, rollte er mit den Augen und sprach weiter. »Es ist nur Dreck, Jay.«

»Nein, ist es nicht. Es ist …«

»Jay.« Er seufzte ihren Namen mit dem Ausatmen. »Mach doch einfach die Tür auf.«

»Also gut. Aber sag nicht, ich hätte dich nicht gewarnt.« Sie warf ihm eine Atemschutzmaske zu, zog die Eingangstür auf und schaltete das Licht ein. »Wie ist es gestern mit Nick und Linda wirklich gelaufen?«

»Sie heißt Lisa, und nachdem du gekniffen hast …« Gleich hinter der Tür blieb Carter abrupt stehen. »Heilige Scheiße.«

»Hab ich doch gesagt.« Sie zog ihn ein Stück weiter, damit ihn die zufallende Tür nicht am Hintern traf. »Und ich habe nicht gekniffen, ich dachte nur, *Lisa* müsste mich nicht unbedingt dabeihaben, während Nick ihr auf allen möglichen Umwegen beizubringen versucht, dass ich bei ihm wohne.«

Sie wartete fast eine halbe Minute auf eine Antwort von ihm. »Und, hat er?«

»Hat er was?« Carter blinzelte entsetzt, und endlich sah er Jayne wieder an. *»Was ist das für ein Gestank?«*

»Hat er sie davon überzeugt, dass sie sich keine Sorgen zu machen braucht? Und das willst du nicht wissen.«

»Woher zum Teufel soll ich das wissen? Ich habe gleich nach dir die Flucht ergriffen.«

Was für eine große Hilfe.

»Bist du sicher, dass du das tun willst?« Jayne schnitt eine Grimasse, als sie ihre Schutzbrille zurechtrückte.

»Teufel, nein, ich will nicht.« Er hatte die Augen über der Atemmaske weit aufgerissen und schüttelte langsam den Kopf. »Willst du?«

»Nein, aber ich habe keine andere Wahl.«

»Dann habe ich auch keine.« Endlich blinzelte er wieder und stieß sie sacht gegen den Arm. »Himmel, Jay, nach allem, was du für mich getan hast … außerdem bist du wie meine Schwester. Ich würde es für sie tun, also werde ich es auch für dich tun.«

Jayne spürte ein leises Ziehen in ihrem Herzen. *Wie seine Schwester?* Wie süß.

»Okay.« Sie zog die Arbeitshandschuhe über und grinste ihn an, wissend, dass sie dabei wie ein Vollidiot aussah. »Als Erstes müssen wir die Vorhängeschlösser von der Hintertür abkriegen, damit wir Zugang zum Container haben.«

Hinter ihnen wurde die Tür geöffnet, und Nick kam herein, gefolgt von einem großen Mann mit blondem Bürstenschnitt.

»Ich dachte, du wolltest auf mich warten«, sagte Nick. »Das ist Brett Hale. Brett, Jayne.«

Brett, der gut fünfzehn Zentimeter größer war als sie und die Schultern eines Linebackers hatte, füllte den wenigen Platz aus, der ihnen noch blieb, sodass alle ein Stück nach rechts rückten, bis Jayne gegen einen Kistenstapel gedrückt wurde.

Der Mann zuckte kaum mit der Wimper. »Freut mich, dich kennenzulernen.«

Falls Nick den finsteren Blick hinter ihrer Maske sah, ignorierte er ihn. »Oh, ja, gleichfalls. Nick – sag mir bitte, dass du keinen nichts ahnenden Passanten mit in mein Chaos hineingezogen hast.«

»Brett macht das nichts aus, oder, Brett?« Er ließ dem Mann keine Gelegenheit zu antworten. »Er ist Polizist, er hat schon Schlimmeres gesehen.«

»Allerdings«, schnaubte Carter. »Aber Schlimmeres gerochen hat er noch nicht.«

Da es für vier Personen im vollgestopften Eingangsbereich beklemmend eng wurde, setzte sich Carter ab, zwängte sich durch die schmale Lücke und rief Jayne über die Schulter zu: »Zünde Räucherstäbchen an oder versprüh Febreze. Puh.«

Jayne eilte ihm nach, dicht gefolgt von Nick und Brett, die sich unverzüglich an den Vorhängeschlössern zu schaffen machten.

»Brett«, sagte Jayne, die Nick einen eisigen Blick zuwarf, »ich weiß ja nicht, was Nick getan hat, um dich dazu zu kriegen, aber was es auch war …«

»Er hat gesagt, du könntest Hilfe gebrauchen, und hier bin ich. Keine große Sache.«

Keine große Sache? Vielleicht hatte Nick ihn noch nicht ganz ins Bild gesetzt.

»Okay, also, ähm, danke.« Sie warf einen Blick zu Carter, doch der lächelte nur hinter seiner Maske und griff nach einer Kiste. »Aber du kannst jederzeit wieder gehen, wenn du willst.«

Brett nickte andeutungsweise, ohne sich vom Abmontieren

der Vorhängeschlösser ablenken zu lassen. Nach kurzem Zögern schlitzte Jayne den Karton auf, den Carter vom Stapel geholt hatte, und durchsuchte ihn gründlich. Keine Bücher, nur Geschirr, das nicht zusammenpasste – Teller und Schüsseln, so dicht gepackt, wie es nur ging. Jayne stellte die Kiste beiseite und griff nach der nächsten.

»Was machst du da?«, fragte Carter.

»Ich suche Bücher.«

»Aber …« Nick und Carter starrten erst sie an, dann die Kiste und dann die vielen Hundert, womöglich sogar Tausende Kisten und Tüten, die darauf warteten, geöffnet zu werden. Inzwischen war Jayne bei der zweiten Kiste angelangt, die voller Töpfe war. So viele Töpfe, dass es für drei Familien gereicht hätte, also was zum Geier hatte Gran damit gewollt?

»Vielleicht können wir die Sachen aussortieren, die man noch gebrauchen kann«, sagte sie, »und sie von der Heilsarmee abholen lassen.«

Beide Männer sprachen gleichzeitig.

»Aussortieren? Wohin denn?«

»Keine gute Idee.« Nick zog seine Maske herunter, verschränkte die Arme vor der Brust und schüttelte den Kopf. »Bis die Bauaufsicht am Dienstag kommt, musst du möglichst viel von dem Zeug weggeschafft haben. Aber an einem langen Wochenende wirst du niemanden zu einer Abholung bewegen können.«

»Und was machen wir dann? Wir können nicht einfach völlig intakte Sachen wegwerfen, Nick. Das ist Verschwendung.«

Er verzog den Mund ein wenig, dann holte er sein Handy aus der Tasche. »Gib mir eine Minute.«

Er ging durch die Hintertür hinaus und sprach leise in sein Telefon, und Jayne machte sich wieder an die Arbeit. Ein wirres Durcheinander von Decken und Kissen wanderte direkt in den Container; auf der ganzen Welt gab es nicht genug Bleiche, um den Gestank herauszukriegen. Außerdem hatten, nach den ganzen hineingenagten Löchern zu urteilen, die Ratten schon eine gute Verwendung dafür gefunden.

Als Nick zurückkam, hatte er einen Miettransporter organisiert und in einem kirchlichen Secondhandshop sowie dem Women's Center angefragt, ob sie etwas von den verwertbaren Sachen haben wollten. Als das erledigt war, setzte er seine Maske wieder auf und stieg die Treppen hinauf. Brett folgte ihm.

»Nick.« Sie konnte nicht von ihnen verlangen, die Wohnung aufzuräumen; das war zu viel und zu widerwärtig. Gleichzeitig musste sie bei der Vorstellung, es selbst zu tun, beinahe würgen. Der Laden selbst schien einfach nur voller Zeug zu sein, Kisten und Tüten voller Zeug. Aber oben …

Sein Blick sagte alles. Sie konnte protestieren, so viel sie wollte, auf keinen Fall würde er zulassen, dass sie in nächster Zeit diese Treppen hinaufging.

»Wir lassen alles da, was kein Müll ist, damit du die Sachen durchsehen kannst«, sagte er, ohne langsamer zu werden.

»Aber ich …« Schaudernd brach sie ab. Dafür würde sie sehr tief in seiner Schuld stehen. »Danke. Und Brett, es tut mir ehrlich leid.«

Den Rest des Vormittags verbrachten sie damit, sich durch die Kisten zu wühlen und alles auf die Ladefläche des Miettransporters zu schleppen, wo sich die Mitarbeiter des kirchlichen Secondhandshops und des Women's Center aussuchten, was sie gebrauchen konnten. Immer wieder blieb Jayne ein paar Sekunden länger draußen, atmete in gierigen Zügen so viel frische Luft wie möglich und ließ das Schaudern von ihrem Körper abfallen, das die Spinnen, Insekten und Rattennester ausgelöst hatten.

Es war eine widerwärtige Arbeit, aber bis zur Mittagspause hatten sie das Hinterzimmer ausgeräumt und sich durch einige Stapel vorne im Laden gearbeitet.

»Musst du jede Kiste aufmachen?«, fragte Carter bei einem riesigen Stück Meatlovers-Pizza mit doppelt Käse.

»Es könnte etwas darin sein, das ich aufheben möchte.« Sie reichte ihm eine Serviette und deutete auf sein Kinn, von dem ein Stück Mozzarella hing.

»Zum Beispiel?«

Es war dumm zu hoffen, dass Gran ihre sentimentale Seite entdeckt hatte, nachdem Jayne fortgegangen war. Aber mit der Hoffnung war es so eine Sache – sie war nicht immer vernünftig.

»Hast du gesehen, was für Zeug wir aus dieser Wohnung geholt haben?« Carter machte ein würgendes Geräusch. »Warum sollte jemand das behalten wollen?«

Jayne brauchte nicht aufzusehen, um zu wissen, dass Carter sich gerade einen von Nicks Blicken eingefangen hatte. Das verriet ihr die plötzliche Stille. Brett hatte noch kein Wort gesagt, seit sie bestellt hatten.

Schließlich hob sie den Blick und rang sich den erbärmlichen Versuch eines Lächelns ab. »Wahrscheinlich ist es albern, aber wenn ich alles weggebe und sich dann herausstellt, dass etwas dabei war … ich weiß nicht …«

»Vergiss es.« Carter schob sich ein weiteres Stück Pizza auf den Teller und lächelte breit. »Wir kriegen das schon hin, Jay.«

»Igitt«, murrte sie. »Ich verstehe nicht, wie ihr Jungs hier etwas essen könnt.«

Sie schob ihren unberührten Teller von sich und winkte nach der Rechnung, doch Nick nahm sie der Kellnerin aus der Hand.

»Ich mach das.«

»Nein, das wirst du nicht.« Jayne und Carter griffen gleichzeitig nach der Plastikmappe, doch Nick hatte bereits seine Kreditkarte hineingeschoben und sie der Kellnerin zurückgegeben. »Nick!«

»Mach dir deswegen keine Sorgen.«

»Ich mache mir keine Sorgen«, sagte sie. »Ihr Jungs tut mir einen riesigen Gefallen. Da ist es doch das Mindeste, dass ich euch verpflege.«

»Du darfst beim nächsten Mal.«

Jaynes Schnauben wurde von Bretts übertönt. Auch sein Blick wurde ein wenig weicher. Es war kein Lächeln, aber nahe dran.

Wieder im Laden schloss sie ihr iPod-Dock an einer inzwischen freigelegten Steckdose an und schaltete die Musik ein. Mit Billy Idol im Hintergrund verging die Zeit schneller, und so hatte sie am späten Nachmittag eine ziemlich große Fläche im hinteren Bereich des Ladens freigeräumt. Keine Bücher, keine persönlichen Gegenstände, aber zwischen den Stapeln hatten sie eine große Plastikkiste mit *National-Geographic*-Ausgaben entdeckt, in die sich Carter in der letzten Stunde vertieft hatte. Außerdem war sie auf vier große Schuhkartons voller roter Kugelschreiber gestoßen. Schräg.

Brett war bereits gegangen – alle Mann in Bereitschaft für den Stomp –, und als ihr auffiel, dass Nick zum dritten Mal auf die Uhr sah, zog Jayne ihre Maske herunter und sah ihn mit einem breiten Lächeln an.

»Wie wär's, wenn wir für heute Schluss machen?«

»Okay.« Ohne aufzusehen, warf Carter das letzte *National-Geographic*-Heft in die Kiste zurück. »Ich habe Kate versprochen, kurz vorbeizuschauen, also treffen wir uns später bei Nick und können dann alle zusammen zum Stomp gehen. Klingt das gut?«

»Ja, aber sei vorsichtig«, warnte ihn Nick. »Meine Schwester hat zurzeit unheimlich miese Laune.«

Jayne schnaubte. »Das hättest du auch, wenn du mitten im Sommer im neunten Monat schwanger wärst.«

»Bis später dann.« Mit einem flüchtigen Lächeln und einem Augenzwinkern war Carter verschwunden. Nick brachte die Kiste mit den Zeitschriften zum Recycling-Stapel und kam zurück, um weiterzumachen.

»Lass gut sein«, sagte sie. »Musst du nicht auch langsam los?«

»Willst du mich loswerden?« Er stellte die Stiftschachteln auf einer großen Kiste mit Töpfen ab und lächelte sie schief an. »Ich habe Zeit.«

Sie folgte ihm bis zur Tür und versperrte ihm den Weg, als er wieder ins Haus wollte.

»Danke. Jetzt geh nach Hause.«

»Aber …«

»Kein Aber. Nachdem du gestern Abend die ›Rate mal, wer bei mir wohnt‹-Bombe hast platzen lassen, solltest du Linda vor dem Stomp lieber zum Essen einladen oder so.«

»Sie heißt Lisa.« Nicks Gesicht färbte sich leicht rosa. »Und, ja, wahrscheinlich hast du recht.«

»Lisa, richtig. Entschuldige. Da habe ich wohl eine Art mentale Blockade.« Leise lachend rückte sie ein Stück nach rechts, als er sich an ihr vorbeischieben wollte. »Du hast genug getan.«

Wieder sah er auf seine Uhr. »Sicher?«

»Geh schon.«

Er zögerte noch eine Sekunde. »Das ist seit langer Zeit der erste Tag, den wir ganz zusammen verbracht haben. Hat ziemlich viel Spaß gemacht.«

»Spaß?«, schnaufte sie. »Mann, bist du pervers.«

Auch wenn sie vielleicht nicht das Wort ›Spaß‹ benutzt hätte, war es doch schön gewesen, den Tag mit ihm zu verbringen, ganz egal, was sie taten. Vielleicht war es doch die richtige Entscheidung gewesen, zurückzukommen. Sie öffnete den Mund, um ihm das zu sagen, doch bevor sie einen Ton herausbrachte, hatte Nick sie wieder in eine seiner Schraubstockumarmungen gezogen. Sie wartete ein paar Sekunden, doch als er sie nicht losließ, klopfte sie ihm sacht auf den Rücken, bis er ein fragendes Brummen hören ließ.

»Ähm, Nick? Wenn es deiner Freundin nichts ausmacht, dass ich bei dir wohne, ist das eine Sache. Aber ich bezweifle, dass sie ähnlich viel Verständnis dafür aufbringt, wenn du mich ständig umarmst.«

Im Laufe der Jahre hatte Nick sie Hunderte, vielleicht Tausende Male umarmt, doch sie hatte sich nie daran gewöhnt. Immer hatte sie mit dem Wissen gekämpft, dass sie sich, wie nahe sie sich auch kamen, niemals so nah sein würden – buchstäblich und im übertragenen Sinne –, wie sie es sich wünschte.

Sie waren beste Freunde, schon immer gewesen, und das war besser als nichts, wie Jayne vor langer Zeit beschlossen hatte. Trotzdem fiel es ihr immer noch schwer, es zu akzeptieren.

»Es reicht.« Sie befreite sich aus seinen Armen und schob den nicht zu Ende gedachten Gedanken beiseite, während sie schwankend zurücktrat. »Das waren jetzt genug Umarmungen für mich.«

»Gut. Aber achte darauf, dass Paps und Carter dich nicht den ganzen Abend in Anspruch nehmen.«

»Ja, von wegen.« Jayne schob die Hände in die Hosentaschen und verzog spöttisch den Mund. »Ich bin sicher, Carter wird sich heute Abend gut selbst beschäftigen können, ohne sich um die graue Maus Jayne zu kümmern.«

Der alte Spitzname ging ihr leicht von der Zunge, doch nach einem Blick auf Nicks Miene bereute sie, dass er ihr herausgerutscht war. Verschwunden waren das kleine, schiefe Lächeln und alle Wärme und Weichheit in seinem Blick.

»Wie auch immer«, seufzte sie. »Zieh jetzt nicht deine Nick-Nummer ab.«

Seine Kiefermuskeln spannten sich, und er hielt sich krampfhaft an der Tür fest, aber er antwortete nicht, was immerhin ein Anfang war.

»Und jetzt geh«, sagte sie und deutete mit dem Kinn auf seinen Pick-up. »Ich stoße später zu euch.«

Es dauerte ein paar Sekunden, doch schließlich entließ er die Tür aus seinem stählernen Griff. »Wir holen dich zu Hause ab. Um neun?«

»Neun ist gut.«

Als er endlich gegangen war, starrte Jayne auf die Fläche, die sie freigeräumt hatten. Es war eine gewaltige Hilfe gewesen, die drei heute als Unterstützung zu haben, aber immer wieder hatte Jayne sie bitten wollen zu warten, damit sie die Kisten noch mal durchsehen konnte. Nur für den Fall, dass irgendetwas dabei war – ein Foto, ein Schmuckstück, irgendetwas –, aber da war nichts, nicht einmal die Bücherregale, und die Mistdinger waren am Boden festgeschraubt gewesen.

Die Menge an Kram, die sie durchgesehen hatten, war unglaublich, aber noch verblüffender war, wie viel sie noch vor sich hatten. Sie warf einen Blick auf die Uhr, sah sich einige Sekunden lang im Laden um und setzte dann ihre Maske wieder auf.

Auch wenn Carter sagte, sie wäre »wie« seine Schwester, war sie es eben nicht wirklich, und Jayne wollte nicht, dass er und Nick sich verpflichtet fühlten. Je mehr sie jetzt erledigen konnte, desto besser. Außerdem blieb ihr noch etwas Zeit, bevor sie mit Nick und Lin… *Lisa* verabredet war.

Stückchen für Stückchen rackerte sie sich weiter ab. Carter

hatte recht gehabt, das meiste war Müll. Aber das hielt sie nicht davon ab, sich jeden Gegenstand anzusehen. Wie war es möglich, dass hier so viel Zeug lag und nichts davon etwas zu bedeuten hatte? Irgendetwas musste doch da sein.

Die Kiste ganz oben auf dem nächsten Stapel war schwer, lang und verdammt unhandlich, aber Jayne schaffte es auf Zehenspitzen, sie stückweise nach vorn zu ziehen, bis sie über den Rand kippte. Mit den Fingerspitzen stützte sie die Kiste ab, doch bevor sie sie herunterheben konnte, klingelte ihr Handy. Also balancierte sie die Kiste auf einer Hand, um mit der anderen das Telefon aus der Tasche zu holen.

»Hallo? Ja … Hi, Nick. Warte kurz … oooh … Nein, ich versuche nur … waaa… Moment … nein, mir geht's gut.« Sie klemmte sich das Handy zwischen Ohr und Schulter und versuchte, die Kiste über ihrem Kopf festzuhalten, doch als sie einen Schritt zurück machte, trat sie auf etwas Zappelndes … etwas, das quiekte und sich wand.

Kreischend sprang Jayne in die Luft und fiel hintenüber. Ihr Handy schlitterte quer über den Boden, und die große Kiste stürzte auf sie herab. Als Erstes prallte ihr Steißbein am Boden auf, direkt gefolgt von ihrem Hinterkopf.

4

It's a nice night for a neck injury.

Kevin McCallister, Kevin – Allein in New York

Schneidender Schmerz durchfuhr Jaynes Kopf, ihre Zähne schlugen aufeinander und ihr Nacken knirschte wie eine alte Verandaschaukel.

Schlimmer aber war der gotterbärmliche Kleinmädchenschrei, der ihr im Fallen entfuhr.

»Jayne? Jayne!«

Sie schob die Kiste von ihrer Brust, betastete vorsichtig ihren Kopf (kein Blut, zum Glück) und kroch zu ihrem Handy, als Nick erneut nach ihr rief.

»Ich bin ja da«, murmelte sie. »Hör auf zu schreien.«

»Zum Teufel, was war das? Geht's dir gut?«

»Alles okay.« Die wachsende Beule an ihrem Hinterkopf entlarvte das als Lüge, aber schließlich hatte sie sich ja nichts gebrochen oder so. »Was gibt's?«

»Bist du sicher, dass es dir gut geht?«

»Ja«, brachte sie hervor. »Jedenfalls sobald du aufhörst, mir ins Ohr zu brüllen.«

»Wo bist du?« Jetzt brüllte er nicht mehr, sondern klang verärgert.

Sich an der Wand abstützend, kam sie auf die Füße, suchte den Boden nach weiteren Bewegungen ab und lehnte sich mit dem Rücken an die Wand. Mit einer Hand hielt sie das Handy fest, während sie mit der anderen vorsichtig ihren Kopf nach weiteren Verletzungen abtastete.

»Ich bin im Laden. Warum?«

Dem Knurren am anderen Ende der Leitung nach zu urteilen, hielt er sein Telefon noch fester umklammert als sie ihres. »Weil es Viertel nach neun ist.«

Sie nahm das Handy vom Ohr, sah auf die Uhr und wand sich. *Ups.*

Fünfzehn Minuten zu spät, und sie musste sich noch frisch machen. Sich mit lauter Musik und Hunderten von Menschen zu umgeben war das Letzte, was sie jetzt wollte. Viel lieber hätte sie sich mit einer Tüte gefrorener Erbsen auf dem Kopf ins Bett gelegt, aber dafür müsste sie Nick sagen, dass sie sich verletzt hatte, und das wiederum würde ihm vermutlich einen Herzinfarkt einbringen.

Ein paar Stunden beim Stomp würde sie schon durchhalten.

»Jayne? Bist du noch da?« Seine Stimme wurde wieder lauter.

»Tut mir leid, ich hatte nur … ich habe die Zeit vergessen.« Sie trat einen Schritt von der Wand weg und stellte erleichtert fest, dass sie noch so etwas Ähnliches wie Gleichgewichtssinn besaß. »Warum fahrt ihr nicht schon ohne mich vor?«

»Nein.«

»Aber ich muss erst noch duschen und mich umziehen.«

Und vielleicht eine Computertomografie machen lassen.

»Bist du sicher, dass es dir gut geht? Du klingst komisch. Ich komme dich abholen.«

»Nein, ich breche jetzt sofort auf«, sagte sie. »Wenn ich nicht in fünf Minuten bei dir bin, kannst du die Bergungsmannschaft losschicken, okay?«

Als sie sechseinhalb Minuten später in seine Auffahrt fuhr, kam er gerade aus dem Haus.

Selbst mit zusammengekniffenen Lippen und seinem finsteren Blick war Nick ein toller Anblick, wie er in seiner ausgeblichenen Jeans und dem Chambray-Hemd dastand. Die Ärmel waren bis zur Hälfte der Unterarme hochgekrempelt, was es ihm leicht machte, auf seine Uhr zu tippen.

»Du hast ›fünf Minuten‹ gesagt.«

»Ja, Mami, ich weiß.« Jayne bemühte sich, nicht die Augen zu verdrehen. »Ich musste an allen drei Ampeln anhalten, und es war furchtbar viel Verkehr.«

Als er nicht mal spöttisch lächelte, hob sie beschwichtigend die Hände und zuckte die Achseln. »Willst du jetzt hier draußen rumstehen und mir eine Strafpredigt halten, oder kann ich reingehen und duschen?«

Er presste die Lippen zusammen, doch kurz darauf schob er die Hände in die Hosentaschen und trat zur Seite, damit sie ins Haus gehen konnte.

»Gib mir zehn Minuten.« Sie huschte an ihm vorbei und lief in ihr Zimmer, in der Hoffnung, vor dem Hämmern in ihrem Kopf davonlaufen zu können. Doch damit hatte sie kein Glück. Das Hämmern schien sogar mit jedem Schritt stärker zu werden, bis sie die Augen schließen musste, um ihr Gleichgewicht wiederzufinden.

Wie schön, dass Nick, der Pfadfinder, ein gut ausgestattetes Medizinschränkchen hatte. *Advil, Aspirin … oooh, was haben wir denn da?*

Sie hob das Fläschchen an und drehte es so, dass sie die Anweisungen auf dem Etikett lesen konnte. Bisher hatte sie noch nie etwas Stärkeres als extrastarke Paracetamol genommen, nachdem man ihr alle vier Weisheitszähne rausgerupft hatte. Wenn ihre Erinnerung sie nicht trog, wirkten die ziemlich gut, also müsste eine Tylenol 3 mit ihren Kopfschmerzen kurzen Prozess machen.

Alle vier Stunden eine? Wie wäre es, wenn ich jetzt gleich eine nähme und für alle Fälle noch ein paar einstecke?

Obwohl sie nur fünf Minuten zu spät dran war, trommelte Nick mit den Fingern auf die Kücheninsel, als sie endlich auftauchte. Ihr Kopf dröhnte immer noch und ließ sie jede schnelle Bewegung sofort bereuen. Das war leicht zu ändern, sie musste sich nur langsamer bewegen. Würde schon gehen.

»Holen wir unterwegs …« Jayne zögerte. Linda oder Lisa? Und warum zum Teufel konnte sie es sich nicht merken? Es war nun wirklich kein ungewöhnlicher Name.

»Nein«, sagte er, als er in den Wagen stieg. »Ich habe sie und Carter schon dort abgesetzt, damit sie den Tisch freihalten können.«

Und das war gut, denn das zur Disco umfunktionierte Eishockeyfeld war bereits gerammelt voll, als Nick und Jayne eintrafen. Der DJ, der sein Pult vor den Strafbänken aufgebaut hatte, trug einen Stetson und spielte so laut Charlie Daniels, dass es Tote aufwecken konnte. Mit einer Reihe von Holztischen war der Platz für die Bar abgegrenzt, und an den Banden waren Dutzende Tische so aufgestellt, dass auf dem Betonboden reichlich Platz zum Tanzen blieb. Wie üblich beschränkte sich die Dekoration auf ein Minimum; hier und da stapelten sich Heuballen, neben der Bar stand eine riesige aufblasbare Bierdose, und an der Decke hingen ein paar Discokugeln und reflektierten Lichtfunken.

Oh ja, der Stomp bot äußerst kultivierte Unterhaltung.

»Darf ich?« Ohne Carters Antwort abzuwarten, nahm Jayne sein Bier, setzte es an und trank fast ein Drittel davon aus.

»Ich dachte, du magst kein Bier, Jay.«

»Ich hasse es. Aber es ist Stomp, und da muss ich mich wohl anpassen … Außerdem hab ich was im Hals.« Niemand brauchte zu wissen, dass es eine von Nicks Tylenols war. Im Fläschchen hatte die Tablette gar nicht so groß ausgesehen, aber sie war Jayne in der Speiseröhre stecken geblieben, als wäre sie beim ersten Kontakt mit Speichel zur doppelten Größe angewachsen.

Noch einen kleinen Schluck. Ja, schon besser. Sie rang sich ein Lächeln ab und wandte sich an Nicks Freundin, wobei sie schreien musste, um gegen die Musik anzukommen.

»Schön, dich wiederzusehen.« *Wie auch immer du heißt.*

»Gleichfalls.« Sie richtete ihre sanften grünen Augen auf Nick. »Wir hatten uns schon Sorgen gemacht.«

»Sie, nicht ich«, korrigierte Carter sie leise grummelnd. »Schließlich ging es um Jay.«

»Entschuldige.« Nick gab seiner Freundin einen Kuss auf die Wange und deutete dann mit dem Daumen zur Bar. »Bin gleich zurück.«

»Soll ich mitkommen?« LindaLisa war so schnell aufgestanden, dass Jayne blinzeln musste, um wieder klar zu sehen.

Nick schüttelte nur den Kopf, deutete auf ihren Stuhl, dann auf LindaLisa und schließlich auf Carter, der nickte. Die Zeichensprache der Familie Scott. Ich kümmere mich um die Getränke, du kümmerst dich um LindaLisa.

Eine Sekunde später war Nick in der Menge verschwunden und ließ die drei allein am Tisch zurück.

Erst als sich LindaLisa wieder setzte, wurde Jayne bewusst, was sie gesehen hatte. LindaLisa trug ein Kleid. Nein, nicht einfach nur ein Kleid. Ein *rosa* Kleid, sommerlich ärmellos mit weißen Trägern und einem übergroßen Zierknopf am Ausschnitt. Es war süß und mädchenhaft und vollkommen fehl am Platz.

Verdammt, sie sah aus, als würde sie nach der Kirche zum Picknick gehen, statt in einer provisorisch errichteten Holzfällerdisco zu sitzen, wo ihr rosa Kleid im Laufe des Abends mindestens ein Bier abkriegen würde.

Nick hätte sie warnen sollen.

»Also.« Wenn Jayne die andere Frau direkt ansah, brauchte sie sich vielleicht nicht an ihren Namen zu erinnern. »Nick hat mir erzählt, du bist Partyplanerin?«

»Eventmanagerin, ja.«

»Hier im Ort, oder arbeitest du in der Stadt?«

»Beides.«

Jayne wartete darauf, dass sie mehr erzählen würde, doch sie nippte nur an ihrem Wein und hielt in der Menge nach Nick Ausschau.

»Also organisierst du Hochzeiten und Geburtstage und solche Sachen?« Dass sie so schreien musste, tat Jaynes Kopf überhaupt nicht gut.

»Genau, außerdem koordiniere ich Konferenzen, Vorstandssitzungen, alles, was der Kunde braucht.«

»Nick sagt, du verreist auch?«

»Manchmal.«

Wieder wartete Jayne darauf, dass noch etwas kam. *Wow.* Vielleicht hatte Nick gelogen; vielleicht war seine Freundin doch nicht so begeistert davon, dass Jayne bei ihm wohnte. Warum sonst fielen ihre Antworten so knapp aus?

Jayne warf Carter einen fragenden Blick zu, doch der grinste nur hinter seiner Bierflasche und zuckte unbekümmert die Achseln. Was zum Kuckuck sollte das denn heißen? Und warum lächelte er? Das war überhaupt nicht lustig. Jayne und Abby hatten einander nie gemocht, und das hatte Nick nichts als Probleme eingebracht. Wenn Jayne also wieder hier wohnen würde und Nick weiterhin mit der perfekten Partyplanerin ausging, würde Jayne alles in ihrer Macht Stehende tun, um sich mit ihr anzufreunden.

Auch wenn LindaLisa nicht das kleinste bisschen Interesse daran zeigte.

»Ich bin Redakteurin.« Jayne beugte sich über den Tisch, um sicherzugehen, dass LindaLisa sie hörte. »Oder besser gesagt: ich war es.«

»Ja, das hat Nick mir erzählt.« Wenigstens hörte sie diesmal auf, sich den Hals nach Nick zu verrenken, und lächelte Jayne sogar an.

Jayne wischte sich die Handflächen an der Jeans ab und erwiderte das Lächeln, ehe sie mit ihrem geistlosen Geplapper fortfuhr. Es dauerte eine Weile, aber schließlich fand sie heraus, dass LindaLisa in den nächsten Tagen auf einer Messe in Vancouver sein würde, dass sie kein großer Hundefreund war (Allergien) und dass dies ihre ersten Holzfäller-Wettkämpfe waren.

Schockierend.

Carter war auch keine Hilfe, vor allem, nachdem eine langbeinige Blondine in Shorts vorbeigekommen war, neben der Daisy Duke wie eine Nonne ausgesehen hätte. Mit einem resignierten Seufzen lehnte sich Jayne in ihrem Stuhl zurück und verschränkte die Arme vor der Brust. Es war nicht so, dass LindaLisa feindselige Schwingungen verbreitet hätte oder so; sie schien einfach nicht das geringste Interesse daran zu haben, sich zu unterhalten. Das Einzige, was sie zu interessieren schien, war Nick und wie lange er brauchte, um ihre Getränke zu holen.

Damit waren sie schon zwei.

Als er endlich zurückkam, hätte Jayne ihm die Flasche fast aus der Hand gerissen.

»Prost.« Sie stieß mit Carter und Nick an, doch LindaLisa beugte sich nur vor und sagte Nick etwas ins Ohr, bis er nickte. »Wir kommen gleich wieder.«

Als Antwort hob Jayne ihre Flasche, dann rückte sie ihren

Stuhl näher zu Carter, während Nick und LindaLisa davongingen. Von diesem Platz aus konnte Jayne die gesamte Tanzfläche sehen und musste sich nicht heiser brüllen, um sich zu unterhalten.

»Okay, ein letztes Mal«, sagte sie. »Heißt sie nun Linda oder Lisa?«

»Lisa.«

»Richtig, Lisa.« Jayne ließ die Luft entweichen, die sie angehalten hatte, und trank dann einen großen Schluck Bier. »Lisa Lisa Lisa Lisa. Ich weiß nicht, warum das so schwer zu behalten ist.«

Carter prustete. »Weil du eine Idiotin bist. Als er in der Highschool mit Linda Williams ausgegangen ist, hast du sie die ganze Zeit Lisa genannt.«

»Echt?« Jayne runzelte die Stirn. Alles, was sie über Linda Williams noch wusste, war, dass sie zur »coolen« Clique gehört hatte, weshalb Jayne und sie nie befreundet gewesen waren. Und jetzt ging Nick wieder mit einem Mädchen, das sich offensichtlich nicht in den gleichen Kreisen bewegte wie Jayne. Mit einem Mädchen, das Jayne in keiner Hinsicht ähnlich war.

Und das allein sprach schon Bände.

»Also, ist … Lisa … sauer, weil wir zu spät gekommen sind? Ist das der Grund, warum sie nicht mit mir spricht?«

»Nee. Sie ist einfach ein bisschen stiller.«

»*Ein bisschen*?« Jayne schüttelte langsam den Kopf, zuckte unter den hämmernden Schmerzen zusammen und nahm noch einen Schluck von ihrem Getränk, um sie zu lindern.

»Tanz mit mir.« Die riesige Hand von Dickie Garner schloss sich um Jaynes Arm und zerrte sie auf die Füße. Dickie war ein paar Jahre älter als Jayne, gut hundert Pfund schwerer und überragte sie um mindestens dreißig Zentimeter, aber das spielte keine Rolle, weil er sie einfach hochhob, einen Arm um ihren Rücken legte, mit der freien Hand ihre ergriff und sie zu irgendeinem Hinterwäldler-Cowboy-Song, den der DJ auflegte, über die Tanzfläche wirbelte.

»Gut siehst du aus, graue Maus.« Sein voller roter Bart kitzelte sie am Hals, als er einem vorbeitanzenden Paar zunickte. »Wie ist es dir ergangen?«

Trotz Dickies Größe hätte ihm Nick eine dafür verpasst, dass er sie bei ihrem alten Spitznamen genannt hatte. Es machte ihn schon sauer, wenn sie sich selbst als graue Maus bezeichnete, doch wenn jemand anderes es tat … Vorsicht.

»Mir geht's gut. Und dir?« Sie hatte keine Ahnung, was er darauf erwiderte, weil sie sich ganz darauf konzentrieren musste, dass ihre Beine nicht wild durch die Luft flogen und andere Leute trafen.

Als sie an den Tisch zurückkam, war Carter nirgends zu sehen, doch seine Jacke hing noch über dem Stuhl, also konnte er nicht weit sein. Nick und seine Freundin unterhielten sich ein paar Tische weiter mit einem anderen Pärchen, also setzte Jayne sich und nippte langsam an ihrem Bier.

Die Kombination aus der ersten Tylenol und dem Bier hatte es geschafft, ihre Kopfschmerzen etwas zu lindern, doch nachdem sie fünf Minuten lang wie eine Stoffpuppe herumgewirbelt worden war, waren sie zurückgekehrt und sannen auf Rache. Sie holte die Tic-Tac-Schachtel aus ihrer Tasche, die nun drei weitere Tylenol beherbergte, und schluckte eine zweite.

Wer behauptete, es wäre eine schlechte Idee, Schmerzmittel mit Alkohol zu mischen, hatte offenbar keine Ahnung, wovon er sprach. Keins von beidem schien irgendeine Wirkung auf ihre Kopfschmerzen zu haben.

Eine Zeit lang spazierte sie durch die Menge, sprach und lachte mit Leuten, die sie seit Jahren nicht mehr gesehen hatte, darunter auch Regan Burke, die inzwischen einen Friseursalon hier im Ort besaß.

»Wohnst du wieder hier, oder bist du nur zu Besuch?« Regan löste sich aus den Armen ihres Dates und hob die Handfläche vor seine Brust. »Nur eine Minute.«

»Ich bin zurückgekommen. Will sehen, ob ich Grans Laden wiedereröffnen kann.«

»Das ist fantastisch.« Der Mann war wieder da und zog an Regans Arm. »Komm nächste Woche im Salon vorbei, dann reden wir.«

Jayne winkte ihr lächelnd nach und wurde schon bald von anderen Leuten in Beschlag genommen, von denen einige darauf pochten, was für gute Freunde sie doch gewesen seien und was für eine Schande es sei, dass sie den Kontakt nicht gehalten hatten. M-hmmm. Eine furchtbare Schande.

Brett Hale bewachte die Tür. Schon vorhin hatte er ernst gewirkt, aber das war nichts im Vergleich dazu, wie er in voller Uniform mit der 9mm an der Hüfte aussah. Sie unterhielten sich ein paar Minuten, doch als Dickie an ihm vorbeitaumeln wollte, erleichterte Brett ihn schnell um seine Wagenschlüssel und half ihm hinaus zu einem Taxi.

Jedes Mal, wenn Jaynes Blick auf Carter fiel, sprach er mit einer anderen Frau, und jedes Mal, wenn Nick ihren Blick auffing, zog er eine Augenbraue hoch, um sie stumm zu fragen, ob alles in Ordnung war. Es war schön, diese ganzen Leute wiederzusehen, und Jayne stellte fest, dass sie das Hämmern in ihrem Schädel beinahe unter Kontrolle bekam, wenn sie sich nicht zu schnell bewegte und nicht zu heftig angerempelt wurde.

»Da ist ja meine kleine Jaynie.«

»Doc!«

Vor ihrem Tisch stand Dr. Scott. Er umarmte sie fest, gab ihr einen Kuss auf die Wange und schob sie dann auf eine Armlänge Abstand von sich. »Es ist so schön, dass du wieder da bist.«

»Seit wann bist du hier?« Sie ließ sich auf ihren Stuhl sinken und bot ihm mit einer Geste einen der anderen an.

»Schon seit einer Weile.« Er beugte sich zu ihr, in seinem Atem lag der Pfefferminzgeruch seiner Zahnpasta. »Habe mich am Eingang mit den Eisenwaren-Brüdern festgequatscht.«

Inzwischen fast vollständig ergraut, verliehen ihm seine Haare das distinguierte Aussehen, das manchen Männern vergönnt war, und dabei war er auch schon vorher ein attraktiver Mann gewesen.

»Ist Mrs Scott auch hier?«

Doc schüttelte den Kopf. »Ihr ist es zu laut. Ich bin nur auf ein Tänzchen mit meiner Jaynie gekommen, und dann bin ich auch wieder weg.«

Jayne betrachtete ihn gründlich, sah das winzige Lächeln, das seine Lippen umspielte, und das Funkeln in seinen Augen, die Nicks so ähnlich waren.

»Sag bitte, dass du nicht …« Sie versuchte, ihren Stuhl zurückzuschieben, stieß aber gegen die Bande. Die ersten Akkorde des Songs dröhnten aus den Lautsprechern. »Doc!«

Dr. Scott hörte ihr nicht zu. Er ergriff einfach ihre Hand und zog sie mitten auf die Tanzfläche, wo sich schon einige andere in Reihen aufgestellt hatten. Weder Nick noch Carter waren darunter. Nein, die beiden standen am Rand und grinsten wie die blöden Idioten, die sie waren.

Als sie mit ihren drohenden Blicken nichts ausrichten konnte, zuckte Jayne die Schultern und hängte die Daumen in die Gürtelschlaufen. Schritt, kreuzen, Schritt, schließen, klatschen. Sie konnte sich nicht an den Namen von Nicks Freundin erinnern, dafür aber an jeden Schritt des scheußlichsten Line

Dances, der je choreografiert worden war. An jeden Schritt, jedes Klatschen und jeden Sprung.

Da sollte mal einer schlau draus werden.

Die Reihen bewegten sich über die Tanzfläche, alle lachten über sich selbst oder ihre Nachbarn, mit denen sie ständig zusammenstießen. Es war unmöglich, so zu tun, als würde sie sich nicht amüsieren, vor allem, da Doc neben ihr aus voller Kehle sang.

Als das Lied zu Ende ging, war sein Gesicht gerötet und sein sonst so ordentliches Haar zerzaust, doch für das Lächeln, das er ihr schenkte, war das Herumgehüpfe die zusätzlichen hämmernden Schmerzen wert gewesen, die jetzt in ihrem Schädel dröhnten.

»Danke, Jaynie«, sagte er lachend, als er sie zu ihrem Tisch zurückbrachte. »Ich glaube, jetzt bin ich bis zum Stomp im nächsten Jahr versorgt.«

»Gott, das hoffe ich.« In dem vergeblichen Versuch, den Schwindel zu unterdrücken, presste sie sich die Hand vor die Stirn.

Ein kurzer Kuss auf die Wange, eine halbe Umarmung. Auf dem Weg zur Tür wandte er noch einmal den Kopf und rief ihr zu: »Oh, und ich habe diesen beiden Armleuchtern gesagt, sie sollen ihre Kommentare für sich behalten, weil ich ihnen sonst so kräftig in den Arsch trete, dass sie bis nächsten Dienstag fliegen.«

Und das war einer der vielen Gründe, warum Jayne Dr. Warren Scott liebte.

Sie ließ sich auf ihren Stuhl fallen, in der einen Hand die Überreste ihres Biers, in der anderen ihre Stirn.

Von seinem Platz bei Lisa und dem anderen Paar sah Nick sie unter zusammengezogenen Brauen an. Er wollte aufstehen, doch Jayne winkte ab. Sie hatte erwartet, dass die letzte Tylenol richtig reinhauen würde, aber bisher hatte sie dem Hämmern in ihrem Schädel nur mit der Faust gedroht. Sicher, sie tat sich keinen Gefallen damit, auf einem Eishockeyfeld mit plärrender Musik und Hunderten von Menschen zu sitzen. Aber lieber wollte sie die Schmerzen ertragen, als Nicks wütenden Blick sehen zu müssen, wenn er sie dafür zusammenstauchte, dass sie ihm nichts von ihrer Verletzung gesagt hatte.

Der DJ verlegte die Musikauswahl von Country auf die Klassiker der Siebziger und Achtziger, was die Menge wiederzubeleben schien. Das war Jaynes Musik, und Carter schaffte es sogar, sich hin und wieder durch die Masse süßer Blondinen zu kämpfen, um Jayne auf die Tanzfläche zu ziehen. Nick tanzte nur mit Linda.

Lisa!

Nach der letzten Runde mit Carter wollte Jayne gerade von der Tanzfläche gehen, als die ersten Töne des nächsten Songs aus den Lautsprechern kamen. Mitten im Schritt verharrte sie und suchte die Menge nach Nick ab.

Es war ihr Lied. Er hatte es ihr zu ihrem sechzehnten Geburtstag »geschenkt«, hauptsächlich wegen des Titels, und es war ein ungeschriebenes Gesetz, dass dieses Lied nicht nur ihres, sondern ihr gemeinsames war.

Wo war er? Hatte er es vergessen? Sie stellte sich auf die Zehenspitzen, reckte den Hals … da war er und kam auf sie zu, die Mundwinkel zu einem albernen Grinsen angehoben.

It's a little bit funny this feeling inside …

Während Jayne ihm ein paar Schritte entgegenging, spürte sie ihr Lächeln bis in die Zehenspitzen. Dann blieb sie stehen. LindaLisa ergriff Nicks Hand, zog ihn zurück und sagte etwas, das Jayne beim besten Willen nicht verstehen konnte. Er schüttelte den Kopf und deutete in Jaynes Richtung, machte sogar noch einen Schritt auf sie zu, doch LindaLisa zog ihn zurück und lächelte wie strahlender Sonnenschein zu ihm auf.

Einen langen Augenblick sah er Jayne unentschlossen an, bis sie schließlich die Achseln zuckte, seufzte und abwinkte. *Es ist nur ein Song.*

Wenn sie das nur oft genug wiederholte, konnte sie sich vielleicht davon überzeugen, dass es wahr wäre, und vielleicht – nur vielleicht – könnte sie dieses gewaltige, klaffende Loch schließen, das sich plötzlich in ihrem Bauch aufgetan hatte.

And you can tell everybody this is your song … Du kannst allen sagen, dass dieses Lied dir gehört.

Offenbar, Sir Elton, war das hier nicht mehr ihr Lied.

Wieder auf ihrem Stuhl, schloss sie die Augen, kippte ihr Bier hinunter und betete, der Alkohol würde den Schmerz lindern, der irgendwie dem Krater in ihrem Bauch mit dem Hämmern in ihrem Kopf verband.

»Er ist ein Idiot.« Carter stand vor ihr, hielt ihr die Hand hin und lächelte. »Komm, Jay. Lass uns tanzen.«

»Danke, aber ich sollte diesen Tanz wohl lieber auslassen.«

»Geht's dir gut?« Carter drehte einen Stuhl um und setzte sich rittlings darauf, um sie prüfend anzusehen. »Du siehst ein bisschen blass aus.«

»Nur Kopfschmerzen.« Und da das Bier, das sie bisher runtergekippt hatte, nicht mal ansatzweise den Schmerz in ihrem Kopf und im Bauch gelindert hatte, schüttelte sie eine weitere Tylenol aus ihrer praktischen Tic-Tac-Schachtel und spülte sie mit einem kräftigen Schluck Bier hinunter.

»Was nimmst du da? Und warum zum Teufel spülst du es mit Bier runter?«

»Nur ein paar Tylenol, die ich aus Nicks Schränkchen geklaut habe.«

Die Tanzfläche war brechend voll, doch immer wenn sie

den Blick hob, sah sie Nick, der sie über LindaLisas perfekt frisierten Kopf hinweg beobachtete.

»Hey.« Carter stieß sie mit dem Fuß an. »Konzentration bitte. Was für Tylenols?«

Nach einer weiteren Sekunde riss sie den Blick endlich von der Tanzfläche los und grinste Carter an. »Die großen.«

Sie versuchte, es mit einem Lachen abzutun, doch er streckte nur die flache Hand aus und winkte mit dem Finger, bis sie ihm schließlich seufzend die Schachtel gab.

»Himmel, Jayne. Wie viele hast du davon genommen?«

»Eine bei Nick zu Hause und eine, nachdem Dickie mich wie auf dem Karussell herumgewirbelt hat, also zwei.« Sie fing an zu nicken, hielt dann aber inne. »Oh, und die, die ich gerade genommen habe, also drei.«

Sie schaffte es, noch einen Schluck von ihrem Bier zu trinken, ehe Carter ihr den Plastikbecher aus der Hand riss und ihr dabei die Reste über den Schoß kippte.

Jayne sprang auf, geriet ins Schwanken und setzte sich unsanft wieder hin.

»Du hast *drei* Stück genommen?« Er hob ihr Kinn an, um ihr in die Augen sehen zu können. »Wie lange hast du das schon?«

»Das Bier?«

»Die Kopfschmerzen?«

»Erst seit … weiß nich.« Ein undurchdringlicher Nebel begann sich in ihrem Hirn auszubreiten und brachte die ersten Spuren von Erleichterung mit sich. Endlich. Und dafür waren nur drei riesige Tylenols und fast drei Bier nötig gewesen. Aller guten Dinge waren drei, nicht wahr?

»Jayne, sieh mich an.«

Sie tat, was er sagte, musste aber ein paarmal blinzeln, um sein Gesicht wieder scharf zu sehen. Seine Schuld, er war so dicht vor ihr, dass sich ihre Nasen beinahe berührten.

»Was ist passiert? Im Laden ging es dir noch gut.« Eines nach dem anderen hob er ihre Augenlider an, dann drückte er die Finger auf ihr Handgelenk. Oh, richtig. Carter war ja nicht einfach nur Carter. Er war Dr. Carter Scott, der unvergleichliche Kinderarzt.

»Es ist nichts.« Der aufkommende Nebel verlangsamte alles; Blinzeln, Atmen, Sprechen. »Ich habe mich nach einer Kiste gestreckt, dann hat Nick angerufen … und dann …«

»Was dann?«

»Was? Oh, äh, ich bin auf eine Ratte getreten.« Es wurde immer schwieriger, die Augen offen zu halten. »Das Mistvieh hat mich zu Tode erschreckt … und dann … bin ich wohl … hochgesprungen.«

»Du bist gesprungen?«

»M-hm. Ziemlich hoch.« Sie versuchte, die Augen etwas weiter aufzustemmen, gab aber schließlich auf und ließ sie einfach zufallen. »Wie beim Olympia-Hochsprung.«

»Worauf bist du gelandet? Jayne. Sieh mich an.«

»Das hast du schon mal gesagt.« Sie hob ihr Gesicht zu ihm empor und schaffte es sogar, die Augen wieder zu öffnen, doch das reichte Carter nicht. Das Nächste, was sie mitbekam, war, dass er aufgestanden war und sich über sie beugte.

»Hast du dir den Kopf angeschlagen?« Er legte die Finger auf ihre Kopfhaut und tastete langsam ihren Oberkopf ab.

»Du hast *richtig* dunkle Augen«, sagte sie. »Wie braune M&Ms.«

»Tut das weh?« Über ihren Ohren drückte er etwas fester.

»Nicks Augen sind eher wie … der Frühling, findest du nicht?«

»Jayne, wie fest hast du dir den Kopf gestoßen? Was tut dir sonst noch weh?«

»Er riecht immer so gut. Ist dir das schon mal aufgefallen?«

Wieder über den Scheitel und dann zum Hinterkopf. »Und wie ist es …?«

»Au!« Sie riss den Kopf unter seinen Fingern weg, doch da hatte Carter die Hände schon sinken lassen.

»Das ist ja ein ganz schönes Ei. Hast du wenigstens Eis draufgetan?«

»Keine Zeit. Nick hatte schon seinen ärgerlichen Blick aufgesetzt.« Langsam blinzelte sie noch einmal. »Kann ich mein Bier wiederhaben?«

»Nein, du hast genug.« Er fasste sie am Ellbogen und zog sie auf die Füße, als Nick gerade auf sie zukam. Sein Gesicht, das so hübsch und freundlich aussah, wenn er nicht gerade böse guckte, war zu einer finsteren Miene verzogen. Nicht so hübsch und freundlich.

»Was ist los?« Sein Blick glitt von Carter zu Jayne, die wiederum versuchte, ihren Blick von ihm zu Carter zu bewegen, was aber zu anstrengend war.

»Das Lied ist noch nicht vorbei«, sagte sie.

»Doch, ist es«, murmelte Carter.

Er musste gelogen haben, denn Jayne hörte es immer noch, auch nachdem sich die Tanzfläche geleert hatte.

»Hast du gewusst, dass sie gestürzt ist?« Carter klang wütend, aber das musste an dem Nebel in ihrem Kopf liegen, denn Carter wurde nie wütend. Nick wurde wütend.

»Sie hat gesagt, es ginge ihr gut.«

»Genau«, schnaubte Carter. »Sieht sie *gut* aus?«

»Was stimmt mit meinem Aussehen nicht?«

»Nichts. Du bist umwerfend.« Carter navigierte Jayne durch die Menge, aber ihre Schuhspitzen blieben immer wieder am Boden hängen, und die Tür war zu weit weg. »Gib mir deine Schlüssel, wir fahren nach Hause.«

»Ich habe keine Schlüssel. Können wir uns einen Moment hinsetzen?«

»Du nicht.« Er schlang den Arm um ihre Taille und hielt jemandem die offene Hand hin … oh, ja. Nick. Und Linda.

»Du hast meinen Song gestohlen.«

»Ich habe was?« Auf der Vorderseite ihres Kleids war ein großer, nasser Fleck. Nicks Schuld. Er hätte sie warnen sollen.

»Meinen Song. *Your Song*.«

»Ich habe nichts gestohlen.« Lindas perfekte, faltenfreie Stirn kräuselte sich.

»Doch, das hast du. Du hast mir meinen Song weggenommen.« Mit jedem Atemzug entspannten sich Jaynes Muskeln mehr, bis es immer schwieriger wurde, aufrecht zu stehen, geschweige denn, den Kopf oben zu behalten.

»Ich weiß nicht, was du meinst.« Wenn sie nicht aufhörte, die Stirn so zu runzeln, würde diese perfekte Haut noch Falten bekommen. »Was ist dein Song?«

»Das sagte ich doch gerade, *›Your Song‹*.« Ein leises Summen machte sich in Jaynes Kopf breit. »Aber jetzt ist *›Your Song‹* dein Song.«

»Genau.« Carter fasste sie fester an der Taille. »Achte einfach nicht auf sie, Lisa. Sie steht ein bisschen neben sich. Nick, die Schlüssel.«

»Nick.« Jayne blinzelte an Linda vorbei und versuchte, sein Gesicht scharf zu sehen. Uuuh, er hatte jetzt den besorgten Blick aufgesetzt. Lustig, wie er von wütend zu besorgt zu … was auch immer wechseln konnte. Ein bisschen wie Herr Kartoffelkopf.

»Was ist mit ihr?« Auch die besorgte Stimme.

»Abgesehen davon, dass sie high von Corona und Tylenol 3 ist, vermute ich eine leichte Gehirnerschütterung.«

»Wie zum … Scheiße.«

»Sollen wir dir helfen, sie nach Hause zu bringen?« Lindas

Stimme. Linda, die Partyplanerin. Linda, die Ruhige mit dem hübschen Gesicht, den perfekten Haaren und dem großen Bierfleck auf dem hübschen Sommerkleid.

»Wir kommen schon zurecht, aber danke.« Carter blieb kurz stehen, um Jayne besser zu fassen zu kriegen. »Hoffentlich weiß sie morgen nichts mehr davon.«

»Wovon?« Jayne runzelte die Stirn. »Uh, Carter. Ich wusste gar nicht, dass du auch einen wütenden Blick hast.«

»Den spare ich mir für die größten Idioten auf.«

»Hmm.« Sie nickte langsam, dann zog sie die Brauen zusammen, als die Worte in ihrem Kopf ankamen. »*Für mich?* Ich bin der größte Idiot?«

»Nein, Schätzchen, nicht du.« Carter lächelte sie an, aber es war kein fröhliches Lächeln. Das erkannte sie sogar durch den Nebel. »Nick.«

»Ähm, Carter.« Jayne blinzelte, konzentrierte sich und versuchte zu flüstern: »Er steht direkt neben dir.«

»Er weiß es.« Warum klang Nicks Stimme so komisch? Sie hätte gedacht, er wäre wütend auf Carter, weil der ihn gerade einen Idioten genannt hatte, stattdessen klang es, als würde er ihm zustimmen. Junge, Junge, der Nebel in ihrem Kopf verdrehte auch wirklich alles. »Ich fahre.«

»Du hast schon genug getan. Gib mir einfach die Schlüssel.« Sobald Nick sie ihm gereicht hatte, setzte Carter sich wieder in Bewegung, und Jayne blieb keine andere Wahl, als neben ihm herzustolpern oder mitgeschleift zu werden, als er Nick über die Schulter zurief: »Geh und tanz mit Lisa.«

Wieder Lindas Stimme, weich, feminin und lieblich. »Komm, Nick. Carter kümmert sich um sie.«

»Okay, tschüss!« Jayne hob den Arm, um ihnen nachzuwinken, doch ihre Knochen und Muskeln schienen sich in gekochte Spaghetti verwandelt zu haben. »Sie wirkt nett.«

»Oh ja, sie ist großartig«, murmelte Carter. »Muss ich dich tragen?«

Das Nächste, was sie wusste, war, dass Carter sie in Nicks Pick-up angeschnallt hatte und sie vom Parkplatz fuhren. Sie schloss die Augen und lehnte den Kopf zurück, um sich auszuruhen, doch Carter kniff sie in den Arm.

»Autsch!«

»Bist du sicher, dass du nur drei genommen hast?«

Sie hatte Mühe, sich zu konzentrieren, zählte aber ganz langsam noch einmal nach und nickte dann. »Ja. Ist das schlimm?«

»Es ist nicht gut, aber besser als vier.« Seine Stimme schien aus immer größerer Entfernung zu kommen. »Ich kann nicht glauben, dass du nicht schon längst zusammengeklappt bist.«

»Quatsch. Ich bin abgehärtet«, murmelte sie. »Ich bin … nur … so … müde.«

»Sag bloß, Sherlock.« Sein gedämpftes Lachen war das Letzte, was sie hörte.

Als sie die Augen wieder öffnete, tat sie das, weil irgendetwas sie immer wieder schubste. Halt, Moment. Nicht etwas. Jemand. Carter.

»Wo …?« Sie lag auf ihrem Bett in Nicks Haus, eine Tüte gefrorener Erbsen neben sich auf dem Kissen, und Carter zog ihr die Jeans aus. »Was zum Geier machst du da?«

Sie setzte sich ruckartig auf, bereute es aber sofort und musste mit beiden Händen ihren Kopf festhalten, damit er nicht explodierte.

»Entspann dich, Jay«, feixte er. »Du hast ein halbes Bier in den Klamotten. So kannst du nicht schlafen gehen.«

»Hör auf – ich kann das selbst.« Mit größerer Anstrengung, als sie zugeben wollte, schaffte sie es aus ihrer Jeans. Zum Glück war ihr T-Shirt sauber und lang. Carter stützte sie und gab ihr etwas Wasser zu trinken, bevor er ihre Pupillen überprüfte und noch einmal ihren Kopf abtastete, bis sie seine Hände wegschlug.

»Mir geht's gut«, murrte sie. »Lass mich einfach schlafen.«

»Noch nicht.« Er schob die Hand unter ihren Ellbogen und deutete zur Tür. »Gehen wir ein bisschen spazieren.«

»Wozu?« Das Pochen ging wieder los, genau in der Mitte ihres Schädels.

»Mir zuliebe, Jay. Dreh eine Runde durch die Küche, trink noch ein bisschen Wasser, und dann lass ich dich ein Weilchen schlafen.«

»Mir geht's gut.« Sie machte sich von ihm los und schaffte es fast ganz um die Kücheninsel, bevor sie sich am nächstbesten Stuhl festhalten musste, um das Gleichgewicht zu halten. »Siehst du? Alles prima.«

Die Worte hatten ihren Mund kaum verlassen, als hinter ihr die Tür aufging.

»Was zum Teufel ist hier los?«, grollte Nick.

»Ich laufe«, sagte Jayne und hoffte, wenn sie leise sprach, würde er das als Hinweis verstehen und es ebenfalls tun. »Ärztliche Anweisung.«

»Halb nackt?«

Oh, richtig. Keine Hose. Mitten in seiner Küche. Mit ihm. Und Carter. Und Linda. Uuuh, ihr Blick war wie der von Abby.

»Komm«, murmelte er. »Bringen wir dich ins Bett.«

Carter stand am Kühlschrank und machte einen gotterbärmlichen Lärm mit dem Eisbereiter. Es sah aus, als würde er lächeln, aber das ergab keinen Sinn, weil daran absolut nichts lustig war.

Schließlich ließ Jayne den Kopf aufs Kissen sinken, rollte sich auf der Seite zusammen, schloss die Augen und tastete nach der Bettdecke, doch bevor sie sie zu fassen bekam, hatte

Nick sie ihr bis unters Kinn hochgezogen. Auch ohne die Augen zu öffnen, wusste sie, dass er dablieb; sein Duft hing noch in der Luft, und seine Gegenwart war nicht zu leugnen, selbst bevor ihn das Knacken seines Knies verriet, als er in die Hocke ging.

Es gab ein leises, raschelndes Geräusch, als er die Erbsen auf ihren Hinterkopf drückte.

»Warum hast du mir nicht gesagt, dass du verletzt bist?« Seine leise Stimme war ganz nah.

»Hmm.« Sie schob die Hand unter ihre Wange und seufzte. »Weil du immer deinen wütenden Blick kriegst, wenn du dir Sorgen machst.«

»Jayne.«

»Ich hasse ...« Sie atmete vorsichtig ein. Oh Gott, er roch so gut. »Ich hasse es, wenn du meinetwegen den wütenden Blick kriegst.«

»Ich habe keinen wütenden Blick.«

»Hmm.« Obwohl es sie einige Anstrengung kostete, schaffte sie es, für eine Sekunde das rechte Auge zu öffnen. »Lügner.«

Er strich ihr die Haare zurück und seufzte dann tief und lange. »Kann ich irgendwas für dich tun?«

»M-hm. Geh zurück zum Stomp. Geh mit Linda tanzen.«

»Lisa.«

»Richtig«, seufzte sie. »Mit ihr. Ich werde nur ein bisschen meine Augen ausruhen.«

»Okay.«

Die Luft bewegte sich, als er aufstand, aber er ging noch nicht aus dem Zimmer. Sie wollte noch ein bisschen wach bleiben, doch es war zu schwer. Die Schwere zog sie immer tiefer und tiefer hinab, und das Letzte, woran sie sich erinnerte, war die hauchzarte Berührung seiner Finger auf ihrer Wange.

5

It’s called a sense of humor—
you should get one—they’re nice.

Duckie, *Pretty in Pink*

Als um zwei die Weckfunktion seiner Uhr piepste, war Nick noch wach. Er stand von der Couch auf und ging auf leisen Sohlen in Jaynes Zimmer, wo sie noch in exakt derselben Position lag wie vor einer Stunde, als er zuletzt nach ihr gesehen hatte.

Carter zufolge würde sie wieder werden, und es war nicht nötig, sie aufzuwecken, aber Nick ließ es sich trotzdem nicht nehmen, nach ihr zu sehen. Jede Stunde mochte ein wenig übertrieben sein, aber lieber einmal zu viel als einmal zu wenig. Er hatte schon seine Frau bei einem dummen Unfall verloren, er würde nicht auch noch Jayne verlieren.

Um sich zu vergewissern, dass sie noch atmete, brauchte er gerade mal zwei Sekunden; aber er stand noch eine ganze Weile danach an ihrem Bett und sah sie einfach nur an. Sie war nicht mehr so blass wie vorhin, aber hin und wieder zog sie im Schlaf die Stirn kraus, was kein Wunder war, wenn man sich die Größe ihrer Beule ansah.

In der Sekunde, als er sie am Telefon schreien gehört hatte, hätte er in seinem Wagen und auf dem Weg zu ihrem Laden sein sollen. Stattdessen hatte er sie allein nach Hause fahren lassen und dann auch noch rumgemeckert, weil sie zwei Minuten zu spät kam. Sie hatte verfluchtes Glück gehabt, dass sie sich bei diesem Sturz nicht schlimmer verletzt hatte, und statt ihm davon zu erzählen, hatte sie so getan, als wäre alles in Ordnung, um seinem »wütenden Blick« zu entgehen. Was zum Teufel war überhaupt sein »wütender Blick«? Und warum glaubte sie, dass sie ihn verursachte?

Zu allem Überfluss hatte er auch noch Lisa in ein Taxi gezerrt und sie hierhergeschleift, nur um auf Jayne zu treffen, die in Unterwäsche durch seine Küche stolzierte. Selbst nachdem Carter die Situation geklärt hatte, bestand kein Zweifel daran, dass Lisa nicht sehr glücklich darüber war. Und er konnte es ihr nicht verdenken.

Mit einem erschöpften Seufzen setzte er sich neben das Bett. Es lohnte sich nicht, den ganzen Weg ins Wohnzimmer zurückzugehen, nur um in einer Stunde wieder herzukommen.

Nachdem er den Alarm neu eingestellt hatte, rutschte er ein Stück nach vorn, um den Hinterkopf auf die Bettkante legen zu können. Er versuchte zu schlafen, wirklich, mit geschlossenen Augen und allem Drum und Dran, aber der Schlaf wollte einfach nicht kommen. Als er sich nach dem Vier-Uhr-Check wieder auf den Boden setzen wollte, strichen Jaynes Finger durch seine Haare und über seine Kopfhaut.

Etwas in ihrer Berührung veranlasste ihn dazu, sich an ihre Hand zu schmiegen, während ihre Finger über seine Stirn wanderten und ihm schließlich ins Auge piekten.

»Immer noch böse?« Ihre Stimme war ein langsames, sehr schläfriges Murmeln, und ihre Finger baumelten über seiner Stirn.

»Ich bin nicht böse.« Nick schob den Finger aus seinem Auge und ihre Hand zurück, bis sie oben auf seinem Kopf lag. »Schlaf ein bisschen.«

Aus ihrem Kissen drang ein unterdrücktes Schnauben. »Sagt der Kerl, der die ganze Nacht auf dem Boden sitzt und Wache hält.«

»Nicht die *ganze* Nacht.«

»Aber fast.« Ihre Hand glitt zu seinem Hinterkopf. Es war nur eine hauchzarte Berührung, aber er spürte sie bis in die Zehenspitzen. »Schau mal, ich komme mir wegen dieser Sache schon blöd genug vor, und wenn du hier auf dem Fußboden kampierst, macht es das nicht gerade besser.«

Vollständige Sätze und keine verschleppten Wörter mehr. Gutes Zeichen, oder? Trotzdem. Wenn sie nun anfing, aus dem Ohr zu bluten, während er am anderen Ende des Hauses war? Wäre immerhin möglich.

Als hätte sie seine Gedanken gelesen, knurrte Jayne: »Mir geht's gut.«

»Wer weiß«, murmelte er, als er sich widerwillig hochstemmte. »Man hat schon Pferde vor der Apotheke kotzen sehen.«

Ein leises Kichern kam über ihre Lippen. »Ich habe nie verstanden, was das heißen soll.«

»Es heißt: halt den Mund und schlaf weiter.« Mit einem letzten Seufzen schlurfte er hinaus ins Wohnzimmer und ließ sich auf die Kissen plumpsen. Die Armlehne diente als Kopfkissen. Er würde nicht schlafen, nur hier liegen und auf erste Anzeichen von Problemen lauschen.

Es war ein guter Plan, bis zu dem Moment, in dem er einschlief.

Als er wieder zu sich kam, fielen ihm mehrere Dinge auf, bevor er auch nur die Augen aufgeschlagen hatte. Das Erste war, dass er auf der Couch schlief, was er niemals tat. Das Zweite, dass er unter der Decke vollständig bekleidet war, was seit seinem Superman-Pyjama nicht mehr vorgekommen war, und das Dritte, dass er nicht allein war.

Eins nach dem anderen öffnete er die Augen und sah, dass Jayne auf einem Kissen zu seinen Füßen hockte. Sie war noch immer ein wenig blass, hatte die Haare mit einer dieser Klauen-Klammern zurückgesteckt und sich eine Trainingshose übergezogen.

»Guten Morgen, Sonnenschein.« Sie versuchte, ihr spöttisches Lächeln hinter ihrer Kaffeetasse zu verbergen. »Gut geschlafen?«

»Hmm.« Nick drehte sich auf den Rücken und versuchte, sich den Schlaf aus den Augen zu reiben. »Wie fühlst du dich?«

»Besser.«

»Und das Ei?«

»Hat kaum noch Golfballgröße.«

»Gut.« Er blinzelte langsam, setzte sich auf und griff nach ihrer Tasse. »Schwarz?«

Eine leichte Röte legte sich auf ihre Wangen, als sie die Knie anzog und die Arme darumlegte. »Nach gestern Abend habe ich beschlossen, alle unnötigen Zusätze lieber zu meiden.«

»Gute Idee.« Der Kaffee war stark und ziemlich heiß, was bedeutete, dass er frisch war und es in der Kanne wahrscheinlich noch mehr gab. Gott sei Dank. »Ist Carter schon wach?«

»Er ist nach Hause gefahren. Er meinte, er hätte vor seiner Schicht im Krankenhaus noch einiges zu erledigen.«

Auch gut. Wenn Carter in seiner Wohnung in der Stadt war, konnte Nick vielleicht den Gedanken daran loswerden, dass er Jayne gestern Abend die Jeans ausgezogen hatte. Der rationale Teil seines Gehirns, der Teil, der Carter sein Leben anvertrauen würde, wusste, dass das albern war. Aber der nicht ganz so rationale Teil, der wusste, dass Carter die Frauen wechselte wie nichts … *und die Tatsache, dass es hier um Jayne ging* … dieser Teil begehrte auf.

Nick warf die Decke zurück, schwang die Beine über den Rand der Couch und richtete sich auf.

»Also gut«, murmelte er. »Ich mache uns Frühstück.«

»Es ist nach neun, Nick. Ich habe schon gegessen.«

»Es ist was?« Nicht nur nach neun, es ging schon auf halb zehn zu. Wann hatte er zuletzt länger als bis sieben geschlafen? »Oh, Mist.«

Sie folgte ihm in die Küche und schenkte sich eine frische Tasse Kaffee ein.

»Entschuldige wegen gestern Abend.« Sie versuchte zu lächeln, doch es wurde eher eine Grimasse. »Aber zu meiner Verteidigung muss ich sagen, wenn die erste Tylenol so gewirkt hätte, wie ich dachte, hätte ich die anderen nie genommen. Die sollten wirklich irgendeine Warnung auf die Fläschchen schreiben.«

»Das tun sie. Auf leuchtend gelben und roten Etiketten.«

Das Rosa auf ihren Wangen wurde dunkler. »Okay, es war dumm. Aber nicht so dumm, wie die halbe Nacht auf dem Boden zu verbringen, weil ich ja meine Zunge verschlucken könnte.«

Fast hätte Nick sie korrigiert, doch er änderte seine Meinung, bevor er die Worte formulierte. Schließlich hätte sie genauso gut ihre Zunge verschlucken können, wie aus dem Ohr bluten. Er goss sich Kaffee ein, dann lehnte er sich an die Küchentheke und sah zu, wie sie den Rand ihrer Tasse rieb.

»Diesmal machst du mir nichts vor, oder? Du bist okay?«

»Mir geht's gut.« Als sie schließlich zu ihm aufsah, verrieten ihre Augen nur noch, wie peinlich ihr die ganze Sache war, sonst nichts. Trotzdem sah er ein paar Sekunden länger hin, nur um sicherzugehen, dass da kein Aufflackern von Schmerzen war, das sie zu verbergen versuchte. »Der sagenhafte Dr.

Scott hat mich heute Morgen durchgecheckt und mir grünes Licht gegeben. Ehrlich. Mir geht's gut. Jedenfalls wird es das, sobald ich unter der Dusche bin.«

Sie hob ihre Tasse zu einem angedeuteten Gruß und wollte gehen.

»Warte noch eine Sekunde.« Er schlüpfte in sein Schlafzimmer und kehrte mit der Einkaufstüte zurück, die er seit gestern Morgen hatte. »Hier.«

»Was ist das?«

Er musste ihr die Tüte in die Hand drücken, bevor sie sie annahm. »Mach sie auf und sieh nach.«

Er wartete, bis sie den dicken, violetten Bademantel aus der Tüte gezogen hatte und ihn hochhielt.

»Ich dachte nur … Wenn Katie eine schwere Zeit durchmacht, kuschelt sie sich gern in ihren, und ich dachte, wenn im Moment irgendjemand ein bisschen Kuschelzeit gebrauchen kann, dann du.«

Sie drückte den Bademantel an ihre Brust und lächelte, aber es war so ein merkwürdiges Jayne-Lächeln, das als langsames Zittern begann und wackelte, bis sie es unter Kontrolle bekam. Irgendwie bewirkte dieses Lächeln jedes Mal, dass Nick sich wünschte, mehr für sie tun zu können.

Auf der einen Seite war es süß, dass etwas so Einfaches wie ein Bademantel sie so glücklich machen konnte, aber auf der anderen Seite … auch irgendwie traurig. Schließlich war es nur ein blöder Bademantel.

Er strich mit einem Zeh über den Boden und zuckte die Achseln. »Mit Lila liegt man nie falsch, stimmt's?«

Nach einigen weiteren Sekunden glättete sich ihr Lächeln und sah zu ihm auf. »Das weißt du noch.«

Natürlich wusste er es noch. Er erinnerte sich an alle möglichen Sachen, an damals zum Beispiel, mit acht Jahren, als er ihr die alberne Löwenzahn-Kette gemacht hatte. Sie hatte sie immer und überall getragen, als wäre es der Hope-Diamant und nicht nur verwelkendes gelbes Unkraut. Oder an das Gefühl, als er endlich erfuhr, warum sie ihn nie zu ihrer Geburtstagsfeier eingeladen hatte – weil sie keine geben durfte. Oder an den Ausdruck auf ihrem Gesicht, als er ihr den Song zu ihrem sechzehnten Geburtstag geschenkt hatte.

»Hör mal, wegen gestern Abend.« Nick trat von einem Fuß auf den anderen, fand aber keine bequeme Position. »Ich hätte nicht …«

»Vergiss es.« Typisch Jayne, ihm das Wort abzuschneiden, bevor das Gespräch zu persönlich wurde.

Er atmete hörbar aus, verzog das Gesicht und sah zu ihr auf. »Es ist immer noch dein Lied, Jayne.«

»Nein, ist es nicht. Jetzt nicht mehr.« Jaynes Lächeln wurde ziemlich schwach, doch sie schaffte es, die Reste aufrechtzuerhalten. »Schon okay, Nick. Lisa … sie *heißt* doch Lisa, oder? Sie scheint süß zu sein, und ich will nicht solche Probleme verursachen wie zwischen dir und Abby.«

»Das tust du nicht.«

»Aha. Okay.« Als wäre das Augenrollen nicht genug, setzte sie noch ein Schnauben obendrauf. »Ich will nur sagen: Ich werde tun, was ich kann, um mich mit ihr gut zu stellen. Wenn dazu gehört, mein Lied aufzugeben, dann … na ja, egal. Es ist okay.« Es war nicht mal ansatzweise okay, aber es war nun nicht mehr zu ändern, also blieb ihnen nichts anderes übrig, als nach vorn zu sehen.

In der Parade fuhren nicht mehr annähernd so viele Langholzlaster mit wie früher, dafür gab es zahlreiche neue Teilnehmer; von den Shrinern auf ihren kleinen Motorrädern über die örtliche Dudelsackkapelle in ihrem besten Karo bis hin zu Bobby, dem Sicherheitsboot der Küstenwache, war alles dabei. Und ganz vorn saß Edith Goodsen in einem Mustang Cabrio mit Chauffeur und führte die Parade an.

»Zu schade, dass Lisa nicht hier sein kann«, sagte Jayne. »Um wie viel Uhr ist sie auf der Messe fertig?«

»Nicht vor heute Nachmittag.« Eine Woge aus Schuldgefühlen schlug über Nick zusammen; wenn Lisa mitgekommen wäre, um sich die Parade anzusehen, hätten sie unter einem Baum im Park gesessen, wo es schattig und weniger voll war, statt wie immer hier auf dem Bordstein zu hocken; wo ihm die Sonne den Rücken wärmte und seine beste Freundin neben ihm saß und allen auf den Festwagen zuwinkte.

Nick hob das Kinn und lachte, als der Leiterwagen der Feuerwehr vorbeifuhr. Die gleichen Leute, die ihm beim Bettenrennen eine Abreibung verpasst hatten, hingen jetzt an den Seiten des grellroten Leiterwagens, dessen Sirenen plärrten, und warfen den Kindern auf dem Gehweg Süßigkeiten zu.

Danach folgten ein Grüppchen aus der Bücherei, das Lesezeichen verteilte, ein paar Teenager auf Einrädern und dann der Aufräumtrupp, der alle orangefarbenen Verkehrshütchen einsammelte und auf der Ladefläche des Rettungswagens stapelte.

»Paps grillt heute Abend Steaks. Also, wenn es dir wieder gut geht …«

»Mir geht's prima«, schnaubte Jayne. »Aber auf keinen Fall werde ich heute Abend in die Nähe deiner Mutter kommen. Bist du verrückt?«

»Warum nicht?« Nick reichte ihr die Hand, um ihr aufzuhelfen, doch sie stemmte sich allein hoch und wischte sich den Schmutz vom Hintern. Man brauchte kein Genie zu sein, um zu wissen, dass sie ihn absichtlich nicht ansah. Die Arme vor der Brust verschränkt, lehnte er sich mit dem Rücken an ein

Schaufenster und versuchte, sie nicht auszulachen. »Hast du immer noch Angst vor meiner Mom, Jayne?«

»Ich habe keine *Angst* vor ihr, Nick.« Sie hob lässig die Schultern, doch ihm konnte sie keine Sekunde lang etwas vormachen. »Ich brauche nur noch etwas mehr Zeit, um mich von gestern Abend zu erholen, bevor ich mich dem Zorn der Debra Scott aussetze.«

»Sie hasst dich nicht, Jayne.«

»Entschuldige?«, brachte Jayne erstickt hervor, als sie sich auf den Weg zum Buchladen machten. »Sprechen wir von derselben Debra Scott, die mich bei deiner Hochzeit an den Kindertisch gesetzt hat?«

»Okay, sie ist vielleicht ein bisschen überfürsorglich.«

»Ein bisschen?« Jayne schloss die Tür auf und trat ein. »Grizzlybären sind ein bisschen überfürsorglich.«

Sie stieg in ihren Tyvek-Anzug und setzte Atemschutzmaske und Schutzbrille auf. »Ich bin ziemlich sicher, die Ratten und ich kommen inzwischen miteinander aus, also geh du zur Holzfällershow. Ich komme zurecht, ehrlich.«

»Ich gehe nicht ohne dich.« Er schloss die Ladefläche des Miettransporters auf und zog die Heckklappe mit einem Ruck nach oben, bis sie sich ganz hochrollte. »Außerdem ist es mir egal, ob wir den Tag hier oder bei der Show verbringen, Hauptsache, wir sind zusammen.«

»Im Ernst?« Mit offen stehendem Mund schüttelte sie den Kopf. »Genau wegen solchem Scheiß hasst mich deine Mom.«

»Wovon redest du?«, lachte er.

»Genau das! Du sagst, dass du den Tag mit mir verbringen willst.« Kopfschüttelnd beugte sie sich über ihr iPod-Dock und drehte die Musik auf. »Du kannst nicht solche Sachen sagen und erwarten, dass die Leute uns einfach für Freunde halten.«

»Warum nicht? Wir haben uns seit Jahren nicht gesehen –

was ist falsch daran, wenn man Zeit miteinander verbringen will?«

»Nichts, außer dass deine Mutter – wie die meisten Menschen – nicht versteht, warum du deine Zeit mit mir verbringen willst statt mit einem Kumpel oder, noch besser, mit deiner reizenden und perfekten festen Freundin.« Mit einer Hand fasste sie ihre Haare zusammen und zog sie hinten durch die Öffnung ihres Basecaps, doch ein paar Strähnen entwischten ihr und fielen ihr über die Ohren. »Es wird wieder genauso werden wie mit Abby.«

»Moment.« Er zeigte auf die Kistenstapel neben der Tür. »Können die weg?«

Auf ihr Nicken hin hob er die erste Kiste an und trug sie hinaus zum Laster, dann kam er sofort wieder zurück und sah sie unter zusammengezogenen Brauen an.

»Das ist etwas ganz anderes als mit Abby.«

»Von wegen! Es ist genau das Gleiche.« Jayne blieb unablässig in Bewegung. Sobald sie mit einer Tüte oder Kiste fertig war, nahm sie sich die Nächste vor. »Deine Mom hat dir vor langer Zeit erklärt, dass ein Mädchen als bester Freund dir alle Beziehungen zu anderen Frauen kaputt machen würde, und sie hatte recht. Aber weil ihr kleiner Engel Nicky mich nicht aufgeben wollte, konnte sie niemand anderem die Schuld geben als mir. Und deshalb bin ich für sie, obwohl ich versucht habe, mich von dir und all deinen Dates fernzuhalten, eine Geächtete, die jede deiner Beziehungen zerstören will.«

»So schlimm war es nicht.« Nick stützte die Ellbogen auf den Kistenstapel und beobachtete, wie sich Jayne über einen Karton mit Plastiklöffeln und Messbechern beugte.

»Oh doch, das war es.« Sie schob die Kiste zu ihm hinüber und seufzte. »Dir ist es nicht aufgefallen, weil du damit beschäftigt warst, mit Kuhaugen hinter jedem Rock herzusehen.«

»Kuhaugen?« Wenn er so schnell arbeiten würde wie sie, wären sie in null Komma nichts fertig, stattdessen blieb er wie angewurzelt stehen und sah ihr zu. Sie sah niedlich aus, wenn sie so loslegte; ein bisschen verrückt, ein bisschen bekümmert. Letztendlich würde er sie wieder zum Lächeln bringen, er musste sich nur ein bisschen Mühe geben.

»Ja, Nick. Kuhaugen. Große, grünbraune Kuhaugen.«

Bevor sie auch nur die Arme danach ausstrecken konnte, hob Nick die oberste Kiste vom nächsten Stapel und stellte sie ihr vor die Füße.

»Danke. Der Liebling deiner Mutter werde ich wohl nie werden, aber es wäre schön, wenn sie mich nicht mehr für den Antichrist hielte.«

Er kicherte, doch Jayne lächelte nicht einmal. »Komm schon, ein bisschen lustig ist es schon.«

Ihr starrer Blick sagte etwas anderes, und weil daran keine Neckerei etwas ändern konnte, gab Nick schließlich auf und machte sich wieder an die Arbeit.

Während Musik aus dem Lautsprecher dröhnte und Jayne schaufelweise Gott-weiß-was aus dem Apartment schaffte, behielt Nick sie die ganze Zeit im Auge. Sie schien keine bleibenden Schäden von gestern Abend davongetragen zu haben, aber möglich war alles. Wenn sie die Treppe hinauf- oder hinunterstieg, beobachtete er jede ihrer Bewegungen: wie sie im Takt der Musik mit den Füßen wippte, wie sich ihre Hüften im Rhythmus bewegten und wie gut sie Luftgitarre spielte.

Wenn er sie gerade nicht sah, hörte er sie. Wahrscheinlich hätte er sie bis hinunter zu den Holzfäller-Wettkämpfen gehört. Die Wahrheit war, dass es sehr viel unterhaltsamer war, Jayne zu beobachten, als irgendwelchen Underhand-Chops mit der Kettensäge zuzusehen oder Menschen, die beim Birling auf schwimmenden Baumstämmen balancierten.

»Wow.« Art Hague fuhr sich mit der fleischigen Hand über den Mund und wedelte mit seinem Klemmbrett, was den Achselschweißfleck auf seinem weißen Hemd gut zur Geltung brachte. »Als wir das letzte Mal hier waren, sind wir nicht mal durch die Tür gekommen.«

»Wir?«, fragte Jayne. »Wer ist ›wir‹, und wie oft waren Sie schon hier?«

»Der Brandschutzbeauftragte und ich. Wir waren nur das eine Mal hier, ein paar Wochen vor ihrem Tod. Also muss das wohl …« Hague hob das oberste Blatt seiner Notizen an und überflog das Ende der letzten Seite. »Genau. Am fünften Juni.«

»Moment.« Nick hatte sich kaum gerührt, doch Jayne entging nicht, wie Hague zusammenzuckte. »Du hast schon vor zwei Monaten davon gewusst und nichts unternommen?«

»Natürlich haben wir etwas unternommen. Wir haben das Haus für unbewohnbar erklärt und ihr einundzwanzig Tage Zeit gegeben, es räumen zu lassen.« Hague räusperte sich scharf. »Sie wirkte nicht beeinträchtigt – weder mental noch körperlich –, und auch wenn sie nicht in der Lage war, die Arbeit selbst zu erledigen, hatte sie gewiss die Mittel, jemanden damit zu beauftragen.«

»Oh mein Gott«, schrie Jayne auf. »Sie glauben, *das* ist das Werk einer psychisch stabilen Person?«

»Wenn es bei Ihrer Großmutter irgendwelche äußeren Anzeichen für eine Beeinträchtigung gegeben hätte, hätten wir Maßnahmen ergriffen, aber …«

»Aber stattdessen haben Sie sie in diesem Chaos zurückgelassen.« Jayne atmete langsam und tief durch und schluckte schwer. »Warum hat mich niemand informiert? Mein Gott, Sie hätten doch jemanden von ihren Freunden fragen können, und die hätten einen Weg gefunden, mich zu kontaktieren.«

»Verschwiegenheitspflicht, Miss Morgan. Wir haben sie

gefragt, ob wir jemanden für sie kontaktieren sollen, aber sie beharrte unerbittlich darauf, dass wir niemanden benachrichtigen. Und solange sie keine Gefahr für andere darstellte, konnten wir wenig tun.«

»Was, wenn es Ihre Großmutter gewesen wäre? Hätten Sie nicht gewollt, dass jemand etwas unternimmt?«

Schweißperlen traten auf Art Hagues Stirn, und seine Wangen wurden von Sekunde zu Sekunde röter. »Wenn es meine Großmutter gewesen wäre, Miss Morgan, hätte ich es erst gar nicht so weit kommen lassen.«

»Du mieses …« Nick war nur noch einen Schritt von Hague entfernt, ehe Jayne ihn am Hemd packte und zurückzog.

»Er hat recht.« Sie konnten Hague anschreien, so viel sie wollten, aber Tatsache war, dass Jayne hätte Bescheid wissen müssen. Und dass sie etwas hätte tun müssen. »Gran hätte weder dich noch mich hier reingelassen, aber ich hätte ab und zu jemanden schicken können, um nach ihr zu sehen, selbst wenn das bedeutet hätte, sie auszuspionieren. Können Sie, Mr Hague, mir wenigstens sagen, warum bis heute nichts unternommen wurde? Offensichtlich hat sie die Sachen schon seit Jahren gehortet.«

»Davon wussten wir nichts.« Bevor Jayne widersprechen konnte, hob er die Hand und fuhr fort. »Die Feuerwehr überprüft alle Betriebe einmal jährlich, aber sobald das Geschäft geschlossen ist, gibt es keinen Anlass mehr zu einer Inspektion, bis das Geschäft neu eröffnet wird oder den Besitzer wechselt.«

»Aber Gran wollte nicht wiedereröffnen, und soweit ich weiß, wollte sie auch nicht verkaufen. Warum also die Inspektion im Juni?«

Hague seufzte. »Die Wasserwerke bekamen ungewöhnliche Messwerte aus diesem Haus, deshalb kamen sie her, um den Zähler einzustellen. Wie Sie ja wissen, liegt der bei allen alten

Häusern im Stadtkern im Hausinneren. Tilly weigerte sich, den Mann hereinzulassen, doch als sie die Tür öffnete, konnte er einen kurzen Blick hineinwerfen und meldete es den Stadtverordneten. Als Tilly die ebenfalls nicht hereinließ, riefen sie uns.«

Nicks Kiefer war stahlhart angespannt, als er Hague und Jayne den Rücken zukehrte und eine leere Milchtüte über die freigeräumte Fläche kickte.

»Hören Sie.« Allmählich nahmen Hagues Wangen wieder eine normale Farbe an. »Nick weiß, wie streng der Stadtrat bei Verstößen gegen die Bauvorschrift ist, und in Anbetracht der doch etwas turbulenten Vorgeschichte, die es mit Ihrer Großmutter gab, verstehen Sie sicher, dass wir in diesem Punkt nicht allzu flexibel sein können.«

»Was heißt?«

Hague zuckte langsam die Schultern. »Es heißt, dass Ihnen gemäß den im Juni gestellten Anträgen noch zweiundsiebzig Stunden bleiben, um den Rest des Gebäudes zu entrümpeln.«

Zweiundsiebzig Stunden? War der Mann verrückt? Bevor sie oder Nick nachfragen konnten, seufzte Hague.

»Es gibt allerdings auch eine gute Nachricht. Nach unserer Inspektion im Juni ist jemand von der Feuerwehr mit Tilly ins Rathaus gegangen und hat ihr geholfen, die Anträge für alle Genehmigungen auszufüllen, die sie brauchte, um das Haus wieder in einen vorschriftsgemäßen Zustand zu versetzen.«

Jayne legte die Stirn in Falten, doch Nick horchte sofort auf. »Wie das?«

»Sie haben die alten technischen Daten des Hauses als Grundlage genommen. Sie mussten ein bisschen schummeln, aber der Papierkram ist erledigt. Jetzt fehlen nur noch die Arbeiten, die aber natürlich innerhalb der Frist erledigt werden müssen.«

»Sonst?« Sie sah von Hague zu Nick, die einander anstarrten

und darauf warteten, dass der andere antwortete. Nick sprach zuerst.

»Sonst wird es als Sicherheitsrisiko eingestuft und abgerissen.«

»Was?«

»Diese Häuser sind alt, Miss Morgan, und wenn man sie sich selbst überlässt, wird es immer schlimmer, bis sie von der Stadt für abbruchreif erklärt werden.« Hague warf einen kurzen Blick über den Bereich, den sie freigeräumt hatten. »Sie haben bereits enorme Arbeit geleistet, und ich bin sicher, mit Nicks Hilfe werden Sie auch den Rest ohne Probleme bewältigen. Am Freitag um neun komme ich wieder, um die Lage zu bewerten. Wenn Sie das Gebäude leer geräumt haben, kann ich eine vollständige Bauprüfung durchführen und Ihnen Bescheid geben, was auf Sie zukommt. Aber Sie sollten darauf gefasst sein, dass sämtliche Arbeiten in kurzer Zeit erledigt werden müssen.«

Vor Jaynes Augen bildete sich ein dichter roter Schleier. »Sie reißen meinen Laden ab?«

»Nick kennt die Bauvorschriften in- und auswendig, also sollten Sie das vielleicht mit ihm besprechen, bevor Sie sich entschließen, etwas zu unternehmen. Aber auf lange Sicht, Miss Morgan, könnte es Sie einfacher und billiger kommen, das Haus selbst abzureißen.«

»Es selbst abzureißen?« Jayne stand der Mund offen. »Sind Sie verrückt?«

»Ich sage nur, dass es eine Option ist.«

»Nein«, knurrte Nick. »Das ist es nicht. Wir sind hier fertig.«

Er riss die Eingangstür auf und hielt sie gerade so lang offen, bis Hague hindurchgegangen war. Dann winkte er Jayne zu sich. »Komm, wir machen einen Spaziergang.«

»Ich kann nicht spazieren gehen«, sprudelte sie hervor. »Es ist zu viel zu tun.«

»Natürlich kannst du.« Er nahm ihre Hand, schloss die Tür hinter ihnen und zog so lange an ihrem Arm, bis sie hinter ihm herschlurfte. »Ein bisschen frische Luft und Bewegung helfen uns beim Denken.«

Sie liefen die drei Blocks bis zum Stadtrand, folgten der Straße am Jachtclub und der Rohholzsortierung vorbei und passierten die Büros der Verladestelle, bis sie zu dem Pfad kamen, der am Rande der Sümpfe entlangführte. Beschattet von riesigen Ahornbäumen und dem Berg auf der anderen Seite, wand sich der Pfad am Westufer entlang.

Zweiundsiebzig Stunden. Wie zum Teufel sollte sie …

»Atmen, Jayne.« Sogar wenn er so leise sprach wie jetzt, riss Nicks Stimme sie sofort aus ihren Gedanken. »Wir finden eine Lösung.«

»Aber …«

»Ich weiß. Einfach atmen.«

Richtig. Okay. Das schaffte sie. Die Luft war kühl und frisch, und mit jedem langen Einatmen lösten sich allmählich der Knoten in ihrem Bauch und die Enge in ihrer Brust.

Leuchtend gelbe Butterblumen tanzten im Wind und bogen sich fast bis zum Boden, doch sie brachen nie. Eine dünne, braune Strumpfbandnatter machte auf dem Weg vor ihnen Halt und huschte dann ins Unterholz, bevor ihr die Menschen zu nahe kamen, und hoch oben in den Bäumen jagten zwei Rotschulterstärlinge einander hinterher.

Solange sie dem Pfad folgten, war es schwer, etwas anderes als Staunen zu empfinden. Keine Sorgen, keine Müllberge, nur der Geruch von feuchtem Sand, den der Wind herantrug, die aufgefächerte Wärme der Morgensonne, die zwischen den Ästen hindurchfiel, und das schrille Schimpfen eines großen braunen Fuchshörnchens, das sie aus sicherem Abstand von einem Baumstumpf aus beobachtete.

Etwa eine halbe Meile weiter, wo der Sumpf in die Meerenge überging, standen Jayne und Nick eine Weile am Strand und beobachteten eine einzelne Robbe, die den Kopf aus dem Wasser streckte, um dann wieder abzutauchen. Weiter draußen kämpften zwei Windsurfer mit dem böigen Wind und weiß gekrönten Wellen. Der mit dem grellorangenen Segel schien sich sehr weit zurückzulehnen, schaffte es aber, nicht umzufallen. Der andere, mit regenbogenfarbenem Segel, schlug sich wacker, verbrachte aber mehr Zeit mit dem Versuch, sein Segel aufzurichten, als mit Surfen.

Mit beiden Händen ihr Basecap im Wind festhaltend, ließ Jayne den Blick schweifen: zu dem Adler, der über ihnen segelte und dessen weißer Kopf und gewaltige Spannweite sogar aus dieser Entfernung einschüchternd wirkten, zu der neugierigen Robbe, die ein Stück näher und noch näher kam, zu dem Mann weit unten am Strand, der für seinen Hund Stöckchen warf.

»Hier unten ist es wie in einer ganz anderen Welt«, sagte sie atemlos.

»Ich hab dir doch gesagt, es würde dir guttun.«

»Hey, Nick!« Eine blonde Frau in einer eng anliegenden schwarzen Yoga-Hose und passendem Oberteil kam zu ihnen gejoggt und nahm im Näherkommen die Kopfhörer aus den Ohren. »Freier Tag?«

»Nein, ich mach nur mal Pause.« Er deutete von einer zur anderen. »Amber, das ist Jayne, sie ist gerade wieder in die Stadt gezogen.«

»Freut mich, Sie kennenzulernen.« Amber lächelte strahlend und hüpfte dabei von einem Bein aufs andere.

»Auch so«, sagte Jayne trocken und fuhr sich mit beiden Händen über die mit Farbe und Öl beschmierte Trainingshose, während sie sich zu erinnern versuchte, ob sie sich die Haare wenigstens gebürstet hatte, bevor sie das Basecap aufgesetzt hatte. »Gleichfalls.«

»Ich laufe lieber weiter«, sagte die blonde Frau. »Muss den Puls oben halten. Bis später!« Sie warf Nick einen Kuss zu, setzte die Ohrstöpsel wieder ein und joggte um eine Kurve davon.

Ohne ein Wort zu sagen, machte Nick sich daran, den Weg zurückzugehen, den sie gekommen waren, doch Jayne blieb stehen und starrte ihm nach.

»Oh nein!«, rief sie ihm hinterher. »Spuck's schon aus, Kumpel. Wer ist diese Marathon-Barbie, und warum wirft sie dir Kusshände zu? Weiß Lisa davon? Oh, Himmel hilf, weiß deine *Mutter* davon?«

Er ging rückwärts weiter, bis sie ihn eingeholt hatte, auf seinem Gesicht lag ein albernes Grinsen. »Sie ist meine Haushälterin.«

»Red kein' Scheiß.«

»Echt wahr.« Er hob beschwichtigend die Hände. »Sie kommt zweimal die Woche und macht einen verdammt guten Job, findest du nicht?«

Jayne deutete den Pfad hinunter, den Amber genommen hatte. »*Sie* ist dein Zimmermädchen?«

»Haushälterin.«

»Bitte um Verzeihung«, sagte sie spöttisch. »Und wirft sie all ihren Kunden Küsschen zu?«

»Klienten.« Er amüsierte sich offenbar prächtig. »Und ich weiß es nicht. Vielleicht geben ihr die anderen Klienten nicht so viel Trinkgeld.«

»Oh Gott, du bist so ein Schwein!«

»Was denn?«, lachte er. »Die Menschen im Dienstleistungssektor verdienen nicht viel Geld, Jayne. Sie brauchen das Trinkgeld, um über die Runden zu kommen.«

»A-ha. Rede nur weiter, Schweinejunge.«

»Sie ist eine alleinerziehende Mutter, die versucht, über die Runden zu kommen. Das ist alles.«

»Und wer könnte ihr da besser helfen als ein brandheißer, reicher Unternehmer?«

»Heiß?« Er neigte den Kopf in ihre Richtung, sein Grinsen strahlte und seine Augen funkelten. »Du findest mich heiß?«

»Ich meinte verschwitzt.«

Nick schlug sich mit der Faust vor die Brust, taumelte und tat so, als würde er ein Messer herausziehen.

»Idiot.« Sie schubste ihn leicht und musste lachen, als er über eine Wurzel stolperte. »Na komm, du musst zurück zur Arbeit, und ich habe Müllsäcke zu füllen.«

»Ich könnte noch bleiben und dir helfen ...«

»Ich komm schon klar.«

»Aber ...«

»Nick.« Sie sah tadelnd zu ihm hoch, doch bei seinem Grinsen hielt sie es nicht länger als ein paar Sekunden durch. »Geh deinen Hammer schwingen. Ich komme schon zurecht.«

»Du rufst an, wenn du irgendetwas brauchst?«

»Ja, Mutti.«

Er nahm sie in den Arm, drückte kurz ihre Hand und war verschwunden, und Jayne stand kopfschüttelnd vor dem Eingang zu ihrem Laden.

Sie seufzte. Wenn sie die geringste Hoffnung haben wollte, den Frieden mit Debra – oder mit Lisa – zu wahren, würde Nick solche Sachen lassen müssen. Er durfte nicht mehr ihre Hand halten, sie nicht mehr auf die Wange küssen und musste bei seinen Umarmungen mächtig auf die Bremse treten.

Es war der einzige Weg, den Frieden zu wahren, das wusste sie. Also würde sie den alten Schmerz, der sich wieder schwer auf ihr Herz legen wollte, zum Verstummen bringen müssen und dorthin zurückdrängen, wo er hingehörte.

6

Screws fall out all the time,
the world is an imperfect place.

John Bender, Der Frühstückclub

Nick fuhr an der Baustelle vor, als die Eigentümer gerade aus dem Teil des Hauses kamen, der einmal ihr Eingangsbereich werden würde.

»Nick, Gott sei Dank, dass Sie da sind.« Judy Schwann, von Kopf bis Fuß in rosa Veloursleder gekleidet, eilte mit ausgestreckter Hand auf ihn zu. Ihr Mann Ross folgte ihr auf dem Fuße.

»Stimmt etwas nicht?« Schon bevor er diesen Auftrag angenommen hatte, war Nick bewusst gewesen, dass diese beiden ziemlich anstrengend sein würden, aber Judy war im selben Buchclub wie seine Mutter – was sollte ein Sohn da tun?

»Ich hoffe nicht.« Sie schlang die Finger um seinen Arm und sah mit ihren wässrig grauen Augen zu ihm auf. »Ich dachte, Sie wären längst viel weiter.«

Nick tätschelte ihre Hand und schüttelte die von Ross. »Wir hatten darüber gesprochen, wissen Sie noch? Ich habe Ihnen gesagt, dass Sie bis Ende September drin sind, und das werden Sie auch.«

»Ja, aber …«

Sie hatten das schon ein halbes Dutzend Mal durchgekaut. »Wir arbeiten, so schnell wir können«, sagte er. »Aber wie ich

Ihnen bereits zu Anfang sagte, ist der Bau eines Hauses eine Geduldsprobe. Wollen Sie, dass es schnell gemacht wird oder dass es gut gemacht wird?«

»Gut«, seufzte sie. Niemand konnte so einen Schmollmund ziehen wie Judy. Sie musste mindestens sechzig sein, trotzdem schob sich jedes Mal ihre rosa geschminkte Unterlippe vor, wenn sie nicht ihren Willen bekam.

Nick sah sie mit einem, wie er hoffte, aufmunternden Lächeln an. »Warum sehen Sie und Ross sich nicht noch einmal die Fußbodenmuster an, die ich Ihnen gegeben habe? Bis nächste Woche müssen wir die Bestellung rausschicken.«

»Okay«, seufzte sie. »Ich will nur, dass es fertig wird.«

Niemand wollte diesen Job schneller hinter sich bringen als Nick, aber er nickte ihr verständnisvoll zu und winkte ihnen nach, bevor er aus dem Führerhaus seines Pick-ups ein Tablett mit Kaffee und eine Schachtel Donuts holte.

Wie auf ein Stichwort kamen drei Männer in Werkzeuggürteln aus dem Haus geschlichen, die Blicke wachsam auf die Straße gerichtet, für den Fall, dass Judy zurückkäme.

»Danke, Boss.«

Nach einer kurzen Besprechung des Arbeitsfortschritts nahm Nick seinen Kaffee mit hinein und ließ die anderen mit ihrer Zwischenmahlzeit allein. Wie erwartet entwickelte sich alles gut. Der Junge, Kyle, lernte noch, aber seit er vor einem Jahr auf der Suche nach Arbeit hier aufgetaucht war, hatte er es weit gebracht. Beim Gedanken daran musste Nick immer noch lächeln.

Kyle hatte ein paar Monate vor seinem Highschool-Abschluss gestanden und keine Ahnung gehabt, was er machen wollte. Die Jeans hing ihm auf Halbmast, und er hatte sich nicht mal die Mühe gemacht, die Ohrstöpsel rauszunehmen, als er dastand, die Haare zurückwarf und Kaugummi kauend wissen wollte, ob Nick jemanden einstellte.

Nicks erster Impuls war gewesen, Nein zu sagen – er konnte es sich nicht leisten, seine Zeit mit der Ausbildung von jemandem zu verschwenden, der eigentlich gar nicht arbeiten wollte –, aber irgendetwas an diesem Jungen hielt ihn davon ab. Am ersten Arbeitstag tauchte Kyle mit Ohrstöpseln und tief hängender Jeans auf. Ein einziger Blick von Delmar hatte ausgereicht, und sie hatten Kyle seine erste Lektion erteilt.

Nick hatte ein Teppichmesser genommen, das Kopfhörerkabel gepackt und es mitten entzweigeschnitten.

»Das habe ich dir bei deiner Einstellung erklärt.« Nick hielt die Überreste der Kopfhörer in der Hand und ließ sie in der Luft baumeln. »Die Baustelle ist nicht der richtige Ort dafür, und niemand hier will deinen Arsch sehen, also wenn du nicht willst, dass Delmar dir die Hose persönlich hochzieht, halt ihn schön bedeckt oder verzieh dich von meiner Baustelle.«

Kyle waren fast die Augen aus dem Kopf gequollen, aber fortan hielt ein Gürtel seine Jeans auf der Taille, und Nick konnte sich nicht erinnern, dass der Junge während der Arbeit auch nur eine SMS auf seinem Handy gelesen hätte.

Ja, Kyle war ein guter Junge. So gut, dass Nick ihm die Kopfhörer in der folgenden Woche durch bessere ersetzt hatte.

Nick nahm den Deckel von seinem Kaffeebecher und trank einen Schluck. Gott, er liebte seine Arbeit. An einem Tag blickte man auf ein mit Baumstümpfen übersätes Grundstück, und ein paar Monate später stand da ein Einfamilienhaus. Wenn etwas nicht gefiel, konnte er es beheben. Wenn etwas schiefging, konnte er das ebenfalls beheben. Es kam nur darauf an, ein starkes Fundament und ein solides Grundgerüst zu haben und zu wissen, was die Bauherren wollten. Der Rest war einfach.

Meistens jedenfalls.

Die Elektriker und Klempner würden morgen wiederkommen, um die restlichen Leitungen und Rohre zu verlegen, und während sie das taten, würden Nicks Jungs die Außenverkleidung fertigstellen. Waren die Gewerke erst einmal fertig, konnte Nick die Isolierung anbringen und anschließend anfangen, die Stapel von Gipskartonplatten anzubringen.

Zwischen Telefonaten mit Kunden, zwei Fahrten zum Eisenwarenladen, einem ausgefallenen Generator und ein paar Stunden, in denen er bei den Dacharbeiten mit anpackte, verstrich der Tag schneller, als ihm lieb war. Er hätte Duke heute mitnehmen sollen, aber jetzt war der Hund seit dem Morgen eingesperrt und inzwischen wahrscheinlich schon ganz kirre.

Als er in seine Straße einbog, wurde er langsamer und hielt den Kopf aus dem Fenster, um zu lauschen. Der wütende Blick von Mrs Eggert, an deren Garten er vorbeifuhr, schien zu bestätigen, dass es tatsächlich sein Hund war, der diesen Riesenlärm verursachte. Aber wo steckte er?

Nick parkte seinen Pick-up neben Jaynes Wagen und folgte dem Radau in den Garten. Da war er, sein alter Hund, der jaulend und über seine eigenen Ohren stolpernd hinter Jayne um den Kirschbaum hoppelte. Sie ließ sich ins Gras fallen, alle viere von sich gestreckt, während Duke sie mit Hundeküssen beschlabberte und seine Ohren über ihr Gesicht schleifte.

»Amüsiert ihr euch?« Nick kraulte Duke den Kopf und blickte feixend auf Jayne hinab, die flach im Gras lag und zu ihm herauflächelte. Ein gelbes Blatt segelte vom Baum herab und landete auf ihrer Schulter. Ihr übergroßes »Save Ferris«-T-Shirt war zerknittert, und ihre verwaschenen Jeans hatten jetzt einen langen, streifenförmigen Grasfleck am linken Knie.

»Tatsächlich …« Sie kam auf die Knie und versuchte, sich den Schmutz und das Gras abzuwischen. »… hatte ich schon lange nicht mehr so viel Spaß.«

»Wie bist du heute zurechtgekommen?« Nick wischte ihr etwas Erde von der Schulter und folgte ihr durch den Garten, den Hund dicht auf den Fersen.

»Gut. Nichts Schlimmeres als das, was wir bisher schon gesehen haben.« Direkt hinter der Küchentür blieb sie stehen. »Ich wusste nicht, ob du zum Abendessen zu Hause sein würdest oder etwas mit Lisa unternimmst oder … na ja, ich hatte keine Ahnung, was du vorhast.«

Während sie plapperte, atmete Nick tief ein. Irgendetwas roch gut. Es roch sogar *richtig gut*.

»Deshalb habe ich Chili gekocht. Ich dachte, wenn du nach Hause kommst und Hunger hast, prima. Wenn nicht, kann ich es in den Gefrierschrank packen, und du kannst es ein andermal essen.«

Er folgte seiner Nase zum Herd, hob den Deckel vom Topf und atmete wieder tief ein, bis sein Magen laut knurrend protestierte. Er legte den Deckel auf die Anrichte, sah Jayne an und wackelte mit den Augenbrauen.

»Hast du schon gegessen?«, fragte er, während er Schüsseln aus dem Schrank nahm.

»Noch nicht.«

»Gut.« Nick füllte beide Schüsseln, stellte zwei Gläser mit Wasser daneben, dann machten sie sich über das Essen her. Er ließ sogar SportsCenter im Fernsehen sausen, um sich zum Essen an den Tisch zu setzen. »Verdammt, ist das gut.«

»Es ist Chili, Nick, kein Filet mignon.«

Er stopfte sich die nächste Gabel voll in den Mund und kaute glücklich. »Es kommt nicht aus einer Fast-Food-Tüte, und ich musste es nicht selbst machen. Was Besseres krieg ich nicht.«

»Kocht Lisa nicht?«

»Doch, schon.« Er lachte leise, da er wusste, dass Jayne begeistert sein würde. »Aber sie ist Vegetarierin.«

»Nein.« Jaynes Stimme war von gespieltem Entsetzen erfüllt, ihre blauen Augen weiteten sich. »Weiß sie, dass sie mit dem größten Fleischfresser der ganzen Westküste zusammen ist?«

Nick aß noch eine Gabel voll und sah dann verlegen grinsend zu ihr hinüber. Beichten war gut für die Seele, richtig? »Ich versuche, mich in ihrer Gegenwart zurückzuhalten.«

»Oh mein Gott, wie rührend.«

»Echt wahr.« Er füllte sich gerade zum zweiten Mal die Schüssel, als die Haustür geöffnet wurde und Duke laut anfing zu jaulen.

»Nicky?«

Ein kurzes Aufflackern von Panik schnellte über Jaynes Gesicht. Ihr brauchte wohl niemand zu erklären, wer da gekommen war.

»In der Küche, Mom!«

»Ich hab dir Kekse mitgebracht. Wessen Wagen ist …?«

Er empfing sie an der Küchentür mit einer Umarmung und einer geflüsterten Warnung. »Sei nett.« Dann trat er zurück und bat sie mit einer Handbewegung herein. »Du erinnerst dich noch an Jayne?«

»Jayne.« Debra Scott schob ihren Sohn aus dem Weg, um bessere Sicht zu haben. »Ja, natürlich.«

Jayne stand auf, schluckte und lächelte. »Mrs Scott, schön, Sie wiederzusehen.«

Direkt über ihrem Ohr ragte ein widerspenstiger Grashalm aus ihren Haaren. Nick gab sich Mühe, nicht zu lächeln, aber das hatte man eben davon, wenn man sich draußen herumwälzte wie ein fünfjähriges Kind.

Debra stellte die Kekse auf die Kücheninsel und griff dann nach dem Medaillon an ihrer Halskette. »Warren hat dich neulich Abend beim Essen vermisst.«

»Das tut mir leid.« Jayne räusperte sich, schluckte und sah Debra dann direkt an. »Ich wollte mich nicht aufdrängen.«

»Vielen Dank.« Debras Kinn schob sich ein winziges Stück vor, als sie Jayne mit einem frostigen Blick musterte. »Wir wollen bestimmt nicht, dass sich wiederholt, was beim letzten Mal …«

»Mom.« Nick setzte seine Schüssel ab und wollte die Kücheninsel umrunden, doch Jayne hielt ihn mit einem Blick zurück.

»Ich bin nicht hier, um Ärger zu machen, Mrs Scott.«

»Das hoffe ich sehr.« Niemand konnte Worte mit einer solchen Eisschicht überziehen wie Nicks Mutter. »Wie ich höre, willst du den Laden deiner Großmutter wiedereröffnen? Kommt es dir nicht auch ein bisschen sonderbar vor, dass sie dir alles hinterlassen hat, nachdem du in all den Jahren nichts mit ihr zu tun haben wolltest?«

»Okay, das reicht.« Nick stellte sich zwischen die beiden Frauen, doch er musste unsichtbar geworden sein oder Russisch gesprochen haben, denn weder Jayne noch seine Mutter schenkten ihm Beachtung. Stattdessen rückten beide ein Stück zur Seite, um an ihm vorbeisehen zu können.

»*Wie bitte?*« Farbe schoss in Jaynes Wangen, und sie hielt die Lehne ihres Stuhls so fest umklammert, dass sie beinahe zerbrach, doch ihre Stimme blieb leise und ruhig. In ihren blauen Augen zog ein Sturm auf, als sie sich stirnrunzelnd an Nick wandte. »Du hast es ihr nie erzählt?«

Als Antwort zuckte Nick nur halbherzig mit der Schulter. »Du hast mir gesagt, ich soll es niemandem verraten.«

Sie waren vierzehn gewesen und hatten Seite an Seite mitten auf dem Footballfeld gelegen, als sie ihm erzählt hatte, dass sie nach dem Abschluss fortgehen würde und warum. Er hatte immer gewusst, dass ihr Leben bei Gran ziemlich scheußlich gewesen sein musste, aber er hatte nicht alles gewusst. Wahrscheinlich tat er das immer noch nicht.

Was er wusste, war, dass Jayne an jenem Abend zum ersten Mal nicht zurückgezuckt war, als er nach ihrer Hand gegriffen hatte. Er hatte sich aufsetzen und sie fest in den Arm nehmen wollen, wie damals im Kindergarten, als Goodsen ihr die Kekse geklaut hatte. Aber das hätte sie wütend gemacht, also schob er seine Finger zwischen ihre, die Hände im tiefen Gras verborgen, und hielt sie fest, während sein junges Herz die Keule der Realität zu spüren bekam.

Jayne konnte wegen ihrer Familie nicht bleiben, und er konnte wegen seiner nicht fortgehen.

Die Stimme seiner Mutter riss ihn in die Gegenwart zurück. »Was hast du mir nicht erzählt?«

Nicks Ansicht nach war er immer noch zu Stillschweigen verpflichtet. Wenn sie irgendetwas wissen wollte, musste sie es von Jayne selbst hören.

»Gran hat mich gehasst.«

»Ach, um Himmels willen, Jayne. Du warst ihr einziges Enkelkind.«

»Oh ja«, schnaubte Jayne. »Eine uneheliche Enkelin von ihrer nichtsnutzigen, drogenabhängigen Tochter, die mich einfach nicht abtreiben wollte, so oft Gran sie auch darum angefleht hatte.«

Es war zwar Jaynes Stimme, aber Nick wusste, dass die Worte geradewegs aus Tillys Mund stammten, und das wahrscheinlich öfter, als Jayne je eingestehen würde. Nick wusste es, und der Ausdruck auf dem Gesicht seiner Mutter deutete darauf hin, dass auch sie allmählich begriff.

»Gran wollte nicht, dass jemand etwas anderes als die aufrechte Christin in ihr sah, die sie für den Rest der Welt war. Und ich wollte nicht, dass das Jugendamt mich in Pflege gab –

nicht, nachdem ich gesehen hatte, wie es den Kimple-Kindern ergangen war. Bei Gran wusste ich wenigstens, woran ich war; sie hat mich nicht geschlagen und mich nicht hungern lassen, und mit dem Rest bin ich schon zurechtgekommen.«

Nick schob Jayne ihr Wasserglas hin, doch sie streckte nur kurz die Finger, um sie dann wieder um den Stuhl zu schließen.

»Dem Rest?«, fragte seine Mutter. »Welchem Rest?«

»Du musst das nicht tun, Jayne«, sagte Nick. »Das geht niemanden etwas an.«

Sie sah ihn an, blinzelte langsam und wandte sich dann wieder an seine Mutter.

»Zu wissen, dass ich immer nur eine Last für sie sein würde. Sie hat sehr deutlich gemacht, welchen Stellenwert ich in ihrem Leben hatte, und am wichtigsten war ihr, mich wissen zu lassen, dass mein Aufenthaltsrecht bei ihr mit dem Tag meines Highschool-Abschlusses enden würde. Danach war es ihr egal, wohin ich ging oder was ich tat, solange es nur nichts mit ihr oder ihrer Buchhandlung zu tun hatte.«

»Ehrlich, Jayne. Ich weiß, dass Tilly nicht die warmherzigste Frau der Welt war, aber bei dir klingt es so, als wäre sie ganz und gar herzlos gewesen.«

»Oh, nein, gar nicht. Sie liebte ihre Freunde und ihren Laden, und ihrer Katze hätte sie eine Niere gespendet, wenn es nötig gewesen wäre.« Jayne ließ sich wieder auf ihren Stuhl sinken, und Nick setzte sich neben sie. »Zu ihrer Verteidigung muss ich sagen, dass es sicher nicht leicht war, in ihrem Alter ein Baby aufgehalst zu bekommen. Aber von ihrem Standpunkt aus war es nicht ihre Aufgabe, mich zu lieben oder mir die Mutter zu ersetzen. Ihre Aufgabe war es nur, mich durch die Kindheit zu bekommen, und das hat sie geschafft.«

Die Miene seiner Mutter geriet ins Wanken, doch noch wollte sie ihre Niederlage nicht eingestehen. »Ja, das hat sie geschafft. Und dann hast du sie verlassen, die einzige Familie, die du je hattest, ohne auch nur mit einem Wort zu erwähnen, wohin du gehst oder was du machst? Ohne je nach ihr zu sehen?«

»Im Ernst?« Jaynes Seufzen galt Nick, nicht seiner Mutter. »Hast du ihr denn *überhaupt nichts* erzählt?«

Sie wartete sein Achselzucken nicht ab, bevor sie fortfuhr.

»Ich habe versucht, Kontakt mit ihr aufzunehmen, aber sie ist nie ans Telefon gegangen und hat mich nicht ein einziges Mal zurückgerufen. Was sie mit den Briefen gemacht hat, die ich ihr geschickt habe, weiß ich nicht. Ich nehme an, sie hat sie weggeschmissen.«

»Du hättest sie besuchen können.«

»Oh ja, klar.« Jayne schnaubte leise. »Das hätte ich, aber sie hat die Tür ziemlich laut zugeknallt, als sie mich rauswarf. Und nachdem ich mir achtzehn Jahre lang von ihr angehört hatte, wie glücklich sie sein würde, wenn ich weg wäre … können Sie mir da wirklich vorwerfen, dass ich mir das nicht noch mal anhören wollte?«

Nick legte ihr den Arm um die Schultern und drückte sie kurz, doch Jayne sah ihn nicht einmal an. Sie schluckte nur schwer und fuhr sich mit der Zunge über die Lippen.

»Ich möchte nicht, dass Sie oder sonst jemand schlecht über Gran denken, Mrs Scott. Ich weiß nur eins: sie hat mir ins Gesicht gesagt, dass sie nichts mehr mit mir zu tun haben wollte, und sie hat es ernst gemeint. Sie meinen also, *Sie* sind überrascht, dass Gran mir alles hinterlassen hat?« Jayne schnaufte und verdrehte die Augen. »Willkommen im Club.«

»Willst du damit sagen, dass all das passiert ist, während du und Nick aufgewachsen seid und ich nichts davon wusste?« Debra rieb ihr Medaillon und räusperte sich. Ein Teil des Sturms mochte sich verzogen haben, aber noch nicht ganz. »Du hättest mit jemandem darüber reden müssen.«

»Das habe ich. Ich habe es Nick erzählt und ihn zur Verschwiegenheit verpflichtet.«

»Warum?«

Nick sah, wie sich in Jaynes Augen Wolken bildeten. Er wollte nicht, dass sie es laut aussprach, wollte nicht hören, wie ihr das Herz brach. Schon wieder. Aber Jayne holte nur tief Luft und blinzelte langsam.

»Als ich klein war, habe ich die anderen Kinder im Ort beobachtet und mich gefragt, wie sie ihre Mütter und Väter dazu gebracht haben, sie zu lieben. Was taten sie, dass ihre Eltern mit ihnen im Park spielten, sie an der Hand hielten oder sie sogar anlächelten? Alle anderen schienen das zu bekommen und ich nicht, also was hätte ich denken sollen, außer dass ich offenbar etwas ganz gewaltig falsch machte?

Ich wusste nur, wenn meine eigene Großmutter mich schon nicht mochte, würde ein Fremder erst recht kein Kind wollen, das nicht liebenswert war. Also habe ich den Kopf eingezogen und versucht, ihr nicht in die Quere zu kommen.«

Als sie Nick diesmal ansah, lag Wärme in ihrem Blick. »Nick war der Einzige, mit dem ich je darüber gesprochen habe, und offenbar hat er seinen Geheimhaltungsschwur sehr ernst genommen.«

»Verdammt richtig.«

»Ja«, sagte seine Mom knapp. »Nun gut. Offenbar behält er immer noch vieles für sich, zum Beispiel, was unten in Tillys Laden vor sich geht. Carter sagte, ihr hättet mit der Arbeit dort angefangen, also nehme ich an, du bist inzwischen in das Apartment eingezogen? Wirst du bald eröffnen?«

»Oh Gott, Nick.« Jaynes Stöhnen klang erstickt, weil sie die Hände vors Gesicht schlug, ehe sie sie auf den Tisch legte. »Im Ernst?«

»Okay.« Fast wäre Nick von seinem Stuhl gefallen, als

er hastig aufstand und auf seine Mutter zustolperte. Neulich Abend hatte er es geschafft, den meisten Fragen seiner Mutter auszuweichen, aber er hatte nicht vor, sie ausgerechnet jetzt damit auf Jayne loszulassen. »Ich glaube, das waren genug Fragen für ein einziges Verhör, Mom. Kann ich dich später anrufen?«

»Ich bin sicher, dass du es *kannst*, Nicky.« Seine Mom tätschelte ihm die Wange, als wäre er erst acht, und machte dann auf dem Absatz kehrt. »Die Frage ist, ob du es auch tun *wirst*?«

Er schob sie förmlich aus der Tür, wobei sie nicht aufhörte, ihn mit Fragen zu bombardieren, aber wenigstens versuchte sie, leise zu sprechen. Es gelang ihr nicht sonderlich gut, aber sie versuchte es.

»Was macht sie hier?«

»Chili essen.«

»Komm mir nicht frech, junger Mann. Weiß Lisa, dass sie hier ist?«

»Ja.«

»Besser so. Und warum schiebst du mich so schnell wieder nach draußen? Ich habe noch keine Antwort auf meine Frage. Ist sie schon in das Apartment gezogen?«

»Äh, nein. Noch nicht.« Wie ein Zug nahm diese Unterhaltung Tempo auf und hielt auf eine Kurve zu, die sie unmöglich passieren konnte, ohne zu entgleisen. »Es ist noch ein wenig Arbeit nötig.«

»Wo wohnt sie dann? In einem Hotel?«

»Nein.« Entgleisender Zug hin oder her, Nick musste grinsen. »Sie wohnt hier.«

»Hier?« Noch nie waren die braunen Augen seiner Mutter so riesig gewesen. »Nicholas Warren Scott – was denkst du dir nur? Was ist mit Lisa?«

»Sie weiß es.«

»Sie *weiß* es? Und sie findet das in Ordnung? Weiß sie, wie viele Beziehungen die da schon ruiniert hat?« Sie stieß den Daumen in Richtung Küche. »Macht sie sich keine Sorgen, dass zwischen euch etwas laufen könnte? Ehrlich, Nicky, wenn du mit der da Sex hast …«

»Holla, Ma, mach mal halb lang«, brachte Nick hervor und stolperte einen Schritt zurück. Er hatte immer ein enges Verhältnis zu seiner Mutter gehabt, aber das hieß nicht, dass er sein Sexualleben mit ihr diskutieren wollte. »Zuerst mal, wow – was hat das wohl zu sagen, wenn meine eigene Mutter mich für einen Windbeutel hält? Und zweitens reden wir von Jayne.« Er nahm sich eine Sekunde Zeit, um zu Atem zu kommen. »Sie hat ihr eigenes Zimmer, die Türen bleiben geschlossen und die Pyjamas an.«

»Falls sich nichts geändert hat, seit du acht warst, bestehen deine Pyjamas aus nichts weiter als Boxershorts, also …«

»Mom«, rief er mit einem erstickten Lachen. »Ich flehe dich an, bitte geh. Ich werde dir später alles erklären, versprochen.«

»Das will ich dir auch geraten haben.« Sie stellte sich auf die Zehenspitzen, um ihm einen Kuss auf die Wange zu geben. »Iss nicht alle Kekse heute Abend auf, und sei vorsichtig, Nicky. Lass Jayne nicht zwischen dich und Lisa kommen. Und sieh mich nicht so an – du weißt, dass es schon mal passiert ist.«

»Danke für deinen Besuch, Mom.« Er hielt die Tür auf und lächelte mit zusammengebissenen Zähnen. »War mir wie immer ein Vergnügen.«

Nachdem er ihr beim Wegfahren nachgesehen hatte, ließ er das Kinn auf die Brust fallen und blieb einen Moment lang so stehen, bevor er wieder ins Haus ging. Als er in die Küche kam, spülte Jayne gerade den Wischlappen aus. Sie sagte nichts, aber nach ihrem schiefen Lächeln zu urteilen und der Art, wie sie auf der Innenseite ihrer Wange herumkaute, kostete sie das einige Anstrengung. Sie hatte den Tisch bereits größtenteils abgewischt, bevor Nick ihr den Lappen abnehmen konnte.

»Okay«, lenkte er ein. »Sie übertreibt es ein bisschen.«

»Ein bisschen?« Sie nahm ihm den Lappen wieder ab und schlug damit scherzhaft nach ihm. »Würde mich nicht überraschen, wenn sie als Anstandswauwau bei dir einzieht.«

»Tja. Mich auch nicht.« Er holte ein Bier aus dem Kühlschrank, öffnete den Kronkorken und nahm einen langen Zug. »Also, ich dachte, ich nehme mir morgen frei und helfe dir, den Rest des Ladens auszuräumen.«

Jayne hatte den Tisch fertig abgewischt, hängte den Lappen über den Wasserhahn und drehte sich zu Nick um. »Nein.«

»Warum nicht?«

»Darum, Nick. Du hast einen Job. Du hast Angestellte, die auf dich und ihre Gehaltsschecks angewiesen sind, und es gibt Menschen, die darauf warten, in ihr neues Haus einziehen zu können.«

»Und das alles geht auch weiter, wenn ich mir ein paar Tage freinehme.«

»Ein paar Tage?«, brachte sie hervor. »Noch vor einer Sekunde hast du ›einen Tag‹ gesagt.«

»Ist doch egal.«

»Nein, es ist *nicht egal*.«

Es war schwer, nicht zu lachen, wenn sie unleidlich wurde, aber Nick war klug genug, in solchen Momenten nicht mal zu lächeln.

»Ich weiß das Angebot zu schätzen, Nick, aber du wirst *nicht* anfangen, meinetwegen dein Leben umzuschmeißen.«

»Wovon redest du? Es sind doch nur ein paar Tage.«

»M-hmmm«, brummte sie. »Und wenn Hague mir seinen Inspektionsbericht gibt? Wie viele Tage wirst du dir freinehmen, um dich darum zu kümmern?«

Nick zögerte nicht. »So viele, wie nötig sind.«

»Und was ist mit dem Haus, das du baust? Was wirst du den Leuten sagen?«

»Jayne.« Er legte den Kopf schief und sah sie fest an. »Ich habe mich noch nie bei einem Auftrag verspätet und werde es auch bei diesem nicht.«

Selbst wenn Jayne das Haus rechtzeitig entrümpeln konnte, würde ihr die Stadt nicht sehr viel Zeit geben, um das Haus in einen vorschriftsmäßigen Zustand zu bringen. Ob es ihr also gefiel oder nicht, Nick würde in den nächsten Wochen eine Menge Zeit dort verbringen.

Jayne ließ sich auf einen der Barhocker fallen und nippte an ihrem Wasserglas, bevor sie ihn mit einem schwachen Lächeln ansah. »Danke, ehrlich. Aber ich kann nicht von dir verlangen, dass du dafür alles andere stehen und liegen lässt, Nick.«

Nicks Finger schienen sich wie von selbst zu bewegen, als sie Jayne die Haare hinters Ohr strichen, den Grashalm herauszupften und ihn ihr vor die Nase hielten. »Du verlangst es nicht. Ich biete es dir an.«

Während sie ihm den Grashalm aus der Hand nahm, löste sich ihr Lächeln langsam auf. »Das ist zu viel.«

»Zu viel?« Nick trank einen Schluck Bier und ließ ein kurzes Lächeln aufblitzen. »Für andere Männer vielleicht.«

Sie konnte ihm so viel widersprechen, wie sie wollte. Aber was konnte sie tun, wenn er mit seinen Werkzeugen vor ihrem Laden aufkreuzte? Es gab Arbeit, und die würde er für sie erledigen. Zwar hieß das, dass er die Arbeiten am Haus der Schwanns und die an Jaynes Laden unter einen Hut bringen musste, aber das war keine große Sache. Es war … oh, richtig. Jayne meinte nicht nur die Baustelle. *Lisa.*

»Sie wird nichts dagegen haben, Jayne.«

»M-hm. Da bin ich sicher.« Sie füllte ihr Glas nach und trank einen großen Schluck. »Ich weiß nicht, wie viel an dem Haus zu machen sein wird, aber es lässt sich wohl mit ziemlicher Sicherheit sagen, dass wir es nicht an einem Nachmittag erledigen können.«

Sie hatte »wir« gesagt. Das reichte ihm.

»Nein«, sagte er schmunzelnd. »Wahrscheinlich nicht.«

»Wenn du also so viel Zeit ohne deine Freundin verbringen wirst, damit du in dieser Zeit *einer Freundin* helfen kannst, solltest du das vorher vielleicht kurz mit ihr abstimmen.«

»Ich brauche ihre Erlaubnis nicht, Jayne.«

»Nick …«

»Gut.« Er hob die Hände als Zeichen der Kapitulation. »Ich rede mit ihr.«

»Und in der Zwischenzeit«, sagte sie grinsend, »rufe ich Tony Cooke an und frage, ob er verfügbar ist.«

»Der Kerl ist doch so dämlich, dass er zwei Hände braucht, um seinen Hintern zu finden.«

Jayne zuckte nur mit den Achseln und verließ den Raum. »Nacht, Nick.«

»Aber es ist noch früh!«

»Jupp. Und in den letzten zwanzig Minuten hat dein Handy schon drei Mal vibriert, und zwar so lange, dass es dir fast aus der Tasche gefallen wäre.«

Verdammt. Er hatte gehofft, es wäre ihr entgangen.

Jaynes Stimme wurde leiser, als sie die Tür schloss. »Ruf sie zurück, bevor wir beide Ärger kriegen.«

Lisa. Richtig. Er nahm das Handy, wählte aber nicht, sondern saß in der Küche und sah Jayne nach. Seine Fingerspitzen, mit denen er ihr Haar berührt hatte, kribbelten, und noch immer konnte er ihr Erdbeershampoo riechen.

Verrückt.

Bis Donnerstag war alles aus dem Laden geräumt, abgesehen von den Regalen, die sie zerlegt und unter anderen Dingen begraben in der Nähe der Schaufenster gefunden hatten. Alles, was auch nur ansatzweise ekelerregend war, hatte Nick aus dem Apartment entfernt, aber es gab noch Kisten und Möbelstücke, um die Jayne sich kümmern musste.

Als sie auf der obersten Stufe war, klingelte ihr Handy; Nicks Nummer, anderer Klingelton.

»Hast du meine Klingeltönte gehackt?« Sie versuchte, wütend zu klingen, aber da sie jetzt einen Ohrwurm von »*Friends in Low Places*« im Kopf hatte, war das schlicht unmöglich.

»Verdammt richtig, das habe ich«, lachte er. »Ich wollte nicht den gleichen Klingelton haben wie alle anderen. Das ist langweilig.«

»Du bist so ein Idiot.« Sie grinste in ihr Handy, und der Anblick der voller Kisten stehenden Wohnung verschwamm vor ihren Augen. »Was gibt's?«

»Ich habe mit Lisa gesprochen.«

In Jaynes Magengrube bildete sich ein harter Klumpen. Das war's. Hier würde alles wieder von vorn anfangen. »Und?«

»Nichts. Es ist okay für sie.«

Jayne nahm das Handy vom Ohr und starrte es eine Sekunde lang an. »Wirklich? Sie lässt zu, dass du sie stehen lässt, um in jeder freien Minute hier arbeiten zu können?«

»Sie *lässt es zu*?« Er machte ein Geräusch, das irgendwie ungeduldig und zugleich müde klang. »Ich habe ihr gesagt, was los ist und dass ich in den nächsten Wochen viel hier sein muss.«

»Und was hat sie gesagt?«

»Sie hat nichts dagegen.« Er klang nicht sehr besorgt, aber Jayne war es. Gebranntes Kind und so.

»Schick mir ihre Nummer, ich rede selbst mit ihr.«

»Sie sagte, sie würde heute vorbeikommen, um dich zu besuchen.« Während sein Seufzen noch in ihrem linken Ohr nachhallte, hörte sie mit dem rechten bereits, wie die Hintertür geöffnet wurde.

»Jayne?«

»Himmel«, zischte Jayne. »Das ist unheimlich.«

»Was?«

Ohne ihm zu antworten, winkte sie Lisa zu, die am Fuß der Treppe stand.

»Ich komme sofort runter.« Jayne schlüpfte zurück in die Wohnung und flüsterte in ihr Handy: »Sie ist da. Wenn du bis morgen nichts von mir hörst, heißt das, sie hat mich in kleine Stücke gehackt und in den Container gestopft.«

Nicks prustendes Lachen war das Letzte, was sie hörte, bevor sie auflegte und ins Erdgeschoss hinunterging, wo Lisa auf sie wartete.

Hatte die Frau je einen Gammeltag? Besaß sie überhaupt Jogginghosen? Ihre dunklen Locken waren am Hinterkopf zu einem weichen Turm hochgesteckt, und ihr Make-up sah aus … tja, als wäre es überhaupt nicht vorhanden. In einer engen, sandbraunen Caprihose, einer schulterfreien, fuchsiafarbenen Chiffonbluse und den süßesten Kork-Keilsandalen, die Jayne je gesehen hatte, war Lisa offensichtlich nicht hergekommen, um ihr beim Kistenschleppen zu helfen.

»Hey.« Jayne zwang sich zu einem Lächeln, das so was von nicht von Herzen kam, während sie ihr Handy in die Gesäßtasche ihres Tyvek-Anzugs steckte. »Ich würde dir einen Platz anbieten, aber …«

In einer ausladenden Geste deutete sie auf den leer geräumten Laden und versuchte zu lachen. Lisas Lächeln sah so echt aus, wie sich Jaynes anfühlte.

»Das macht nichts, ich werde dich nicht lange aufhalten. Aber ich hatte gehofft, wir könnten uns unterhalten.«

»Klar. Soll ich uns einen Kaffee holen?«

»Nein, schon gut.« Lisa blieb stehen, wo sie war, die Füße dicht nebeneinander, die Hände über ihrer süßen, fuchsiafarbenen Clutchbag gefaltet. »Nick meinte, du würdest dir Sorgen darüber machen, was ich denke.«

Wie nett. Okay. Direkt auf den Punkt. Jayne wischte sich die Hände an ihrem schmutzigen Anzug ab, dann schlang sie die Arme um ihren Bauch, lehnte sich an die Wand und nickte.

»Tja, also. Nach meiner Erfahrung fällt es den meisten Leuten schwer zu glauben, dass Nick und ich nur Freunde sind.« Sie hielt gerade lange genug inne, um Luft zu holen. »Deshalb wollte ich sichergehen, dass bei dir keine Zweifel darüber aufkommen, was zwischen uns los ist.«

»Und was ist das genau?«

»Nichts.« Jayne wand sich. Das war dumm ausgedrückt. »Ich meine … nichts *in dieser Richtung*. Aber so, wie Nick eben ist, fällt es den meisten schwer, das zu glauben.«

»Wie meinst du das?«

Jayne zuckte die Achseln. »Er ist ein anhänglicher Typ.«

»Stimmt.« Lisa zuckte kaum mit der Wimper. »Und was ist mit dir? Bist du auch so ein ›anhänglicher‹ Mensch?«

»Gütiger Himmel, nein, nicht auf diese Art.« So peinlich es auch war, Jayne musste lachen. »Er und Carter ärgern mich gern, deshalb versuchen sie bei jeder sich bietenden Gelegenheit …«

Sie zuckte halbherzig die Achseln und wartete, doch es dauerte eine Weile, bis Lisa etwas sagte.

»Darf ich ehrlich sein?«

»Bitte.« Jayne war drauf und dran, darum zu betteln.

»Bin ich glücklich, dass du bei Nick wohnst?« Lisas linke

Braue wölbte sich kaum merklich. »Meine erste Wahl wäre es nicht, nein.«

»Das dachte ich mir«, seufzte Jayne. »Ich ziehe aus, sobald …«

»Lass mich ausreden.« Sie leckte sich die Lippen und blinzelte. »Aber so, wie ich das verstehe, seid ihr schon sehr lange befreundet, du und Nick. Richtig?«

»Seit dem Kindergarten.« Das Lächeln kam mühelos und ohne Vorwarnung, als in ihrem Kopf das Bild auftauchte, wie Nick auf Jeff Goodsen saß.

»Das ist eine lange Zeit.«

Jayne nickte. Bei jedem Ereignis in ihrem Leben, ob groß, klein, froh oder traurig, hatte Nick dazugehört. Selbst nachdem sie ans andere Ende des Landes gezogen war, hatten sie den Kontakt gehalten. Sie konnte sich an keinen Tag erinnern, an dem sie nicht mindestens ein Dutzend Mal an ihn gedacht hatte. Normalerweise öfter. Na gut, eigentlich immer öfter, aber das brauchte Lisa garantiert nicht zu wissen. Das brauchte niemand zu wissen.

Was Jayne für Nick empfand, ging nur sie etwas an und niemanden sonst.

»Natürlich«, fuhr Lisa fort, ihre Stimme so sanft wie ein Lufthauch, »kenne ich dich nicht. Aber ich kenne Nick, und er ist nicht der Typ, der fremdgeht. Es ist bedauerlich, dass seine Frau ihm nicht genug vertraut hat, um das zu erkennen, aber ich tue es. Deshalb mache ich mir nicht die geringsten Sorgen, dass er etwas … Unangebrachtes … tun könnte – weder mit dir noch mit einer anderen –, solange er mit mir zusammen ist.«

Eine kurze Pause entstand, als Lisa Luft holte und den Blick auf ihre Schuhe richtete. Jayne versuchte, die plötzliche Trockenheit in ihrer Kehle hinunterzuschlucken. Egal, was jetzt noch kam, es konnte die Situation nicht noch peinlicher machen, als sie bereits war. Oder?

»Etwas anderes, das ich über Nick weiß, ist, dass er nicht der Typ ist, der herumsitzt und wartet. Wenn er etwas will, dann versucht er es zu bekommen.« Wieder befeuchtete sie ihre glänzenden Lippen. »Ihr seid jetzt so lange befreundet – wenn er mehr von dir wollen würde, hätte er es längst bekommen.«

Jayne versuchte zu verhindern, dass ihr der Kiefer herunterklappte, doch es war zu spät, und es dauerte mehrere Sekunden, bis sie den Mund wieder zubekam. Der Begriff ›Peinlichkeit‹ hatte gerade eine neue Dimension erreicht.

»Ent…entschuldige«, stammelte Lisa und schloss die Hände fester um ihre Tasche. »Das ist falsch rübergekommen. Natürlich hat Nick dich gern; meine Güte, wahrscheinlich liebt er dich sogar, aber du … du bist für ihn wie eine Schwester, das habe ich damit gemeint. Wenn er etwas anderes … wenn er … mehr für dich empfinden würde, dann hätte er inzwischen gehandelt. Meinst du nicht?«

Wow. Hätte Jayne nicht an der Wand gelehnt, wäre sie jetzt glatt auf ihrem Hintern gelandet. Carter hatte gesagt, sie wäre wie seine Schwester, und das hatte sie süß gefunden. Aber das hier … das war ganz und gar nicht süß. Es war, als wäre ihr gerade ein Stück Herz aus der Brust geschnitten worden.

Warum sah Lisa sie so kritisch an? Oh, richtig, Jayne war an der Reihe, etwas zu sagen.

»Ja, klar.« *Blinzeln. Atmen. Nicken.* »Natürlich.«

»Du bist ein wichtiger Teil von Nicks Leben, und ich bilde mir ein, dass ich das ebenfalls bin. Solange also jede von uns den Platz der anderen respektiert, kommen wir sicher gut miteinander aus.«

»Ja, genau. Sicher.« Ringe den Schmerz nieder; halte ihn am Boden. So. Gut. Jetzt atmen. Gut. Und lächeln. Sei fröhlich.

Lächeln, verdammt. »Ich bin froh, dass wir das geklärt haben. Und wenn du schon mal hier bist, sollte ich mich wohl im Voraus für etwas entschuldigen. Ich habe eine Art mentale Blockade, was deinen Namen angeht. Carter sagt, ich hätte vor Jahren das gleiche Problem mit einem Mädchen namens Linda gehabt, die ich immer Lisa genannt hätte. Falls ich dich also Linda nennen sollte, ist das nichts Persönliches …«

»Das hast du schon.« Ein kleines Lächeln legte sich auf Lisas Miene. »Neulich Abend beim Stomp.«

»Wirklich?« Dann fiel es ihr ein. Die Tylenols, die Coronas, das Lied. Sie schloss die Augen, seufzte und sagte dann mit verzerrtem Gesicht: »Nicht gerade eine meiner Sternstunden.«

»Schon gut.« Lisa deutete mit ihrer Tasche auf die Tür. »Ich sollte gehen. Ich habe noch etwas zu erledigen, bevor ich mich mit Nick zum Mittagessen treffe.«

»Klar, okay.« Jayne nickte und trat zur Seite, um Lisa vorbeizulassen. »Danke, dass du vorbeigekommen bist.«

Der Anflug eines Lächelns, dann war Lisa verschwunden, und Jayne stand allein da und starrte ihr nach. *Wenn er mehr von dir wollen würde, hätte er es längst bekommen.* Empfand Nick wirklich so – dass Jayne wie eine Schwester für ihn war? Zu ihr selbst hatte er so etwas nie gesagt, aber wie sonst hätte Lisa auf die Idee kommen sollen?

Wenn man die Frauen betrachtete, mit denen Nick im Laufe der Jahre zusammen gewesen war, bestand kein Zweifel daran, dass Jayne so wenig sein Typ war, wie es bei einer Frau nur möglich war. Aber deswegen wollte sie noch lange nicht, dass er sie als seine Schwester betrachtete. Ihre Gefühle für ihn waren nämlich bei Gott nicht das, was eine Frau für ihren Bruder empfand.

Laute Musik! Das war es, was sie jetzt brauchte. Die Erfahrung hatte sie gelehrt, dass laute Musik alles ertränken konnte, was ihr Herz oder ihr Verstand ihr zu sagen versuchten. Dass sie sie heute lauter aufdrehen musste als sonst, hatte überhaupt nichts zu bedeuten. Da war sie fast ganz sicher.

Als sie schließlich eine Pause einlegte, hatte sie nur noch das kleine Schlafzimmer vor sich. Sie klappte die Kiste zu, die sie gerade durchgesehen hatte, und richtete sich auf. Einen Moment lang blieb sie stehen, streckte den Rücken so weit sie konnte und gab nach Kräften Steven Taylor zum Besten.

»*That … uh … that … uh …*« Sie beugte sich vor und versuchte, ihre Zehen zu berühren, was sie nicht ganz schaffte. »*Dude looks like a lady …*«

Nick stand in der Tür, eine Take-away-Tüte in der Hand, und grinste breit. »Hübsch.«

Flammende Hitze brannte ihr auf Hals und Wangen, aber was blieb ihr anderes übrig, als zu lachen? Immerhin hatte sie diesmal nicht getrommelt. Sie langte nach dem Lautstärkeregler, lachte albern und zuckte die Schultern.

Immer noch grinsend, ging er mit ihr hinaus zum Pick-up, reichte ihr die Tüte und klappte die Heckklappe herunter, damit sie sich daraufsetzen konnte. »Ich dachte mir, dass du wahrscheinlich noch nichts gegessen hast. Wie ist es mit Lisa gelaufen?«

»Hat sie es dir nicht erzählt?«

Wieder ein Achselzucken. »Ich möchte deine Version hören.«

Ihre Version? Meinte er damit den Teil, in dem Lisa ihr versichert hatte, dass alles in Ordnung war, oder den, in dem dieselbe Lisa, ohne es zu wissen, in Jaynes Brust gegriffen und ihr mit ihren perfekt manikürten Händen das Herz herausgerissen hatte?

Sosehr sie es auch versuchte, konnte Jayne ihre Gefühle nicht mehr so stark unterdrücken wie vorher, daher griff sie auf das zurück, was bei ihr am besten funktionierte: Sie verzog spöttisch den Mund.

»Also, erstens.« Sie schlang ein paar Fritten hinunter und zuckte die Schultern. »Offenbar erliegt sie der irrigen Illusion, dass du das Gütesiegel bist, an dem alle Männer gemessen werden sollten. Davon abgesehen ist sie wirklich süß.«

Nick wirkte nicht das kleinste bisschen erheitert. »Was hat sie gesagt?«

Zwischen Bissen von ihrem Burger wiederholte Jayne das kurze Gespräch, das sie mit Lisa geführt hatte, beinahe wortgetreu und spiegelte seinen skeptischen Blick.

»Meine Schwester?«, fragte er mit leiser Stimme, den Po an die Heckklappe gelehnt. »Warum zum Teufel sollte sie so etwas sagen?«

»Ich habe angenommen, sie hätte es von dir. Dass du ihr …« Sie machte eine Geste, die ihn und sie einschloss. »… das hier so erklärt hättest.«

Oh, da war ein ganz neuer Blick, den er aufsetzte. Nicht wütend, nicht besorgt, aber ganz gewiss auch nicht fröhlich. Diesen Blick hatte Jayne noch nie gesehen. Fast, als wären seine Augen in den Höhlen festgefroren.

»Vergiss es.« Sie knüllte die Verpackungen zusammen und warf sie in den Container. »Wie war eigentlich euer Essen?«

Er hielt ihr die Tür auf, und sie tauchte unter seinem Arm hindurch. »Gut.«

Wenn er den Blick noch schneller abgewandt hätte, wären seine Augen einmal im Kreis herumgewirbelt worden.

»Du hast sie nicht gezwungen, Fast Food zu essen, oder? Oh Nick, das ist einfach nur gemein.«

»Nein.« Er ließ sich reichlich Zeit mit seiner Antwort, und als er endlich sprach, begann er mit einem schweren Seufzen. »Wir waren Sushi essen, okay?«

»Du?«, brachte sie hervor. »Sushi?«

»Ja, Jayne. Ich habe Sushi gegessen. Avocado-Rolls sind gar nicht so übel.« Er verzog den Mund zu dem schiefen Lächeln, das so typisch für ihn war. »Aber ich habe mir noch einen Burger mitgenommen, als ich deinen geholt habe.«

»Das muss Liebe sein.« Lachend machte Jayne sich wieder auf den Weg nach oben.

»Liebe hat damit nichts zu tun.«

»Oh bitte«, schnaubte sie. »Warum sonst solltest *du* Sushi essen? Und jetzt sag mir nicht, weil sie gut im Bett ist, sonst muss ich mich auf dich übergeben.«

Nick blieb auf dem oberen Treppenabsatz stehen und hob die Schultern. »Weil sie es mag, und nachdem ich so viel Zeit hier verbringe, fand ich, ich wäre ihr zumindest dieses Mittagessen schuldig.«

»Oh.« Jaynes Lächeln fiel ihr auf die Füße. »Das ist wirklich ziemlich süß.«

»Sicher«, murmelte er, als er eine der wartenden Kisten anhob. »Wie auch immer. Sehen wir zu, dass wir den Rest von diesem Müll heute noch rausschaffen.«

Der Nachmittag verging zwischen Musik, Nicks Schritten auf der Treppe und dem regelmäßigen Klingeln seines Handys. Mindestens vier Mal fing er Jayne ab, als sie mit einer Kiste auf die Treppe zuging.

»Ich bin durchaus in der Lage, eine Kiste die Treppe hinunterzutragen, Nick.« Ihr war heiß, sie war müde, und ihre Laune wurde mit jeder geöffneten und wieder zugeklebten Kiste schlechter.

»Ich weiß.« Er nahm ihr die Kiste aus der Hand und stellte sie auf den Stapel für den Abtransport. »Aber wir würden uns nur gegenseitig auf die Füße treten, und du bist diejenige, die das Zeug aussortieren muss.«

Sie atmete schnaubend aus und schlurfte zurück ins Bad, wo die letzten zwölf Kisten warteten. Verlängerungskabel, Pappordner, alte Fernsehzeitungen und eine Packung Lysol-Reiniger.

Endlich etwas, das Jayne gebrauchen konnte. Sie stellte das Lysol beiseite, dann hob sie eine der Kisten an und folgte Nick die Stufen hinunter zu dem fast vollen Wagen. Eine ganze Ladung hatte Nick bereits in die Stadt gefahren, und jetzt würde er wieder losfahren müssen. Noch fünf Mal liefen sie rauf und runter.

Als sie die Kisten auf der Ladefläche verstaut hatten, nahm Nick Jaynes Hand und führte sie die Treppe hinauf, um die letzten beiden Kisten zu holen. Ohne ein Wort zu sprechen, hoben sie sie hoch und verstauten sie auf der Beifahrerseite des Wagens. Dann standen sie auf dem Treppenabsatz und blickten in den leeren Raum.

»Wir haben es geschafft«, murmelte Nick. »Und noch zwölf Stunden übrig.«

Jayne lachte, während sie ihre Montur auszog, doch selbst in ihren Ohren klang es gezwungen. So viel Kram, und nicht ein einziges Buch, nichts, was darauf hingewiesen hätte, dass Gran einen Sinneswandel gehabt und vielleicht, ganz vielleicht, doch mehr in Jayne gesehen hatte als nur ein ungewolltes uneheliches Kind.

Stattdessen hatte Jayne nichts gefunden als dringend reparaturbedürftige Wände, wackelige Geländer, undichte Rohre und ein halbes Dutzend kaputte Lampen.

Und als wäre das noch nicht deprimierend genug, besaß sie nun einen Buchladen ohne ein einziges Buch.

»Hey.« Nick legte ihr einen Arm um die Schultern und drückte sie. »Alles okay?«

»Oh ja.«

»Lügnerin.«

Weil ihr für alles andere die Kraft fehlte, legte sie den Kopf an seine Schulter und seufzte. »Stimmt.«

»Komm, ich lade dich zum Abendessen ein.«

Keiner von ihnen rührte sich.

»Nick?«

»Hm?«

»Ich würde lieber einfach nach Hause gehen … also zu dir nach Hause.«

»Also nach Hause.« Er gab ihr einen Kuss auf den Kopf und drückte sie ein bisschen fester. »Ich koche sogar.«

Während Jayne die Türen abschloss, ging Nick zum Heck seines Pick-ups, das Handy fest ans Ohr gedrückt. Sie konnte nicht hören, was er sagte, aber als er zurückkam, sprach sein Gesichtsausdruck Bände.

Zu jedem anderen Zeitpunkt hätte sie ihn weggeschickt, zu der Person am anderen Ende der Leitung, von der sie annahm, dass es Lisa war. Aber heute Abend … heute Abend war es ihr egal. Das war selbstsüchtig und unfair, und ein großer Teil von ihr wusste, dass sie es bereuen würde, aber in Nicks Küche zu sitzen und Sandwiches mit Erdnussbutter und Gelee zu essen, war genau das, was sie jetzt brauchte.

Sie trank den letzten Schluck Milch aus, wischte sich den Mund mit einer Serviette ab und schob ihren Teller von sich. »Das war ohne Frage das beste Abendessen, das ich seit langer Zeit hatte.«

»Hey, ich bin das ganze Paket, Süße.« Nicks Blick wurde wärmer, seine Augen auf der anderen Seite des Tischs wie zwei Seen aus flüssigem Gold. »Ich kann kochen und mit dem Hammer umgehen, und ich mache den besten Cosmo diesseits der Rockies. Was könnte ein Mädchen mehr wollen?«

»Keine Ahnung.« Jayne wollte sein Lächeln erwidern, gab es

jedoch auf, als sein Handy neben ihm auf dem Tisch vibrierte. Sie räumte die Teller ab und zauste ihm im Vorbeigehen mit einer Hand die Haare. »Sag ihr, es tut mir leid, dass ich eure Pläne für heute Abend durchkreuzt habe.«

Sie hörte noch Nicks Seufzen, als sie die Schlafzimmertür hinter ihrer Lüge verschloss.

»Hey, Lisa.«

7

So do you always bring
an extra girl when you go out?

Amanda Jones, Ist sie nicht wunderbar?

Sie hätte sich freuen sollen, dass Hague ihnen grünes Licht gegeben hatte. Sie hätte einen kleinen Freudentanz in den leeren Zimmern aufführen sollen, die sie mit so viel Arbeit entrümpelt hatten. Stattdessen rutschte Jayne an der Wand hinunter auf den Boden und starrte blicklos auf die Liste, die er ihr übergeben hatte. Drei Seiten voller blauer Häkchen und hingekritzelter Notizen, und zwei Wochen, um alles zu reparieren.

Zwei Wochen.

»Lass mich mal sehen.« Nick setzte sich neben sie, streckte die Hand aus und krümmte den Zeigefinger, doch Jayne rührte sich nicht. »Na komm, gib schon her.«

Ihr blieb keine Wahl. Sie musste seine Hilfe annehmen, sonst würde sie Hagues Frist niemals einhalten können. Zum Teufel, selbst mit Nicks Hilfe würde sie es wahrscheinlich nicht schaffen. Zu viel war zu tun. Seufzend hielt sie ihm die Blätter hin und ließ den Kopf gegen die Wand zurücksinken, während er die Seiten eine nach der anderen durchsah.

»Das ist nicht gut«, sagte er mit seinem schiefen Grinsen. »Aber es wäre um einiges leichter, wenn du einen guten Bauunternehmer kennen würdest.«

»Ich kenne da so einen Typen.« Sie schmunzelte müde.

»Aber sein Cousin hat mir gesteckt, er wäre der größte Idiot der Welt.«

»Ein Idiot schon.« Er zog die Schultern hoch. »Aber ich hab mir sagen lassen, er kennt sich auf Baustellen aus, und – und das ist das wirklich Gute – du kannst ihn mit Essen bezahlen.«

»Wahrscheinlich wäre es billiger, ihn richtig zu bezahlen.«

»Wahrscheinlich.« Nick grinste, doch als er weitersprach, wurde er todernst. »Es ist viel Arbeit, Jayne. Aber wir können es schaffen.«

»In zwei Wochen?«

»Zweieinhalb. Er hat uns ein paar Tage mehr gegeben, vergiss das nicht. Und ja. Aber zuerst müssen wir uns über ein paar Dinge einig werden.« Er ging vor ihr in die Hocke, rollte die Blätter zusammen und tippte ihr damit aufs Knie. »Erstens: Wir werden nicht über die Kosten streiten. Wir werden es erledigen und am Ende abrechnen.«

Sie setzte zu einem Einwand an, doch Nick redete einfach weiter.

»Zweitens: Hör auf, dir Sorgen darum zu machen, wie viel gemeinsame Zeit es Lisa und mich kostet. Es sind nur ein paar Wochen, das macht uns nichts.«

Bildete sie sich das ein, oder zögerte er an diesem Punkt?

»Also los.« Er half ihr auf die Beine und ging Richtung Tür. »Ich mache eine Kopie von dieser Liste, und dann setzen wir uns hin und ordnen die Punkte nach Priorität, suchen heraus, was du allein machen kannst, und überlegen uns, was und wen wir für den Rest brauchen.«

Erst als er schon fast an seinem Pick-up war, merkte er, dass sie stehen geblieben war.

»Was?«

Jayne atmete langsam ein und lächelte dann. Was blieb ihr anderes übrig, wenn er so ernst und herrisch wurde?

»Danke.«

Schon Tausende Male zuvor hatte sie ihn auf diese Art lächeln sehen, und jedes Mal hatte sie es geschafft, das Kribbeln zu unterdrücken, das es nach sich zog. Doch diesmal … puh … vielleicht war sie nur zu müde, um sich genug Mühe zu geben.

Nick stellte die Blumen – einen Strauß violetter Dingsbums mit allem möglichen grünen Blätterzeug – ans Fußende von Jaynes Bett und ging unter die Dusche, um sich den Schmutz des Tages abzuwaschen. Er hatte gerade eine frische Jeans angezogen, als er sie durch die Haustür hereinkommen hörte, und als sie durchs Wohnzimmer in seinen Teil des Hauses stürmte, war er dabei, sich das Gesicht einzuschäumen.

»Nick!«

Er trat halb aus dem Bad, ein Handtuch über die nackte Schulter geworfen, und schäumte sich weiter mit dem Rasierpinsel ein.

»Hm?«

»Oh.« Sie bremste scharf ab. Mit beiden Händen hielt sie die Blumen fest, ihr Mund stand offen. Es dauerte einen Moment, bis sie ihre Stimme wiederfand, und auch danach war sie nicht so kraftvoll, wie er es erwartet hatte. Anfangs klang es, als hätte sie den Mund voller Staub, und sie musste sich zwischendurch so oft räuspern, dass irgendetwas mit ihr nicht stimmen konnte.

Sie sah die Blumen an, dann den Boden, dann die Wand neben sich, bevor sie es endlich schaffte, zu ihm aufzusehen.

»Du musst aufhören, Geld für mich auszugeben.« Während sie sprach, zuckte ihre Nase kaum merklich, als müsse sie sich beherrschen, um sich nicht über die Blumen zu beugen und so tief wie möglich einzuatmen.

»Warum?« Er ging ins Bad und machte sich mit dem Rasierer ans Werk. In gleichmäßigen Zügen führte er die Klinge über seine Wange. »Es ist mein Geld. Ich kann es ausgeben, wofür ich will.«

»Aber …«

»Wenn du dich dann besser fühlst – oder weniger gut, wenn es dir darum geht –, ich habe auch welche für Lisa gekauft, aber ihr Strauß war größer.« Er zog die Oberlippe nach unten und rasierte vorsichtig die Bartstoppeln darüber ab. »Wie würde es denn aussehen, wenn ich ihr Blumen zu unserem Date mitbringe und dir nicht?«

»Es ist kein Date, wenn du mit deiner Freundin *und* mir ausgehst.«

»Also gut. Wir feiern, dass wir die erste Hürde mit Hague genommen haben. Ich war in Mayas Blumenladen. Ich hab die hier gesehen und gedacht, weil sie lila sind …«

»Nick.« Eine dicke Träne hing in ihrem Augenwinkel, aber weil Jayne nun mal Jayne war, hielt sie sie zurück. »Wir wollten den Leuten doch zeigen, dass wir nur Freunde sind, weißt du noch?«

»Darf ich meinen Freunden keine Blumen kaufen?«

»Ein paar Tausendschönchen, klar. Eine Chrysantheme im Topf, auf jeden Fall. Aber das hier?« Müde seufzte sie. »Das sieht einfach nicht richtig aus.«

»Mir ist scheißegal, wie es aussieht.« Er spülte den Rasierer ab und tupfte sich das Gesicht mit dem Handtuch trocken. »So bin ich. So sind *wir*. Und ich möchte nichts daran ändern.«

»Aber Blumen sind mordsmäßig teuer.«

»Gefallen sie dir?«

»Na, was denkst du denn?«, brummte sie. »Die sind großartig.«

Er konnte nicht länger widerstehen. Diese Träne machte ihn wahnsinnig. Er wischte sie mit dem Daumen weg und legte dann die Hand an Jaynes Wange. »Dann ist das Geld gut angelegt.«

Sie schniefte leise und schmiegte sich für einen Sekundenbruchteil an seine Handfläche. »Danke.«

»Gern geschehen.« Lächelnd sah er ihr nach, als sie durch den Flur zurückschlurfte. Abby hatte nie geweint, wenn er ihr Blumen geschenkt oder sich Gedanken um das Geld gemacht hatte. Und Lisa übrigens auch nicht. »Ich glaube, über dem Kühlschrank steht eine Vase.«

Eine halbe Stunde später zwinkerte er Jayne unter einer hochgezogenen Braue zu, als er ihr die Tür zu seinem Pick-up aufhielt und beim Einsteigen half. »Du siehst toll aus.«

»Ja, von wegen.« Augenrollend legte Jayne die Hände auf ihren Bauch. Das kurzärmlige, moosgrüne Kleid sah aus, als wäre es aus T-Shirt-Stoff gemacht; nichts Ausgefallenes, nur ein schlichtes Kleid, das sich an ihre Rundungen schmiegte. »Du bist es einfach gewohnt, mich in Jogginghosen und verdreckten T-Shirts zu sehen, da ist alles andere eine Verbesserung.«

Nick setzte den Wagen aus der Einfahrt zurück und fuhr Richtung Süden zu Lisa. Als sie an der Ampel warteten, klingelte sein Handy, und das Radio schaltete sich aus. »Hey, Lisa. Entschuldige, wir sind ein bisschen spät dran.«

Er warf Jayne einen Blick zu, den diese ignorierte.

»Schon okay«, sagte Lisa. Ihre sanfte Stimme kam aus dem Lautsprecher. »Wir müssen das ohnehin verschieben.«

»Wie kommt's?« Nick blickte stirnrunzelnd durch die Windschutzscheibe. Er spürte, dass Jayne ihn ansah, hielt den Blick aber geradeaus gerichtet. »Geht's dir gut?«

»Alles prima, aber die Sprinkleranlage im Fairmont Hotel hat alle Konferenzräume überflutet, deshalb muss ich für das Sozialprojekt morgen einen Ersatz finden.«

»Wie lange wird das dauern?«

Lisas Seufzen drang durch die Fahrerkabine des Pick-ups, als Nick auf den Highway bog. »Ich weiß es nicht. Es ist eine große Gruppe, also könnte es eine Weile dauern. Aber fahrt ihr beiden ruhig. Wenn ich früh genug fertig bin, komme ich später zu dir nach Hause.«

»Sicher? Es war deine Idee, wir können es ein andermal nachholen.«

»Sei nicht albern. Fahrt ruhig. Und grüß Jayne von mir.«

Nick grinste, formte mit den Lippen das Wort »Hallo«, und Jayne erwiderte den stummen Gruß.

»Jayne lässt dich zurückgrüßen.«

»Tut mir leid wegen heute Abend«, sagte Lisa. »Ich liebe dich.«

»Alles klar. Bis später.« Die Radiomusik setzte wieder ein, doch ausnahmsweise sang Jayne nicht mit, obwohl sie den Achtzigerjahre-Sender eingestellt hatte, den sie so mochte. Sie sang nicht – doch ihr Mund stand weit offen.

»Nick!«

»Was?«

»Sie hat dir gerade gesagt, dass sie dich liebt, und deine Antwort darauf war … was? Nichts?«, brachte sie mit einem erstickten Lachen hervor. »Du lässt sie das einfach sagen, und dann lässt du sie so in der Luft hängen?«

»Ich *lasse* sie es nicht sagen, Jayne. Sie tut es einfach.« Er wechselte die Spur und beschleunigte. »Und was soll ich deiner Meinung nach tun – sie anlügen?«

»Du liebst Lisa nicht?« Jaynes Stimme klang so erschrocken, als wäre er verrückt. »Wirklich nicht?«

»Versteh das nicht falsch, sie ist wunderbar. Reizend, hübsch, und sie ist immer nett zu mir. Aber wir sind erst seit ein paar Monaten zusammen. Das ist mir ein bisschen zu früh, um mit dem L-Wort um mich zu werfen.«

»Früher hat dich das auch nie abgehalten. Nach zehn Minuten in einer neuen Beziehung hast du immer schon davon geschwärmt, wie sehr du deine neue Freundin liebst.«

»Nun mach mal halblang«, sagte er lachend und hoffte, dass sein Gesicht nicht so rot war, wie es sich anfühlte. »Im Lauf der Jahre habe ich gelernt, die Schwärmereien für mich zu behalten.«

»Braver Junge. Ein bisschen Zurückhaltung ist gut.«

Zurückhaltung hatte damit nichts zu tun. Hätte er geglaubt, Lisa zu lieben, hätte er es ihr ohne zu zögern gesagt. Aber bisher hatte sich dieses Gefühl nicht eingestellt. Irgendetwas fehlte. Noch wusste er nicht, was es war, aber er war sicher, dass er es würde richten können, sobald er es identifiziert hatte. Und dann würde er sie lieben.

Er lenkte den Pick-up auf die Abbiegerspur und fuhr auf den Parkplatz hinter dem Kino.

»Und was ist mit dir?« Er stellte die Automatik auf Parken, stieg aus und ging um den Wagen herum, um ihr die Tür zu öffnen. Als er dort ankam, war sie bereits ausgestiegen. »Wer war der letzte Typ, von dem du geschwärmt hast?«

»Ich schwärme nicht.« Sie strich die Vorderseite ihres Kleids glatt, drehte sich um und ging voraus.

Es stimmte; Jayne hatte in der Highschool nie von irgendwelchen Jungs geschwärmt, und im Laufe der Jahre hatte sie zwar ein paar Männer erwähnt, aber nichts davon hatte länger als ein paar Monate gehalten. Außer der Sache mit diesem Barry. Nick war ihm nur einmal begegnet, aber das hatte gereicht. Sobald Barry zum ersten Mal den Mund aufgemacht hatte, hatte Nick gewusst, dass er der Falsche für Jayne war, und bis zum heutigen Tag verstand er nicht, warum sie so lange mit ihm zusammengeblieben war.

Nick eilte ihr nach und stupste sie am Arm.

»Na komm, spuck's aus. Wann hast du zuletzt einem Mann gesagt, dass du ihn liebst?« Nach einem Blickduell ließ er sie die Kinokarten bezahlen und schob sie dann zum Popcornstand. »Und sag mir bitte nicht, dass du in Barry verliebt warst.«

»Nein.« Jayne zupfte ein paar Servietten aus dem Spender und nahm im Weitergehen seinen großen Eistee mit. »Das einzige Mal, dass ich so etwas getan habe, war am zwanzigsten Juni 1998.«

»Du weißt noch das genaue ...« Nicks Hand an der Popcorntüte erstarrte, und es dauerte einen Moment, bis er seine Füße in Bewegung setzen konnte. Der 20. Juni 1998. Der Tag nach ihrem Schulabschluss. Der Tag, an dem er Jayne zum Busbahnhof gefahren hatte.

Der Tag, an dem sie ihm gesagt hatte, dass sie ihn liebte.

»Warte mal.« Er musste traben, um Jayne und ihr überlegenes Grinsen einzuholen. »Das zählt nicht.«

»Oh doch.«

»Nein, tut es nicht. Weil das nicht so gemeint war, dass ...«, er senkte die Stimme zu einem rauen Flüstern, »... dass du in mich verliebt bist. Du hast gemeint, du bist meine ...«

»Deine was?« Lachend trank sie einen Schluck von seinem Eistee. »Deine Schwester?«

»*Nein*, meine beste Freundin.«

»So oder so, erinnern wir uns an deine Antwort.« Sie legte den Finger ans Kinn und tat so, als würde sie angestrengt nachdenken. »Oh, richtig. Gar nichts.«

»Du hast mir keine Chance gegeben!« Er hielt ihr die Tür auf und folgte ihr in den Kinosaal, hoffend, dass die spärliche Beleuchtung seine Beschämung verbergen würde. »In einer Sekunde stehst du da und starrst auf den Boden, und in der nächsten fährt der Bus weg und du rufst es aus dem Fenster.«

Jayne stand am oberen Ende des Mittelgangs und suchte

nach freien Plätzen; ihr Grinsen wurde breiter. »Ein wahrer bester Freund hätte es zurückgerufen.«

Die einzigen freien Plätze befanden sich ganz am äußeren Rand in der zweiten Reihe. Entschuldigungen murmelnd, stiegen sie so schnell und schmerzlos wie möglich über alle hinweg.

Nick wartete ab, bis Jayne in ihrem roten Samtsessel saß, bevor er sie in den Arm knuffte und flüsterte: »Du flippst jedes Mal aus, wenn ich dich umarmen will, deshalb habe ich immer gedacht, für alles andere würdest du mich grün und blau prügeln.«

»Vielleicht hätte ich das sogar.« Als sie ihm den Kopf zuwandte, erwartete er, ihr typisches spöttisches Lächeln zu sehen, doch es dauerte eine Weile, bis es erschien. Und als es so weit war, wirkte es gezwungen. Gott, er war so ein Trottel.

»Seitdem hast du es wirklich nie wieder gesagt?«

»Nein. Einmal war mehr als genug, vielen Dank auch.«

Beinahe im selben Augenblick gingen die Lichter aus; erwartungsvolles Schweigen legte sich über den Saal. Erst in diesem Moment wurde Nick bewusst, wie sehr ihm die Kinobesuche mit Jayne gefehlt hatten. Sie hatten immer abwechselnd den Film ausgesucht, aber für jeden Frauenfilm, den er sich hatte ansehen müssen, schien sie doppelt so viele Verfolgungsjagden und Schießereien ertragen zu haben. Deshalb hatte er stets ihr die Wahl überlassen, wenn sie sich Filme ausliehen, um sie bei ihm zu Hause zu sehen.

Nick war wahrscheinlich der einzige Junge in ihrer Abschlussklasse gewesen, der jeden John-Hughes-Film mindestens einmal gesehen hatte. Wenn Judd Nelson oder Emilio Estevez mitspielten, wahrscheinlich eher drei- oder viermal.

»Möchtest du?« Nick hielt ihr seinen Popcornbecher hin, doch Jayne schüttelte den Kopf. Dafür nahm sie die rote Lakritze.

Er rutschte in seinem Sitz nach unten, damit er sich den Hals nicht so sehr verrenken musste, und grinste, als Jayne dasselbe tat. Sie kaute ihre Twizzlers, und er mampfte sein Popcorn, ganz wie in alten Zeiten.

War es komisch, dass sie sich so mühelos wieder in das Leben des anderen einfügten? Oder dass er sich nicht entsinnen konnte, jemals so glücklich gewesen zu sein? Es war ein albernes, sentimentales Glücksgefühl, eines von der Sorte, bei der man nicht mehr aufhören konnte zu lächeln.

Er hatte nicht die geringste Ahnung, was in dem Film passierte, außer dass dem Kerl auf der Leinwand die Kehle durchgeschnitten werden würde und alle im Kinosaal es wussten. Die Musik schwoll an, der Mann drehte sich um … verdammt gut, dass Lisa nicht mitgekommen war. Sie hätte das scheußlich gefunden.

»Was ist so lustig?«, flüsterte Jayne.

Nick hatte keine gute Erklärung für das Grinsen auf seinem Gesicht, und sosehr er auch versuchte, es zu unterdrücken, es half nicht. Hier in diesem vierzig Jahre alten Kino, dessen Leinwand in der oberen rechten Ecke mit einer Frankenstein-Narbe geflickt war, schien sich einfach alles verschworen zu haben, um ihn zum Lächeln zu bringen. Das kollektive Luftanhalten, als der Bösewicht hervorsprang, die Art, wie der Teenager vor ihnen seine Freundin im Arm hielt, als sie aufkreischte und das Gesicht an seinen Hals drückte, und dass Jayne so gut nach frischen Erdbeeren duftete.

Ein paar Mal spürte er ihren Blick, doch wenn er in ihre Richtung sah, hatte sie sich wieder zur Leinwand gedreht. Als der Film zu Ende war, hätte Nick den Namen keiner einzigen Figur nennen können und hatte keinen Schimmer, warum der Typ alle umbrachte, dafür allerdings eine leichte Nackenstarre, doch das war ihm egal.

Sie warteten, bis sich die Reihe geleert hatte, dann nahm er Jayne an der Hand, und sie schlängelten sich Richtung Tür. Als sie die Menge schon fast hinter sich gelassen hatten, entdeckte er sie.

»Oh Scheiße, lass uns abhauen.«

»Warum?« Jaynes Blick fuhr hoch. »Wer ist das?«

»Schnell«, flüsterte er heiser, doch es war zu spät. Im grünweiß karierten Partnerlook versperrten die Schwanns ihnen den Ausgang. »Judy, Ross, wie schön, Sie zu sehen. Das ist Jayne.«

Judy lächelte süßlich, ihre Lippen waren so dunkelrot angemalt, wie Nick es noch nie gesehen hatte. »Ich dachte, Sie sind mit diesem anderen Mädchen zusammen. Diesem hübschen mit den dunklen Haaren; sie ist so reizend.«

»Ja, das ist sie.« Er zupfte Jayne kurz am Arm und wandte sich zum Gehen. »Wir müssen jetzt los, aber ich sage Lisa, dass Sie nach ihr gefragt haben.«

Bevor Judy noch ein weiteres Wort sagen konnte, hatte Nick Jayne förmlich aus der Tür gezerrt und schob sie zu seinem Wagen.

»Wer war das?«, fragte sie lachend.

»Freunde von Mom. Für sie baue ich das Haus.«

»Wow, das muss interessant sein. Ziehen sie sich immer gleich an?«

»Ja.« Nick atmete hörbar aus und steuerte den Pick-up auf den Heimweg. »Halt die Augen offen, manchmal verfolgen sie einen bis nach Hause.«

Jaynes Lachen füllte die Fahrerkabine aus, und obwohl er seine Worte ernst gemeint hatte, wärmte der Klang ihm das Herz und brachte ihn ebenfalls zum Lachen. Wieder zu Hause, öffnete er die Haustür und ließ Jayne vorangehen. Duke kam auf sie zugewackelt und wedelte wie verrückt mit dem

Schwanz, während sie ihm die Ohren kraulte, dann schlurfte er zurück zu seinem Kissen, ohne Nick auch nur eines Blickes zu würdigen.

»Ich finde übrigens«, er warf seine Schlüssel in die Schale auf dem Flurtischchen und stellte seine Sneakers in den Garderobenschrank, »Wir sollten das öfter machen.«

»Genau«, schnaubte sie. »Ich wette, das würde Lisa gefallen.«

»Sie würde auch mitkommen. Und für dich finden wir auch jemanden.«

»Wie wäre es mit Mr Oktober aus dem Feuerwehrkalender?«

»Verheiratet.«

»Verdammt.« Wieder legte sie den Finger ans Kinn und tat so, als würde sie nachdenken. »Wie wäre es dann mit Nein?«

»Warum nicht?« Er folgte ihr in die Küche und setzte sich auf einen der Barhocker. »Ich kenne eine Menge Jungs, die froh wären …«

»Nein!«

»Ich würde sorgfältig auswählen.«

Sie füllte zwei Gläser mit Wasser und reichte ihm eines davon. »Nein.«

»Ist das das einzige Wort, das du kennst?«

»Nein.«

Schmunzelnd trank er einen Schluck. »Es würde dir guttun. Deinen Horizont erweitern, vielleicht sogar deinen Wortschatz.«

»Sehr witzig.« Sie stellte das Glas auf den Tresen und wandte sich zu ihm um, die Arme vor der Brust verschränkt.

»Du bist doch so beharrlich der Meinung, wir müssten den Leuten zeigen, dass wir nicht zusammen sind«, fuhr er fort, während die Idee in seinem Kopf Formen annahm. »Und was gäbe es da für eine bessere Möglichkeit, als wenn uns die Leute zusammen, aber eben nicht *zusammen* sehen? Das ist eine Win-win-Situation.«

»Ich weiß nicht.« Kopfschüttelnd ging sie auf die andere Seite der Kücheninsel, um etwas Distanz zwischen sich und ihn zu bringen, doch schon beim nächsten Herzschlag war er bei ihr, legte ihr den Arm um die Schultern und führte sie ins Wohnzimmer.

»Hühnchen?«, fragte er und grinste dabei von oben auf sie herab.

»Ja.«

Sie machten es sich auf der Couch gemütlich und ließen sich die Idee durch den Kopf gehen. Er kannte viele nette Männer, mit denen er sie verkuppeln könnte, was ihm gleichzeitig ein paar Pluspunkte bei Lisa einbringen würde, mit der er seit dem Stomp kaum noch Zeit verbracht hatte. Verdammt, seit Jayne in der Stadt war, hatte er kaum noch die Zeit gehabt, ihr einen Begrüßungs- oder Abschiedskuss zu geben, von allem anderen ganz zu schweigen.

»Was kann denn schlimmstenfalls passieren?«, fragte er und hoffte, dass sie die Unsicherheit in seiner Stimme nicht hören würde.

Sie stöhnte leise. »Nick …«

»Nix da, vergiss es. Wir machen das. Ich reserviere für Samstagabend einen Tisch im The Grill.«

Während Nick SportsCenter einschaltete, nisteten sich seine eigenen Worte wie ein Klumpen in seinem Magen ein. Er würde Jayne ein Date verschaffen.

Jayne. *Seiner Jayne.*

Es war keine Lüge gewesen; er kannte viele nette Männer. Aber welcher wäre gut genug für sie? Es müsste ein aufrechter Kerl sein, der sie vernünftig behandelte, ohne dabei schmierig oder allzu anhänglich zu sein. Jemand mit einem guten Job, damit er für sie sorgen konnte, falls aus der Sache was Ernstes wurde. Jemand, bei dem sie stark sein, aber auch jederzeit die Mädchenkarte ausspielen durfte.

Jemand, der sie in den Arm nahm, auch wenn es so aussah, als würde sie es nicht wollen.

Noch lange nachdem sie zu Bett gegangen waren, ging Nick im Geiste alle Männer durch, die er vom Bau kannte, Freunde von Ben und Katie, Typen, die sie alle von der Highschool kannten, und dann jeden, der ihm sonst noch einfiel. Er strich alle von seiner mentalen Liste, die zu alt, zu jung, zu laut, zu leise, zu beschäftigt oder nicht beschäftigt genug waren, sowie jeden, den Nick für einen Waschlappen hielt oder der noch nie einen Hund besessen hatte.

Jeder Mann sollte einen Hund haben.

Nach und nach schrumpfte die Liste zusammen, bis noch drei Kandidaten übrig blieben.

Brett Hale war durch und durch Polizist. Er hielt sich immer an die Regeln, war seit etwa einem Jahr Single und trug eine 9mm, einen Schlagstock, Pfefferspray und einen Taser bei sich, also stand es außer Frage, dass er auf Jayne aufpassen konnte. Einen Hund hatte er nicht, aber bei seinen Arbeitszeiten konnte Nick ihm das nicht vorhalten.

Davis Brenner arbeitete für eine Holzhandelsfirma in der Stadt und stand am Wochenende manchmal im Chalker's hinter der Bar. Er hatte eine riesige Dänische Dogge, aber der Hund war völlig verrückt, und Brenner tat nicht viel, um ihn unter Kontrolle zu bringen.

Martin Kendall, Nicks Buchhalter. Guter Kerl, guter Job, alleinstehend, und Nick hatte schon gesehen, wie er mit nichts als einem seiner schicken Lederslipper eine riesige Wolfsspinne erledigte. Er hatte zwei Hunde, die eigentlich anerkannte

Züchtungen des Amerikanischen Züchterverbands waren, aber eher wie flauschige Ratten aussahen.

War Jayne das Aussehen wichtig? Nick glaubte es nicht, konnte es aber auch nicht ausschließen. Das Problem war, dass er keine Ahnung hatte, ob diese Männer als gut aussehend galten. Brett trug Uniform, und darauf standen die Mädels, oder? Brenner war ein wenig ungepflegt, und Martin war blond und blauäugig. Abby hatte ihn einmal mit einem griechischen Gott verglichen.

Diese drei standen also zur Auswahl. Ein Mann mit einem gefährlichen Job, ein Mann, der seinen Hund nicht zügeln konnte, und ein Mann, der aussah, als würde er Blitze werfen und die Planeten auf ihren Bahnen lenken.

Die Wahl fiel auf Martin Kendall.

Am Montagmorgen saß Nick an der Baustelle in seinem Pick-up und telefonierte.

»Hey, Martin«, sagte er. »Kann ich dich was fragen?«

»Klar. Was gibt's?«

»Ich brauche ein Date für jemanden. Interesse? Es wird ein Doppeldate mit Lisa und mir.«

Ein leichtes Zögern. »Ich weiß nicht, Nick. Ein Blind Date?«

»Ich zahle.«

»Ach so, dann ja.« Martin lachte. »Wann?«

»Samstag im The Grill. Sechs Uhr?«

»Klingt gut«, sagte Martin. »Und da *du* bezahlst, werden wir ein bisschen übers Geschäft reden, damit du es absetzen kannst.«

Nachdem er ihm die Details genannt hatte, legte Nick auf und schickte eine SMS an Jayne.

Hab ein Date für dich.

Wenige Sekunden später kam ihre Antwort. *So schnell? Mit wem?*

Überraschung.

Bis Samstag hatten sie noch den größten Teil der Woche vor sich, und er wollte nicht, dass sie nachforschte und sich anderer Leute Meinungen über Martin einholte, bevor sie ihn selbst kennenlernte.

Er wartete noch eine Minute, doch als sie nicht antwortete, half er Duke aus dem Pick-up und ging an die Arbeit. Aus irgendeinem Grund fiel es ihm schwer, sich zu konzentrieren. Delmar musste alles zweimal sagen, um seine Aufmerksamkeit zu bekommen, und bis sich die Mittagspause schleppend näherte, war er dreimal über das Ständerwerk gestolpert. Was nicht so schlimm gewesen wäre, hätte er sich nicht beim letzten Mal den Kopf an einem der Ständer gestoßen, als er versuchte, sich abzufangen.

»Jesus, Boss«, sagte Delmar und stieß einen Pfiff aus. »Vielleicht solltest du dir den Tag freinehmen, bevor du dich noch umbringst.«

Als Nick widersprechen wollte, unterbrach ihn Delmar einfach. »Hier gibt es heute nichts zu tun, womit wir nicht allein fertigwerden. Geh nach Hause. Wenn wir dich brauchen, rufen wir an.«

Wüst vor sich hin fluchend, stieg Nick wieder in seinen Pick-up. Was zum Teufel war überhaupt mit ihm los? Zu Hause wanderte er vier Mal von der Küche durchs Wohnzimmer in sein Büro und wieder zurück, ehe er es aufgab und sich wieder in den Wagen setzte. Ein kurzer Stopp bei den Eisenwaren-Brüdern, dann fuhr er rüber zum Laden.

Jayne sang aus vollem Hals Mellencamp mit, als Nick eintraf. *»Hurts so good …«*

Sie trug ihr Basecap, eine völlig verwaschene, abgeschnittene Jeans und ihr Oskar-der-Griesgram-T-Shirt, nickte mit dem Kopf und schwang die Hüften zur Musik, während sie mit ihren behandschuhten Händen ein Stück Rigips packte und daran zerrte.

»*Come on baby, make it hurt so good …*« Wie konnte etwas, das so niedlich aussah, nur so furchtbar klingen?

»Ähm, Jayne?«

Sie kreischte auf, und in diesem Moment gab der Rigips nach, sodass sie einige Schritte rückwärtsstolperte.

»Himmel!« Sie fuhr sich mit dem Arm über ihr nervöses Grinsen. Farbe schoss ihr in die Wangen. »Hör doch auf damit!«

»Tut mir leid«, log er und ging die Musik leiser drehen. »Ich dachte, wir hätten uns darauf geeinigt, heute Abend damit anzufangen.«

»*Wir* haben uns auf gar nichts geeinigt.« Sie schenkte ihm ihr schönstes Augenrollen. »Du hast ignoriert, was ich dir zu sagen versucht habe. Dass es nämlich, auch wenn du es nicht glaubst, keine höhere Wissenschaft ist, eine Trockenbauwand einzureißen.«

Nick konnte nicht anders, als zu grinsen. Lisa verdrehte nie die Augen und redete auch nie mit ihm, als wäre er ein Volltrottel. Sie gab ihm immer das Gefühl, eine Art Einstein zu sein.

»Was machst du hier überhaupt? Ich dachte, du würdest heute am Haus arbeiten.«

»Delmar hat mir den Nachmittag freigegeben.« Als Jayne ihn mit hochgezogener Braue ansah, tat er es mit einem Schulterzucken ab und reichte ihr eine Tüte. »Hab dir was mitgebracht.«

»Nick …«

»Entspann dich«, grinste er. »Ich kann es von der Steuer absetzen, und es sah aus, als könntest du es gebrauchen.«

Als sie keine Anstalten machte, ihm die Tüte abzunehmen, stellte er sie auf den Boden und nahm den Werkzeuggürtel selbst heraus. Als er sich wieder aufrichtete, versuchte sie gar nicht erst, ihr Lächeln zu verbergen.

»Das gibt's doch nicht – mein eigener Werkzeuggürtel?«

Ihr Lachen umfing ihn und wärmte ihn innerlich, als sie die Werkzeuge eines nach dem anderen herauszog: Hammer, Schraubenschlüssel, Schraubenzieher mit violettem Griff, Wasserwaage und Maßband.

»Das ist so cool, danke!«

Für einen Moment glaubte er, sie würde ihn vielleicht umarmen, doch dann schien sie es sich noch mal zu überlegen und machte sich daran, den Gürtel anzulegen.

»Ich bin wie ein weiblicher Tim Taylor.«

»Quatsch. Mike Holmes ist nichts gegen dich.« Er legte ebenfalls seinen Gürtel an und drehte sich zu ihr um. Ihre blauen Augen strahlten ihn an. »Dann komm, bringen wir die neuen Werkzeuge zum Einsatz.«

Jayne fuhr vor ihm auf die Straße, winkte ihm noch einmal aus dem Wagenfenster zu und fuhr zu ihm nach Hause. Er würde später nachkommen, aber zuerst musste er zur Baustelle fahren, um zu sehen, wie der restliche Tag ohne ihn gelaufen war.

Es gab nicht viele Männer, denen er so sehr vertraute wie Delmar. Er führte eine Baustelle genauso wie Nick, nur hielt er es nicht für nötig, Kaffee und Donuts für die Pausen zu besorgen. So hart, wie seine Jungs für ihn arbeiteten, fand Nick, dass es den Aufwand wert war.

Er ging durchs Haus, fuhr mit den Handflächen über die rauen Schwellen und Ständer. Nachdem er drinnen alles überprüft hatte, ging er hinaus und untersuchte die Außenverkleidung. Sie kamen etwas langsamer voran, weil sie Kyle mehr richtige Arbeit übernehmen ließen. Irgendwann musste der Junge es lernen, und jetzt war so gut wie jeder andere Zeitpunkt.

Eine halbe Stunde später hatte er eine gründliche Runde mit dem Shop-Vac-Staubsauger gedreht und rollte ihn in den Raum, der später einmal die Küche werden würde, damit er nicht im Weg stand. Unsaubere Arbeitsplätze konnte er nicht ausstehen, und obwohl er die besten Subunternehmer der Stadt beschäftigte, ließen sie immer ihren Dreck herumliegen.

Nach einem letzten prüfenden Blick machte er sich auf den Heimweg. Als er neben Jaynes Wagen parkte, sah er, dass das Licht auf der vorderen Veranda brannte. Sie war erst seit zehn Tagen wieder da, und schon konnte er sich nicht mehr vorstellen, dass sie *nicht* da wäre. Da der Laden jetzt so gut wie leer geräumt war, war es nur noch eine Frage der Zeit, bis sie in die Wohnung darüber einziehen und Nick in seinem Haus wieder allein sein würde.

Nicht, dass Duke keine gute Gesellschaft gewesen wäre, aber manchmal brauchte ein Mann einfach jemanden an seinem Tisch, dessen Atem nicht nach Hundefutter roch.

Im Haus war es dunkel, nur im Wohnzimmer flackerte das Licht des Fernsehers. Duke ließ ein halbherziges Jaulen hören, kam jedoch nicht angerannt, wie er es normalerweise tat. Wo war er? Und wo war Jayne?

Nick durchquerte den Flur, und da lag Duke auf der Couch, die Schnauze behaglich auf der Armlehne. Genau da, wo er nicht sein durfte. Doch gleich neben dem Kopf des alten Hundes lag der von Jayne. In ihren lila Bademantel gewickelt, hatte sie den Arm um Duke gelegt, und ihr langsamer, gleichmäßiger Atem strich durch seine Schnurrhaare und ließ sie sanft erzittern.

»Braver Junge.« Nick ging vor dem Sofa in die Hocke und kraulte ihn hinter den Ohren.

Ihre Haare, noch feucht von der Dusche, fielen Jayne über Wange und Augen. Nick wollte sie zurückstreichen, hielt dann aber inne. Die Couch war sicher nicht der beste Schlafplatz für sie, aber er hatte nicht vor, sie zu wecken. Stattdessen atmete er tief ein und musste lächeln, als er den Duft ihres Shampoos roch.

»Erdbeeren«, seufzte er.

Duke rührte sich nicht, als Nick eine zusätzliche Decke aus dem Wäscheschrank holte und Jayne behutsam damit zudeckte, und er konnte es dem Hund nicht einmal verdenken. Mit der Fernbedienung stellte er den Fernseher immer leiser, bis fast nichts mehr zu hören war. Was sah sie sich da nur an? Ein Jugendlicher mit Glatze in einer ärmellosen Lederjacke versuchte, einen adrett aussehenden Jungen einzuschüchtern.

Leise ging Nick in sein Zimmer. Dort blieb er mitten im Raum stehen und starrte eine volle Minute lang sein Bett an. *Ach, scheiß drauf*. Er warf seine Kleidung in den Wäschekorb, schnappte sich den blauen Quilt und schlüpfte wieder ins Wohnzimmer, wo er es sich im Fernsehsessel gemütlich machte und Jayne betrachtete, bis er sich jeden Zentimeter ihres Gesichts eingeprägt hatte.

Er versuchte nicht einmal, das Schmunzeln zu unterdrücken, das in ihm aufkam. So oft, wie sie ihn spöttisch angrinste, hatte sich Jayne jede dieser Falten um die Augen verdient. Lisa würde ihre Falten nie so sichtbar zeigen, und sie würde garantiert nicht zulassen, dass er sie ohne gestylte Haare oder Make-up sah.

Es war nicht zu leugnen, dass Lisa immer fantastisch aussah. Sie war wie eines der Häuser, die es in der Lotterie zu gewinnen gab und die so perfekt hergerichtet waren, dass man nicht anders konnte, als sie haben zu wollen. Jayne hingegen … tja, Jayne war ganz und gar nicht wie ein funkelnagelneues Haus.

Sie war ein Zuhause.

8

That's why they call them crushes.
If they were easy, they'd call them something else.

Jim Baker, Das darf man nur als Erwachsener

Jayne erwachte als Erste. Duke war auf den Boden umgezogen und sah jetzt mit seinem traurigen Hundeblick zu ihr auf. Sie lag unter einer dicken Decke, und der Fernseher lief noch – irgendein Infomercial für Hautcreme –, aber der Ton war aus, was hieß, dass Nick zu Hause sein musste.

Und nicht nur zu Hause, wie sie feststellte; er lag wie eine Brezel in sich verschlungen in seinem Sessel.

»Sieh ihn nur an«, flüsterte Jayne Duke zu. »Das wird er noch bereuen.«

Sie schob die Decke beiseite und schlich auf Zehenspitzen in die Küche. Vielleicht würde ihm Kaffee helfen, sich zu entknoten, wenn er aufwachte.

Sie setzte Kaffee auf und ließ ihn durchlaufen, während sie in ihr Schlafzimmer ging, um sich zu waschen und die Zähne zu putzen. Duschen war zwecklos, bevor sie aus dem Laden zurück war, weil sie es anschließend ohnehin noch mal tun müsste. Schnell zog sie sich an und ließ Duke kurz in den Garten. Nick schlief immer noch.

Als der Kaffee fertig war, goss Jayne ihn in die größte Tasse, die sie finden konnte, brachte sie ins Wohnzimmer und bewegte sie langsam vor Nicks Gesicht hin und her. Seine Nase zuckte einmal, dann noch einmal, dann hoben sich seine Augenbrauen. Es dauerte noch einige Sekunden, bis er es schaffte, die Augen zu öffnen. Sehr langsam wurde er wach. Seine Haare waren völlig durcheinander, die Wangen stoppelig, und auf seinem Gesicht hatte sich ein träges Lächeln breitgemacht.

Es war einfach nicht richtig, dass jemand gleich nach dem Aufwachen so gut aussah. Mehr noch, es war schlicht und ergreifend falsch. Sie wich ein Stück zurück, damit er sich strecken konnte, doch seine Hand schoss hervor und packte ihr Handgelenk.

»Provozier mich nicht.« Grinsend ließ er ihr Handgelenk los und griff nach der Tasse, doch Jayne hielt sie fest, bis er die Streckung nicht mehr halten konnte und zurücksank. Die Decke war ihm bis auf die Taille hinuntergerutscht, sodass sie seinen nackten Oberkörper und den Bund seiner Boxershorts sehen konnte. Ihm schien das nichts auszumachen, doch sie wusste plötzlich nicht mehr, wo sie hinsehen sollte. Deshalb gab sie ihm den Becher und ging in die Küche, um sich einen eigenen zu holen.

»Möchtest du Rührei?«

Die Decke vor sich haltend, kam Nick in die Küche geschlurft. »Du brauchst mir nicht jeden Morgen Frühstück zu machen.«

Sie hielt den Blick fest auf die Kühlschranktür gerichtet, auf den Eierkarton, die Rührschüssel – nur nicht auf ihn, der halb nackt so dicht neben ihr stand. Nach ein paar Sekunden sah sie blinzelnd zu ihm auf und zwang sich, den Blick nur auf sein Gesicht zu richten, nicht auf seine nackte Brust, die breiten Schultern oder seine Armmuskeln, und ganz bestimmt nicht auf … *Hör auf!*

Lächeln. Nein, spöttisch den Mund verziehen. Besser.

»Heißt das Nein?«

»Jetzt mach mal halblang.« Er schmunzelte. »Wenn du welche machst, werde ich sie nicht verkommen lassen. Aber mach sie nicht nur für mich.«

Er drehte sich um und ging zu seinem Zimmer, und Jayne blieb stehen und sah der Kehrseite seiner Darth-Vader-Boxershorts nach. Verdammt – fast hätte sie deswegen angefangen, *Star Wars* zu mögen. In ihrer Highschool-Zeit hatte sie ihn schon oft oben ohne gesehen, aber jetzt waren sie keine Kinder mehr, und beste Freunde hin oder her, sie war immer noch eine Frau. Und Gott steh ihr bei, er war ein ganzer Mann.

Als sie es endlich fertigbrachte zu blinzeln, schüttelte sie kräftig den Kopf und seufzte. In all den Jahren hatte sie es geschafft, sich in Nicks Nähe unter Kontrolle zu halten und zu akzeptieren, dass sie für ihn nie mehr als ein Kumpel sein würde. Sie hatte nicht vor, diese Freundschaft jetzt aufs Spiel zu setzen, indem sie diesen Vader-Boxershorts hinterherlief.

Er hatte Lisa, und vielleicht war ja dieses Date am Samstag genau das, was Jayne brauchte. Vielleicht würde ihr dieser Mann genügen. Vielleicht. Es waren schon seltsamere Dinge geschehen, oder nicht?

»Riecht gut.« Mit nichts am Leib als einer ausgeblichenen Levi's und einem Lächeln kam Nick wieder in die Küche, füllte sich Kaffee nach und fing den Toast auf, der aus dem Toaster sprang.

Jayne reichte ihm einen Teller, zog eine Braue hoch und zwang sich zu einem spöttischen Grinsen. »Noch nie von der Kein-Hemd-kein-Service-Regel gehört?«

»Mein Haus, meine Regeln.« Den Mund voll mit Rührei, grinste er sie an. »Außer wenn Mom hier ist.«

Jayne hatte nur noch eine Stunde Zeit, bevor Nick zurückkommen würde, also musste sie sich beeilen. Einkaufen war noch nie ihre Definition von Spaß gewesen, ganz besonders nicht, wenn es um Kleidung ging. Obwohl sie nur wenig Hoffnung hegte, dass die nächsten fünfundvierzig Minuten den gewünschten Erfolg bringen würden, ging sie mit der Kreditkarte in der Hand direkt zu Pandora's.

Im Schaufenster war der Sommer geradezu explodiert; Wicken in allen Farben komplementierten die pastellfarbenen Kleider und Schuhe. Die Kleider waren süß, aber da Jayne ihre Oberarme noch nie sonderlich gemocht hatte, fiel etwas Ärmelloses definitiv aus. Sie betrat den Laden und wurde von einer Frau, die gerade eine Ladung Schuhkartons in den vorderen Bereich trug, mit einem warmen Lächeln empfangen. Die dunkelblonden Haare hatte sie zu einem schlichten Pferdeschwanz zurückgebunden, sie trug eine Capri-Jeans und eine kurze, geknöpfte Khaki-Bluse.

Elvis sang leise aus den Deckenlautsprechern, und die Ständer und Regale waren einladend arrangiert, sodass man bequem hindurchgehen konnte.

»Morgen.«

»Hi.« Jayne erwiderte das Lächeln, während sie langsam an den Kleiderständern vorbeiging und die Fingerspitzen über die verschiedenen Stoffe gleiten ließ. Kleid? Rock? Vielleicht eine Hose. Bäh. Genau aus diesem Grund hasste sie es, Klamotten zu kaufen.

»Kann ich Ihnen beim Aussuchen behilflich sein, oder möchten Sie lieber Ihre Ruhe haben?« Die Frau ging noch einmal an ihr vorbei, um einige der Schachteln wieder nach hinten zu bringen. Sie lachte leise. »Es gibt nichts Schlimmeres als lauernde Verkäufer.«

»Ich komme zurecht«, begann Jayne, doch dann brach sie ab und sah auf ihrem Handy nach der Uhrzeit. »Obwohl … also, vielleicht könnten Sie mir doch helfen.«

»Gern.« Sie stellte die Kartons ab und widmete Jayne ihre ganze Aufmerksamkeit.

»Ich brauche etwas für ein Date.«

»Okay. Erstes Date, Abservier-Date oder Leg-mich-flach-Date?«

»Ich … was?« Sie musste lachen, obwohl die Frau vollkommen ernst wirkte, während sie von Ständer zu Ständer ging und einige Kleidungsstücke von den Stangen nahm.

»Sehen Sie mal.« Sie hielt ein schlichtes, knielanges korallenrotes Kleid hoch. »Ein Erstes-Date-Kleid. Es sagt, Sie sind ein nettes Mädchen, werden nichts Unanständiges tun und können sehr gut für sich selbst zahlen.«

Als Nächstes hielt sie eine schwarze Hose mit einer ordentlich aufgebügelten weißen Bluse hoch. »Das hier sagt: Ich bin ganz Geschäftsfrau, und der erste Punkt auf meiner heutigen Agenda ist, mit dir Schluss zu machen.«

Sie hängte die beiden Outfits an eine Stange hinter sich und hielt das dritte hoch: ein superkurzes, fuchsiafarbenes Teil mit tiefem, spitzenbesetztem Ausschnitt und hauchdünnen Spaghettiträgern.

»Das hier«, sagte sie mit einem verschlagenen Grinsen, »schreit: ›Heute ist es so weit!‹«

Jayne versuchte, ihr Entsetzen zu verbergen. »Das sieht aus wie Dessous.«

»Ganz genau.« In den Augenwinkeln der Frau zeigten sich Fältchen. »Aber Ihrem Gesichtsausdruck nach ist das nicht ganz das, was Sie suchen.«

»Oh, nein. Nicht mal annähernd.« Jayne lachte. »Ich bin gerade wieder in die Stadt gezogen, und ein Freund hat ein Blind Date für mich arrangiert.«

»Ooooh. Igitt.«

»Das können Sie laut sagen.« Jayne seufzte und deutete mit

beiden Händen an sich hinab. »Die einzigen Gedanken, die ich mir bisher über meine Garderobe gemacht habe, waren, welches T-Shirt zu welcher Jeans passt. Und ob ich mich wohl mit Flip-Flops sehen lassen kann.«

»Hmm.« Sie trat ein Stück zurück und betrachtete Jayne so lange, dass diese sich innerlich wand. »Suchen Sie nach einer bestimmten Farbe oder einem bestimmten Stil?«

»Schlicht.«

»Okay.« Wieder ging sie die Kleiderständer durch, runzelte hier die Stirn, nickte dort. »Sie sind gerade *wieder* in die Stadt gezogen?«

Jayne nickte. »Meiner Großmutter gehörte der alte Buchladen am Ende der Straße.«

Die Frau blieb stehen und sah zu Jayne auf. »Dann stimmt es also. Regan sagte, sie wäre Ihnen beim Stomp begegnet.«

»Ja, richtig.« Jayne lächelte. »Regan und ich sind zusammen zur Schule gegangen. Ich bin Jayne.«

»Ellie. Schön, Sie kennenzulernen. Wissen Sie schon, was Sie mit dem Laden machen wollen?« Sie schnippte mit den Fingern, drehte sich im Halbkreis und ging zu einem Ständer am Ende des Ladens. »Das hier ist perfekt.«

Ein knielanges schwarzes Kleid mit quadratischem Ausschnitt und dreiviertellangen Ärmeln. Es war perfekt – bis auf die Tatsache, dass es nach Größe 32 aussah.

»Ich hoffe, ihn wiedereröffnen zu können«, fing Jayne an, unterbrach sich dann aber und lachte. »Sagen Sie mir bitte, dass Sie das auch in größer haben.«

Ellie zog zwei identische Exemplare des Kleids vom Ständer und hielt sie hoch. »Einer der Vorzüge dieses Kleides ist die Raffung, die ein paar Problemzönchen versteckt.«

»Also brauche ich mich nicht in meine Bauch-weg-Wäsche zu zwängen?« Jayne folgte ihr zur Umkleidekabine.

»Vertrauen Sie mir, Sie können die Bauch-weg-Wäsche zu Hause lassen.«

Jayne zog Jeans und T-Shirt aus und legte beides auf den Hocker. Dann öffnete sie vorsichtig den Reißverschluss des größeren der beiden Kleider. Es schmiegte sich wie Seide an ihren Körper und sah, wenn sie das über sich selbst sagen durfte, ziemlich gut aus.

»Ich kann Ihnen mit dem Reißverschluss helfen«, rief Ellie durch die Tür, doch sobald sie ihn hochgezogen hatte, schüttelte sie den Kopf. »Nein. Ziehen Sie es aus.«

»Was?« Jayne drehte sich zu ihr um, und kurz darauf standen sie vor dem großen Spiegel, wo Ellie Jayne zu zeigen versuchte, was nicht stimmte.

»Es ist zu weit.« Sie nahm den Stoff an beiden Seiten von Jaynes Taille zwischen die Finger, um ihr Argument zu untermauern.

»Oh, nein, das ist gut so.«

»Ich sage Ihnen: Nein. Probieren Sie das andere an.«

»Das passt mir unmöglich.«

»Probieren Sie es einfach.« Sie drängte Jayne zurück in die Umkleidekabine.

Die Frau musste eine Schraube locker haben, wenn sie glaubte, Jayne könnte sich in das kleinere Kleid hineinzwängen, aber das größere hatte sie ja schon sicher, also warum sollte sie es nicht probieren?

»Lassen Sie mal sehen.« Ellie wartete vor der Tür und half Jayne mit dem Reißverschluss, als diese die Tür öffnete. »Viel besser.«

Jayne wandte sich zum Spiegel und starrte sich einige Sekunden lang an. Vielleicht, wenn ihre Hüften nicht so breit wären und ihr Bauch nicht so vorstehen würde.

»Ich weiß nicht.«

»Wollen Sie mich auf den Arm nehmen? *Das* Kleid ist perfekt.«

Jayne stellte sich in einen etwas anderen Winkel. Oh nein. »Vielen Dank, Ellie, aber ich glaube, ich nehme das andere.«

»Sind Sie sicher?«

Jayne nickte langsam und ging in die Kabine, um ihre Jeans wieder anzuziehen. Sie hängte beide Kleider auf die Bügel und reichte sie Ellie, die eines auf den Ständer zurückhängte und Jaynes zur Kasse brachte, wo sie es sorgsam faltete und in eine Tüte steckte.

»Wie steht es mit Schuhen?«

»Oh, ja«, seufzte Jayne. »Meine Flip-Flops werden es wohl nicht rausreißen, was?«

»Nicht zu diesem Kleid«, lachte Ellie. »Welche Größe?«

»Normalerweise achtunddreißig.«

Ellie ging zu einer Schuhauslage, suchte ein Paar zehenfreie schwarze Plateaupumps aus und stellte sie auf den Boden.

»Oh nein.«

Ungerührt verschränkte Ellie die Arme vor der Brust und lächelte. »Probieren Sie sie nur mal an.«

Jayne schlüpfte hinein und ging ein paar Schritte durch den Laden. »Du meine Güte … ich dachte, es wäre schwierig, darin zu laufen, aber die sind ja …«

»Ich weiß. Lustig, nicht?« Ellie bongte Jaynes Einkäufe ein und zog ihre Kreditkarte durch das Lesegerät. »Und sie sind im Angebot.«

»Das ist ja noch besser, vielen Dank.« Jayne konnte sich nicht mehr erinnern, wann sie zuletzt hohe Absätze getragen hatte, aber solche Schuhe hatte sie noch nie angehabt. Sie lief noch ein wenig auf und ab und wollte sie gar nicht wieder ausziehen.

Ellie reichte ihr die Tüte und lächelte frech. »Viel Glück am Samstag.«

»Danke. Und danke für Ihre Hilfe.«

Nächster Halt: Regans Friseursalon.

»Jayne! Komm rein.« Regan nahm einen Korb mit Handtüchern von einem der Stühle und bot Jayne den Sitzplatz an.

»Danke, aber ich muss gleich weiter. Ich hatte gehofft, du könntest mich am Samstag dazwischenquetschen und etwas hiermit anstellen.« Sie nahm das Basecap vom Kopf, und die Haare fielen ihr offen auf die Schultern. »Sie sind eine kleine Katastrophe.«

»Kein Problem. Auf Katastrophen bin ich spezialisiert.« Sie ging zu ihrem Pult und fuhr mit dem Finger über den Computerbildschirm. »Um zwei kommt Katie zum Schneiden, Mani- und Pediküre. Komm doch mit ihr zusammen.«

»Klar, gern.«

Regans Blick glitt wieder zu Jaynes Haaren. »Wir bringen ein bisschen Schnitt und ein bisschen Farbe hinein … das wird fantastisch.«

»Farbe?«, brachte Jayne hervor. »Ich habe mir noch nie die Haare gefärbt.«

Regans grüne Augen traten hervor. »Ist das dein Ernst? Dann mach dich auf etwas Tolles gefasst.«

»Aber …«

»Ich werde sie nicht grün färben, Jayne, nur ein paar Highlights, um deine natürliche Farbe ein bisschen zu beleben. Vertrau mir, du wirst es lieben.«

»Das wär mal was Neues«, murmelte Jayne. »Zwei Uhr. Bis dann.«

Als sie sich zum Gehen wandte, rief Regan sie noch einmal zurück und deutete auf ihre Tüte von Pandora's. »Du hast Ellie kennengelernt?«

»Ja, sie ist toll.«

Regan nickte. »Wir treffen uns dienstags abends unten im

Chalker's, falls du dazukommen möchtest. Ist eine Art Mädelsabend.«

»Oh, ich …« Jayne verkniff sich den Rest ihrer Ausrede. Wie lange war es her, dass sie zuletzt mit Freundinnen etwas trinken gegangen war? Wann hatte sie zuletzt Lust dazu gehabt? »Eigentlich ist das eine tolle Idee.«

»Super. Sechs Uhr.«

»Alles klar. Also danke noch mal.« Draußen zog sich ihr Magen heftig zusammen. Am Samstag ein Blind Date und ein paar Tage später eine Verabredung mit einer Frau, die sie seit zehn Jahren nicht mehr gesehen, und einer anderen, die sie gerade erst kennengelernt hatte. Das war mehr Gesellschaft, als sie in den letzten sechs Monaten zusammen gehabt hatte.

In den Jahren ihrer Beziehung mit Barry hatte sie die wenigen Freundschaften, die sie sich aufgebaut hatte, einschlafen lassen. Es war so viel leichter gewesen, sich in Barrys Welt einzufügen, als zu versuchen, ihn in ihre zu zwingen. Ihr letzter Versuch in dieser Hinsicht war bei Nicks und Abbys Hochzeit gewesen.

Er hatte an diesem Abend nichts gesagt oder getan, was er nicht schon vorher getan hatte, aber da war ihr zum ersten Mal bewusst geworden, wie sehr sie sich dafür schämte, sich das gefallen zu lassen. Gran hatte sie auf die gleiche Art behandelt, aber bei ihr hatte Jayne keine andere Wahl gehabt, als damit zu leben. Von Barry hingegen hätte sie sich früher trennen können – und *sollen* –, aber sie hatte zu große Angst gehabt.

Wie das im Nachhinein so ist, wusste Jayne rückblickend nicht mehr, wovor sie solche Angst gehabt hatte. Er war nie handgreiflich geworden, hatte ihr nie gedroht, sie nie angeschrien. Manchmal fragte sie sich, ob es ihr leichter gefallen wäre zu gehen, wenn er so etwas getan hätte. Zur Zeit ihres Neuanfangs hatten sich all ihre Freunde anderweitig orientiert oder waren umgezogen, und Jayne hatte zu viel mit ihrem neuen Job und ihrer neuen Wohnung zu tun gehabt, um neue Freunde zu finden.

Immer wieder hatte sie sich gesagt, dass sie das eines Tages noch tun würde, doch dieser Tag war nie gekommen. Vielleicht war er jetzt da.

Als sie die Haustür aufschloss, fuhr gerade Nick vor. Er lächelte ihr durch die Windschutzscheibe zu, doch seine Lippen bewegten sich. Offenbar sprach er über Bluetooth.

»Alles okay?«, fragte sie, als er die Tür öffnete.

»Ach ja. Judy ist aufgetaucht, um Delmar die Hölle heiß zu machen, aber wir konnten sie wieder beruhigen.« In jeder Hand einen Eiskaffee, deutete er mit dem Kinn auf die Tüte in Jaynes Hand. »Was hast du da?«

»Ach. Ich habe gerade ein Vermögen in ein Kleid für Samstag investiert.« Sie hängte die Tüte an einen Nagel in der Wand und nahm Nick einen der Becher ab. »Hoffentlich bist du jetzt glücklich.«

Nick trank einen großen Schluck und zog kurz eine Braue hoch. »Trag doch Jeans, wenn du willst.«

»Ja, na klar.« Sie schnaubte. »Stell dir das mal vor: ich in Jeans und Lisa taucht in einem original Vera Wang auf.«

»Einem was?«

»Nicht so wichtig.«

Die Wärme der letzten Tage hatte sich hinter einer Wolkendecke verkrochen. Obwohl diese noch keinen Regen gebracht hatte, machte sich der plötzliche Temperaturabfall in Nicks Knie bemerkbar, sodass er es auf der Fahrt zur Baustelle gedankenverloren rieb.

Nach dem Zeitrahmen, den er Judy und Ross angegeben hatte, war das Haus immer noch dem Plan voraus, wenn auch nicht so weit, wie ihm das an diesem Punkt lieb gewesen wäre. Die Stunden, die er in Jaynes Laden verbracht hatte, warfen ihn ein wenig zurück, aber das brauchte sie nicht zu wissen.

Nach der Mittagspause überließ er es Kyle und Todd, die Außenvertäfelung der Garage fertigzustellen, während er und Delmar die restliche Isolierung im Inneren übernahmen. Normalerweise hätte Nick auch das an Subunternehmen vergeben, doch Judy hatte den Spleen, dass er so viel wie möglich selbst machen sollte. Sie hatte sogar gewollt, dass er die Elektroinstallation selbst machte, doch das stand nicht zur Debatte.

Delmar und er arbeiteten gut zusammen, das war schon immer so gewesen. Weil Delmar kein großer Redner war, hatten Nicks Gedanken viel Raum zum Umherschweifen.

Da draußen lauerte die Verabredung zum Abendessen, die er für morgen Abend arrangiert hatte. Die ganze Woche über war es ihm gelungen, nicht daran zu denken. Er hatte dieses Date nur vorgeschlagen, damit Jayne mal rauskam und vielleicht einen Mann kennenlernte, der kein totales Arschloch war – wie die, mit denen sie sonst ausging. Aber mit jeder Stunde, die verging, kam ihm die Idee immer blöder vor.

Was war, wenn sie Martin nicht mochte? Mist. Was, wenn er sie nicht mochte?

Nein, das war unmöglich. Jayne war verflucht hübsch, lustig, eine angenehme Gesellschaft und stärker, als sie sich selbst eingestand. Sie hatte jemanden verdient, der sie glücklich machte, jemanden, der sie so behandelte, wie sie es verdiente – nicht, wie sie es erwartete.

Was ihn wieder zum Ausgangspunkt seiner Gedanken brachte – dem morgigen Abendessen mit Martin. In Nicks Gehirn bildete sich ein Knoten. Martin war ein guter Kerl. Warum wollte Nick dann plötzlich irgendeinen Makel an ihm finden? Und warum zum Geier war er plötzlich sauer auf den Mann, der nichts getan hatte, außer sich auf ein Blind Date einzulassen?

Verdammt. Nick versuchte, dieses ganze Durcheinander abzuschütteln, doch es blieb hartnäckig und nagte den ganzen Nachmittag an ihm.

»Boss!«

»Hm?« Nick fuhr hoch. »Was ist?«

»Feierabend.« Delmar tippte auf seine Uhr. »Komm, gehen wir.«

Nick holte tief Luft. Er hatte noch Zeit bis morgen, um wieder zur Vernunft zu kommen, aber jetzt war Feierabend, am Freitag, und das hieß, dass die Jungs schon bei ihren ersten Bierchen saßen. Er räumte hinter sich auf und setzte sich dann auf ein schnelles Bier zu den anderen ins Wohnzimmer.

»Wer fährt?« Noch bevor Nick die Frage zu Ende gestellt hatte, schoss Todds rechte Hand in die Höhe; sie hielt eine Dose Cola.

»Ich bin an der Reihe.«

Als Nächstes wandte er sich an Kyle. »Nur zwei.«

»Ich weiß«, murrte der Junge.

Kyle war volljährig – gerade so – und kippte sich ohne Zweifel hin und wieder einen hinter die Binde, aber das hieß noch lange nicht, dass Nick ihm das auf seiner Baustelle durchgehen lassen würde.

»Also gut.« Nick trank sein Bier aus und warf die leere Dose in die Leergutkiste. »Ich bin raus. Bring sie heil nach Hause, Todd.«

Delmar hob seine Flasche zum Gruß. »Bis später, Boss.«

Er ging nach draußen, blieb jedoch neben der Tür stehen, um sich die Vertäfelungsarbeit anzusehen.

»Was ist los mit ihm?« Obwohl Todd leise sprach, drang seine Stimme zu Nick hinaus.

»Er hat zu tun.«

»So viel, dass er uns neulich im Regen stehen lassen musste und jetzt nur noch auf ein einziges Bier bleibt?« In Todds Stimme lag eine leichte Schärfe. »Ich wette, er steht bei dieser Tussi voll unter dem Pantoffel.«

Für eine halbe Sekunde wollte Nick wieder hineingehen, doch was hätte das gebracht? Nicht, dass Todd recht gehabt hätte, aber ganz unrecht hatte er auch nicht. Vier Uhr am Freitagnachmittag war die Auszeit für ihn und seine Männer. In all den Jahren, die er diese Arbeit machte, hatte ihn nie etwas davon abgehalten. Selbst nach dem Verlust von Abby hatte er die Routine von zwei Bier mit seiner Crew bald wieder aufgenommen, weil er gehofft hatte, es würde wieder Normalität in sein Leben bringen.

Das hatte es nicht, aber er hatte trotzdem daran festgehalten.

Nick startete seinen Pick-up, und auf der Fahrt nach Hause brachte ihn ein Gedanke zum Lächeln: Jayne würde da sein. Sie fand es immer noch merkwürdig, bei ihm zu wohnen, aber ihm gefiel, dass sie da war, wenn er nach Hause kam. Das Wissen, dass sie da sein würde, ließ ihn sogar schneller fahren. Neben seiner Beziehung mit Lisa war es schwierig genug, ihre Termine zu koordinieren, aber falls Jayne und Martin zusammenkamen, würde ihnen das noch mehr von ihrer gemeinsamen Zeit nehmen. Deshalb musste Nick so viel wie möglich davon nutzen, solange er noch die Gelegenheit dazu hatte.

Er traf sie gleich hinter der Eingangstür, wo sie sich gerade die Laufschuhe schnürte.

»Du gehst aus?«, fragte er und schluckte seine Enttäuschung hinunter.

»Nur ein bisschen spazieren.« Sie stand auf, zog ihren Pferdeschwanz durch die Öffnung im Basecap und sah mit einem kleinen Grinsen zu ihm auf. »Ich dachte, du triffst dich mit Lisa.«

»Erst um sechs. Also warte kurz, ich komme mit.« Er tauschte die Arbeitsstiefel gegen Turnschuhe und schnappte sich Dukes Leine. »Gehen wir.«

Sie liefen zwischen den beiden Häusern am Ende der Sackgasse hindurch und durchquerten ein Waldstück, bis sie auf den Pfad stießen, der am Golfplatz vorbeiführte.

»Dein Knie ist heute schlimm, was?«

»Hmm? Ach was, nein, mir geht's gut.«

»Lügner.«

Nick steckte die linke Hand in die Tasche, hielt Dukes Leine lose in der rechten und versuchte, sein Knie dazu zu bringen, sich zu benehmen. Nach einer heißen Dusche würde es besser werden. Jayne beobachtete immer noch konzentriert sein Humpeln, als Nicks Arm hervorschnellte und sie abrupt zum Stehen brachte.

»Sieh dir das an.«

Jayne folgte seinem Blick, während Duke die Schnauze in die Luft reckte und schnupperte, zuerst träge, dann mit wachsendem Interesse. Ein riesiger Schwarzbär trottete über den sanften grünen Hügel am siebzehnten Loch, gefolgt von zwei pummeligen Jungtieren, die sich nicht entschließen konnten, ob sie mit Mama mithalten oder sich nur über den Fairway kugeln wollten.

Jayne stockte der Atem, sie rührte sich nicht – allerdings nicht, weil Nick sie festhielt. Oder weil sie Angst gehabt hätte. Es hatte etwas Faszinierendes, Bären so umherstreifen zu sehen, und obwohl er es schon so oft gesehen hatte, fesselte es ihn immer wieder. Offenbar empfand Jayne dasselbe.

Stocksteif standen sie da, während Mama Bär den Kopf wandte und sie direkt ansah. Er spürte, wie sich Jaynes Hand um seinen Oberarm schloss, als Duke endlich die Witterung aufgenommen hatte und sein Knurren zu einem langen, kläglichen Jaulen anschwoll, das der großen Bärin kaum Angst machte.

Nach ein paar Sekunden drehte sie den Kopf wieder nach vorn und trottete weiter über den Platz, bis sie und ihre Jungen zwischen den umstehenden Bäumen verschwanden.

»Das war …« Jayne brach ab, blies die Luft aus und blinzelte einige Male. »Wow.«

»Glück gehabt.« Nick schmunzelte. »Wären wir ein paar Minuten früher hier aufgeschlagen, wäre sie womöglich nicht ganz so freundlich gewesen.«

Langsam legte sich ein Lächeln auf Jaynes Lippen, das Fältchen in ihren Augenwinkeln hervorrief. Er hatte dieses Lächeln schon Tausende Male gesehen, doch zum ersten Mal fuhr es ihm so durch den ganzen Körper.

Wie ein Blitz.

»Du weißt ja, wie es heißt«, lachte sie. »Du musst nicht schnell sein, nur schneller. Und mit deinem Knie …«

Nick bemühte sich nach Kräften, die Wirkung ihres Lächelns abzuschütteln, und versuchte, eine beleidigte Miene aufzusetzen. »Du würdest mich und Duke allein gegen einen Bären kämpfen lassen?«

»Sei nicht albern. Duke würde ich niemals zurücklassen.« Sie nahm die Hand von seinem Arm, doch es dauerte einige Sekunden, bis er sich wieder bewegen konnte.

»Wie nett.« Er lachte leise. »Komm, lass uns hier entlanggehen.«

Sie gingen den Pfad zurück, den sie gekommen waren, und folgten dem Weg in die entgegengesetzte Richtung. Vorsicht ist besser als Nachsicht.

»Was ist eigentlich los?« Ihre Stimme klang misstrauisch.

»Und sag nicht nichts, du hast nämlich deinen besorgten Blick aufgesetzt.«

»Ich habe keinen …«

»Nick!«

»Okay.« Langsam hob er die Schultern. »Ich habe an morgen Abend gedacht. Was ist, wenn du diesen Kerl nicht ausstehen kannst?«

»Warum sollte ich ihn nicht ausstehen können?« In ihrer Stimme lag etwas, das beinahe an Panik grenzte. »Was stimmt nicht mit ihm? Ist er ein Idiot?«

»Na klar«, brummte er. »Von allen Leuten, die ich kenne, habe ich dir den größten Arsch rausgepickt, der mir eingefallen ist.«

»Himmel, Nick. Ich dreh deswegen ohnehin schon fast durch, mach es doch nicht noch schlimmer.«

»Entschuldige.« Er kickte einen Stein vom Weg und wünschte sich, er könnte sich selbst genauso weit wegschießen. »Er ist ein netter Kerl. Es wird prima.«

»Wer ist er? Sag mir einfach, wie er heißt, dann frage ich Katie nach ihm. Sie kennt doch alle deine Freunde, oder?«

»Auf keinen Fall. Ich will nicht, dass du dir schon eine Meinung bildest, bevor du da bist. Außerdem ist er eigentlich kein Freund, eher ein Bekannter. Wir gehen nicht zusammen Bier trinken oder so.«

»Woher kennst du ihn?«

»Von der Arbeit.«

»Er ist also in der Baubranche?«

»Netter Versuch.« Er lachte. »Keine Hinweise.«

»Verdammt.« Erschrocken machte Jayne einen Satz zur Seite, weil im Gebüsch neben ihr etwas raschelte, doch Nick lachte nur, als ein Grauhörnchen hervorschoss und auf den nächsten Ahornbaum flitzte.

Zwei Schritte später landete ein dicker Regentropfen auf Nicks Wange. Dann noch einer.

»Vielleicht sollten wir …« Donner krachte über den Himmel.

»… zurückgehen«, beendete Jayne den Satz.

Nick pfiff nach Duke, und sie machten sich auf den Heimweg, doch schon nach wenigen Metern öffnete der Himmel seine Schleusen.

»Du könntest nicht ein bisschen schneller watscheln, Kumpel?« Lachend versuchte Nick den alten Hund zur Eile anzutreiben – mit wenig Erfolg. »Lauf doch schon mal vor«, sagte er zu Jayne. »Wir kommen dann nach. Hat ja keinen Sinn, dass wir beide klatschnass werden.«

»Ein bisschen Regen hat noch keinem geschadet.« Jayne hob das Gesicht zum Himmel und blinzelte ein paar Regentropfen weg. »Es sei denn, man war zu cool, um an Jacke und Hut zu denken, bevor man aus dem Haus gegangen ist.«

Nick schubste sie und wischte sich dann lachend den Regen von der Wange. Dukes Ohren schienen noch ein Stück tiefer zu hängen, während er sich voranschleppte, und seine schwermütigen Augen blickten noch kläglicher als sonst. Regentropfen spritzten auf dem ausgedörrten Weg, Blitze zuckten über den Golfplatz und erleuchteten den Himmel in gleißenden Streifen. Donner krachte, mit jedem Mal lauter und länger, bis er fast zeitgleich mit dem Blitz kam.

Am Anfang der Sackgasse nahm Nick Duke auf den Arm, und sie rannten den restlichen Weg nach Hause. Als sie die Tür erreichten, war Nick bis auf die Haut durchnässt, sein Knie wollte ihn keine drei Schritte weiter tragen, und Duke war ziemlich beleidigt, weil er so durchgeschüttelt worden war.

»Schmeiß mal ein Handtuch rüber«, rief Jayne Nick hinterher, als dieser auf direktem Weg in sein Zimmer lief. Sie hüllte Duke darin ein und rieb ihn, so gut es ging, trocken, bevor sie ihn zum Teppich vor dem Kamin brachte, wo er sich mit einem lang gezogenen Winseln zusammenrollte.

Nick stieg unter die Dusche, die nassen Sachen hängte er über den Wäschekorb. Er hätte alles darum gegeben, das Abendessen mit Lisa absagen zu können. Am liebsten hätte er sich aufs Sofa zurückgezogen und die Beine hochgelegt. Das heiße Wasser tat gut, aber es reichte nicht.

Als er aus der Dusche trat, hörte er Jayne die letzte Zeile von einem Song singen, offenbar Springsteen.

Er schlüpfte in Jeans, zog sich ein T-Shirt über den Kopf und ging in die Küche, wo sie vor ein paar Töpfen am Herd stand und ihre beste Billy-Idol-Imitation aufführte.

»So let's sink another drink …« Als seine Füße den Küchenfußboden berührten, drehte sie sich um, der Mund offen, die Augen weit aufgerissen, doch ein paar Sekunden später nahm sie den Refrain wieder auf, wenn auch jetzt deutlich leiser. *»And I'll be dancin' with myself.«*

Nick ging direkt auf sie zu, nahm sie an der Hand und wirbelte sie durch die Küche. Als sie stolperte, fing er sie auf und hielt ihre Hand so fest, dass sie sie nicht wegziehen konnte. Er drehte sie ein und wieder aus, unter seinem Arm hindurch und zog sie wieder zu sich, wobei er es schaffte, Stühlen, Hockern, dem Tisch und der Kücheninsel auszuweichen.

Ihr Gesicht rötete sich, als sie versuchte, mit ihm mitzuhalten, doch bei fast jeder Drehung strauchelte sie, und das bekamen seine Zehen zu spüren. Sein Knie allerdings hielt sich prächtig. Als sich das Lied dem Ende näherte, wurde Nick langsamer und drehte sie ein letztes Mal um sich selbst, um sie dann gleich wieder an seine Brust zu ziehen.

»Sorry.« Lachend senkte sie den Kopf, konnte jedoch nicht vor ihm verbergen, dass sie rot wurde. »Sieht aus, als müsste ich an meinen Tanzschritten noch ein bisschen arbeiten.«

»Tanzen kannst du prima«, sagte er grinsend. »Aber an deinem Gesang könnte man arbeiten.«

Sie öffnete den Mund, um etwas zu erwidern, doch da zog er sie wieder an sich und machte da weiter, wo sie aufgehört hatten, nur langsamer, als Bonos Stimme aus dem Laptop kam.

See the stone set in your eyes. See the thorn twist in your side …

Er legte das Kinn auf Jaynes Kopf und schloss die Augen. Oh Gott, sie roch so gut. Und sie fühlte sich noch besser an. Weich und kurvig schmiegte sie sich an ihn, bewegte sich im Takt mit ihm. Ihre Hüfte lag perfekt an seiner, als er die Hand in ihr Kreuz schob und sie noch ein Stückchen näher an sich zog. Das Herz hämmerte gegen seine Rippen, und tief in seinem Bauch brannte ein Feuer. Was taten sie da?

Nein – was tat *er*?

Das hier war Jayne, um Himmels willen. Jayne, die alles tun würde, um nicht zwischen ihn und Linda zu geraten. Jayne, für die er ein Date mit Martin arrangiert hatte. Ein Date, zu dem auch er und Linda gehen würden.

Lisa!

Im Geiste packte Nick sich selbst am Kragen und schüttelte sich kräftig durch. Vielleicht hatte er zu viel Zeit mit Jayne verbracht und zu wenig mit Lisa. Vielleicht hatte er …

Hatte Jayne gerade geseufzt? Hatte sie seine Hand gedrückt? Hatte sie …?

Die vernachlässigte Nudelsauce kochte hoch und schwappte über den Topfrand. Zischend tropfte sie in die Herdflamme und ließ sie beide zusammenfahren. Jayne riss sich aus Nicks Armen und sauste zum Herd, um die Flamme kleiner zu drehen und die Sauce umzurühren.

Sie rückte ihr Basecap zurecht und räusperte sich vernehmlich. »Ich, ähm, habe reichlich gekocht, falls du und Lisa etwas mitessen wollt. Es ist nur Tomatensauce, ohne Fleisch.«

Seine Arme waren leer, seine Kehle trocken und seine Hose unbehaglich eng, als sich sein Gewissen meldete und ihm einen kräftigen Stich versetzte. *Einen richtig kräftigen*. Und dann stach es noch einmal zu, bis er sich endlich wieder in Bewegung setzte.

»Oh. Ja. Also, sicher.« Er rieb sich das Gesicht und versuchte, den Blick abgewandt zu halten, um sie seine panisch geweiteten Augen nicht sehen zu lassen. »Ich, ähm, rufe sie an.«

Nach einem Moment, der ihm wie tausend Jahre vorkam, blinzelte er schließlich und nahm sich ein Bier aus dem Kühlschrank. Er setzte die Flasche an, fing an zu trinken und trank immer noch, während er Lisas Nummer wählte.

Oh Mann, das war übel. Richtig, richtig übel.

Zunächst war Lisa gegen seinen Vorschlag, doch Nick brachte einfach nicht die Energie auf, von der Couch aufzustehen, von einem ganzen Essen im Restaurant gar nicht erst zu reden. Deshalb tat er etwas, was er sonst nie tat, und spielte die Kaputtes-Knie-Karte aus. Als sie daraufhin mitfühlend und fürsorglich wurde, murmelte er etwas, das dankbar klingen sollte. Dann legte er auf und ließ den Kopf auf die Sofalehne fallen.

Sicher, er ersparte es sich, aus dem Haus zu müssen, aber um welchen Preis? Er hatte noch zehn Minuten, bis Linda … *Lisa* … auftauchte, und in dieser Zeit musste er irgendwie einen Weg finden, sich wieder in den Griff zu bekommen. Er hatte wirklich nichts anderes vorgehabt, als Jayne ein, zwei Mal durch die Küche zu wirbeln, aber dann … *Oooooh Scheiße*. Seine Hände hatten sie einfach nicht mehr loslassen wollen. Und dann hatte er sie an sich gedrückt, ihr Atem im gleichen Takt mit seinem, und alles war ihm so natürlich erschienen, so … richtig.

Wenn Jayne auch nur die leiseste Ahnung gehabt hätte, was er gerade dachte, hätte sie mit quietschenden Reifen das Weite gesucht. Und obwohl sie erst seit ein paar Wochen bei ihm war, wurde ihm bei der Vorstellung, dass sie *nicht* mehr da sein könnte, richtiggehend übel.

Scheiße!

Nick stellte seine Bierflasche auf den Tisch, presste sich die Handballen vor die Augen und atmete langsam aus. Er konnte das wieder hinbiegen. Dazu musste er nur so tun, als wäre nichts passiert, als wäre es vollkommen natürlich, sie so fest im Arm zu halten, während sein Herz so heftig klopfte, als wollte es ihm aus der Brust springen. Er würde einfach so tun, als hätte es nichts bedeutet. Morgen Abend würden sie zu diesem blöden Date gehen, und vielleicht war Martin ja genau das, was sie suchte.

Das Feuer in seinem Bauch wurde größer und heißer, ein Brand, der gegen Martin wütete und gegen die Möglichkeiten, die er eröffnete. Und dieser Brand wütete noch immer, als Lisa das Haus betrat.

»Hi, mein Schatz.« Ihre weiche, feminine Stimme, deren Klang ihm sonst so angenehm war, kreischte auf seinem Trommelfell wie Kreide auf einer Tafel. »Hi, Jayne.«

»Hey, Lisa. In ein paar Minuten ist das Essen fertig.«

Nick stemmte sich von der Couch hoch und begrüßte Lisa in der Küchentür, wobei er bewusst nicht zu Jayne sah, die wie besessen an ihrem Wasserglas nippte.

»Wie geht's deinem Knie?« Lisa schlang die Arme um seine Taille und atmete langsam ein. »Hmm. Du riechst nach Erdbeeren.«

Glas zersplitterte auf dem Küchenfußboden.

Jayne holte Nicks Schwester ab und fuhr mit ihr zu Regans Salon. Katie als sehr schwanger zu bezeichnen wäre eine gewaltige Untertreibung gewesen. Ihr riesiger Bauch schien unterhalb ihrer Hüften zu hängen, und statt zu laufen, konnte sie nur noch watscheln, eine Hand in den Rücken gepresst.

»Bist du sicher, dass du das schaffst?«, fragte Jayne mit erschrockenem Blick. »Vielleicht solltest du zu Hause bleiben.«

»Keine Chance«, murrte Katie. »Mein Baby soll nicht von einer Mutter mit Spliss und ungepflegten Fingernägeln auf dieser Welt begrüßt werden. Und wenn ich schon einen Umfang wie ein Volkswagen habe, will ich wenigstens ein frisch lackierter Volkswagen sein.«

Sie schafften es, Katie in einen der Stühle in Regans Salon zu bugsieren, und nach einer kurzen Diskussion darüber, was sie und Jayne wollten und was nicht, machte sich Regan an Jaynes Haaren zu schaffen, während das andere Mädchen mit Katies Fingernägeln anfing.

»Wie läuft es eigentlich mit dem Laden?« Katie hielt die Luft an, änderte ihre Position und atmete wieder aus.

»Gut, glaube ich. Ich kann mir nicht vorstellen, dass wir alles rechtzeitig fertig bekommen, aber Nick scheint sich überhaupt keine Sorgen zu machen.«

Wieder änderte Katie ihre Sitzhaltung, doch diesmal schien es ihre Beschwerden wenigstens etwas zu lindern. »Und was ist mit Lisa? Hat irgendwer sie gefragt, was sie davon hält?«

Jayne fing Katies skeptischen Blick im Spiegel auf und nickte mit einem langen Seufzen. »Ich habe selbst mit ihr gesprochen, und für sie ist es okay.«

»Na klar.« Katie schnaubte und verdrehte ungeduldig die Augen. »Ich weiß, wie glücklich ich darüber wäre, wenn Ben anfangen würde, jede freie Minute mit dir zu verbringen.«

»So ist es nicht.«

»Genau.« Noch ein Augenrollen, gefolgt von in die Luft gemalten Anführungszeichen. »Weil ihr ›nur Freunde‹ seid.«

Jaynes Blut begann leise zu brodeln, vor allem weil sie wegen der Dinge, die gestern Abend in Nicks Küche passiert waren, immer noch voller Schuldgefühle war. Mit ihm zu Billy Idol zu tanzen war eine Sache, aber als er sie an sich gezogen und im Arm gehalten hatte … so sanft … Jayne seufzte. Nur zwei Sekunden hatten gefehlt, und sie hätte das Gesicht an seinen Hals geschmiegt und ihn nicht mehr losgelassen. Doch dann war die Sauce übergekocht und hatte sie davor bewahrt, sich zu blamieren.

Und dann war Lisa gekommen, und Jayne hatte ihr den ganzen Abend nicht in die Augen sehen können.

Auch wenn Nicks Mutter das anders sah, hatte Jayne nie absichtlich etwas getan, um Nicks Beziehungen zu zerstören, und sie würde auch jetzt nicht damit anfangen. So eine Frau wollte sie nicht sein. Das Mädchen, das Katie die Nägel machte, stand auf und lächelte die beiden an.

»Kann ich den Damen einen Tee oder Kaffee bringen? Wasser?«

»Kaffee wäre toll, danke«, sagte Jayne. »Ein bisschen von beidem.«

»Tee, bitte. Pur.« Katie drehte sich in ihrem Stuhl, damit sie Jayne direkt ansehen konnte. »Ich mein ja nur …«

»So.« Regan schob ihren Wagen aus dem Weg und half Jayne vom Stuhl. »Komm, setz dich hier rüber, während es einwirkt. Und anschließend verpassen wir dir einen Schnitt.«

Ein Grinsen umspielte ihre Mundwinkel, als sie Jayne zuzwinkerte, doch was sie auch denken mochte, sie behielt es für sich.

»Katie, möchtest du ein zusammengerolltes Handtuch für den Rücken?«

Katie stöhnte und nickte heftig. »Danke. Ich bin so weit, dass ich alles ausprobieren würde.«

Nach einigem Rücken und Stöhnen hatte ihr das Handtuch offenbar so viel Erleichterung verschafft, dass sich Regan ihren Haaren widmen konnte. Jayne hielt den Blick abgewandt und tat so, als wäre sie in einen Zeitschriftenartikel über Promi-Haustiere vertieft. Das Letzte, was sie jetzt brauchen konnte, war, dass Katie die Angst bemerkte, die sich seit gestern Abend in ihr eingenistet hatte.

Als Katie sich wieder umdrehte, zückte Jayne ihr Handy und schrieb eine schnelle SMS an Nick, der mit seiner Einkaufsliste und der von Hague in die Eisenwarenhandlung gegangen war.

Katie fühlt sich nicht wohl. Vllt. sollte sie jemand abholen.

Wenige Sekunden später vibrierte ihr Handy mit der Antwort.

OK.

Als Debra eine Viertelstunde später kam, blätterte Jayne immer noch in ihrer Zeitschrift, ohne etwas davon wahrzunehmen. Inzwischen war Regan mit Katies Haarschnitt fertig und fegte auf.

»Katie.« Debra zog die Brauen zusammen. »Was ist los? Geht's dir gut?«

»Alles prima«, murmelte Katie. »Du hättest nicht zu kommen brauchen.«

»Ihr geht's nicht prima.« Jayne warf die Zeitschrift auf den kleinen Tisch und erwiderte Katies finsteren Blick im Spiegel. »Ihr Rücken bringt sie um.«

Debra half Katie vom Stuhl und führte sie zum Bezahlen zur Kasse. Bei jedem Schritt zog Katie eine Grimasse, und die Falten auf Debras Stirn vertieften sich.

»Tut mir leid, Jayne«, murrte Katie. »Ich hätte nicht so blöd sein sollen. Je näher der Geburtstermin rückt, desto schlimmer werde ich.«

»Mach dir keine Gedanken.«

»Du rufst mich morgen an, ja? Ich will alle Details wissen.«

Ohne sich ein einziges Mal umzusehen, schob Debra Katie aus der Tür, und Jayne lehnte sich zurück, um die Stille zu genießen. Sie beneidete Katie nicht um ihre unangenehme Lage, aber das hieß nicht, dass sie sich alles von ihr gefallen lassen musste.

Eine Stunde später drehte Regan Jaynes Frisierstuhl um, damit sie das Endprodukt betrachten konnte, doch es dauerte einige Sekunden, bis Jayne glauben konnte, was sie sah. Zum ersten Mal, seit sie sich erinnern konnte, war ihr Haar keine völlige Katastrophe. Es gefiel ihr sogar – dabei ließ sie sich eigentlich nicht gern die Haare schneiden.

»Wir haben die Länge weitgehend beibehalten«, sagte Regan, während sie knapp über Jaynes Schultern durch die Spitzen strich. »Aber ich habe ein paar Stufen geschnitten und mit der großen Rundbürste etwas Volumen hineingebracht. Den gleichen Effekt bekommst du mit Wicklern, wenn dir das lieber ist, und wenn du keine Arbeit damit haben willst, sind sie immer noch lang genug, um sie zum Zopf zu binden.«

Sie trat neben Jaynes Stuhl, während sie fortfuhr. »Beim Pony war ich mir nicht sicher, aber bei deiner Gesichtsform steht dir der todschicke Schrägpony ziemlich gut. Und auch wenn es jetzt seitlich gescheitelt ist, habe ich es vom Mittelscheitel aus geschnitten, damit du es so oder so tragen kannst, wie du möchtest.«

»Das ist großartig«, brachte Jayne endlich hervor.

»Wie findest du die Farbe? Keine drastische Veränderung, nur ein bisschen leuchtender.«

Noch immer fasziniert, dass das ihr eigener Haarschopf sein sollte, den sie da sah, nickte Jayne nur. »Es ist … danke.«

»Gern geschehen.« Sie nahm Jayne den Plastikumhang ab

und bürstete ihr ein paar Haare weg, bevor sie sie aufstehen ließ. »Große Pläne für heute Abend?«

»Schaurige Pläne«, erwiderte Jayne spöttisch. »Ein Blind Date.«

»Igitt. Na ja, wenn sonst alles schiefgeht, sehen wenigstens deine Haare toll aus. Also viel Glück – und die grausigen Details kannst du uns am Dienstagabend erzählen.«

Jayne lachte, gab ein deftiges Trinkgeld und eilte zu ihrem Wagen. Vor dem Termin hatte sie zu Hause geduscht, was sich als gute Idee herausstellte, denn jetzt blieb ihr nicht mehr viel Zeit, um sich umzuziehen. Ihre Hände zitterten, als sie mit der Wimperntusche kämpfte, und nach drei Versuchen und einem kleinen Berg verbrauchter Wattestäbchen gab sie den Eyeliner auf.

Die Haustür wurde geöffnet, und Nicks Stimme dröhnte durchs Haus.

»Jayne?«

»Zieh mich gerade an.« Gott, war das ihre Stimme? Es klang eher wie ein Krächzen. Stocksteif stand sie im Bademantel mitten in ihrem Zimmer, bis sie hörte, dass die Tür zu Nicks Zimmer geschlossen wurde. Wie unfair es doch war, dass sie Stunden damit zubrachte, sich für dieses blöde Date zurechtzumachen, während er zehn Minuten vor der vereinbarten Zeit hereinspazieren konnte und immer noch genug Zeit hatte, um zu duschen und sich anzuziehen.

Und dann sah er auch noch fantastisch aus. So unfair.

9

This is a really volcanic ensemble you're wearing, it's really marvelous!

Duckie Dale, *Pretty in Pink*

Jayne nahm das Kleid aus dem Schrank und legte es auf die Bettkante, ehe sie ihre Nagelschere holen ging. Sie schnitt das Schildchen am Arm und das am Kragen ab und warf beide in den Badezimmermülleimer. Als das Preisschild aus ihren Fingern glitt, blieb ihr Blick an etwas hängen.

Nein.

Nein.

Nein!

Hastig holte sie das Schildchen wieder heraus und starrte es fassungslos an. Es war das Kleid in der kleineren Größe – das Ellie ausdrücklich hatte zurückhängen sollen. Warum zum Teufel hätte sie die Kleider austauschen sollen? Und vor allem: Warum zum Teufel hatte Jayne die Etiketten nicht schon früher überprüft? Sie hatte das Kleid doch schon seit Tagen!

Mit einem langen Seufzen ließ sie sich aufs Bett sinken. Und jetzt?

»Bist du gleich fertig?«, rief Nick.

»Ähm, nein. Kleine Garderobenkrise.«

»Lass mich mal sehen.« Seine Stimme klang jetzt näher, er war direkt vor ihrer Tür.

»Ich … Mist. Warte.« Jayne zog das Kleid an und versuchte,

ihre Arme so zu verbiegen, dass sie den Reißverschluss ganz hochziehen konnte. Doch sie kam nur bis zu ihren Schulterblättern, bevor er sich verhakte. Sie schlüpfte in die Schuhe und atmete tief aus, als sie den Kopf an ihre Seite der Tür lehnte. »Ich brauche deine Hilfe mit dem Reißverschluss. Außerdem musst du vollkommen ehrlich zu mir sein und mir sagen, ob es blöd aussieht, Nick.«

»Jayne.«

»Ich habe ihr gesagt, dass ich das andere will, aber sie hat mir das hier eingepackt, und ich habe es mir nicht mehr angesehen …«

»Mach die Tür auf, Jayne.«

»Und jetzt müssen wir in … vor zwei Minuten da sein, und ich habe nichts anderes anzuziehen, bis auf das grüne Kleid, das ich im Kino anhatte, und …«

»Jayne.«

Das Flattern in ihrem Magen kroch ihren Hals hinauf und ließ in ihren Augen Tränen brennen. Sie wollte doch nur hübsch aussehen für Nick. Nein, nicht für Nick, für seinen Freund. Und jetzt würde sie aussehen wie ein großer, fetter Pinguin. Hatte sie noch Zeit, sich in ihre Bauch-weg-Wäsche zu zwängen?

Seufzend drehte sie den Türknauf und wendete sich ab, damit Nick ihr den Reißverschluss hochziehen konnte. Sie musste gute zehn, fünfzehn Sekunden dagestanden haben, bevor sie seine Hände auf ihrem Rücken spürte. Er brauchte einen Augenblick, um den klemmenden Reißverschluss zu lösen, dann fielen Jayne plötzlich zwei Dinge gleichzeitig auf. Das Kleid war nicht so eng, wie ihr kritisches Hirn es in Erinnerung hatte. Aber noch sonderbarer war, dass sich die Wärme von Nicks Fingern wie eine Decke auf ihrer Haut ausbreitete. Als er die Hände schließlich wegnahm, musste Jayne sich zwingen, nicht dagegen zu protestieren.

»Sei bitte ehrlich. Das ist nicht so ein Seh-ich-fett-aus?-Ding. Na ja, vermutlich doch, aber ich muss es wirklich wissen, und es ist mir lieber, wenn du es mir jetzt sagst, als dass ich in der Öffentlichkeit rumlaufe wie ein …«

Sie holte Luft, straffte die Schultern und drehte sich um. Als ihr Blick auf Nick fiel, wäre ihr beinahe das Herz in der Brust zersprungen. Er kam gerade aus der Dusche, die Haare noch feucht und die Wangen frisch rasiert. Er trug hellbraune Chinos und ein dunkelblaues Twillhemd, das an den Handgelenken aufgekrempelt war. Seine Augen waren riesig, bestimmt so groß wie ihre.

Blinzeln, Jayne. Gut. Und jetzt lächeln. Nein! Spöttisch den Mund verziehen. Besser.

»Sieh mal einer an.« Sie legte die Hand an seinen Kragen und sah ihn mit erhobener Braue an. »So rausgeputzt siehst du gar nicht mal so übel aus.«

Sein Mund öffnete sich ein wenig, sein Adamsapfel hüpfte zweimal, und er blinzelte kräftig. »Du siehst …«

War es gut, dass er nicht aufhörte, den Kopf zu schütteln? Normalerweise war das doch eher etwas Schlechtes. Als seine Augen immer größer wurden, versuchte Jayne, ihm die Tür vor der Nase zuzumachen, doch er hielt sie fest.

»Wow.« Er schob die Tür ganz auf und blinzelte noch einmal. »Du … wow.«

Jayne beäugte ihn vorsichtig. »Ist das ein gutes Wow oder ein ›Was zum Geier hat sie sich nur dabei gedacht‹-Wow?«

Nicks Finger schlossen sich fest um den Türknauf, und er schien seine Lippen gar nicht genug befeuchten zu können. »Das ist ein ›Dafür ist Martin mir mächtig was schuldig‹-Wow.«

Ein Schwall Wärme durchströmte Jayne vom Scheitel bis zu den frisch lackierten Zehennägeln. Weil sie so sehr davon gefesselt war, wie Nick sie ansah, merkte sie erst nach einigen Sekunden, dass hinter ihm noch jemand stand.

»Carter! Wann bist du denn gekommen?«

Auch ihm stand der Mund offen, doch das Funkeln in seinen ach so dunklen Augen hatte gewiss nichts Gutes zu bedeuten.

»Gerade erst.« Er schob Nick förmlich aus dem Weg, fasste Jayne an den Händen und zog sie in die Küche. »Du siehst verdammt heiß aus, Jay. Was hast du vor?«

Jayne deutete einen Knicks an und unterdrückte ein Stöhnen. »Ein Blind Date mit einem von Nicks Kumpeln.«

»Mit wem?«, fragte er Nick, der ihnen in die Küche gefolgt war, über Jaynes Kopf hinweg.

»Martin.« Nicks Stimme war leise und angespannt.

»Martin *Kendall*?« Fast wäre Carter an den Worten erstickt.

»Ja. Warum?«

»Ja, Carter«, sagte Jayne, indem sie ihn am Kinn fasste und ihn zwang, sie anzusehen. »Warum? Und wer ist Martin Kendall?«

»Oh, das ist herrlich!« Carters Lachen half nicht gerade, Jaynes Nervosität zu lindern. »Ich komme mit.«

»Nein, das wirst du nicht«, riefen Jayne und Nick gleichzeitig.

»Dann fahre ich selbst, aber ich werde mir das auf keinen Fall entgehen lassen.«

»Warum?« Jayne packte Carter am Hemdkragen und schüttelte ihn. »Was stimmt mit ihm nicht?«

»Nichts«, sagte er mit ergeben erhobenen Händen. »Er ist ein toller Kerl. Du wirst ihn lieben; alle Mädchen tun das.«

»Komm jetzt.« Die Lippen zusammengepresst, tippte Nick auf seine Uhr. »Wir sind spät dran.«

»Ich brauche mein Portemonnaie.«

»Brauchst du nicht«, brummte Nick. »Ich zahle.«

Er schob sie hinaus zum Pick-up. Ihre Nerven hingen in Fetzen und standen kurz davor, Feuer zu fangen. Nicks Schultern waren so straff gespannt, dass sie durchzubrechen drohten, und Carter machte es auch nicht besser, indem er unablässig kicherte, während er Jayne auf den Rücksitz der Fahrerkabine half.

Lisa erwartete sie fix und fertig an der Tür, als sie ankamen, und Jayne erkannte auf den ersten Blick, warum Nick diese Frau mögen musste. Während sie sich mit allem gestresst hatte – mit ihrem Graue-Maus-Kleid, den Haaren und dem kaum sichtbaren Nagellack –, sah Lisa aus, als kostete es überhaupt keine Mühe, so hübsch auszusehen.

Ihr rotes, ärmelloses Kleid war zwar schlicht, saß aber perfekt, und es war nicht überraschend, dass Handtasche und Schuhe ebenso zum Kleid passten wie die Farbe ihrer Nägel.

Die Fahrt zum Restaurant neben dem unablässig kichernden Carter waren die längsten fünf Minuten ihres Lebens. Sie waren kaum durch die Tür, als sich Lisa entschuldigte, um sich frisch zu machen.

Was war hier los? Warum musste sie jetzt schon ihren Lippenstift auffrischen?

Carter ging schon voraus, doch Nick hielt Jayne einen Moment am Ellbogen zurück.

»Martin ist mein Buchhalter. Er ist ein guter Kerl, und du wirst ihn mögen.«

»Aber?«

»Ja. Aber.« Er murmelte einen Fluch, ehe er sie wieder ansah. »Männer sind Schweine, Jayne. Wenn er dich in diesem Kleid sieht, wird er mit dir … na ja …«

»Ach, hör doch auf!«

»Ich meine das todernst.« Er nickte kurz, und sie folgten Carter, allerdings deutlich langsamer. »Wenn es dir also zu schnell geht und du nicht weißt, wie du ihn aufhalten sollst …«

»Okay, im Ernst jetzt, hör auf!« Sie holte tief Luft und legte die Hände auf ihre Taille, die Stimme zu einem Flüstern gesenkt. »Ich werde jetzt da reingehen, hoffentlich einen netten Abend haben und dann nach Hause fahren. Also, zu dir nach Hause. Und wenn ich beschließe, dass ich mit ihm schlafen will, werde ich das garantiert nicht vorher mit dir diskutieren.«

Das Restaurant war L-förmig geschnitten und hatte einen großen Kamin an der rückwärtigen Wand. Die Tische, dekoriert mit kleinen Sträußchen aus rosa und weißen Nelken, waren in verschiedenen Winkeln und mit reichlich Abstand zueinander angeordnet, damit die Gäste zumindest ein wenig Privatsphäre hatten. Aus unsichtbaren Lautsprechern drang leise Musik, und riesige Fenster boten einen Blick auf den Teich am neunten Loch.

Nick legte ihr fest die Hand auf den Rücken, als Carter einen fünften Stuhl heranzog und sich setzte. Sein Grinsen war fast so breit wie vorher bei Nick zu Hause.

Jayne versuchte, beide zu ignorieren, als der Mann, der bereits am Tisch gesessen hatte, aufstand. Auf seinem Gesicht lag ein Ausdruck belustigter Ungläubigkeit. Er sah gut aus, hatte kurze blonde Haare, trainierte offensichtlich und gab gern Geld für Kleidung aus.

»Martin.« Nick schüttelte ihm die Hand. »Das ist Jayne, die Freundin, von der ich dir erzählt habe.«

Kurz darauf stellte er Martin und Lisa einander vor, dann lehnten sich alle zurück und starrten einander an. War das nicht nett?

»Kommt noch jemand dazu?« Martin nippte an seinem Martini und stellte das Glas mit kontrollierten Bewegungen ab.

»Nein«, sagte Nick und deutete mit dem Daumen auf Carter. »Tut mir leid wegen ihm.«

»Je mehr, desto besser, nicht wahr?« Martin winkte dem Kellner. »Möchtest du was trinken, Jayne?«

»Oh Gott, ja.« Das war ein bisschen zu schnell herausgekommen, deshalb atmete sie durch und lächelte. »Einen Cosmo, bitte.«

Nick bestellte ein Glas Wein für Lisa und Bier für sich und Carter.

Irgendetwas stimmte nicht. Von Martin ging eine merkwürdige Stimmung aus, es schien fast, als würde er darauf warten, dass Nick irgendetwas erklärte. Und was sollte das sein, wenn nicht sie? Hatte er jemand anderen erwartet? Jemanden, der mehr wie Lisa war? Größer? Dünner? Hübscher? Jemanden mit frisch nachgezogenem Lippenstift? Oder vielleicht jemanden, der überhaupt Lippenstift trug?

Jayne versuchte, ihr Bauchgefühl zu ignorieren – das warnende Gefühl, dass alles, was sie zu sich nahm, augenblicklich wieder hochkommen würde. Diese Sache war von Anfang an eine blöde Idee gewesen, und ihre ganze aufgestaute Angst vor diesem Abend flog ihr jetzt um die Ohren.

»Also, Jayne«, fing Martin an, und ein kleines Lächeln umspielte seine Mundwinkel. »Wie lange kennst du Nick schon?«

Small Talk. Okay. Das bekam sie hin. Sie legte sich ihre Serviette auf den Schoß und fing sofort an, sie zwischen den Fingern zu zwirbeln.

»Seit dem Kindergarten.« Dankbar lächelte sie dem Kellner zu, als er den hübschen, pinken Cosmo servierte. »Er hat immer sein Trinkpäckchen mit mir geteilt.«

»Wow – das ist lang.«

Jayne spürte, dass Nick sie beobachtete, doch sie vermied es, in seine Richtung zu sehen. Stattdessen hielt sie den Blick fest auf Martin gerichtet. Warum lächelte er die ganze Zeit so? Und was zum Geier war so wichtig, dass Carter mitkommen und zusehen musste?

»Nick hat mir erzählt, du bist sein Buchhalter.«

Martin nickte. »Ziemlich aufregend, was?«

»Vielleicht nicht so aufregend wie SEAL Team Six«, sagte sie lachend. »Aber für die mathematisch Minderbemittelten unter uns, die jeden April den Mann vom Finanzamt fürchten, bist du ziemlich dicht dran.«

»Also gut.« Er neigte sein Glas in ihre Richtung. »Und was machst du?«

»Im Osten war ich Redakteurin, aber jetzt habe ich hier in der Stadt den Laden meiner Großmutter übernommen.« Ihre Stimmung hellte sich ein wenig auf. »Also werde ich in naher Zukunft einen guten Buchhalter brauchen. Interesse?«

»Klar. Solange du deine Bücher nicht so führst wie Nick.« Martin verdrehte die Augen. »Papierfetzen und lose Quittungen in einer Donut-Schachtel sind nicht so hilfreich, wie man meinen könnte.«

Jayne lachte. »Abgemacht.«

Das Gespräch kam auf Lisas Eventplanung, wie sie mit der Überflutung im Fairmont umging, einige anstehende Hochzeiten und eine Reise nach Montreal, die sie unternehmen würde, um sich Veranstaltungsräume anzusehen.

»Nick wird mich begleiten«, sagte sie. »Dann können wir uns zusammen die Sehenswürdigkeiten ansehen.«

Seit wann interessierte sich Nick für die Sehenswürdigkeiten von Montreal? Bevor sie fragen konnte, summte das Handy in seiner Tasche. Stirnrunzelnd sah er auf das Display und stand auf.

»Entschuldigt, es ist Judy. Wenn ich nicht rangehe, versucht sie es immer wieder.«

Das Handy fest ans Ohr gedrückt, zog er sich eilig in eine

Ecke des Restaurants zurück. Jayne sah ihm einen Moment nach, ehe Martin sie am Arm fasste.

»Tut mir leid«, sagte er mit einem unbeholfenen Lächeln. »Ich hatte keine Ahnung.«

Carter, der bis dahin ungewöhnlich still gewesen war, prustete so laut los, dass er der armen Lisa einen Schreck einjagte. »Nick auch nicht.«

Jayne warf ihm einen wütenden Blick zu, doch Martin sprach weiter.

»Du bist hinreißend, Jayne, und wenn *ich* das sage, will das etwas heißen.« Als Jayne ihn stirnrunzelnd ansah, nahm er ihre Hand. »Nick sagte, er würde ein Date für jemanden suchen. Er hat mir nicht gesagt, dass dieser Jemand eine Frau ist, und ich war einfach davon ausgegangen, dass er weiß …«

Plötzlich dämmerte es Jayne. Mit aufgerissenen Augen sah sie Lisa an, die genauso entsetzt wirkte, dann zu Carter, der sich alle Mühe gab, nicht laut loszulachen, und dann wieder zu Martin.

»Nein!«

»Doch.«

Sie zeigte mit dem Daumen in Nicks Richtung. »Und er weiß es nicht?«

Martin zuckte fasziniert die Schultern. »Offenbar nicht.«

»Carter«, rief Jayne leise. »Du Mistkerl! Du hättest etwas sagen können!«

»Hätte ich. Aber so ist es viel besser.«

Lisa atmete zischend aus. »Oh mein Gott.«

»Was ist das Problem?« Nick sah Lisa stirnrunzelnd an, als er sich wieder setzte.

»Oh, das ist so verrückt.« Jayne hielt sich die Serviette vor den Mund, doch dann sah sie Carter an, und keiner von beiden konnte sich mehr beherrschen.

Martin beugte sich ein Stück vor und umfasste den Stiel seines Glases. »Nick, wie lange kennen wir uns jetzt?«

»Drei oder vier Jahre, glaube ich.«

»Und hast du mich in all dieser Zeit«, sagte er mit einem zögerlichen Lächeln, »je über die Frauen reden hören, mit denen ich ausgegangen bin?«

»Ich weiß nicht«, antwortete Nick langsam. Seine Stirn legte sich in immer tiefere Falten. »Nein, ich glaube nicht.«

»Und das ist dir nie komisch vorgekommen? Du bist nie auf die Idee gekommen, dass unsere … na ja … Geschmäcker ein wenig voneinander abweichen könnten?«

»Was zum Teufel soll das heißen?« Eine Eisschicht legte sich über Nicks Miene. »Du mieser …«

»Nick, warte! Carter, halt den Mund!« Jayne legte Nick eine Hand auf den Arm und gab sich alle Mühe, nicht zu lachen, schließlich wollte er sich nur für sie einsetzen. »Du verstehst das nicht.«

»Eindeutig«, stimmte Martin mit großen Augen zu. »Er versteht gar nichts.«

»Dann sollte es mir vielleicht mal jemand erklären.« Der Sturm, der sich in Nicks Zügen zusammenbraute, drohte jede Sekunde loszubrechen. Er umklammerte die Armlehnen seines Stuhls und starrte Martin finster an, bis der schließlich leise lachte und mit den Schultern zuckte.

»Im Ernst, Nick. Ich bin schwul.«

Alle Farbe wich aus Nicks Gesicht. Sein Mund öffnete sich, und Jayne hätte schwören können, dass er für einen Moment aufhörte zu atmen.

»Du bist was?«, krächzte er schließlich.

Martin hob sein Glas zu einem spöttischen Gruß und grinste. »Wie eine Puderquaste, Baby.«

Jayne liefen Tränen über die Wangen; bestimmt nahmen sie

dabei ihre ganze Wimperntusche mit, aber das war ihr jetzt egal. Der arme Nick starrte Martin noch immer kopfschüttelnd an.

»Wirklich?« Farbe legte sich auf Nicks Gesicht. Er sackte auf seinem Stuhl zusammen und grinste beschämt. »Wow. Wer hätte das gedacht?«

»Wie wäre es mit *alle*?«

»Du Mistkerl.« Er schloss die Augen und stöhnte auf, um dann auf Carter zu deuten. »Du hast es gewusst!«

»Sag bloß.«

Martin winkte dem Kellner. »Noch eine Runde, bitte.«

Nachdem ihre Gläser aufgefüllt waren, hob Jayne ihres zu einem Toast. »Auf das beste Blind Date, das ich je hatte. Kann ich mir jetzt wieder meine Jeans anziehen?«

»Nein!«, riefen Carter und Nick gleichzeitig.

»Bitte nicht.« Über sein Glas hinweg zwinkerte Martin ihr zu. »Frauen sind zwar nicht unbedingt mein Fall, aber ich spreche wohl für alle Männer – ob schwul oder hetero –, wenn ich sage: Wow!«

»Prost!« Carter stieß mit Martin und Jayne an, doch Nick und Lisa erhoben ihre Gläser erst eine oder zwei Sekunden später.

Es wurde zweifelsfrei einer der vergnüglichsten Abende in Jaynes Leben. Martin war lustig und klug und ein gewandter Gesprächspartner, und er und Carter ließen es sich nicht nehmen, Nick den ganzen Abend lang aufzuziehen. Wie schon beim Stomp hatte Lisa nicht viel zu sagen und schien sich für niemanden außer Nick sonderlich zu interessieren. Nach Carters Gesichtsausdruck zu urteilen, war Jayne nicht die Einzige, der das auffiel.

Als der Kellner gerade die Teller abgeräumt hatte, summte Carters Handy.

»Entschuldigt.« Er zog es aus seiner Tasche und schlenderte ein Stück vom Tisch fort, doch schon Sekunden später kam er zurückgeeilt.

»Wir müssen los.«

»Was ist passiert?« Nick war schon auf den Beinen, Jayne ebenfalls.

»Es geht um Katie. Deine Familie ist schon im Krankenhaus.«

»Fahrt los«, sagte Martin. »Ich übernehme das hier.«

»Danke, Mann.«

Jayne und Carter waren schon auf dem Weg zur Tür, nur Nick blieb noch zurück, den Arm nach Lisa ausgestreckt. Jayne war schon zu weit weg, um zu hören, was sie sprachen, doch kurz darauf kam Nick allein aus dem Restaurant.

»Was ist los?«, fragte Nick mit angespannter Stimme. »Warum haben sie dich angerufen?«

Sie stiegen auf den Vordersitz des Pick-ups, Jayne zwischen den beiden Männern eingeklemmt, und Nick ließ den Motor an.

»Nabelschnurvorfall.«

»Für Nichtmediziner, Carter!« Mit quietschenden Reifen setzte Nick aus der Parklücke zurück.

»Das ist so, wenn die Nabelschnur vor das Baby rutscht. Das Gewicht des Babys drückt auf das Becken und schnürt die Nabelschnur ab, wodurch die Sauerstoff- und Blutversorgung verringert oder abgeschnitten wird. Dein Dad sagt, man hätte sie schon in den OP gebracht, um einen Kaiserschnitt durchzuführen.«

»Aber ist unser Krankenhaus dafür ausgestattet …?«

»Fahr einfach, Nick.«

Als sie auf den Highway fuhren, tastete Nick ohne nachzudenken nach Jaynes Hand. Sie nahm sie in beide Hände und hielt sie fest. Nick sagte kein Wort. Er sah sie nicht einmal an, sondern trat nur das Gaspedal weiter durch. In der Angst auf seinem Gesicht spiegelte sich weit mehr als die Komplikationen bei seiner Schwester, und Jayne hätte sich am liebsten dafür getreten, dass sie nicht früher daran gedacht hatte.

»Sobald wir da sind, laufe ich runter in den OP und finde heraus, was los ist.« Carter hielt sich am Türgriff fest, als Nick um die nächste Kurve bog. »Ihr geht ins Wartezimmer, und ich komme zu euch, sobald ich irgendetwas weiß.«

Als sie vor dem Krankenhaus mit einem Ruck zum Stehen kamen, ließ Nick ihre Hand nur kurz los, um die Automatik auf Parken zu stellen, dann ergriff er sie wieder und zog Jayne auf seiner Seite mit aus dem Wagen. Carter rannte bereits durch die Tür zur Notaufnahme.

An der Tür zögerte Nick, atmete tief durch und ging dann hinein, Jaynes Hand in stählernem Griff. Sein Vater empfing sie im Wartezimmer mit besorgtem Blick und kräftigen Umarmungen.

»Irgendwas Neues?«

Doc schüttelte den Kopf. »Sie wird noch operiert, mehr weiß ich nicht.«

»Wo ist Mom?«

»Sie und Ben warten im Familienzimmer.«

Jayne nahm Docs Hand und drückte sie. »Kann ich dir etwas bringen? Kaffee?«

»Nein.« Kalkweiß im Gesicht, schüttelte er den Kopf und deutete auf die Stühle. »Setzen wir uns einfach.«

Die Minuten verstrichen in ohrenbetäubender Stille, während Jayne zwischen Nick und Doc saß, beiden die Hand hielt und sich wünschte, dass Carter zurückkäme und Neuigkeiten brächte. Irgendwelche. Im Krankenhaus von Newport Ridge gab es einen Chirurgen, der ein paar Mal die Woche kam, um kleinere Eingriffe wie Mandeloperationen durchzuführen, alles andere wurde in der Stadt gemacht. Hätte es irgendwelche Anzeichen für Probleme mit dem Baby gegeben, hätte man sie dorthin verlegt. Dass sie die Operation hier durchführten, konnte nur bedeuten, dass sie keine Zeit gehabt hatten, und das hieß …

Nein. Denk positiv. Katie war stark und vollkommen gesund.

Schwestern und Pfleger liefen hin und her, fast lautlos glitten ihre Turnschuhe über den Boden, während es im Schwesternzimmer am Ende des Flurs unablässig klingelte.

Es kam ihr vor, als hätten sie bereits die halbe Nacht so dagesessen, als Carter in grüner OP-Kleidung durch die Tür kam.

»Es ist ein Mädchen!«

»Ein Mädchen«, brachte Nick hervor. »Ist sie … geht es ihnen …?«

»Beiden geht es gut.« Er lachte. »Erstaunlicherweise geht es ihnen gut. Katie liegt noch im Aufwachraum, aber sie ist wach, also wird man sie bald auf ihr Zimmer bringen.«

Tränen strömten über Docs Gesicht, als er lachend erst Nick, dann Jayne und Carter fest in die Arme schloss.

»Gott sei Dank«, murmelte er immer wieder. »Kann ich sie sehen?«

»Natürlich«, sagte Carter breit lächelnd. »Grandma ist schon da. Ihr zwei wartet bitte noch, ich komme euch dann holen.«

Gleich darauf verschwanden sie im Flur und ließen Jayne und Nick allein in dem winzigen Warteraum zurück.

»Hey.« Jayne nahm ihn in die Arme und drückte ihn fest. Es war niemand da, der sie sehen konnte, niemand, der deswegen einen Wutanfall bekam, also war es egal, wie fest oder wie lange sie ihn umarmte. »Alles ist gut.«

Nick schlang die Arme so fest um sie, dass sie glaubte, ihre Wirbelsäule müsste sich durch ihren Bauchnabel bohren. Sein

Atem ging leise und abgehackt, sein Herz hämmerte gegen ihres, und sie konnte nichts weiter tun, als ihn so lange im Arm zu halten, bis er sich beruhigte.

»Gott, ich hasse diesen Ort.«

»Ich weiß, aber diesmal ist es gut gegangen«, murmelte sie. »Katie geht es gut. Dem Baby geht es gut. Alles ist gut.«

Sie spürte, dass er nickte, ließ ihn aber nicht los, bis er die Umarmung von sich aus lockerte. Dann führte sie ihn zurück zu den Stühlen. Hand in Hand setzten sie sich und warteten. Und warteten. Er saß vornübergebeugt, die Ellbogen auf die Knie gestützt und Jaynes Hand noch immer fest umklammert, als Debra endlich durch die Tür trat. Ein müdes Lächeln lag auf ihrem Gesicht.

»Du kannst jetzt reinkommen.«

Er richtete sich ruckartig auf, holte tief Luft und lehnte sich zurück. Sein Blick verweilte noch einen Moment auf Jayne, die ihm eine Hand auf den Rücken legte und ihn drängte aufzustehen.

»Geh schon. Ich warte hier auf dich.«

»Ist Lisa hier? Nein? Ach, das ist in Ordnung.« Debras Lächeln geriet keine Sekunde ins Wanken. »Komm, Jayne, komm du auch mit.«

Katies Zweibettzimmer, gestrichen in einem Übelkeit erregenden Gelb-Grau, war brechend voll, obwohl im anderen Bett niemand lag. Sie lehnte in den Kissen und wiegte ein kleines rosafarbenes Bündel in ihrer linken Armbeuge.

»Warren«, sagte Debra sanft. »Sollen wir uns nicht einen Kaffee holen?«

Katie griff nach Bens Hand. »Gehst du bitte mit ihnen? Vielleicht kannst du etwas zu trinken für mich auftreiben?«

»Wasser? Oder Saft?«

»Wodka«, scherzte sie.

»Wasser«, sagte Carter ohne das kleinste Lächeln, als er ihre Krankenakte durchblätterte.

Als die anderen gegangen waren, zog Jayne an Nicks Hand, damit er sich in Bewegung setzte, und führte ihn zu einem freien Stuhl neben Katies Bett.

»Möchtest du sie mal halten, Onkel Nick?« Katies Stimme klang so weich, dass sie Nick aus seiner Geistesabwesenheit riss. Langsam ließ er Jaynes Hand los und nahm ganz behutsam das kleine Bündel aus den Armen seiner Schwester.

Jayne sah ihm über die Schulter, und der Anblick dieses wundervollen kleinen Etwas ließ ihr den Atem stocken. »Oh, Katie. Sie ist so wunderschön.«

»Ich weiß.« Katie strahlte sie an. »Sie ist perfekt.«

Neben der Wange des Babys sahen Nicks Finger riesig aus. »Perfekt«, raunte er mit trockener, brüchiger Stimme.

Carter verschränkte die Arme vor der Brust, die Krankenakte an sich gedrückt, und lächelte. Doch es war kein freches Grinsen wie sonst. Diesmal war es pure Freude.

»Steht dir gut, Mann.«

Dieses Bild wollte Jayne festhalten; der große Nick Scott, hingerissen von einem gut sechs Pfund schweren Bündel Vollkommenheit, aber sie hatte ihre Tasche samt Inhalt bei Nick zu Hause gelassen. Sie beugte sich über seine Schulter, nahm das Handy aus seiner Hemdtasche und schoss ein Foto von ihm und dem Baby. Dann noch eins. Dann eins von Katie, und dann noch eins von Nick.

»Hast du schon einen Namen ausgesucht?«, fragte sie.

Katie nickte, und für einen Moment fing sie Jaynes Blick auf. Dann stupste sie Nick am Knie an, bis er sie ansah. »Wir haben überlegt, sie Sophia Nicole zu nennen.«

Nick starrte wieder das Baby an, und obwohl sein Mund einige Male zuckte, brachte er kein Wort heraus.

Sein ganzer Körper schien einen Berg Anspannung loszulassen, und auf seinem Gesicht machte sich ein riesiges Lächeln breit. Er trug das Baby zum Fenster und flüsterte die ganze Zeit, wie sehr er es verwöhnen würde und dass Katie nichts dagegen tun konnte. Lächelnd übernahm Jayne den frei gewordenen Stuhl.

»Du meine Güte, Katie. Was ist passiert?«

»Ich weiß es nicht.« Katie lehnte sich in ihr Kissen. Ihr Teint hatte fast den gleichen Ton wie die fahlen Laken. »Die Schwester kam rein, um zu sehen, wie weit ich bin, und das Nächste, was ich weiß, ist, dass ein Tsunami aus mir herausfließt und die Schwester fast einen Herzanfall kriegt. Ich sollte mich auf Hände und Knie stellen, damit sie die Hand in mich reinschieben konnte – Carter sagt, sie habe das Baby von der Nabelschnur gehoben –, und die ganze Zeit schrie sie dabei um Hilfe. Armer Ben, was mit ihm passiert ist, weiß ich nicht. Ich erinnere mich nur noch an die arme Schwester, die bis zum Ellbogen in … na ja. Wow. Und dann bin ich im Aufwachraum wieder zu mir gekommen.«

»Ich hätte furchtbare Angst gehabt. Wie fühlst du dich jetzt?«

»Gut. Ich habe sehr, sehr großes Glück gehabt.« Katie lächelte nicht nur, sie strahlte förmlich vor Freude. Es war das Schönste, was Jayne je gesehen hatte – abgesehen von dem Baby. »Carter meint, wenn die Schwester nicht hier gewesen oder Dr. Lange nicht im Schwesternzimmer gewesen wäre – wer weiß, was alles hätte passieren können.«

»Gott sei Dank ist keines dieser ›Wenns‹ eingetreten«, sagte Jayne mit einem zittrigen Lachen. »Und was für ein Glück, dass du heute bei Regan warst, denn nach allem, was du heute Nacht durchgemacht hast, siehst du immer noch fantastisch aus.«

»*Ich?*« Katie lächelte. »*Du* siehst … wow. Dieses Kleid … und diese Schuhe! Hab ich nicht recht, Jungs?«

»Jupp«, sagte Nick und nickte langsam. »Wow.«

»Oh ja.« Carter zwinkerte Jayne zu und lachte. »Selbst Martin fand das.«

Überraschte Stille, dann prustete Katie los, verzog aber sofort das Gesicht und legte die Hände behutsam auf ihren Bauch. »Martin Kendall? Sein *Buchhalter*?«

»M-hmm.«

»Ich hab es nicht gewusst!«, rief Nick verhalten, ohne den Blick vom Baby abzuwenden.

»Aber er ist schwul!«

»Ich habe es nicht gewusst«, wiederholt Nick, diesmal milder. »Woher hätte ich das wissen sollen?«

»Wie konntest du es *nicht* wissen?« Katie versuchte, sich etwas weiter aufzusetzen, zuckte dabei aber zusammen. Sofort war Carter bei ihr. »Also, was ist passiert?«

»Er war großartig«, fing Jayne an, doch bevor sie weitersprechen konnte, stand Nick neben ihr und hielt ihr das Baby hin.

»Willst du sie mal halten?«

Panik rauschte durch ihre Adern, sie erstarrte zwischen dem überwältigenden Wunsch, das Baby auf den Arm zu nehmen, und der entsetzlichen Angst, etwas Schreckliches zu tun, wie zum Beispiel, es fallen zu lassen. Nick aber zögerte nicht; er beugte sich einfach vor, legte ihr Sophia in die Arme und trat dann grinsend zurück.

Alles an dem Baby war perfekt; sein kleines rundes Gesicht, die winzige rosa Nase, sein kleines Mehrfachkinn. Und diese Finger – so klein und zerbrechlich. So babyspeckig. Gab es auf der Welt etwas, das noch vollkommener war?

»Sieh dich nur an«, flüsterte sie schließlich und versuchte, den Knoten in ihrem Herzen ein wenig zu lockern. »Du bist das Wundervollste auf der ganzen Welt.«

Um sie herum erklangen Stimmen, doch Jayne verstand kein Wort. Nichts war mehr wichtig, bis auf dieses kleine Bündel Perfektion in ihren Armen. Sie wusste nicht, wie lange sie so dagesessen hatte, doch als sie wieder aufsah, waren Doc und Mrs Scott zurückgekommen.

»Zeit, dass ihr alle die Biege macht«, sagte Carter. »Die beiden hatten einen verdammt harten Tag und brauchen ihre Ruhe.«

»Oh«, seufzte Jayne leise und strich Sophia mit der Fingerspitze über die Wange. »Wie wär's, wenn wir dich einfach mit nach Hause nehmen?«

»Keine Chance«, lachte Katie. »Bekomm selbst eins.«

Mit einem resignierten Lächeln gab Jayne Sophia wieder her und trat zurück, damit die frisch gebackenen Großeltern ihr noch ein paar Küsschen aufdrücken konnten. Der arme Ben sah fast so erschöpft aus wie seine Frau.

Nachdem sie sich widerstrebend verabschiedet hatten, begleiteten sie Debra und Warren zum Parkplatz. Es wurde viel gelächelt, doch niemand sagte etwas, als fürchteten alle, den Zauber zu brechen, mit dem die kleine Sophia sie belegt hatte. Carter blieb im Krankenhaus und erklärte sich zu Sophias persönlichem Kinderarzt.

Der Nick, der dann in seinen Pick-up stieg, war ein völlig anderer als der, der vor ein paar Stunden aus ebendiesem Wagen ausgestiegen war. Der Großteil der Besorgnis war aus seinen Zügen gewichen, ebenso die zusammengepressten Lippen und die tief gefurchte Stirn.

Er faltete die Hände auf dem Lenkrad und bettete den Kopf auf die Arme. Als er schließlich aufsah, lächelte er, doch es wirkte verlegen und ein bisschen hilflos. »Tut mir leid wegen vorhin.«

Jayne antwortete mit einem ebenso kläglichen Lächeln. »Warum hast du mir nicht gesagt, dass du seit Abbys Unfall nicht mehr hier gewesen bist?«

»Ich hätte nie gedacht, dass es so schwer sein würde. Aber als Carter sagte, Katie wäre …« Sein Seufzen war traurig, doch sein Lächeln war es nicht. »Danke.«

»Nicht der Rede wert. Nach meinem kleinen Aussetzer beim ersten Blick in den Buchladen war ich dir das schuldig.« Sie lehnte sich in ihrem Sitz zurück und erwiderte sein Lächeln. »Warum ist Lisa nicht mitgekommen?«

»Sie hielt es für besser, wenn die Familie in der ersten Zeit unter sich ist, bevor Außenstehende dazukommen.«

»Ooh, auf die Idee bin ich gar nicht gekommen.« Jayne brachte ein ersticktes Lachen hervor. »Aber ich bereue nicht, dass ich dabei war. Ich meine, im Ernst, dieses Baby ist das Wunderbarste, was ich je gesehen habe.«

»Oh ja.« Er ließ den Wagen an, dann lehnte er sich zurück, und ein breites Lächeln legte sich auf sein Gesicht. »Wie kann etwas so Kleines so perfekt sein?«

»Ich weiß es nicht.« Sie konnte die kleine Sophia noch immer in ihrer Armbeuge spüren, konnte die winzigen Finger sehen, die Grübchen anstelle von Knöcheln hatten. »Sie ist wunderbar. Ganz und gar wunderbar.«

Nick legte ihr einen Arm um die Schultern und zog sie so nah zu sich heran, dass er ihr einen Kuss auf den Scheitel geben konnte. »Genau wie du.«

Als sie nach Hause kamen, ging Nick mit Duke nach draußen, während Jayne den Wasserkessel aufsetzte und sich ihren Schlafanzug anzog. Sie kämmte sich die Haare, band sie auf dem Kopf zu einem Knoten zusammen, um sie aus dem Weg zu haben, während sie sich das Gesicht wusch und die Zähne putzte. In ihren Bademantel gewickelt, trug sie Teekanne und

Tassen ins Wohnzimmer, wo sie eine der vielen Sportsendungen einschaltete, die Nick so mochte.

Ein paar Minuten später kam er zurück und grinste, bevor er vor sich hin murmelnd zu seinem Zimmer ging.

»Was war das?«, rief sie ihm nach.

Er wartete mit seiner Antwort, bis er wieder im Wohnzimmer war. »Ich sagte, Martin sollte dich jetzt mal sehen.«

»Was meinst du damit?« Jayne zog ihre Füße zu sich auf den Sessel und den Bademantel darüber.

»Ich meine, klar, in diesem Kleid hast du toll ausgesehen. Aber jetzt …« Er machte eine vage Handbewegung in ihre Richtung. »Du siehst furchtbar aus und bist trotzdem noch süß.«

»Wa…?«, brachte Jayne hervor. Sollte das eine Art Kompliment sein? Weil ihr die Worte fehlten, tat sie das Einzige, was ihr einfiel. Sie warf die Fernbedienung nach ihm.

»Ich mein ja nur«, erklärte Nick lachend. Er goss ihr Tee ein, lehnte sich dann auf dem Sofa zurück und legte die Füße auf den Couchtisch. »Also, nehmen wir mal für einen Moment an, er wäre nicht schwul, dann wäre Martin doch eine gute Wahl gewesen, oder?«

»Ja, klar«, sagte sie. »Netter Kerl, klug, witzig und ein äußerst angenehmer Anblick.«

»Du klingst wie Abby.«

Schnaubend griff Jayne nach ihrer Teetasse. »Tja, du meinst also, gelobt sei der Herr, sie und ich wären endlich mal einer Meinung?«

Er wechselte ein paar Mal den Sender, stellte den Fernseher dann stumm und ließ die Fernbedienung neben sich auf ein Kissen fallen. »Tut mir leid, dass du extra dieses Kleid kaufen musstest und so.«

»Mir nicht. Du und Carter, ihr hättet eure Gesichter sehen

sollen. Ich glaube, heute Abend habt ihr zum ersten Mal wirklich geglaubt, dass ich ein Mädchen bin.«

Er murmelte etwas vor sich hin, das sie nicht verstand, doch als sie ihn bat, es zu wiederholen, ignorierte er sie und seufzte nur.

»Schätze, ich sollte die Jungs in Zukunft vorher von Katie absegnen lassen, was? Sie scheint ja alles über jeden zu wissen.«

»Es wird keine weiteren Jungs geben.« Jayne kuschelte sich tiefer in ihren Sessel. »Ich habe darauf gebaut, dass das eine einmalige Sache sein sollte.«

»Wie meinst du das?«, spöttelte er. »Ich kenne eine ganze Menge Männer, die ich dir vorstellen will, und ich bin ziemlich sicher, dass die meisten von ihnen hetero sind. Vielleicht ist einer davon ja Mr Perfekt.«

»Vertrau mir«, sagte sie und nippte langsam an ihrem Tee. »Mr Perfekt gibt es nicht, nur eine ganze Reihe Mr Angemessen.«

»Das liegt daran, dass du zu viel Zeit mit Männern wie Barry verbracht hast. Es ist höchste Zeit, dass du deine Latte ein bisschen höher legst.« Ein Lächeln zuckte um seine Lippen. »Ich hoffe sehr, dass du nie ein solches Kleid an ihn verschwendet hast.«

Jayne wand sich. Sie wollte Nick lieber nicht erzählen, was Barry bei den wenigen Gelegenheiten zu ihr gesagt hatte, als sie sich herausgeputzt hatte; allerdings konnte Nick sich das wahrscheinlich denken. Sie trank ihren Tee aus und stand lächelnd vom Sessel auf.

»Darf ich mal kurz dein Handy haben? Ich möchte mir ein paar von den Fotos zuschicken.« Nachdem sie sich alle gewünschten Fotos geschickt hatte, reichte sie es ihm zurück und tätschelte ihm den Kopf. »Ich gehe jetzt ins Bett.«

»Okay. Nacht.«

Eine Stunde später starrte sie immer noch an die Decke.

Nick glaubte, sie hätte ihre Messlatte zu tief angelegt, und lange Zeit hatte sie das tatsächlich getan, weil sie nicht geglaubt hatte, etwas Besseres verdient zu haben. Doch jetzt war sie stärker, nicht mehr das verängstigte Mädchen, das so dankbar für die Aufmerksamkeit eines Mannes war, dass es sich von ihm wie der letzte Dreck behandeln ließ.

Nein, dass sie die Latte zu tief ansetzte, war nicht mehr ihr Problem. Das Problem war, dass sie sie inzwischen zu hoch legte. Sie würde sich nie wieder mit einem Mann wie Barry zufriedengeben, so viel war sicher. Doch welche Hoffnung gab es für sie, wenn sie sich mit niemand Geringerem zufriedengeben konnte als Nick Scott?

Sie wälzte sich herum und schob die Kissen zurecht. Vielleicht würden sich die Wogen wieder glätten, wenn sie in ihrer eigenen Wohnung lebte. Vielleicht konnte sie ihre Gefühle dann wieder dorthin zurückdrängen, wo sie hingehörten und wo sie so viele Jahre überdauert hatten. Vielleicht würde alles wieder normal werden, wenn sie sich erst einmal ihr neues Leben aufgebaut hatte.

Vielleicht.

Und vielleicht würde sie eine einsame alte Frau werden, umgeben von nichts als zerfledderten alten Büchern und einer Jahrzehnte alten Löwenzahnkette.

»Schlaf ein, Jayne«, murmelte sie. »Schlaf einfach ein.«

Da wäre verdammt viel einfacher, wenn sie das Bild aus dem Kopf bekäme, wie Nick das Baby auf dem Arm gehalten hatte.

10

So it's sorta social.
Demented and sad, but social. Right?

John Bender, Der Frühstücksclub

Nick nahm sein Handy und blätterte die Bilder durch, die er im Krankenhaus aufgenommen hatte. Ein paar von Katie, ein paar von Sophia und eine ganze Menge von Jayne, die Sophia auf dem Arm hielt. Beim Anblick des Babys war Jayne von solcher Ehrfurcht ergriffen worden, dass sie gar nicht bemerkt hatte, wie Nick die Bilder knipste.

Wie hätte er den Besuch in diesem Krankenhaus ohne sie durchgestanden? Er hätte Lisa gern dabeigehabt, hatte gewollt, dass sie sich zugehörig fühlte, aber jetzt war alles in ihm dankbar, dass sie bei Martin geblieben war. Selbst wenn sie mitgekommen wäre, hätte er bei Jayne Halt gesucht, und wie zum Teufel hätte er Lisa das jemals erklären sollen?

Langsam strich er mit dem Daumen über das Display. Jayne verdiente es, glücklich zu sein, sie verdiente einen anständigen Kerl, und trotzdem … Nick schnaubte leise. Warum konnte sie nicht auch ohne einen anständigen Kerl glücklich sein? Warum konnte sie nicht einfach für den Rest ihres Lebens in seinem Schlafzimmer wohnen bleiben, wo er sie vor all den Idioten da draußen beschützen konnte?

Seufzend steckte er das Handy wieder ein. Es war schon spät, er sollte ins Bett gehen, aber er war nicht müde. Er war …

rastlos. Vielleicht könnte er etwas Papierkram erledigen oder fernsehen. Oder er könnte laufen gehen. Sicher, es war spät, und ja, verrückt war es auch, aber ein bisschen Sport half immer, den guten alten Kopf freizukriegen.

Er zog Shorts und ein altes Sweatshirt an und versuchte, sich an Duke vorbeizuschleichen, ohne ihn zu wecken. Doch damit hatte er kein Glück. Sobald Duke ihn zur Tür gehen sah, war er auf den Beinen, und seine Krallen klickten, so schnell er konnte, über den Holzboden.

»Sorry, Kumpel«, flüsterte Nick. »Du musst hierbleiben.« Er schlüpfte aus der Tür, dehnte sich kurz und rannte die Auffahrt hinunter, während ihm Duke hinterherjaulte. Am Ende seiner Straße wandte er sich nach rechts und lief an den nächsten beiden Sackgassen vorbei, bis er zur großen Kreuzung kam. Dort bog er nach links ab und folgte der Straße bis zum Ende.

Dünne, lang gezogene Wolken trieben vor der Mondsichel vorbei und ließen den Himmel eher nach Oktober aussehen als nach Mitte August.

In ein paar Wochen war Jaynes Geburtstag. Es war lange her, seit sie ihre Geburtstage zusammen gefeiert hatten, also musste er sich etwas einfallen lassen. Und er musste ihr etwas Schönes schenken. Aber was?

Nick grinste in die Dunkelheit. Vielleicht einen Geschenkgutschein für den Laden, aus dem sie das schwarze Kleid hatte.

Als ihm ein Wagen entgegenkam, verließ er kurz die Straße und legte dann einen Gang zu, als er auf den Asphalt zurückkehrte. Vorbei an der Vierundzwanzig-Stunden-Tankstelle, dem neuen Einkaufszentrum mit dem Burgerladen und dem Skater-Shop, vorbei an der Grundschule auf der anderen Seite des Highways.

Aus zehn Minuten wurden zwanzig, dann doppelt so viele, und noch immer war er seine Rastlosigkeit nicht losgeworden. Das Bild von Jayne in *diesem Kleid* blitzte im Takt seiner Schritte in seinen Gedanken auf. Und diese Schuhe …

Er fuhr sich mit dem Ärmel über die Stirn. War er nicht laufen gegangen, um den Kopf freizubekommen, statt ihn mit noch mehr Gedanken an Jayne zu füllen? Genau. *Also denk an etwas anderes.*

Denk an Lisa.

Die hübsche, reizende Lisa, die ihn für vollkommen hielt und so viel Zeit investierte, um ihre gemeinsame Reise nach Montreal zu planen. Sie hatte ihn nie einen Idioten genannt, hatte ihn nie weggestoßen, wenn er sie umarmen wollte, und sie gab auch keine neunmalklugen Kommentare darüber ab, ob Nick auffiel, dass sie ein Mädchen war oder nicht.

Sie war alles, was sich ein Mann wünschen konnte, und er hatte Glück, sie zu haben. Verdammt großes Glück.

Er fühlte sich nicht glücklich. Er fühlte sich wie ein Arsch.

Denk an was anderes.

Duke musste zum Tierarzt. Genau. Also gut. Duke. Der arme alte Hund wurde immer langsamer, hielt sich für seine fast zehn Jahre aber immer noch gut. Und er schien ein bisschen lebhafter geworden zu sein, seit Jayne wieder da war.

Jayne.

Nick schüttelte den Kopf. *Streng dich mehr an. Das Haus der Schwanns.* Gut. Rigips, Farbe, Fußböden. Rigips, Farbe, Fußböden.

An der nächsten Kreuzung machte er kehrt und lief wieder nach Hause.

Nach Hause. Jayne ist zu Hause. Nein! Katie. Das Baby. Die Familie. *Jayne hat nie eine Familie gehabt.*

»Scheiße!« Das Wort drang aus Nicks Kehle und scheuchte eine gelbäugige Katze auf, die am Straßenrand entlanggeschlichen war.

Also gut. Er hatte Jayne im Kopf, das war nicht zu ändern. Wahrscheinlich lag es daran, dass sie so viel Zeit miteinander verbrachten. Wenn sie erst einmal in ihre eigene Wohnung gezogen sein würde, würde alles zur Ruhe kommen, und er würde sich wieder auf etwas anderes konzentrieren können. Auf Linda. *Lisa!*

Häuserblock für Häuserblock trabte er zurück nach Hause, noch frustrierter als bei seinem Aufbruch. Als er in seine Straße einbog, verlangsamte er seine Schritte und sah auf die Uhr.

Zwei Stunden, fünfz…

Warum stand Jayne auf der Veranda vor dem Haus? Ihre Haare sahen aus wie aus einem schlechten Horrorfilm, und ihre nackten Zehen, lackiert in diesem hübschen zarten Rotviolett, lugten unter dem Saum ihres Bademantels hervor. Als er den Wassergraben des Nachbargrundstücks passierte, drehte sie sich zu ihm um. Auf ihrem Gesicht hatte sich Besorgnis eingegraben, die in Wut umschlug, sobald sie ihn sah.

»Wo *zum Geier* bist du gewesen?«

»Ich war eine Runde laufen.«

»Mitten in der Nacht?« Sie zog den Bademantelgürtel fester und ballte die Hände zu Fäusten. »Was zum Teufel hast du für ein Problem?«

»Ich …« Er starrte erst sie an und dann die leere Straße. Fast erwartete er, dass Mrs Eggert heimlich aus dem Fenster spähte. »Können wir bitte reingehen?«

Schon war Jayne verschwunden, und Duke stand allein in der Tür und wedelte langsam mit dem Schwanz.

»Warte, Jayne!« Nick stieß die Tür mit dem Fuß zu, stieg über Duke hinweg und eilte ihr hinterher. Er versuchte, nicht zu lachen, aber er hatte sie noch nie so wütend und aufgebracht gesehen. »Es tut mir leid.«

»Ist dir nie der Gedanke gekommen, mir eine Nachricht zu hinterlassen? Oder vielleicht dein Handy mitzunehmen?«

»Warum hätte ich …?«

»Ach, ich weiß nicht.« Wütend fuchtelte sie mit den Händen durch die Luft. »Vielleicht damit ich weiß, dass du nicht entführt wurdest?«

»Entführt?«

»Oder von einem Bus überfahren.«

»So spät nachts fahren keine Busse mehr.« Er trat auf sie zu, auf den Lippen sein schönstes Entschuldigungslächeln. »Ich dachte, du schläfst.«

»Tja, das tue ich aber nicht! Und Duke hat die ganze Zeit gewinselt und ist zwischen deinem Zimmer und der Haustür hin und her gelaufen, also was hätte ich verdammt noch mal denken sollen?« Blaues Feuer zuckte in ihren Augen. »Du hast mir eine Scheißangst eingejagt.«

Er trat noch einen Schritt auf sie zu, und als sie nicht zurückwich, nahm er sie in die Arme und hielt sie fest.

»Idiot!« Sie drückte das Gesicht an seinen Hals, erwiderte die Umarmung aber nicht. »Ich dachte, es wäre was mit Katie oder dem Baby.«

Er spürte, wie sie seufzte, doch in der nächsten Sekunde stemmte sie die Fäuste gegen seine Brust und stieß ihn zurück.

»Du stinkst.«

»Wie freundlich.« Nick lachte und ließ sie widerstrebend los. »Es tut mir leid, dass ich dir Angst gemacht habe.«

»Wie auch immer.« Sie sah ihn nicht an, sondern hielt den Kopf gesenkt und die Arme vor der Brust verschränkt. »Ich geh ins Bett. Wieder.«

»Nacht.« Er sah ihr nach, als sie davonschlurfte, bevor er unter die Dusche ging. Dann verbrachte er den Rest der Nacht damit, sich hin und her zu wälzen.

Am nächsten Morgen stand er auf, zog seine Jeans an und folgte dem Kaffeeduft. Jayne hing am Küchentisch, das linke Ohr auf den linken Arm gelegt, in der rechten Hand eine Tasse.

Immerhin hatte sie es geschafft, sich anzuziehen und die Haare zu kämmen.

»Gut geschlafen?« Er goss sich eine Tasse Kaffee ein und setzte sich zu Jayne an den Tisch.

Ihre einzige Antwort bestand aus einem trägen Blinzeln und einem Stöhnen.

»Immer noch sauer?«

»Ja.«

Verdammt, war sie süß. »Möchtest du Frühstück?«

Sie hob ihre Tasse und brummte: »Nur wenn es heiß und flüssig ist und wie ein Stück südamerikanischer Himmel riecht.«

Er schenkte ihr Kaffee nach, doch sie hielt die Tasse weiterhin hoch.

»Zucker?«, fragte er, während er bereits nach der Schale auf der Kücheninsel griff. Er gab einen Löffel hinein, rührte um und wartete. Noch immer hielt sie die Tasse hoch.

»Du forderst dein Glück ganz schön heraus, zumal du mir noch vor fünf Stunden gesagt hast, ich würde stinken.«

Sie antwortete nicht, sondern hielt weiterhin ihre Tasse hoch, bis er Milch hineingegeben und erneut umgerührt hatte. Erst dann hob sie den Kopf.

»Kann sein, dass ich ein kleines bisschen überreagiert habe, aber wenn man bedenkt, was für eine Scheißangst du mir eingejagt hast, kommst du heute Morgen noch gut davon.«

»Also gut«, lenkte er ein. »Sicher, dass du heute nicht zu Hause bleiben willst?«

»Kann nicht.« Sie trank einen Schluck Kaffee. »Zu viel zu tun, zu tun, zu tun.«

»Okay, gib mir fünf Minuten, dann können wir …«

»Oh nein.« Sie setzte sich aufrecht hin und schüttelte den Kopf. »Deine Schwester hat gerade ein Baby bekommen, und ich weiß, dass dein Portemonnaie spontan in Flammen aufgehen wird, wenn du nicht etwas von dem Geld darin für sie raushaust.«

»Selbstentzündung ist vielleicht ein bisschen übertrieben.«

Sie kippte noch etwas Kaffee hinunter und setzte die Tasse ab. »Im Ernst – geh das Baby besuchen. Zieh dein Onkel-Nick-Ding durch und gib ganz viel Geld aus. Aber denk dran, dass sie für eine Corvette noch ein bisschen zu klein ist.«

»Verdammt«, sagte er grinsend. »Jetzt muss ich mir was anderes einfallen lassen.«

»Tu dir nicht weh dabei.« Sie duckte sich aus seiner Reichweite und stellte ihre Tasse ins Spülbecken. Bevor er wusste, wie ihm geschah, war sie verschwunden.

Jayne stieg die Treppen zu ihrem Apartment hinauf und schaltete die Musik ein. Wenn sie sie nur laut genug aufdrehte, konnte sie vielleicht die dröhnenden Gedanken in ihrem Kopf übertönen.

Warum Nick es zum Beispiel für in Ordnung hielt, mit nichts als Jeans bekleidet durchs Haus zu laufen. *Also wirklich.* Sie lief ja auch nicht halb nackt durch die Gegend. Sicher, es war sein Haus und er sollte tun und lassen können, was er wollte. Und tragen können, was er wollte – oder was nicht. Aber … *mal ehrlich!* Hielt er sie für eine Nonne oder so? *Herrgott noch mal.*

Und was sollte sie jetzt tun? In ihrer Eile, von Nick fortzukommen, war sie direkt zum Laden gefahren; der war jetzt vollkommen entkernt, und selbst wenn sie die To-do-Liste gehabt hätte, hätte sie bei den meisten Dingen nicht gewusst, wie sie sie angehen sollte.

Sie saß auf dem Boden, den Rücken an die Wand gelehnt, die Beine vor sich ausgestreckt, und steckte den Internet-Stick in ihren Laptop. Sie hatte keine Zeit zu verschwenden. Für den Laden würde sie einen Haufen Bücher brauchen, und wo könnte sie damit besser anfangen als beim Kleinanzeigen-Netzwerk Craigslist?

Sie nahm sich die Zeit, alle Angebote durchzusehen und diejenigen anzuschreiben, die interessant klangen. Außerdem würde sie jeden privaten Flohmarkt besuchen müssen, den sie finden konnte, doch selbst dann würden ihre Regale immer noch beklagenswert leer sein.

Die Regale – das war doch etwas, womit sie anfangen konnte. Zu schade, dass es hier keine illustrierten Aufbauanleitungen gab wie bei IKEA. Es waren nicht einmal richtige Regale, nur lange, unebene Bretter, die Gran nach Bedarf zusammengezimmert und mit zusätzlichen, dazwischengeklemmten Holzstücken stabilisiert hatte. Jayne war keine Handwerkerin, aber selbst für ihr ungeschultes Auge stand es außer Frage, dass diese Regale alles andere als rechtwinklig waren. Manche waren sogar so schief, dass sie eher wie Dreiecke aussahen.

Bewaffnet mit ein paar Eimern voller Schrauben aus dem Laden der Eisenwaren-Brüder, fügte sie zwei Bretter an den Enden aneinander und versuchte, die beiden Teile zusammenzuschrauben.

»Komm schon«, knurrte sie, um die Schraube zu überreden, sich ein bisschen weiter hineinzudrehen und die beiden Holzstücke ein bisschen enger zu verbinden. Nichts. »Verdammt.«

Sie legte die Bretter weg und versuchte es an einer anderen Stelle. Bei den nächsten beiden passten nicht einmal die Kanten zusammen.

»Willst du mich verarschen? Du konntest mir auch nichts leicht machen, oder, Gran? Hättest du die Bretter nicht markieren können, damit ich wenigstens weiß, welche zusammengehören? Ist das denn zu viel verlangt?« Sie ließ sich auf den Boden sinken und legte die Stirn auf die angezogenen Knie.

»Jayne?«

Na großartig. Natürlich tauchte er dann auf, wenn ihre Laune so mies war, wie es nur ging. Hauptsächlich war es ihre Schuld gewesen, dass sie letzte Nacht überreagiert und sich lächerlich gemacht hatte, aber zum Teil auch seine. Schließlich hatte er sie die halbe Nacht wach gehalten, ihr eine Heidenangst eingejagt und dann auch noch die Frechheit besessen, in seinem eigenen Haus ohne Hemd herumzulaufen.

Jayne musste sich zwingen, nicht über ihre eigene Verrücktheit zu lächeln. Entweder hielt sie geradewegs auf eine extreme Form von PMS zu, oder sie hatte endgültig den Verstand verloren.

»Wenn du keine Schokolade dabeihast, würde ich dir raten, draußen zu bleiben.«

Sein tiefes, heiseres Lachen ließ ihren Zorn noch ein wenig mehr verrauchen.

»Schokolade nicht, aber geht das hier auch?« Seine Schritte hallten durch die Leere, bis sie ihn neben sich spürte. Sie atmete tief aus, und als sie den Kopf hob, stand er vor ihr und hielt ihr einen großen Coffee-to-go-Becher hin.

»Danke. Wie geht's dem Baby?«

Nicks Lächeln wurde breiter. »Wunderbar. Carter sagt, wenn alles gut geht, können sie wahrscheinlich morgen nach Hause.«

»Das ist gut.« Jayne betrachtete ihn misstrauisch. »Will ich überhaupt wissen, wie viele Tausend Dollar du heute rausgeschmissen hast?«

»Tausende wohl kaum.« Sein Gesicht rötete sich ein wenig, dann zuckte er lachend die Schulter. »Ein paar Hundert vielleicht.«

Verdammt, er konnte einen aber auch wahnsinnig machen. Wie sollte sie ihre hart erarbeitete schlechte Laune aufrechterhalten, wenn er sie so anlächelte? Das war nicht fair! Und wenn ihr Wagen mit einer mobilen Werkbank, Bohrmaschinen, Kreissägen und Was-noch-alles vollgestopft wäre, hätte sie diese Bretter auch selbst zusammenzimmern können, als wären es Legosteine. Stattdessen wurde sie dazu degradiert, ihm Schrauben zu reichen und die Sägespäne aufzufegen.

Die nächsten beiden Tage verbrachte sie damit, nach Vancouver zu fahren, um die Craigslist-Inserate abzugrasen.

Am Dienstagabend konnte sie einen Drink wirklich gut gebrauchen und freute sich auf das Treffen mit Regan und Ellie.

Das Chalker's lag am Ende der Hauptstraße in der Nähe des Jachtklubs. In dem Blockhaus befand sich ein Restaurant im Pub-Stil mit gedämpfter Beleuchtung und einer offenen Atmosphäre, die Jayne immer gemocht hatte. Der Geruch von warmen Nachos und Knoblauchgarnelen wehte durch die offene Tür. In allen Ecken hingen Flachbildschirme, von denen jeder ein anderes Spiel zeigte. Jayne sah sich suchend im Gastraum um, bis sie Regan an einem Tisch in der Mitte entdeckte.

»Jayne!« Regan deutete auf den Stuhl ihr gegenüber. »Ellie und Maya sind noch nicht da.«

Maya? Der Name kam ihr bekannt vor, doch sie konnte ihn nicht zuordnen.

Regan strich sich die roten Haare hinter die Schulter und beugte sich vor. »Also, wie war das große Date am Samstag?«

War das erst drei Tage her? Es kam ihr vor wie ein ganzes Leben.

»Fantastisch.« Jayne lachte. »Aber Ellie wird was zu hören bekommen, wenn sie kommt.«

»Was habe ich getan?« Ellie setzte sich auf den Stuhl neben Jayne und klimperte unschuldig mit den Wimpern.

»Netter Versuch«, sagte Jayne und wartete dann, bis die Kellnerin ihre Getränkewünsche aufgenommen hatte. »Das war ein gefährliches Spielchen, das du da getrieben hast. Was, wenn es nicht gepasst hätte?«

Ellie griff nach der Schale mit Salzstangen, die in der Tischmitte stand, und nahm sich eine Handvoll. »Ach, ich wusste, dass es passt. Ich hatte dir doch selbst den Reißverschluss zugemacht, weißt du nicht mehr?«

»Wovon redet ihr?«, fragte Regan.

Immer noch leicht grinsend deutete Jayne mit dem Kopf in Ellies Richtung. »Sie hat mir das Kleid verkauft, von dem ich ihr ausdrücklich gesagt hatte, dass ich es nicht will, und aufgefallen ist es mir erst, als es zu spät war.«

»Das habe ich nicht«, korrigierte Ellie sie mit übertriebenem Augenrollen. »Ich habe dir genau das Kleid gegeben, das du wolltest.«

»Ja, nur dass es eine Nummer kleiner war, als ich es wollte.«

»Du hättest sie sehen sollen, Reggie, sie hat fantastisch ausgesehen!« Ein wissendes Lächeln umspielte Ellies Lippen. »Und?«

»Und was?« Jayne zog die Stirn kraus.

»Er fand es heiß, oder?«

Jaynes Gesicht fing Feuer, ihre Zunge verknotete sich, und sie hatte keine Ahnung, wo sie hinsehen oder was sie mit ihren Händen anfangen sollte.

»Es hätte eine absolute Katastrophe werden können«, flüsterte sie heiser. »Du hast richtig Schwein gehabt.«

»Das ist wohl ein Ja.« Ellie steckte sich noch eine Salzstange in den Mund und grinste. »Du kannst mir nicht weismachen, ich wüsste nicht, wie man ein Kleid aussucht.«

»Warte mal 'ne Sekunde.« Regans Augen verengten sich ein wenig. Sie deutete erst auf Jayne, dann auf Ellie und dann wieder zurück. »Irgendwas entgeht mir doch hier.«

Die Kellnerin brachte die Getränke und reichte ihnen die Speisekarten, bevor sie zum nächsten Tisch weiterging.

»Das war doch das Doppeldate, bei dem du mit Nick warst? Das, bei dem er dich verkuppeln wollte?«

»Ja.« Jayne war sich nicht sicher, ob ihr der Tonfall in Regans Stimme gefiel.

»Und war das nicht sein Buchhalter, mit dem er dich zusammenbringen wollte?«

»J-ja.«

»Dann musst du mir etwas erklären.« Regan steckte sich eine Salzstange in den Mund und grinste Ellie mit wissendem Blick an. »Da dein Date schwul war, wer fand dann, dass du so heiß ausgesehen hast?«

Oh Gott. »Was?«

»Du hast gesagt, er fand dich heiß.«

»Nein.« Heftig schüttelte Jayne den Kopf. »Nein. *Ellie* hat das gesagt.«

»Du hast nicht widersprochen«, sagte Ellie.

Mist.

»Also, wer war es?« Regans Augen funkelten wie Weihnachtskerzen. »Es muss ein ziemlich besonderer Jemand gewesen sein, so rot, wie du geworden bist.«

Ellie gluckste. »Das wird ja immer besser. Erzähl schon, Jayne. Wer war das, der dich heiß fand? Hmm?«

Warum war es im Pub plötzlich so still? Und wo war die Kellnerin, wenn Jayne eine gute Unterbrechung brauchte? Da. Endlich. Gott sei Dank.

»Ich … ähm … also … da waren Martin. Und Carter.« Jayne gefror die Zunge im Mund, während ihre Wangen in Flammen aufzugehen drohten. Wie sollte sie aus dieser Nummer wieder rauskommen?

»Und Nick«, beendete Regan immer noch grinsend den Satz für sie.

»Moment mal.« Jayne stellte ihren Cosmo ab und deutete auf Regan. »Woher wusstest du das mit Martin?«

»Das weiß jeder. In dieser Stadt gibt es keine große Schwulenszene, er ist eine Art Berühmtheit.«

»Nicht das«, sagte Jayne abwinkend. »Woher hast du gewusst, dass er es war, mit dem Nick mich verkuppeln wollte?«

»Ehrlich, Mädchen, hast du vergessen, wie schnell sich Neuigkeiten in diesem Städtchen verbreiten?« Regan zog die Brauen hoch und nippte an ihrem Drink. »Oder dass ich in der Highschool die meisten Kurse mit dir zusammen hatte und deshalb aus erster Hand beobachtet habe, was zwischen euch läuft? Und außerdem schlafe ich mit Todd, der in Sachen Tratsch schlimmer ist als ein altes Waschweib.«

»Wer ist Todd?«

Noch ein Schluck, noch eine Salzstange, noch ein Grinsen. »Er arbeitet für Nick.«

»Oh Gott.« Jayne schob ihren Drink von sich und begrub das Gesicht in der Armbeuge, während die beiden anderen laut auflachten. Nach einem entsetzlich langen, demütigenden Augenblick sah sie auf und atmete langsam aus. »So ist es nicht. Wir sind nur Freunde, er hat mir eine Unterkunft angeboten …«

»Du *wohnst* bei ihm?« Fast wäre Ellies Kinnlade auf die Tischplatte gefallen. »Bei Nick? *Nick Scott?*«

»Psst«, flehte Jayne. »Kennst du ihn?«

»Ich weiß, wer er ist, aber wir haben uns nie kennengelernt.« Ungläubig starrte sie Jayne an. »Und, wie jetzt? Er ist dir nicht heiß genug, und deshalb gehst du mit anderen Männern aus? *Bist du irre?*«

»Psst! Er hat eine total süße Freundin.«

Ellie schnaubte und winkte die Kellnerin heran. »Wir werden wohl eine Weile hier sein, noch eine Runde, bitte. Und ein paar Nachos.«

Als die Kellnerin ging, hob Jayne leise lachend die Hände. »Ich weiß, es sieht komisch aus, aber wir sind wirklich nur Freunde.«

»Ich dachte eigentlich, ich wäre auch mit Nick befreundet«, sagte Regan spöttelnd. »Aber mir hat er nie gesagt, dass ich heiß aussehe, und ich bin garantiert noch nie dermaßen rot geworden, wenn jemand nur seinen Namen erwähnt hat.«

Jayne seufzte. Was für ein Desaster. »Können wir bitte über etwas anderes reden?«

Nach ein paar Sekunden lächelten die beiden anderen und nickten.

»Okay«, willigte Ellie ein. »Aber nur, weil das dein erster Abend mit uns ist. In den nächsten Wochen erwarten wir Details, und wenn du die nicht ausspuckst, kriegt Regan die Informationen von Todd. Oder, noch besser, wir denken uns irgendwas aus.«

Jayne trank drei große Schlucke von ihrem Drink und stellte das Glas ab. »Ich werde da sein.«

»Na bitte.« Regan lachte. »Ich wusste, dass du einsichtig werden würdest. Da ist Maya.«

Eine dünne Frau mit einem Kopf voller blonder Locken und hellblauen Augen setzte sich neben Regan. Ihr Lächeln wirkte müde, aber sie trug es tapfer.

»Jayne«, sagte Ellie. »Das ist Maya; ihr gehört der Blumenladen gleich gegenüber von dir. Maya, das ist Jayne, Tillys Enkelin.«

»Freut mich.« Als Jayne der anderen Frau die Hand reichte, nahm deren Gesicht einen seltsamen Ausdruck an.

»Dir gehört also der Buchladen?«

»Jupp. Ich versuche gerade, ihn für die Wiedereröffnung vorzubereiten.«

Maya nickte und trank einen Schluck von Ellies Bier. »Haben dir die Blumen gefallen?«

»Wie bitte?«

»Normalerweise fragt Nick nicht nach etwas Speziellem, aber er meinte, für dich müssten sie lila sein.«

Richtig. Maya gehörte der Blumenladen; daher hatte Jayne ihren Namen schon einmal gehört.

Ein paar Sekunden lang machte sich am Tisch Stille breit, dann fingen Ellie und Regan prustend an zu lachen, bis die nächste Runde Getränke eintraf. Jayne konnte nichts tun, als zu versuchen, ihr Gesicht nicht hier am Tisch in Flammen aufgehen zu lassen.

»Sie sind nur *Freunde«*, gluckste Ellie.

»A-haa.« Maya schien das keine Sekunde zu glauben. »Ich wünschte, mehr Leute würden so viel Geld für Blumen für ihre *Freunde* ausgeben.«

»Okay.« Jayne gab auf. »Ja, er hat mir Blumen gekauft. Aber er hat auch für Lisa welche gekauft.«

»Na, das will ich doch verdammt noch mal hoffen.«

Die Kellnerin stellte eine große Portion Nachos in die Mitte des Tisches und verteilte kleine Teller. »Guten Appetit.«

»Also, wie läuft es?« Ellie nahm Mayas Hand und drückte sie kurz, doch Maya schüttelte nur den Kopf und drehte an dem Ring an ihrer linken Hand.

Ellie und Regan wechselten einen Blick, der Bände sprach. Bei Maya war etwas passiert, das gar nicht gut war, und Jayne war noch zu fremd, um eingeweiht zu werden.

»Vielleicht sollte ich lieber gehen.« Sie griff nach ihrer Geldbörse, doch Mayas Stimme hielt sie zurück.

»Nein, bleib.« In ihren Augen glitzerten Tränen, doch sie rang sich ein schwaches Lächeln ab. »Bitte, Jayne. Es ist nichts, nur ein harter Tag.«

Jayne war kein bisschen überzeugt, doch Regans Blick flehte sie stumm an, keine große Sache daraus zu machen, daher steckte sie ihr Portemonnaie ein und nickte.

Maya fuhr sich flüchtig mit dem Handrücken über die Augen, dann nahm sie sich die Nachos mit dem meisten Käse vom Teller. »Also, du willst den Buchladen wiedereröffnen?«

»Das ist der Plan«, sagte Jayne. »Jetzt muss ich nur noch Bestände finden.«

»Was ist aus ihren ganzen Büchern geworden?«, fragte Regan stirnrunzelnd. »Ein paar Tage bevor sie den Laden geschlossen hat, war ich da, und da waren die Regale voll.«

»Ich weiß es nicht.« Jayne wandte den Blick ab und hoffte, Regan würde nicht weiter nachbohren. »Wir sind ihre Sachen allesamt durchgegangen, aber Bücher waren nicht dabei.«

»Gar keine?«

Für einen Augenblick war es still am Tisch, und die drei anderen wechselten vielsagende Blicke. Schließlich seufzte Elli. »Was? Sollen wir hier sitzen und so tun, als hätten wir den Container und den Leihtransporter nicht gesehen?«

Ellie hob ihr Glas an die Lippen und fügte dann hinzu: »Das wäre doch noch peinlicher, als es einfach auszusprechen.«

»Das ist unsere Ellie«, sagte Regan leise. »Die Königin des Taktgefühls.«

Als Jayne den Kopf hob, sah Regan sie mit ihren grünen Augen an, diesmal allerdings mitfühlend statt erheitert.

»Schon okay«, sagte sie. »Sie hat ja recht.«

»Siehst du?« Ellie richtete ihr Glas auf Jayne und nickte. »Es ist kaum zu glauben, dass unter dem ganzen Krempel, den du da rausgeschleppt hast, keine Bücher gewesen sein sollen.«

»Das kannst du laut sagen«, schmunzelte Jayne. »Und Gott weiß, wir haben so ziemlich *alles* andere gefunden.«

Regan linste zu ihr hinüber, ihre Miene irgendwas zwischen einem Lächeln und einer Grimasse. »Schlimm?«

»Schlimmer als schlimm.« Jayne schauderte. »Aber jetzt ist alles ausgeräumt, und wir können uns auf die Reparaturen konzentrieren.«

»*Wir?*« Spöttisch grinsend zog Ellie die linke Augenbraue in die Höhe, ehe sie sich einen Haufen Nachos auf ihren Teller lud und anschließend die heruntergefallenen Jalapeños einsammelte. »Wer könnte das sein – du und dein *Freund*, der Bauunternehmer?«

Jayne lachte nur und trank ihr Glas leer. Je weniger dazu gesagt wurde, desto besser. »Da ihr jetzt alles wisst, was es über mich zu wissen gibt, wie wäre es, wenn ihr mir ein paar Fragen über euch beantwortet?«

»Schieß los«, sagte Ellie. »Ich bin ein offenes Buch.«

»Okay.« Jayne dachte einen Moment nach. »Verheiratet?«

»Nicht mehr.«

»Woher kommst du?«

»Ottawa.« Ellie zögerte nicht. »Weiter konnte ich nicht von ihm wegkommen, ohne einen Ozean zu überqueren oder eine Greencard zu brauchen.«

»Wow«, lachte Jayne. »Du und dein Ex, ihr steht euch nicht gerade nahe?«

»Könnte man so sagen.«

»Bist du mit jemandem zusammen?«

Ellie zuckte die Achseln. »Ich gehe aus.«

»Nein.« Regan kicherte. »Sie geht Kaffee trinken.«

Daraufhin lächelte selbst Maya und nickte.

»Na und?« Ellie zuckte gleichgültig die Schultern. »Warum soll ich einen ganzen Abend mit jemandem verschwenden, den ich vielleicht nicht mag? Ein Kaffee ist eine gute Möglichkeit, um zu entscheiden, ob er mehr Zeit wert ist.«

»Klar. Aber nachdem du ihn drei oder vier Mal auf einen Kaffee getroffen hast, ist es vielleicht an der Zeit, zu etwas richtig Aufregendem überzugehen – wie einem Mittagessen?«

»Ooh!« Maya stieß einen Pfiff aus. »Eine ganze Stunde mit demselben Kerl? Schafft sie das?«

»Sehr lustig.« Ellie versuchte, nicht zu lächeln, scheiterte aber kläglich. »Also gut, ich habe ein paar Probleme. Wollen wir wirklich davon anfangen, wer an diesem Tisch sonst noch Probleme hat?«

»Nö.«

»M-hm.«

Jayne konnte nur lachen. Wieder einmal hatte Ellie recht. »Was ist mit dir, Regan? Warst du mal verheiratet?«

»Nein. Dazu wird es auch nie kommen.«

Jayne sah zu Maya, die ohne jede Spur von Begeisterung mit dem Ringfinger wackelte.

»Kinder?«

Drei Köpfe wurden gleichzeitig geschüttelt.

»Ich auch nicht.«

Vier Männer, die an einem Tisch in der Ecke saßen, brachen in Jubel aus. Jayne warf einen Blick auf den nächsten Fernseher und schloss aus der Anzahl der Spieler an der Abwurfstelle, dass die Mariners gerade gewonnen hatten. Das würde Nick freuen.

»Wie geht's Katie und dem Baby?«, fragte Regan. »Wie ich höre, haben sie einen ganz schönen Schrecken bekommen.«

»Sie ist das schönste Baby der Welt«, schwärmte Jayne und griff nach ihrem Handy. »Seht euch nur die Fotos an.«

Langsam blätterte Regan die Bilder durch, und mit jedem wurde ihr Lächeln breiter. »Das hier ist gut.«

Sie drehte das Handy so, dass die anderen das Bild sehen konnten; eine Nahaufnahme von Nick im Krankenhaus, Nase an Nase mit Sophia. Als Ellie das Bild sah, schnaubte sie leise, aber das Baby entlockte ihnen allen *Ooohs* und *Aaahs*.

»Hey, Reg«, sagte Ellie. »Wie steht's mit deinem Pachtvertrag?«

Regan blies die Luft aus und verdrehte die Augen. »Wenn ich bereit bin, das zu zahlen, was der Vermieter den ›marktüblichen Preis‹ nennt, unterschreibt er gern für weitere drei Jahre. Andernfalls muss ich Ende des Jahres raus.«

»Was ist der marktübliche Preis?«, fragte Jayne, während sie ihr Handy wieder einsteckte.

»Verflucht viel mehr, als ich jetzt bezahle.« Regan zog ein Stück geschmolzenen Käse von einem Nacho und steckte es sich in den Mund. »Die Grundstückspreise in der Innenstadt sind in den letzten Jahren in den Himmel geschossen, und jeder versucht, Kasse zu machen. Für deinen Laden könntest du garantiert ein kleines Vermögen bekommen, Jayne.«

»Vielleicht. Aber ich würde ihn nie verkaufen. Was hast du vor?«

»Ich weiß es nicht.« Zum ersten Mal an diesem Abend erlosch das Funkeln in Regans Augen. »Die neue Pacht kann ich mir nicht leisten, aber einen Umzug auch nicht.«

»Wie lange bist du schon in dem Laden?«

»Bald acht Jahre.« Regan schüttelte den Kopf. »Hab nie zu spät gezahlt und ihn nie mit Sachen behelligt, die ich selbst reparieren konnte.«

»Und er darf dich einfach so rausschmeißen?«

»Ja, verdammt«, schnaubte Ellie. »Es ist sein Haus, er kann damit machen, was er will.«

»Aber nach acht Jahren könnte man doch meinen, dass er ein wenig nachsichtig mit ihr wäre.«

»Was will man machen?« Regan tat es mit ei
zucken ab. »Manchmal ist das Leben einfach mies.«

»Amen.« Maya hob ihr Glas.

Die Kellnerin trat an den Tisch und fragte, ob sie no
Runde Getränke wollten. Alle vier Frauen lehnten ab.

»Ich muss los«, sagte Regan. »Todd und ich gehen zum G
kragen-Dienstag.«

»Den gibt's immer noch?«, fragte Jayne. Das war der Abend, an dem sie und Nick immer ins Kino gegangen waren; zwei zum Preis von einem.

»Oh, ja.« Regan verdrehte die Augen. »Aber er ist an der Reihe, den Film auszusuchen.«

Alle stöhnten mitfühlend auf. Sie bezahlten die Rechnung und gingen hinaus, nachdem sie sich verabredet hatten, sich in der kommenden Woche wieder zu treffen. Jayne winkte Regan und Maya zum Abschied, und Ellie begleitete sie noch zu ihrem Wagen.

»Ich bin froh, dass du heute Abend dabei warst«, sagte sie. »Ich wusste nicht, wie du reagieren würdest, wenn du das mit dem Kleid spitzkriegst.«

»Ich will nicht lügen«, sagte Jayne lachend. »Als ich gemerkt habe, was du getan hast, bin ich ausgeflippt. Aber dann …«

»Oh ja.« Ellie nickte. »Aber dann hat er dich in dem Kleid gesehen, und du wusstest, wir beide würden beste Freundinnen werden, richtig?«

»Sorry.« Jayne holte die Wagenschlüssel aus ihrer Tasche. »Hier verweigere ich die Aussage.« Sie schloss die Tür auf, öffnete sie aber noch nicht. »Ist mit Maya alles okay?«

Ellie lehnte sich gegen Jaynes Wagen und schlug einen Fuß über den anderen. »Abgesehen davon, dass sie mit dem größten Schwein der Stadt verheiratet ist? Ja, sonst ist alles okay.«

»Er betrügt sie?«

»Er hat ihr gesagt, es wäre eine einmalige Sache gewesen, aber …« Ellie zog eine düstere Miene. »Wir sind hier in einer kleinen Stadt.«

»Sie verlässt ihn nicht?«

»Sie hatte gehofft, sie würden darüber hinwegkommen, aber Will schiebt die Termine bei der Eheberatung immer wieder auf. Und wenn Maya sich nicht irrt, trifft er sich immer noch mit seinem Flittchen.« Angewidert schüttelte Ellie den Kopf. »Ich weiß nicht, warum sie bei ihm bleibt. Ich wäre so was von weg.«

Sie schnalzte mit den Fingern, doch Jayne seufzte nur. Jemanden zu verlassen war nicht immer so einfach. Nachdem sie Jayne das Versprechen abgenommen hatte, in der nächsten Woche wiederzukommen, und diese ohne zu zögern zugestimmt hatte, ging Ellie zu ihrem Wagen. Trotz der Neckereien wegen Nick war es lustig gewesen.

Und es war ein weiterer Schritt in die Richtung, sich ein eigenes Leben aufzubauen; eines, das sich nicht nur um Nick drehte.

11

The question isn't »what are we going to do,« the question is »what aren't we going to do?«

Ferris Bueller, Ferris macht blau

»I said my, my, my, I'm once bitten twice shy, baby …«

Nick schüttelte den Kopf, während er die Treppen hinaufging. Gut, dass Jaynes Haus nicht an das der Nachbarn grenzte, allerdings würden sie es wahrscheinlich trotzdem hören.

»Oh, hey.« Sie grinste, errötete leicht und stellte die Musik leiser. »Was gibt's?«

»Ich musste ein paar Sachen bei den Eisenwaren-Brüdern besorgen, und da dachte ich, ich sehe mal nach, wie es hier so läuft.«

»Ich war in Vancouver, habe eine Wagenladung Bücher besorgt und das restliche Linoleum im Bad rausgerissen.«

Langsam ging er durch die Wohnung, um zu entscheiden, welche Aufgaben er Jayne noch allein machen lassen konnte. Da sein Trockenbauer Evan im Moment nicht in der Stadt war, mussten Nick und Delmar die Innenverkleidung am Haus der Schwanns selbst machen, und das würde Zeit kosten. Doch auch hier mussten zuerst die Trockenbauarbeiten erledigt werden, bevor sie irgendetwas anderes angehen konnten.

Das Wichtigste zuerst. Mittagessen.

Sie gingen ins Cactus Café, wo er Jayne zu einem Platz am

Fenster schob und selbst zur Theke ging, um die Bestellung aufzugeben. Während sich die Angestellte an die Arbeit machte, brachte Nick die Getränke an den Tisch; einen Schokoshake für ihn und ein Glas Wasser mit Zitrone für Jayne.

»Flipp jetzt nicht aus.«

Ihre Augen weiteten sich, dann runzelte sie die Stirn. »Was?«

Er gab ihr einen kurzen Abriss der Situation mit Evan und beugte sich dann ein Stück näher zu ihr, damit ihn nicht das ganze Café hören konnte. »Ich erzähle dir das nicht, damit du dir Sorgen machst; du sollst nur wissen, woran wir sind. Es wird knapp werden, aber wir bringen dich durch die Bauprüfung, also spar dir deinen besorgten Blick für etwas auf, das ihn verdient hat.«

Ihr Stirnrunzeln blieb. »Deswegen mache ich mir keine Sorgen. Du hast den Schwanns dein Wort gegeben, dass ihr Haus rechtzeitig fertig wird …«

»Und das wird es auch. Ich habe mich noch nie mit einem Haus verspätet und werde es auch jetzt nicht.«

»Aber es ist so viel zu tun. Ich kann mir für den Laden jemand anderen suchen, Nick, das wäre keine große Sache.«

»Tja.« Nick schüttelte den Kopf. »Jeder, der sein Geld wert ist, ist derzeit ausgelastet. Und selbst wenn du jemanden finden würdest … wow.«

»Was ›wow‹?« Ihre blauen Augen weiteten sich ein wenig, und dann krümmten sich ihre Lippen kaum merklich. »Ooh. Das ist ein Ego-Ding.«

Ergeben hob er die Hände und versuchte, ihr Grinsen nicht zurückzugeben. »Wie würde es aussehen, wenn meine beste Freundin mir nicht zutraut, einen Auftrag zu erledigen?«

Sara brachte das Essen, und Nick biss sofort in sein Reuben-Sandwich, während Jayne mit der Gabel ihr Kaninchenfutter auf dem Teller hin und her schob.

»Dann lass mich wenigstens für die Arbeit zahlen.«

»Wer hat gesagt, dass du mich nicht bezahlen würdest?«

Jayne schnaubte so laut, dass alle anderen Gäste in ihre Richtung sahen.

»Habe ich bis jetzt für irgendwas gezahlt?« Sie ließ ihm keine Gelegenheit zu einer Antwort, selbst wenn er eine gehabt hätte. »Ich weiß, du hast gesagt, wir würden abrechnen, wenn alles fertig ist. Aber du arbeitest jetzt schon seit Wochen an dem Laden, und bisher habe ich keine einzige Rechnung gesehen. Nicht einmal das Mittagessen lässt du mich bezahlen. Ich zahle schon mein ganzes Leben lang für mich selbst, und ich will nicht, dass jemand denkt, ich würde dich ausnutzen oder so.«

»Ich weiß.«

»Nein, das tust du nicht.« Sie stopfte sich eine Gabel Grünzeug in den Mund und kaute es wie ein Stück Steak. »Die Leute reden schon, Nick.«

»Worüber?« Er hätte es nicht so lustig finden sollen, dass sie genervt war, aber mal im Ernst … er hatte ihr einen Salat gekauft. Was für 'ne verdammt große Sache.

Jayne seufzte. »Über die Blumen, über die Arbeit, die du für mich machst, über das Dinner neulich Abend …«

Sie stopfte sich noch eine Gabel Salat in den Mund, doch er schien ihr nicht besser zu schmecken als ihm sein Sandwich.

Er lehnte sich zurück und dachte eine Weile darüber nach, während sie aufaßen. Sosehr er sich auch bemühte, er kam doch immer wieder zu demselben Schluss.

»Es ist mir egal. Sollen sie doch reden.« Er legte ein paar Dollarnoten auf den Tisch, dann verließen sie das Café und machten sich auf den Rückweg zum Laden. »Wir beide wissen, was los ist, und das ist alles, was zählt.«

»Dann stell mir für die Arbeit am Laden eine Rechnung.«

Gott, sie machte ihn wahnsinnig. »Es gibt nichts, was ich dir in Rechnung stellen könnte. Die Geräte und Materialien habe ich ohnehin, also …«

»Diese Materialien waren nicht umsonst; irgendwann musstest du sie bezahlen.«

»Die Sachen sind übrig geblieben, als ich *mein* Haus gebaut habe. Sie würden sonst nur in der Garage herumliegen, also kannst du sie genauso gut benutzen.«

»Also gut. Aber nur, wenn du mich dafür bezahlen lässt.«

»Hey, Jayne!« Eine große Frau mit blondem Pferdeschwanz kam über die Straße auf sie zu, auf ihrem Gesicht lag ein breites Lächeln. »Ich wollte nur fragen, ob du mit mir zu Mittag essen willst.«

»Tut mir leid«, antwortete Jayne. »Wir sind gerade fertig. Ellie, das ist Nick, Nick, das ist Ellie. Ihr gehört das Pandora's, ein Stück die Straße rauf.«

»Pandora's.« Für einen Moment runzelte Nick die Stirn, bevor er den Namen zuordnen konnte. »Wo du das Kleid gekauft hast. Schön, Sie kennenzulernen, Ellie.«

»Gleichfalls.« Ellie schüttelte ihm die Hand, doch ihr Lächeln galt ganz allein Jayne, die wiederum mit einem drohenden Blick irgendeine Art von Nachricht zu übermitteln versuchte. »Ich will euch nicht aufhalten. Nächste Woche steht noch?«

»Das lasse ich mir nicht entgehen«, rief Jayne der Frau nach, als die ihnen zuwinkte und die Straße hinunterging.

»Will ich wissen, was dieser Blick zu bedeuten hatte?«, fragte er, als Jayne die Tür aufschloss und sie den Laden betraten.

»Nö.«

Er zog die Tür hinter sich zu und drehte sich zu Jayne um. »Ich habe eine Idee, wie wir diese Arbeiten erledigt kriegen und beide zufrieden sind.«

Sie zog die Brauen hoch, aber er fiel nicht darauf rein. Besonders nicht, da sie den Kopf schräg legte und fragte: »Gehört zu dieser Idee, dass ich einen Scheck unterschreibe?«

»Ehrlich gesagt«, entgegnete er langsam, »wäre Bargeld besser.«

»Ooh«, sagte sie. »Jetzt bin ich interessiert.«

Nick trat näher und stützte die Ellbogen auf die Holztheke. »Solange Delmar und ich die Innenverkleidung am Haus der Schwanns machen, kann ich Kyle und Todd bitten, die Verkleidung hier zu Ende zu bringen.«

Zum ersten Mal leuchtete in Jaynes Augen ein winziger Hoffnungsschimmer auf. »Und *ich* darf sie bezahlen?«

»Mit Vergnügen. Ich bin sicher, sie freuen sich über die Arbeit. Passt dir morgen früh um acht?«

»Perfekt.«

Er nahm sein Handy, rief Todd und Kyle an und legte dann auf. »Erledigt. Also musst du jetzt festlegen, was du für den Fußboden oben brauchst, außerdem die Farbe und Dinge wie Armaturen und so.«

»Okay.«

»Und – es ist nur ein Gedanke«, sagte er, »aber wenn du so scharf darauf bist, dein ganzes Erbe auf einmal rauszuhauen, könntest du neue Küchengeräte in Betracht ziehen. Nicht, dass die hier nicht hübsch wären, aber sie sind garantiert ein gutes Stück älter, als ratsam wäre.«

Jayne grinste. »Aber Avocadogrün ist so hübsch. Ich hatte gehofft, eine passende Spülmaschine zu finden.«

»Siehst du, und wenn du mich dabei so ansiehst, fürchte ich, du könntest das ernst meinen.«

Er war schon fast an der Hintertür, als sie ihn zurückrief.

»Tut mir leid wegen vorhin.« Sie schenkte ihm ein kleines Lächeln. »Du sollst nur auf keinen Fall glauben, ich würde dich ausnutzen oder so.«

»Und du sollst nicht glauben, du dürftest mich nicht ausziehen.«

Sie runzelte die Stirn. Er ebenfalls.

»Okay, ähm …« Er rang sich ein Kichern ab und blinzelte. »Ausnutzen. Ich wollte ›ausnutzen‹ sagen. Du weißt schon, was ich meine.«

Ihr Kopf nickte, doch das Stirnrunzeln blieb. Er sollte lieber gehen, bevor er noch etwas so Dummes sagte. Als er im Wagen saß, wählte er noch einmal Todds Nummer.

»Kannst du zu mir nach Hause kommen, damit wir die Sachen für morgen in deinen Wagen laden können? Gut. Dann in zehn Minuten.«

Er legte auf, wechselte zur Freisprechanlage und rief die Männer an, die für ihn die Gewerke ausführten, um sicherzugehen, dass sie heute Abend bei Jayne fertig wurden. Diese Männer zu haben war ein großes Glück und kostete ihn nur eine Kiste Bier, eine Flasche Scotch und eine Runde Golf. Wenn sie heute Abend fertig wurden, konnte morgen die Bauaufsicht zur Elektroabnahme kommen, und dann konnten Todd und Kyle die Isolierung anbringen und mit den Trockenbauarbeiten anfangen. Es würde knapp werden, alles fertig zu bekommen, und wenn irgendetwas schiefging …

Nick war noch nie bei einer Bauabnahme durchgefallen – nicht mal annähernd –, aber das hieß nicht, dass es ihm gefiel, wenn seine Arbeit von einem Anzugträger mit Klemmbrett zerpflückt wurde. Hague war kein schlechter Kerl, er machte nur seine Arbeit, aber Nick wusste, wenn es ein Gebäude gab, bei dem jeder Nagel aufs Gründlichste überprüft werden würde, dann war es Jaynes Laden. Und angesichts des Zustands, in dem er noch vor einem Monat gewesen war, konnte er Hague das nicht einmal verübeln.

Ihm blieb nichts anderes übrig, als härter zu arbeiten.

Wie Nick versprochen hatte, waren Todd und Kyle vor acht Uhr am nächsten Morgen am Laden.

»Ich bin Jayne«, sagte sie und streckte die Hand aus. »Danke, dass ihr das macht.«

»Todd.« Er war ein paar Jahre jünger als sie, trug eine ausgeblichene Mariners-Mütze auf dem dunkelblonden Kopf und ein verschmitztes Grinsen auf den Lippen. »Schön, dich endlich kennenzulernen.«

»Gleichfalls.«

An seinem Gesichtsausdruck konnte sie ablesen, dass er und Regan ihre Eindrücke über sie und Nick abgeglichen hatten und er jetzt nach etwas suchte, um seine Theorie zu beweisen. Sollte er suchen, so viel er wollte, er würde nichts finden.

»Ich bin Kyle.«

Jayne lächelte dem Jungen mit den halblangen Haaren zu, die er sich schon zweimal aus den Augen geschüttelt hatte. Er holte zwei Sägeböcke aus dem Wagen und anschließend eine Handkreissäge, ein Stemmeisen und einen riesigen Radio-CD-Player. Dann half Todd ihm, ein paar Dutzend Rigipsplatten die Treppe hinaufzutragen.

»Braucht ihr mich im Moment für irgendwas?«, fragte Jayne, doch Todd schüttelte den Kopf. »Okay, ich werde heute immer mal wieder hier sein, aber ich lasse euch meine Nummer hier, falls ihr mich braucht.«

»Keine Sorge«, sagte Todd noch immer grinsend. »Ich bin sicher, der Boss weiß, wo du zu finden bist, wenn wir irgendwas brauchen.«

Sie schnappte sich einen Zimmermannsbleistift aus einem der Werkzeuggürtel und kritzelte ihre Nummer auf das nächstbeste Kantholz.

»Hier.« Mit dem reizendsten Mary-Sunshine-Lächeln, das sie aufbringen konnte, gab sie den Bleistift zurück. »Solange ihr hier seid, bin ich der Boss, also gibt es keinen Grund, jemand anderen zu behelligen.«

Sein Grinsen erstarb. Nach kurzem Zögern nahm er den Bleistift entgegen.

»Noch Fragen?« Sie wartete einen Moment und nickte dann knapp. »Prima. Dann geh ich euch mal aus dem Weg.«

Todd winkte ihr nach, bevor er sein riesiges Radio aufstellte und irgendeinen Gott-weiß-was-für-Rap-Mist aufdrehte.

Bewaffnet mit ihrem offiziell registrierten Geschäftsnamen, Notizbuch und Bleistift, ging Jayne zu Martins Büro, das ein paar Blocks von ihrem Laden entfernt lag. Es befand sich in einem der neueren Gebäude der Stadt und bestand aus drei Räumen im ersten Stock, die in schlichten Erdtönen gehalten und mit zwei großen Topfpflanzen dekoriert waren.

Die Frau am Empfangstisch bot ihr Kaffee an und widmete sich dann wieder konzentriert ihrem Computer. Vor Anspannung bildeten sich Falten auf ihrer Stirn, und als sich der Bildschirm auf der Brille der Frau spiegelte, musste Jayne ein Lachen unterdrücken. Das Mah-Jongg-Spiel hatte wohl eine Zeitbegrenzung.

»Jayne, komm doch rein.« Martin winkte sie in einem stilvollen dunkelgrauen Anzug in sein Büro. »Schön, dich wiederzusehen.«

»Gleichfalls.« Sie legte ihre Unterlagen auf den Schreibtisch und setzte sich auf den Platz, den er ihr anbot. »Aber ich glaube, wir sind ein bisschen voreilig. Sollten wir nicht abwarten, ob das Haus überhaupt die Abnahme übersteht, bevor wir das alles festlegen?«

»Es wird durchkommen.« Martin hielt seine dunkelviolette Krawatte fest, als er sich hinsetzte. »Dafür wird Nick sorgen. Wie geht es ihm überhaupt?«

»Immer noch ein bisschen beschämt«, lachte sie.

»Wirklich?« Er verzog den Mund zu einem leicht spöttischen Lächeln. »Von meiner Warte aus wirkte er eher erleichtert als irgendetwas anderes.«

Darauf erwiderte Jayne nichts, und zum Glück schien Martin das auch nicht zu erwarten. Stattdessen sprachen sie eine Stunde lang darüber, worin seine Dienste bestanden und wie viel sie kosten würden. Als sie damit fertig waren, ging Jayne zur Stadtverwaltung, um die Formulare auszufüllen und die Gebühr für ihre Gewerbeerlaubnis zu entrichten. Man fragte nach Verstößen gegen die Bauvorschriften und nickte, sobald Nicks Name fiel. Offenbar reichte sein Name als Garantie dafür, dass das Haus die Abnahme schaffen würde.

Ihr nächster Termin war bei einem lokalen Grafikdesigner, der im Vorfeld schon einige Entwürfe für den Laden skizziert hatte, noch bevor Jayne überhaupt die Genehmigung für den Namen gehabt hatte. Sie einigten sich auf ein Design, das auf die Schaufensterscheibe gedruckt werden sollte, und auf ein Holzschild, das am Dachvorsprung hängen sollte. Er schickte ihr die JPEG-Dateien, damit sie passende Visitenkarten drucken lassen konnte.

Da ihr noch ein paar Stunden Zeit blieben, bevor sie bei der Bank sein musste, nahm sie die Liste mit den Maßangaben und fuhr direkt zum nächsten Home-Depot-Baumarkt, wo sie eine schmerzhaft lange Zeitspanne investierte, um neue Küchengeräte, Armaturen, Bodenbeläge und schließlich, was am schwierigsten war, neue Farbe auszusuchen.

Als sie ihren Wagen wieder hinter dem Laden parkte, war Dandelion Books eine offizielle Firma mit Gewerbeschein und ganzen zwanzig Mäusen auf der Bank. Jetzt brauchte sie nur noch die Bauprüfung zu überstehen und alle privaten Flohmärkte in der westlichen Hemisphäre abzuklappern, um Bestände für ihre Regale zu finden.

»Kein Problem«, grummelte sie, während sie nach ihrem Handy griff und die Pizzeria in der Nähe von Nicks Haus anrief. »Überhaupt kein Problem.«

Als sie den Laden betrat, wickelte Todd gerade die Verlängerungskabel auf.

»Wow«, staunte sie. »Ihr habt viel geschafft.«

Er stellte die Musik ab und nickte unbestimmt mit dem Kopf. »Wir kommen voran.«

»Die Geräte und Bodenbeläge werden morgen geliefert. Ist das zu früh?«

»Nein, aber der Bodenleger wird um den Elektriker herumarbeiten müssen, wenn der dann noch da ist.«

»Ist das schlimm?«

»Normalerweise nicht.« Er lachte. »Das hängt davon ab, wie groß dein Budget für Kaffee und Donuts ist.«

»Groß.« Jayne grinste. »Riesig sogar.«

»Dann ist alles gut.« Er legte das Kabel neben die Handkreissäge und nickte. »Bis morgen dann.«

Jayne nahm sich ein paar Minuten, um sich in der Wohnung umzusehen. Nick und seine Crew waren gut, keine Frage. Aber hier würde ein kleines Wunder nötig sein. Ihnen blieb keine Woche mehr, und danach würde sie entweder mit ansehen müssen, wie Art Hague Absperrband um ihr Haus zog, oder in ihre eigene Wohnung ziehen.

Nachdem sie die Türen abgeschlossen hatte, holte sie die bestellten Pizzen ab und parkte neben Nicks Pick-up an seiner Baustelle. Von außen sah das Haus fast fertig aus; die Außenverkleidung war angebracht, das Dach war drauf, Türen und Fenster waren eingesetzt. In der Garage allerdings standen Eimer mit Fugenmasse neben Stapeln von Gipskartonplatten, und in einer Ecke neben einem Haufen übrig gebliebener Holzbohlen lag ein Paar zerbrochene Metallstelzen.

»Hallo?« Schwer beladen mit Pizza und Wasserflaschen trat sie ein und folgte dem hallenden Geräusch des Elektroschraubers.

»Ich bin hier!«, rief Nick aus einem Raum, der aussah, als sollte er mal das Wohnzimmer werden. Er hielt eine riesige Gipskartonplatte über seinem Kopf fest, während ein anderer Mann, den Jayne für Delmar hielt, eine Schraube hineindrehte. »Rieche ich da Peperoni?«

Jayne hob den Deckel der oberen Schachtel an und wedelte damit auf und ab. »Und Würstchen und Bacon und extra Käse.«

»Halt still«, brummte der andere Mann. Sein halblanges Haar war mit Rigipsstaub bedeckt, und er schwankte leicht auf seinen Baustelzen. »Richte es wieder gerade.«

Nick rückte die Platte ein Stück nach links und hielt still, während die restlichen Schrauben angezogen wurden.

»Jetzt können wir essen.«

»Jayne, Delmar, Delmar, Jayne.« Mit schmutzigen Händen nahm Nick das größte Stück Pizza aus der Schachtel und steckte sich das spitze Ende in den Mund. Kauend beugte er sich auf seinen Stelzen zu ihr herab und gab ihr einen Kuss auf den Kopf. »Danke.«

Sie versuchte, die Röte zu unterdrücken, die ihren Hals hinaufkroch, doch es funktionierte nicht.

»Hey, Delmar«, sagte sie und versuchte dabei, den Blick zu ignorieren, den er Nick zuwarf. »Bedien dich.«

»Danke.« Er wischte sich die Hände an seiner Jeans ab, beugte sich mit einem verlegenen Grinsen hinunter und nahm sich ein Stück. »Sharice wird mich umbringen, aber das riecht verdammt gut.«

»Wie läuft es bei euch?« Sie stellte die Schachteln auf einen Sägebock und nahm sich ein Stück einfache Käsepizza aus der zweiten Schachtel. Als Nick darüber die Nase rümpfte, streckte sie ihm die Zunge heraus.

»So weit, so gut«, antwortete Nick. »Schau dich um, wenn du möchtest.«

Langsam spazierte Jayne von Zimmer zu Zimmer und fuhr im Vorbeigehen mit dem Finger über alle Oberflächen. So viele verschiedene Texturen, vom leicht kreidigen Gips über die glatten Glasscheiben bis zu der mal rauen, mal ebenen Maserung der Holzständer.

Es musste ein großartiges Gefühl sein, ein Haus für jemanden zu bauen; einen Ort, an dem man eine Familie gründete und Kinder großzog. Gut, Judy und Ross hatten keine Kinder, aber es würde dennoch ihr Zuhause sein. Hier würden sie Erinnerungen schaffen, und das alles ermöglichte Nick ihnen.

Als sie wieder in den ersten Raum kam, hatten Nick und Delmar ihre Stelzen abgelegt und den Großteil der ersten Pizza vertilgt.

»Na, hattet ihr ein bisschen Hunger?«

Delmar trank einen Schluck Wasser und fuhr sich mit dem Handrücken über den Mund. »Captain America hier fand, wir bräuchten heute keine Mittagspause zu machen.«

»*Er?* Kein Mittagessen?« Jayne lachte. »Vielleicht solltest du lieber mit Todd und Kyle arbeiten. Wie ich höre, ist deren neuer Chef viel vernünftiger.«

»Und auch hübscher.« Delmar warf seine leere Plastikflasche in den Eimer mit Recyclinggut und grinste. »Ich bin dann weg. Bis morgen.«

»Wir sind aber noch nicht fertig«, nuschelte Nick, den Mund voller Pizza, gab dann aber auf und winkte Delmar zum Abschied. »Bis dann.«

Jayne warf den Rand ihrer Pizza in die leere Schachtel und nahm sich ein zweites Stück.

»Tut mir leid«, sagte sie. »Ich wollte ihn nicht vergraulen.«

Nick wirkte nicht besorgt. »Er hätte schon vor Stunden nach Hause gehen sollen. Wie kommen die Jungs in deiner Wohnung voran?«

»Prima! Die Isolierung ist drin, und gerade haben sie mit den Rigipsplatten angefangen.«

Er nickte und trank den Rest seines Wassers in einem langen Zug aus. »Hast du mit Martin alles klären können?«

Jayne berichtete ihm von ihrem Termin und allem anderen, was sie erledigt hatte, und lachte, als sie ihm von ihren mausgrauen Küchengeräten erzählte.

Nick lachte nicht.

»Ach, komm schon«, sagte sie. »Ein bisschen lustig ist es schon.«

»Nein, ist es nicht.« Er warf die leere Pizzaschachtel in den Eimer und reichte ihr die andere, ehe sie sich auf den Weg zur Garage machten. »Ich weiß nicht, warum du …«

In seiner Tasche summte das Handy und unterbrach das, was sicher dieselbe Minipredigt geworden wäre, die Jayne schon hundert Mal gehört hatte. Sie nutzte diese Pause, hob die Schachtel zu einem halbherzigen Gruß und ging zum Wagen.

»Bis später.«

»Danke für die Pizza.« Er wandte sich ab, doch seine Stimme drang an Jaynes Ohr, als er den Anruf entgegennahm. »Hey, mein Schatz. Wie war dein Tag?«

»Scheint nett zu sein, deine Bekannte.« Delmar wartete, bis Nick die Platte in die richtige Position vor den Ständern gebracht hatte, und drehte dann die ersten Schrauben hinein.

»Meine *Bekannte*?« Nick hielt das Brett ein Stück weiter unten fest, um Delmar mehr Platz zu lassen. »Wie meinst du das?«

»Ich meine Jayne. Als deine ›Freundin‹ kann ich sie ja

schlecht bezeichnen, also wie soll ich sie dann nennen? Deine ›Mitbewohnerin‹?«

Sie befestigten die Platte und trugen die für darunter herein. Nick schob sie an ihren Platz, setzte den Heber darunter und betätigte mit einem Fuß den Hebel, bis die Platte dicht mit der oberen abschloss.

»Sie ist nur eine Freundin.«

»M-hm.« Delmar befestigte seine Seite und ging um Nick herum, um zur anderen zu gelangen. »Andere Freunde hab ich dich noch nie küssen sehen.«

»Ich habe sie nicht gek…« Nick brach ab und seufzte. »Auf den Kopf, um Himmels willen. Ich hab ihr doch nicht die Zunge in den Hals gesteckt.«

»Nein, das hast du nicht. Aber kein Mann, der den ganzen Tag über ein trübseliger Mistkerl war, fängt plötzlich so an zu grinsen, wenn er nicht …«

»Was?« Nick hoffte, dass er überzeugender klang, als es ihm vorkam. »Ich hatte Hunger, sie hat Essen gebracht. Das hat mich glücklich gemacht. Dich scheint es auch ein bisschen aufgemuntert zu haben, Kumpel.«

Delmar legte den Elektroschrauber weg und goss Kaffee in die Kappe seiner Thermoskanne.

»Okay«, sagte er, offensichtlich ohne Nick auch nur ein Wort zu glauben. »Aber es gibt Gerüchte, dass du ihr Blumen kaufst, und …«

»Einmal!«, fuhr Nick ihn an. »Einmal habe ich ihr Blumen mitgebracht. Ist das ein Verbrechen?«

»Nein. Und du weißt, dass ich mich nicht in dein Leben einmischen werde. Ich möchte nur, dass du vorsichtig bist, das ist alles.«

Nick brauchte einen Moment, um seine Gereiztheit unter Kontrolle zu bringen. Warum wurde er überhaupt so sauer?

»Es gibt nichts, weswegen ich vorsichtig sein müsste«, sagte er schließlich. »Wir sind nur Freunde.«

»Weiß sie das? Und Lisa auch?«

Die Kaffeetasse auf halbem Weg zum Mund, erstarrte Nick und sah Delmar an. »Jetzt verscheißerst du mich aber, oder?«

»Hey, ich frag ja nur.« Delmar hob beschwichtigend die Hände. »Schließlich wohnt ihr zusammen.«

»Wir haben getrennte Zimmer.«

»Du lässt Todd und Kyle ihren Laden reparieren.«

»Sie bezahlt dafür.« Als Delmar ihn mit hochgezogener Braue ansah, seufzte Nick resigniert und stellte seinen Kaffee ab. »Okay. Sie bezahlt einen Teil davon.«

Er maß die nächste Wand aus und markierte die Länge auf einer Gipsplatte. Delmar hielt sie hoch, während er die Reißschiene ansetzte und das Messer an der Markierung entlangführte. Er brach das Reststück ab und legte es beiseite, damit sie das zugeschnittene Stück aufhängen konnten.

»Sie ist eine gut aussehende Frau«, sagte Delmar, während er nach dem Elektroschrauber griff. »Und ich wette, es gibt einen ganzen Haufen Typen, die ihr rechtes Ei dafür hergeben würden, ihr an die Wäsche zu gehen.«

»Worauf willst du hinaus?«

»Das wäre verdammt viel einfacher, wenn man nicht über dich drübersteigen müsste, um an sie heranzukommen.«

»Himmel, Delmar, ich bin derjenige, der ein Date für sie arrangiert hat, oder?«

Delmar starrte ihn mit einem so ungläubigen Blick an, dass Nick einen Schritt zurückweichen musste. »Du hast ihr eine Verabredung mit *Martin* verschafft.«

»Ich wusste nicht, dass er schwul ist!«, schrie Nick. »Was hätte ich denn tun sollen – jeden, der mir über den Weg läuft, fragen, von welchem Ufer er ist?«

Delmars Blick blieb unverändert. »Komm schon, Mann. Man muss kein Hirnchirurg sein, um das zu kapieren.«

»Was zu kapieren?« Was Delmar auch zu wissen glaubte, er irrte sich. Und dass Nick ihm nicht mehr in die Augen sehen konnte, hatte überhaupt nichts zu bedeuten.

»Echt jetzt?« Entnervt stieß Delmar die Luft aus. »Also gut, könnte es sein, dass du sie mit Martin zusammengebracht hast, *weil* er schwul ist und du wusstest, dass zwischen ihnen nichts laufen würde?«

»Jesus.« Nick ließ sein Ende der Platte fallen; sie krachte zu Boden, und eine Ecke brach ab. Es war ihm egal. Er musste nur von Delmar wegkommen, bevor er etwas tat, das er bereuen würde. Er rammte die Stiefelspitze gegen einen Eimer mit Schrauben, die in hundert verschiedene Richtungen durch den Raum flogen, und stampfte dann die Treppe hinunter zur Haustür.

»Wo gehst du hin?«, rief Delmar ihm nach.

»Mittagspause«, bellte er zurück.

»Es ist noch nicht mal zehn!«

Nick warf den Wagen an und rauschte ziellos durch die Straßen. Sein erster Impuls war, direkt zu Jaynes Laden zu fahren, aber wäre das nicht der Beweis, dass Delmar recht hatte?

Murrend rieb er sich das Gesicht. Was zum Teufel war denn nur los mit ihm? Er wurde nicht sauer auf Delmar, so etwas kam einfach nicht vor – bis heute. Und warum? Lag es daran, dass Delmar sich irrte oder dass er der Wahrheit ein bisschen zu nahe gekommen war?

Nick fuhr in seine Auffahrt und schaltete den Motor aus. Lange blieb er so sitzen, die Hände über dem Lenkrad gefaltet, die Stirn auf die Hände gebettet. Jayne und er waren Freunde, mehr nicht.

War er glücklich, sie wieder in seinem Leben zu haben? Ja.

Hielt er sie für klug? Ohne Frage. Lustig? Er lächelte vor sich hin. Definitiv. War sie eine gut aussehende Frau? Nein, sie war verdammt scharf. Und gab es da draußen einen Mann, der sie glücklich machen konnte? Klar.

Aber wollte er, dass dieser Mann ein anderer war als er selbst?

»Scheiße!« Er setzte sich auf und hämmerte auf das Lenkrad ein. Warum konnte er diese Frage nicht auch einfach mit Ja beantworten? Es hatte nichts zu bedeuten, es lag nur daran, dass sie wieder da war, dass sie bei ihm wohnte und sie so viel Zeit miteinander verbrachten. Sobald alles wieder seinen gewohnten Gang ging, würde er die richtige Antwort auf diese Frage haben.

Einige Zeit später fluchte er abermals, startete den Pick-up und fuhr zu dem einzigen Menschen, der immer freundlich zu ihm war.

»Nick.« Lisa begrüßte ihn mit einem sanften Lächeln und einem warmen Kuss. »Komm doch rein. Möchtest du etwas trinken?«

»Gern.« Es kam nicht oft vor, dass er einen Drink brauchte, aber jetzt war definitiv ein solcher Moment. Erst als sie ein Glas Limonade samt Zitronenscheibchen vor ihm auf den Küchentresen stellte, fiel ihm ein, dass es noch nicht einmal Mittag war.

»Um diese Zeit kommst du normalerweise nicht vorbei.« Sie legte einen Arm um seine Taille und die andere Hand auf seine Brust. »Ist alles in Ordnung?«

»Ich musste nur mal ein freundliches Gesicht sehen.« Bei ihr war es so ruhig; kein Fernseher plärrte aus dem Nebenraum, keine Musik, gar nichts.

»Was ist passiert?« Als ihre Augen in der Farbe von Frühlingsmoos mit echter Besorgnis zu ihm aufblickten, überrollte ihn eine gewaltige Woge aus Schuldgefühlen.

Sie passten gut zusammen, sie stritten sich nie, und Lisa hätte weiß Gott nicht reizender sein können. Er war vielleicht nicht bis über beide Ohren in sie verliebt, aber sie waren glücklich, und jeder Mensch verdiente es, glücklich zu sein.

Besonders Jayne.

Und wenn Nick dem im Weg stand, dann musste sich etwas ändern.

»Nick?«

»Es ist nichts.« Er gab ihr einen Kuss auf die Stirn und versuchte mit aller Macht, ihr Gesicht vor sich zu sehen. »Was machst du gerade?«

Sie gingen in ihren Bürobereich, wo sie ihm drei Pinnwände zeigte und erklärte, was es mit jeder einzelnen auf sich hatte. Auf der ersten drehte sich alles um eine Hochzeit: Bilder von Blumen, Kleidern und Torten, Muster verschiedenfarbiger Stoffe (von denen Nick keiner gefiel) und Visitenkarten von Fotografen und Caterern. Die Harvek-Robinson-Hochzeit an diesem Wochenende würde schlicht, aber geschmackvoll werden.

Die zweite Wand war ähnlich angelegt, nur befanden sich hier statt des Hochzeitskrams Zeitpläne für Redner, Sponsoreninformationen, Essenspausen und Hotelunterkünfte für Hunderte von Pharmarepräsentanten.

Als sie zur dritten Pinnwand kamen, auf dem ihre Reise nach Montreal angelegt war, hatte er vergessen, was sich auf der ersten befunden hatte.

»Alles bereit.« Ihr Lächeln jagte der ersten Woge von Schuldgefühlen eine zweite hinterher. »Es wird herrlich. Old Montreal, die Untergrundstadt, die Basilika Notre-Dame.«

»Sicher.« Er nickte geistesabwesend. »Klingt toll.«

Toll? Es klang nicht toll. Ehrlich gesagt hätte er seine linke Niere dafür gegeben, darum herumzukommen. Er hatte es in

Französisch mit Ach und Krach auf eine drei minus gebracht, interessierte sich nicht für Sightseeing, und was die Kathedrale anging … Father O'Keefe würde sich totlachen, wenn er erfuhr, dass Nick freiwillig eine Kirche betrat.

Aber diese Reise war er Lisa schuldig. Sie hatte eine Menge erduldet, besonders dass er in den letzten Wochen so viel Zeit mit Jayne verbracht hatte. Und wenn das bedeutete, dass er eine Woche in Montreal verbringen, nicken und immer und immer wieder ›*oui*‹ sagen musste, dann würde er genau das tun. Vielleicht war es ja das Richtige, um würdigen zu lernen, was für eine wundervolle Frau Lisa war.

»Du hast so hart gearbeitet«, sagte sie leise. »Es würde dir guttun, mal rauszukommen.«

Nick hatte keine Ahnung, was er als Antwort darauf gemurmelt hatte; er konnte sich kaum noch daran erinnern, wie er in seinen Pick-up gestiegen und losgefahren war. Woran er sich allerdings erinnerte, war, wie er Delmar zurückgelassen hatte, als er wie ein Sechsjähriger aus dem Haus gestürmt war. Da konnte er nicht mit leeren Händen wieder auftauchen.

Delmar hob den Kopf, als Nick hereinkam, und nahm sich sofort ein Apfel-Beignet aus der Donutschachtel.

»Wie wäre es, wenn du nächstes Mal nicht ausgerechnet unseren einzigen Schraubeneimer umtrittst?«

»Hör mal …« Nick stellte die Schachtel auf den Sägebock und schob die Hände in die Taschen.

Delmar hob die Hände. »Vergiss es. Es geht mich ohnehin nichts an. Außerdem scheint sie ein nettes Mädel zu sein.«

»Allerdings.« Nick konnte nichts gegen das Lächeln tun, das sich auf seine Lippen stahl. »Es ist ein bisschen kompliziert.«

»Für mich sieht es ziemlich einfach aus.« Delmar nahm sich den nächsten Donut, bevor er Nicks Grinsen erwiderte. »Können wir jetzt ein bisschen arbeiten?«

12

You know, maybe it doesn't happen all the time, but that doesn't mean it isn't right. Doesn't mean you can't try.

Blane McDonnagh, Pretty in Pink

»Hey, Boss!« Todd kam in dem Moment aus der Tür, als Nick sie öffnen wollte. »Wir wollten gerade auf ein Bier zu euch rüberkommen.«

Es dauerte einen Moment, bis Nick darauf kam, dass Freitagnachmittag war. »Delmar ist schon nach Hause gegangen.«

»Wir könnten ins Chalker's gehen.«

»Tut mir leid«, sagte Nick, ohne es ernst zu meinen. »Ich muss noch arbeiten.«

»Komm schon. Ein Bier.«

Nick schüttelte den Kopf. »Nicht heute Abend. Wo ist Jayne?«

Mit ausdruckslosem Blick starrte Todd ihn an. »Oben.«

»Seid ihr am Wochenende erreichbar, falls wir euch brauchen?« Weil er schon auf dem Weg zur Treppe war, verstand er nicht genau, was Todd sagte, aber er hörte genug, um zu wissen, dass es um die Leine ging, die Jayne ihm angelegt hatte.

Der kleine Scheißer.

Nick machte auf der Stufe kehrt und wollte zurückgehen, doch Jaynes Stimme ließ ihn anhalten.

»Hey.« Sie stand am oberen Treppenabsatz und lächelte ihn an. »Wie ist es heute gelaufen?«

Er erwiderte ihr Lächeln, ging nach oben und begutachtete das frisch verlegte Laminat.

»Bisher habe ich niemanden umgebracht, also wohl ganz gut. Und hier? Der Boden sieht gut aus.«

»Toll, oder?« In ihrem alten Jogginganzug, die Haare mit dem Basecap zusammengehalten, schien ihr das Renovieren sehr viel mehr Spaß zu machen als den meisten anderen Menschen. »Komm, schau es dir an.«

Jayne führte ihn von Raum zu Raum (durch alle vier), wo er erwartungsgemäß »Oh« und »Ah« sagte. Das Laminat hatte eine schöne Farbe, nicht zu dunkel. Außerdem musste er eingestehen, dass er an dem Linoleum, das sie fürs Bad ausgesucht hatte, nichts auszusetzen hatte, auch wenn er selbst sich für Fliesen entschieden hätte.

Sie zeigte zur Wohnzimmerdecke, wo die herabhängende Glühbirne entfernt worden war. Kühlschrank und Herd waren aus ihren Nischen gezogen und in die Mitte des Wohnzimmers gerückt worden, direkt unter die Stelle, an der die Birne gehangen hatte. Ebenfalls an dieser Stelle standen Toilette, Badewanne und Waschbecken.

Nick deutete auf die Unmengen an Klebeband, mit denen Kühlschrank und Backofen umwickelt waren. »Warum?«

Sie runzelte die Stirn. »Weil man diese ganzen Horrorgeschichten von Kindern hört, die beim Spielen in solchen Geräten eingesperrt werden.«

»Wann?«, lachte er. »Wann hörst du solche Geschichten?«

»Weiß ich nicht.« Sie errötete. »Aber so was passiert, also dachte ich, ein bisschen Klebeband würde helfen.«

»Ein *bisschen*?« Als er ihrem Klaps auswich, entdeckte er in der Ecke seine alte Coleman-Kühlbox. »Bitte sag, dass da was zu essen drin ist.«

»Natürlich.« Sie lachte. »Ich kann doch nicht zulassen,

dass meine Arbeiter wegen Kohlehydratmangel umkippen, oder?«

»Das ist mein …« Er konnte sich gerade noch bremsen, bevor er sie sein ›Mädchen‹ nannte. Noch vor ein paar Tagen hätte er es gesagt, ohne einen Gedanken daran zu verschwenden, aber dank Delmar dachte er lieber gründlich nach.

Die Kühlbox war voll mit gekühlten Getränken und Obst, Brötchen mit Schinken und Schweizer Käse sowie allem möglichen Kaninchenfraß. Er biss herzhaft in eines der Brötchen und machte sich ein Bier auf. Dann setzte er sich einfach auf den Boden und sah Jayne dabei zu, wie sie in dem winzigen Apartment herumwerkelte.

»Hast du heute das Baby besucht?«, rief sie ihm über die Schulter zu, während sie auf die Küchentheke kletterte. So wie die Oberschränke hingen, konnte er nur ihre Beine vom Knöchel bis zum Knie sehen, als sie über die Anrichte lief.

»Ja«, sagte er mit vollem Mund. »Was machst du da?«

»Fenster putzen.«

Er steckte den Abfall in die Tasche und nahm sich ein zweites Brötchen. Als er in die Küche kam, war sie wieder ein Stück zurückgerutscht und hockte jetzt auf der Spüle, in der einen Hand Fensterreiniger, in der anderen einen Putzlappen, und wippte mit den Zehen im Takt eines alten Journey-Songs.

Kopfschüttelnd sah Nick sie an. »Soll ich dir eine Leiter holen?«

»Nein, so ist es besser«, sagte sie und streckte sich, um den oberen Rand des Fensters zu erreichen, den sie gerade mit dem Reiniger eingesprüht hatte. »Mit der Leiter bin ich zu weit weg.«

Als sie den Arm ausstreckte, rutschte ihr T-Shirt ein Stück hoch, sodass Nick von der Taille bis zu zum Brustkorb ihre nackte Haut sehen konnte.

Mist.

»Okay.« Er machte auf dem Absatz kehrt und lief ins Bad, während Jayne weitersprach.

»Und, wie geht's dem Baby?«

»Wird mit jedem Tag süßer.«

»Nicht, dass du irgendwie voreingenommen bist. Was hast du der Kleinen heute gekauft?«

»Nichts Großes.« Er schaltete das Licht im Badezimmer ein und betrachtete das freigelegte Ständerwerk. »Nur einen Stoffelefanten.«

»Wow«, spöttelte sie. »So viel Zurückhaltung. Ich bin beeindruckt.«

»So beeindruckt, dass du nach unten laufen und mir den Elektroschrauber holen würdest?« Sie war schon fast unten, als er ihr nachrief: »Und bring auch die Verlängerungsschnur mit.«

Ein paar Sekunden lang klapperte es, dann kam sie die Treppe wieder hinaufgeeilt. Sie schloss den Elektroschrauber an das lange orange Verlängerungskabel an und reichte ihn Nick, dann blieb sie stehen und sah ihn erwartungsvoll an.

»Was kann ich tun?«

»Ich krieg das hier hin. Mach du mit deinen Sachen weiter.«

»Aber ich habe keine Sachen«, sagte sie. »Ich muss warten, bis ihr mit euren Sachen fertig seid, bevor ich putzen und streichen kann. Bis dahin gehöre ich ganz dir, also gib mir und meinem supercoolen Werkzeuggürtel was zu tun.«

»Okay.« Er hielt sein Sandwich hoch. »Lass mich erst das hier aufessen.«

Während er aß, ging er durch die Wohnung und sah sich die übrigen Wände an. Kyle und Todd hatten die meisten der oberen Platten angebracht, sodass für Nick die untere Hälfte der Wände blieb. Dabei konnte Jayne ihm helfen. Für einen kurzen Moment verstummte die Musik, und als sie weiterspielte und er sich umdrehte, lächelte Jayne ihn an. Na gut, es war spöttisch und mit einem Augenrollen garniert, aber das spielte keine Rolle. Wichtig war nur, dass sie endlich ihre Achtziger-Songs ausgeschaltet und ein bisschen gute Country-Musik ausgesucht hatte.

»Hey, red solo cup is cheap and disposable, in fourteen years they are decomposable …«

»Oh mein Gott«, lachte sie. »Im Ernst?«

»Der Mann ist ein Genie.« Er ließ die Brauen hüpfen und warf ihr einen Bleistift und ein Stück abgebrochene Gipsplatte zu. »Du musst ein paar Maße für mich aufschreiben.«

Sie fingen im Badezimmer an, und Jayne notierte die Maßangaben, die er ihr zurief. Während sie arbeiteten, summte er alle Lieder mit, und als eine George-Strait-Ballade kam, musste Nick sich zusammenreißen, um nicht mit Jayne durch die Küche zu tanzen. Nicht, dass hier Platz zum Tanzen gewesen wäre. Vielleicht konnte er ihre Wohnung mit einem Anbau vergrößern.

Oder vielleicht würde er ein furchtbares Problem an diesem Apartment entdecken, damit sie noch etwas länger bei ihm wohnen bleiben musste.

Nur so ein Gedanke.

Jetzt gab es nichts mehr zu tun, als auf die Endabnahme zu warten und das Beste zu hoffen.

In der Zwischenzeit war es das Mindeste, was Jayne tun konnte, ein Abendessen für Nick und Lisa zu kochen, um ihnen für alles zu danken. Lisa hatte angeboten, etwas mitzubringen, aber Jayne bestand darauf, alles selbst zu machen, und verbrachte dann zwei Stunden damit, durch die Stadt zu laufen und alles einzukaufen, was sie brauchte.

Lisa kam pünktlich um sechs, als Jayne gerade den Tisch fertig gedeckt hatte.

»Kann ich dir helfen?«

»Du kannst den Wein öffnen, wenn du möchtest.« Jayne reichte ihr den Korkenzieher und zwei Gläser und versuchte, nicht auf die Uhr zu starren. Wo blieb Nick? Duke kam angewackelt und stupste Lisa auf der Suche nach ein bisschen Zuwendung ans Bein, doch statt ihn zu streicheln, wich Lisa vor ihm zurück.

Richtig. Allergie.

»Komm mit, Duke.« Mit einem leisen Pfiff brachte Jayne ihn zu seinem Kissen in Nicks Zimmer. »Tut mir leid, Kumpel, aber du musst eine Weile hier drin bleiben.«

Sicher, seine schwermütigen Augen ließen ihn immer ein bisschen kläglich dreinblicken, aber jetzt hätte Jayne schwören können, dass er schmollte.

Anderthalb Gläser Wein später war Nick immer noch nicht da.

»Ich rufe ihn an.« Lisa zückte ihr Handy, runzelte aber sogleich die Stirn. »Komisch. Ich bin direkt auf der Mailbox gelandet.«

Die Worte hingen noch in der Luft, als Jaynes Handy auf dem Couchtisch summte.

»Hallo? Hey, Delmar, ist alles in Ordnung? Oh, ja klar, okay. Danke für deinen Anruf.« Sie legte auf und wandte sich an Lisa. »Der Akku von Nicks Handy ist leer, aber er wird noch eine Weile brauchen, also können wir auch schon ohne ihn essen.«

»Es macht mir nichts aus zu warten.«

Wirklich? Jayne hätte am liebsten geschrien. Wenn sie essen würden, hätten sie wenigstens etwas anderes zu tun, als sich nur anzustarren. Sie zeigte Lisa Fotos von Sophia, und auch wenn sie bei jedem Bild lächelte und »Ooh« sagte, gab sie sie Jayne immer sofort wieder zurück.

»Du hast so toll darauf reagiert, dass ich hier wohne«, sagte Jayne. »Das weiß ich sehr zu schätzen.«

»Schon gut. Alles bestens.« Sie strich mit ihrem lackierten Fingernagel über den Fuß ihres Glases. »Aber ich schätze, du freust dich auch auf deine eigene Wohnung.«

Jayne hatte Mühe, nicht an ihrem Wein zu ersticken. Von wegen *bestens*, dachte sie. *Bestens* war ihrer Ansicht nach die kleine Schwester von Sch… Aber Lisa hatte sich wirklich toll verhalten, und wenn sie jetzt ein bisschen passiv-aggressiv sein wollte, hatte sie sich das definitiv verdient.

»Oh ja«, sagte Jayne. »Sobald ich morgen das Okay von Hague habe, fange ich an, mein Sachen rüberzubringen.«

»Das ist toll. Sag Bescheid, wenn ich dir helfen kann.«

»Danke, das ist wirklich reizend.« Jayne entschuldigte sich, um nach der Lasagne zu sehen, aber eigentlich wollte sie nur ihr Grinsen verbergen. Die hübsche kleine Lisa hatte ja doch Krallen, so subtil sie auch waren. Gut für sie.

Eine halbe Stunde später knickte Lisa schließlich ein. »Vielleicht sollten wir doch schon mal mit dem Essen anfangen.«

Dankbar, etwas zu tun zu haben, nahm Jayne den Pinienkernsalat aus dem Kühlschrank und füllte die Weingläser auf. Dann holte sie die vegetarische Lasagne aus dem Warmhalteofen und stellte sie neben den Salat auf den Tisch. Nick konnte die Fleischlasagne haben, wenn er nach Hause kam.

»Eine vegetarische Lasagne habe ich noch nie gemacht, ich hoffe, sie ist okay.« Sie deutete auf den Stuhl neben Lisa. »Setz dich. Ich hole nur den Parmesan.«

»Ähm, Jayne.« Lisa stellte ihr Glas ab, blieb jedoch zögernd hinter dem Stuhl stehen. »Ich bin allergisch gegen Käse.«

Jayne erstarrte auf halbem Weg zum Kühlschrank. »Du bist was?«

Lisa nickte langsam und sog für einen Moment die Lippen zwischen die Zähne, ehe ihr Blick zum Salat wanderte. »Und gegen Nüsse.«

»Nein«, stöhnte Jayne und stellte die Parmesanschale schwungvoll auf die Kücheninsel. »Nimmst du mich auf den Arm?«

»Ich wünschte, es wäre so«, antwortete Lisa. »Es sieht nämlich köstlich aus.«

»Oh mein … ach … ich hatte ja keine Ahnung. Es tut mir so leid, Lisa.« Panik schoss durch ihre Adern, als sie erneut die Kühlschranktür aufriss. »Gib mir eine Minute. Hier muss es doch irgendetwas anderes geben, was ich für dich machen kann … einen normalen Salat … ein Reisgericht. Ich bringe Nick um. Warum hat er mir nichts davon gesagt?«

»Er weiß es nicht.« Ein schüchternes Lächeln trat auf Lisas Gesicht. »Von den Nüssen weiß er, aber vom Käse habe ich ihm nie etwas gesagt.«

»Warum nicht?« Während sie sprach, durchforstete Jayne den Kühlschrank. Nichts.

Lisa kaute auf ihrer Unterlippe und ruinierte den perfekt aufgetragenen Lippenstift. »Weil ich … weil ich davon Blähungen bekomme … und das wollte ich ihm nicht sagen.«

»Oh.« Jayne steckte den Kopf tief in den Küchenschrank und kämpfte gegen das Lachen an, das unbedingt hinauswollte. Sie durfte nicht lachen, nicht nachdem Lisas Kichern so deutlich beschämt geklungen hatte. Ehrlich, hatte Nick noch nie etwas von Quinoa gehört? Nicht mal eine einfache Packung Reis?

»Zerbrich dir nicht den Kopf, Jayne. Ich bezweifle, dass Nicks Küche vor deinem Einzug jemals ein Stück Gemüse zu Gesicht bekommen hat. Da ist wohl nicht mehr viel zu machen.

Ich sollte einfach gehen, aber es tut mir leid, dass du die ganze Mühe hattest.«

»Das war keine Mühe«, brachte Jayne endlich hervor. »Und keine Sorge, dein Geheimnis ist bei mir sicher.«

Sie stand auf Nicks Veranda und winkte seiner Freundin zum Abschied, dann ging sie in sein Schlafzimmer, um den Hund zu befreien. Duke war noch da, wo sie ihn zurückgelassen hatte, zusammengerollt auf seinem Kissen, und sah so jämmerlich aus wie noch kein Basset zuvor. Er hob nicht einmal den Kopf, als sie sich neben ihm auf den Boden legte.

»Sei nicht sauer. Sie ist allergisch, was hätte ich tun sollen?« Sie gab ihm einen Kuss auf die Nase und kraulte ihn hinter den Ohren, doch Duke starrte sie nur an, seine Wangen wurden vom Kissen nach oben gedrückt. »Vielleicht solltest du zu mir ziehen. Wäre das nicht toll?«

»Nicht für mich.« Nicks Stimme ließ sie hochfahren. Er stand in der Tür, ein Lächeln umspielte seine Augen, aber Jayne konnte er nichts vormachen. Seit über einer Woche arbeitete er bis zu achtzehn Stunden am Tag. Der Mann war am Ende.

»Himmel«, keuchte sie. »Hast du mich erschreckt.« Noch einmal kraulte sie Dukes Ohren und stand dann auf. Nick holte tief Luft. »Du hast mir nicht gesagt, dass Lisa allergisch gegen Nüsse ist.«

»Nüsse? Ich dachte, du wolltest Lasagne machen.«

»Das habe ich, aber … äh …« Sie nahm einen langsamen Atemzug. »Einige der Nüsse … ich weiß nicht … sie konnte nichts davon essen.«

»Was hat sie dann gegessen?«

»Nichts.« Das Lächeln fiel ihr leicht. »Aber sie war wirklich heldenhaft. Tolles Mädchen.«

»Oh ja, das ist sie.« Bei diesen Worten lächelte er nicht, sondern ließ sich nur gegen den Türrahmen sinken. »Heißt das, es ist noch viel übrig? Ich könnte nämlich einen Stinktierhintern vertilgen.«

Jayne konnte nicht anders; wie von selbst bewegte sich ihre Hand, zauste Nick die mit Rigipsstaub bedeckten Haare, sodass sie noch wirrer abstanden.

»Gib mir ein paar Minuten, um es aufzuwärmen.«

Statt zu antworten, drehte er sich nur um und schlurfte hinter ihr her zur Couch. Es konnten keine zwei Minuten vergangen sein, als das Schnarchen anfing; erst leise, dann allmählich lauter; der arme Duke fuhr bei jedem Geräusch zusammen.

Während die Pasta im Ofen warm wurde, nahm Jayne den Rest ihres Weins mit ins Wohnzimmer. Sie würde ihm noch ein paar Minuten gönnen, bevor sie ihn aufweckte. So konnte er doch unmöglich bequem liegen. Es sah aus, als wäre er über den Couchtisch gestolpert und mit dem Gesicht voran auf dem Sofa gelandet.

Aus ein paar Minuten wurden zehn, dann zwanzig. Sie schaltete den Ofen aus und öffnete die Tür einen Spalt, um die Hitze entweichen zu lassen, dann kehrte sie zum Sessel zurück, um Nick beim Schlafen zuzusehen. Schon in wenigen Tagen würde alles wieder anders sein. Sie in ihrer eigenen Wohnung und er hier.

Die beiden Häuser waren nur fünf Minuten Autofahrt voneinander entfernt, aber plötzlich kam es ihr vor wie fünf Ewigkeiten.

War es nicht lächerlich, dass sie sich jetzt schon einsam fühlte, obwohl sie neben ihm saß? Dass sie ihn jetzt schon vermisste? Er hatte sie bei sich aufgenommen und ihr ein Zuhause gegeben, er war ihr Freund und Familie gewesen. Das würde ihr erhalten bleiben, wenn sie ausgezogen war, nur eben anders als jetzt.

Sie würde nicht jeden Abend zu ihm kommen, hätte ihn nicht als Ansprechpartner um sich und könnte nicht SportsCenter mit ihm gucken.

Abgesehen von ihrer Zeit mit Barry hatte sie in den vergangenen zwölf Jahren größtenteils allein gelebt und es genossen. Doch schon nach knapp einem Monat mit Nick fürchtete sie sich vor einem Leben ohne ihn. Nick mochte Todds Bemerkung letzte Woche im Laden nicht gehört haben, aber Jayne schon. Und obwohl sie Todd für ein Arschloch hielt, hatte sein Kommentar eine Sache unmissverständlich klargemacht: Nick hatte sein eigenes Leben für Jayne in die Warteschleife gestellt, und das war nicht unbemerkt geblieben.

»Hey.« Nicks verschlafene Stimme lenkte ihre Aufmerksamkeit wieder auf sein Gesicht, auf seine halb geschlossenen Augen, seine stoppeligen Wangen und sein träges, schläfriges Lächeln.

Gott, wie sie ihn vermissen würde.

»Wie spät ist es?«

Jayne sah über die Sessellehne hinweg auf die Küchenuhr. »Fast halb zehn.«

»Was?« Er setzte sich auf. »Habe ich das Abendessen wieder verpasst?«

»Nein, es ist im Ofen.« Sie stand auf, während Nick sich das Gesicht rieb und sich streckte.

»Du hättest mich aufwecken sollen.«

»Wozu? Das Essen läuft nicht weg.«

»Riecht gut.« Seine Stimme war fast direkt hinter ihr und ließ ihr einen Schauer über den Rücken laufen. »Ich bin kurz vom Verhungern.«

»Wie furchtbar.« Sie scheuchte ihn aus dem Zimmer und zeigte Richtung Bad. »Geh dir die Hände waschen, dann stelle ich das Essen auf den Tisch.«

Als er außer Sichtweite war, lehnte sie sich an die Kücheninsel und atmete tief aus. *Reiß dich zusammen, Jayne. Du hast gewusst, dass du irgendwann gehen musst.*

Natürlich hatte sie es gewusst. Und natürlich war sie albern, aber sie konnte es nicht ändern.

Während er aß, wärmte sie den Obstkuchen im Ofen auf, und die Aromen von Äpfeln und Zimt drangen durch den Raum. Nick verschlang drei Portionen Lasagne, bevor er schließlich lange genug innehielt, um Luft zu holen und einen langen Zug Bier zu trinken.

Sie räumte seinen Teller ab, stellte den ganzen Kuchen auf einem Untersetzer vor ihn und reichte ihm eine frische Gabel.

»Alles?«

»Bedien dich, Sonnenschein.«

Immerhin zögerte er kurz, bevor er sich darüber hermachte, doch als er erst einmal angefangen hatte, hörte er nicht auf, bis die Hälfte des Kuchens verputzt war. Jayne fing an, die Spülmaschine einzuräumen, doch Nick nahm sie an der Hand und zog sie mit sich ins Wohnzimmer auf die Couch.

»Was ist los?« Er legte die Füße übereinander auf den Couchtisch. Die Socken hingen lose über seine Zehen.

»Nichts«, log sie.

»Erzähl es mir.«

Warum musste seine Stimme so weich klingen?

»Bist du sauer, weil ich das erste Abendessen verpasst und das zweite verpennt habe?«

»Oh, bitte. So sehr Mädchen bin ich auch nicht.«

»Wenn du es sagst.« Leise lachend stieß er sie mit der Schulter an. »Also, was ist es dann?«

»Nichts.« Sie stand von der Couch auf und lief geradewegs zurück in die Küche, wo sie mit ruckartigen Bewegungen ein Bier aus dem Kühlschrank holte, es öffnete und gierig aus der Flasche trank. *Unauffällig, Jayne. Wirklich sehr unauffällig.*

»Für mich sieht das aber nicht nach nichts aus.« Nick lehnte im Türrahmen, die Arme vor der Brust verschränkt.

Sie schluckte, verzog das Gesicht über den Geschmack und stellte die Flasche auf die Kücheninsel, ließ sie aber nicht los.

»Es ist albern.« Angestrengt starrte sie auf die Kücheninsel, bis sie die Kraft fand, die unerwarteten Tränen hinunterzuschlucken. Tränen? Echt jetzt? Seit sie vor zwölf Jahren in den Bus gestiegen war, hatte sie ihm keine einzige Träne mehr nachgeweint, und damals hatte sie sich viel, viel weiter von ihm entfernt als jetzt. Also was zum Geier hatte sie für ein Problem?

Typisch Nick, er stand einfach nur da und ließ ihr alle Zeit, die sie brauchte.

Idiot.

»Also gut«, seufzte sie. »Aber du weißt, dass ich in solchen Sachen nicht gut bin. Es wird also blöd klingen, und dann wirst du dich über mich lustig machen, und dann werde ich unleidlich …«

»Ich habe dich schon unleidlich erlebt.« Sein kleines, schiefes Lächeln war wieder da. »Damit kann ich bestimmt umgehen.«

»Es ist nur … na ja … äh …« Sie atmete noch einmal tief aus und zwang sich, ihn unverwandt anzusehen, aber sosehr sie sich auch bemühte, sie brachte nur ein Flüstern zustande: »Ich werde dich vermissen.«

Sie setzte ihr Bier an und trank gierig weiter, als seine Mundwinkel zuckten und die Fältchen an seinen Augen hervortraten. Dass er nicht lachte, rettete ihm in diesem Moment das Leben.

»Ich hab dir gesagt, dass es blöd ist.«

»Es ist nicht blöd«, sagte er leise und kam auf sie zu. Sie wagte nicht, sich zu bewegen, denn ihre Beine fühlten sich an wie Gummi, und bei der leisesten Regung würde sie wahrscheinlich flach aufs Gesicht fallen. Also blieb sie stehen, hielt sich mit einer Hand an der Kücheninsel und mit der anderen an ihrem Bier fest, während Nick die Arme um sie legte und das Kinn auf ihren Scheitel bettete.

»Ein netter Kerl würde jetzt lügen und sagen, er würde mich auch vermissen.«

Tief in Nicks Brust entstand ein tiefes, rumpelndes Lachen. »Aber wie soll ich dich vermissen, wenn du gar nicht gehst?«

Jayne zwängte die Arme zwischen sie, schob ihn von sich und machte sich wieder daran, die Küche aufzuräumen. »Blödmann.«

»Ich mach doch nur Spaß.«

Er lachte und wollte sie wieder an sich ziehen, doch sie hielt ihn mit ausgestrecktem Finger und einem warnenden Blick zurück. Ein paar Mal versuchte er es noch, doch Jayne ließ es nicht zu, und schließlich gab er es auf und ging, immer noch lachend, unter die Dusche.

Warum zum Teufel hatte sie ihm das erzählen müssen? Sie hatte sich wie eine dämliche Kuh angehört und sich noch schlimmer gefühlt. Aber vielleicht würde er es wieder vergessen, wenn sie so tat, als wäre es nie geschehen.

Als die Küche aufgeräumt war, nahm sie das oberste Buch von ihrem Lesestapel und rollte sich auf einer Seite des Sofas zusammen. Die ersten drei Seiten las sie dreimal, bevor sie sich im Geiste einen Ruck gab und sich zwang, sich auf die Wörter zu konzentrieren.

Bald darauf kam Nick frisch geduscht aus seinem Zimmer. Wieder trug er nur Jeans.

Also wirklich!

»Was liest du da?« Er ließ einen Hefter auf den Tisch fallen, ehe er sich auf die andere Seite des Sofas setzte.

Sie hielt das Buch hoch, damit er es sehen konnte, und senkte es dann wieder, wissend, dass sie wieder bei Seite eins anfangen musste. Hatte der Mann denn irgendwo ein einziges Gramm Fett? Und seit wann waren nackte Füße sexy?

»Taugt es was?«

Jayne zuckte die Achseln. Woher sollte sie das wissen, wenn sie sich an kein einziges Wort von dem erinnern konnte, was sie schon fünfmal gelesen hatte?

»Arbeit?« Sie räusperte sich und deutete auf den Hefter.

»Ja. Martin sitzt mir wegen der Ausgaben für die Schwanns im Nacken.«

Eine Zeit lang war das einzige Geräusch das Rascheln der Quittungen, die Nick hin und her schob. Sie konnte sich irren, aber es sah nicht so aus, als würde er irgendetwas damit tun, sondern sie nur von einer Seite zur anderen und wieder zurück schieben. Schließlich gab Jayne den Versuch auf, in ihrem Buch zu lesen, und warf es neben sich aufs Kissen.

»Komm her, Duke«, sagte sie. »Willst du rausgehen?«

So schnell seine armen Hüften es zuließen, kam der Hund auf die Füße und wedelte mit dem Schwanz. Sie gingen in den Garten, und Duke beschnupperte jeden Grashalm, als wäre das alles völlig neu für ihn, während Jayne sich in einen der Adirondack-Stühle setzte und die Mondsichel betrachtete.

Nick hatte so viel für sie getan, da fehlte es gerade noch, dass sie ihm gegenüber das »Mädchen« raushängen ließ. Wahrscheinlich war er froh, sie endlich loszuwerden. Morgen um diese Zeit würde sie hoffentlich grünes Licht von Hague haben; dann konnte sie in ihre Wohnung ziehen, und *alle* konnten wieder nach vorn sehen.

War das nicht prima?

»Oh ja«, flüsterte sie, als sie sich hinunterbeugte, um Dukes seidige Ohren zu kraulen. »Das ist prima.«

Wieder im Haus, nahm sie ihr Buch vom Sofa und tippte Nick damit auf die Schulter.

»Ich geh ins Bett.«

Sie war schon fast an der Küchentür, als seine Stimme sie innehalten ließ.

»Du könntest hierbleiben, weißt du?« Die Ellbogen auf die Knie gestützt, wandte Nick kaum merklich den Kopf, um sie anzusehen. »Ich mein ja nur. Das Zimmer steht leer.«

Er wandte sich wieder seinen Quittungen zu, rührte sich aber nicht, sondern saß einfach nur da und starrte den Papierstapel in seinen Händen an.

In Jaynes Bauch tat sich ein gewaltiges, klaffendes Loch auf. Sie hielt sich am Türrahmen fest und schluckte. Alles in ihr wollte Ja schreien, sich wieder auf ihrer Sofaseite zusammenrollen und für immer dort bleiben. Oder wenigstens so lange, bis es wieder Zeit war, ihm etwas zu essen zu machen.

Stattdessen holte sie tief Luft und zwang sich, ein bisschen spöttisch zu klingen. »Falls es dir entgangen ist: ich leide offensichtlich an irgendeiner Störung meines hormonellen Gleichgewichts, und wir wissen beide, dass es mich nur zum Weinen bringen würde, wenn du jetzt anfingst, nett zu mir zu sein. Das wollen wir doch nicht.«

»Stimmt. Entschuldige. Da hat wohl für einen Moment mein Verstand ausgesetzt.« Mit einer Bewegung aus dem Handgelenk warf er die Belege auf den Tisch, wobei einige auf dem Hefter landeten, andere auf dem Boden. Er stand von der Couch auf und kam auf sie zu. Ein Grinsen zuckte um seine Lippen. »Wie schnell kannst du draußen sein?«

Er legte ihr den nackten Arm um die Schulter und schob sie in die Küche.

»Mit ein bisschen Glück bist du mich morgen zur Mittagszeit los.« Verblüfft, dass ihre Stimme ohne ein Zittern standgehalten hatte, ging Jayne ins Schlafzimmer. Doch gleich darauf stand Nick in der Tür und stützte sich im Rahmen ab.

»Mittag? Nicht früher?«

Sie wollte ihn nicht ansehen, weil sie wusste, was sie sehen würde. Seine Lippen würden sich zu diesem kleinen, sexy Lächeln verziehen, und seine Augen wären ganz warm und von Lachfältchen umgeben. Und trotzdem wäre da dieser Blick, der ihr verraten würde, dass er es ernst gemeint hatte.

Sie konnte bleiben, solange sie wollte.

Nach einem Augenblick sah sie auf, mied jedoch seinen Blick. »Ich kann elf anpeilen, aber dann müsste ich mich hetzen.«

Sie spürte seinen Blick auf sich, während sein leises Lachen zwischen ihnen in der Luft hing. »Und wenn ich dir packen helfe?«

»Das hat Lisa auch schon angeboten, aber danke.«

Statt einer Antwort schlug er die Hände leise gegen den Türrahmen, ehe er sich abwandte und im Flur verschwand. Jayne schloss die Tür hinter ihm und lehnte sich gegen das Holz. Kurz darauf rutschte sie daran hinunter, bis sie auf dem Boden saß, die Knie an die Brust gezogen.

Nick stand in seinem Büro und starrte blicklos auf die Stapel von Unterlagen und losen Quittungen, die auf seinem Schreibtisch verstreut lagen.

Es musste Jayne schon ungeheuer angestrengt haben, überhaupt Gefühle zu zeigen. Aber so etwas wie vorhin laut auszusprechen, das war gewaltig. Und obwohl es so hatte klingen sollen, als hätte sie nur einen Scherz gemacht, hatte er doch die dicken Tränen in ihren Augenwinkeln gesehen, die darauf warteten, losgelassen zu werden. Doch das tat sie nie.

Sie würde ihn vermissen, und sie hatte es ihm gesagt, obwohl ihr wahrscheinlich seit Langem nichts mehr so schwer gefallen war. Er hingegen … tja. Er war ein Idiot.

Nick wanderte in sein Zimmer und zog seine Jeans aus, dann ließ er sich aufs Bett fallen und starrte an die Decke. Vielleicht war es gut, dass sie auszog; dann würde alles wieder zur Normalität zurückkehren. Er würde mehr Zeit mit Lisa verbringen können und das Haus der Schwanns fertigstellen. Es war der erste Auftrag in seiner gesamten Laufbahn, den er liebend gern an einen anderen Bauunternehmer abgetreten hätte. Natürlich würde er es nicht tun, aber er wünschte es sich.

Nachdem er sich eine halbe Stunde rastlos hin und her gewälzt hatte, gab er auf und ging wieder ins Wohnzimmer, um seine Quittungen einzusammeln. Wenn er schon nicht schlief, konnte er genauso gut etwas Nützliches tun.

Wieder in seinem Büro, schob er die Stapel auf seinem Schreibtisch beiseite und schlug den Schwann-Ordner auf. Einen Stapel mit Quittungen für Material, einen für die beauftragten Handwerker und einen für die Gehaltsabrechnung. Nachdem die Stapel sortiert waren, scannte er alles ein und speicherte es in seinem Computer, dann steckte er die Originale für Martin in einen Umschlag. Langsam, aber sicher begannen die Stapel zu schrumpfen, bis schließlich der letzte Beleg bezahlt, abgelegt, geschreddert oder an Martin weitergeleitet worden war.

»Sieh sich das einer an«, murmelte er. »Jetzt ist hier Platz zum Arbeiten.«

Im Türrahmen winselte Duke leise.

»Ist das dein Ernst?« Nick sah auf seine Uhr. Drei Uhr.

So leise er konnte, schlüpfte er in der Dunkelheit in seine Schuhe und griff sich die erste Jacke, die er fand. Er bekam seinen Arm zur Hälfte in den Ärmel, dann blieb er stecken.

Beim blinden Herumtasten hatte er Jaynes rosa Kapuzenpulli erwischt. Also legte er ihn sich um die Schultern und fror sich den Hintern ab, während Duke in aller Seelenruhe herumschnuppernd und schnaufend zu ihm zurückgewackelt kam.

Kurz kraulte er dem Hund den Kopf, ehe er die Tür zur Küche öffnete.

»Hübsches Outfit.« Jayne stand an der Spüle und grinste ihn über ein Glas Wasser hinweg an. Ihre lange weiße Pyjamahose fiel bis auf den Boden, doch das winzige violette Oberteil mit den hauchdünnen Spaghettiträgern reichte ihr nur knapp bis zum Bauchnabel.

Nick öffnete den Mund, in der Hoffnung, dass irgendetwas Geistreiches oder Witziges herauskommen würde, aber er brachte nicht mehr als ein ersticktes Lachen zustande, als er an seiner Aufmachung hinuntersah: braune Arbeitsstiefel und grün karierte Boxershorts, die wirklich *nichts* versteckten. Er zerrte ihren Pulli von seinen Schultern und hielt ihn vor sich.

Lieber Himmel! Wie alt bin ich? Sechzehn?

Er wagte es nicht, sie anzusehen, und wenn sie es bemerkt hatte, ließ sie es sich nicht anmerken.

»Ich … ähm …« Er streifte die Stiefel ab und ließ sie in der Küche stehen. »Ich gehe wieder ins Bett.«

Ohne auch nur einen Blick zurückzuwerfen, rannte er beinahe in sein Schlafzimmer, ihren Pulli vor sich gepresst.

»Idiot«, knurrte er in sein Kissen. »Dummer, dummer, dummer Idiot.«

13

Donger's here for five hours, and he's got somebody.
I live here my whole life, and I'm like a disease.

Samantha Baker, Das darf man nur als Erwachsener

Jayne folgte Art Hague und seinem Klemmbrett bei der Bauprüfung auf Schritt und Tritt. Sehr viel hatte er nicht zu sagen, dafür eine Menge zu brummen und zu nicken, während er Punkte auf seiner Liste abhakte.

Minute für Minute, Raum für Raum wurde alles von den Bifokalgläsern des Kontrolleurs unter die Lupe genommen; er klopfte gegen Wände, maß die Abstände zwischen den Ständern, prüfte jeden Lichtschalter, jeden Austritt, jeden Wasserhahn.

Mehr als einmal musste sie sich in Erinnerung rufen, dass er nur seinen Job machte. Nach den letzten hingekritzelten Notizen nahm er sich reichlich Zeit, um alle Papiere in seinem Stapel durchzusehen. Er runzelte die Stirn, ging sie noch einmal durch und dann ein drittes Mal, wobei er darauf achtete, dass keine zwei Blätter zusammenklebten.

Die Lippen zu einer mürrischen Linie zusammengepresst, reichte er ihr eine Kopie und seufzte. »Sie haben hier unglaubliche Arbeit geleistet, Miss Morgan.«

»Aber?« Sie hatten so viel geschafft, was konnte ihnen entgangen sein?

»Sie brauchen ein beleuchtetes oder reflektierendes Exit-

Schild an der Hintertür und einen Feuerlöscher an einer leicht zugänglichen Stelle im Laden. Und der muss regelmäßig kontrolliert werden.«

»Das kann ich in einer Stunde erledigt haben.« Jayne wartete mit angehaltenem Atem, während er den Bleistift in die Innentasche seines Anzugs steckte und ihr die Papiere reichte, die er abgerissen hatte.

»Da bin ich sicher, aber das ist nicht meine Hauptsorge.«

»Was dann?«

»Es wurde keine Elektroabnahme durchgeführt, bevor Sie die Rigipsplatten angebracht haben. Ohne die kann ich das Gebäude nicht abnehmen, und es gibt keine Möglichkeit mehr …«

»Was? Moment … sind Sie sicher?«

Noch einmal ging er seinen Stapel Papiere durch, eines nach dem anderen, und schüttelte langsam den Kopf. »Hier ist nichts. Tut mir wirklich leid, Miss Morgan. Ich wünschte, ich könnte etwas für Sie tun, aber mein Chef sitzt mir schon im Nacken, weil ich Ihnen die zusätzlichen Tage zugestanden habe.«

Mr Hague atmete schnaufend aus und ging zur Treppe.

»Aber … warten Sie.« Verzweifelt nach einer Idee suchend, rannte Jayne hinter ihm her. »Es muss doch irgendetwas geben, das ich tun kann, jemanden, mit dem ich sprechen kann.«

»Tut mir leid.«

Sie stolperte hinter ihm zur Tür und war sprachlos, als sie hinter ihm zufiel. Wie sollte sie das Nick beibringen? Sie waren bei der Bauprüfung durchgefallen; in all den Jahren, die er im Baugewerbe tätig war, war das noch nie passiert.

Mit bleischweren Füßen stieg sie in ihren Wagen und fuhr direkt zu seiner Baustelle. Dort angekommen, dauerte es trotzdem einige Minuten, bis sie den Mut aufbrachte hineinzugehen.

»Hey, Jayne.« Über den Staubsauger gebeugt, lächelte Kyle ihr zu. »Der Boss ist oben.«

»Hey. Wie ist es gelaufen?« Auf umgeschnallten Metallstelzen kam Nick aus dem Wohnzimmer gestapft und ragte hoch vor ihr auf. Sein Lächeln fiel in sich zusammen und wich einem besorgten Blick. »Was ist los?«

Jayne verschränkte die Arme, löste sie wieder und schob die Hände in die Taschen. »Die Elektroabnahme. Da hätte es eine Inspektion geben müssen … Das wusste ich nicht … ich hätte …«

»Es *gab* eine Abnahme«, sagte er. »Ich habe sie selbst arrangiert.«

»Wann?«

»Letzte Woche. Mittwoch. Warte …« Er hob den Kopf und brüllte nach Kyle und Todd, doch nur Kyle kam angelaufen.

»Todd ist noch nicht von den Eisenwaren-Brüdern zurück«, sagte er. »Was ist los?«

»Die Elektroabnahme, die war doch am Mittwoch, oder?«

Kyle schüttelte sich die Haare aus den Augen, während er gleichzeitig nickte und mit den Schultern zuckte. »Schon.«

»Wo ist der Bericht?«

Mit jeder Sekunde wurden die Augen des Jungen größer. »Ich … äh … weiß es nicht, Boss. Der Mann hat ihn Todd gegeben. Das Haus ist durchgekommen, so viel weiß ich.«

Jayne atmete auf, doch Nick wirkte kein bisschen erleichtert. Stattdessen zückte er sein Handy und stapfte ins Nebenzimmer, während er sprach.

»Keine Sorge«, sagte Delmar ruhig. »Nick regelt das schon.«

Kyle zog den Kopf ein und verzog das Gesicht. »Ja, aber vielleicht sollten wir Todd anrufen und ihn warnen.«

»Todd?« Jayne runzelte die Stirn. »Was meinst du damit? Stellen nicht die Prüfer den Bericht aus?«

»Das kommt drauf an«, sagte Delmar. »Sie tun es, wenn er es möchte, aber du kennst ja Nick, er muss immer alles selbst unter Kontrolle haben. Deshalb überlassen sie das alles ihm. Er füllt alle Formulare selbst aus oder lässt es einen von uns machen, so weiß er, dass es getan wird und nicht auf dem Schreibtisch von irgendeinem Anzugträger liegen bleibt.«

»Aber was ist, wenn wir den Bericht nicht finden?«

Nick kam zurück ins Zimmer gestapft. Er sah erleichtert aus, lächelte aber nicht. »Ist erledigt.«

»Wie?«, fragte Jayne, doch Delmar und Kyle nickten nur und machten mit dem weiter, was sie vorher getan hatten.

»Ich habe den Mann von der Sicherheitsbehörde angerufen, und er hat das Schreiben an Hague gefaxt, während ich am Telefon war.«

»Er … wirklich?« Sie wartete darauf, dass Nick noch etwas sagen würde, aber er war zu sehr damit beschäftigt, mit finsterem Blick aus dem Fenster ins Nichts zu starren. »Das heißt also …?«

Endlich ein Lächeln, wenn auch ein kleines. »Du bist durch.«

»Wir sind durchgekommen?«, quiekte sie. »Ganz sicher?«

»Ich hab dir doch gesagt, dass wir es schaffen.« Sein Blick wurde weicher, sein Lächeln breiter. »Aber Art sagt, wir sollten den Feuerlöscher und das Exit-Schild auf jeden Fall heute besorgen.«

Jayne versuchte, den gewaltigen Freudenausbruch zu unterdrücken, der sie durchfuhr, schaffte es aber nicht. Sie warf die Hände in die Luft und tanzte durchs Haus. »Ja! Ja, ja, ja, ja, ja, ja! Danke!«

Wenn er nicht auf Stelzen gestanden hätte, hätte sie ihn umarmt, gleich hier vor allen, die es sehen wollten. Eine Abnahme zu schaffen mochte für diese Männer etwas Alltägliches sein, aber für Jayne war es eine Riesensache, und sie wollte feiern.

»Ich möchte dich und Lisa heute Abend zum Essen einladen, zur Feier des Tages. Gestern Abend hat es ja nicht so ganz geklappt.«

»Sie ist bis morgen in der Stadt.«

»Oh.« Jayne runzelte die Stirn und lächelte dann Delmar zu, der ins Zimmer kam und ebenfalls Stelzen anlegte. Als Nick nichts weiter sagte, sah sie zu ihm auf. »Und was ist mit dir? Du musst etwas essen.«

Da war ein kurzes Zögern, bevor er antwortete, was daran gelegen haben mochte, dass er arbeitete, während sie miteinander sprachen, aber irgendwie kam es ihr anders vor. Unbehaglich.

»Triffst du dich heute nicht mit deinen Freundinnen?«

»Wir könnten anschließend essen. Sagen wir, um sieben?«

Wieder ein Zögern. »Äh, ja, klar. Okay.«

Jayne warf einen Blick in Delmars Richtung und hoffte, er würde mit seinen Stelzen woanders hingehen, damit sie Nick fragen konnte, was los war. Aber so viel Glück hatte sie nicht. Delmar befestigte die letzte Schnalle an seiner Wade und machte sich am anderen Ende des Zimmers an die Arbeit, ohne Jayne oder Nick auch nur eines Blickes zu würdigen.

Irgendetwas war hier seltsam. Delmar, der bei ihrem letzten Besuch freundlich und redselig gewesen war, schien jetzt darauf bedacht, jeden Blickkontakt zu vermeiden, und Nick war einfach … komisch. Das Einzige, was Jayne sich vorstellen konnte, war, dass sie seine Gastfreundschaft überstrapaziert hatte und jetzt lieber verschwinden sollte, bevor die Stille im Raum noch peinlicher wurde.

»Prima«, brachte sie schließlich hervor. »Dann bis später.«

Als sie ging, kam Todd gerade durch die Tür, doch sie war zu sehr darauf konzentriert, so schnell wie möglich wegzukommen, um mitzubekommen, was er sagte. Im Wagen drehte sie sich noch mal um und sah durch das Wohnzimmerfenster ins

Haus. Nick hatte seine Schleifmaschine auf Todd gerichtet, der gerade ins Zimmer kam, und obwohl Jayne die Worte nicht verstehen konnte, war Nick eindeutig wütend. Delmar stand zwischen den beiden und hielt Nick zurück.

Nick stieß den Arm des anderen Mannes weg, doch der nahm ihn wieder hoch, und als Nick einen Schritt nach links machte, folgte Delmar ihm und schüttelte den Kopf.

Junge, Junge. Vielleicht war das Abendessen heute doch keine so tolle Idee. Sie würde ihm etwas Zeit lassen, sich abzukühlen, und dann, weil sie ein solcher Feigling war, per SMS vorschlagen, das Essen zu verschieben.

Sie fuhr zu Nick nach Hause und fing an, ihre Sachen in den Wagen zu laden. Was zwischen Nick und Delmar auch vorgefallen war, sie wurde das Gefühl nicht los, dass es irgendetwas mit ihr zu tun hatte, und sie hatte ihm schon mehr als genug Probleme gemacht.

Ein schmaler Strom der Angst kroch Jaynes Rücken hinauf und zog die ganze Unsicherheit hinter sich her, vor der Jayne schon ihr Leben lang davonzulaufen versuchte. Als Kind war sie für ihre Großmutter nur eine lästige Bürde gewesen, eine Last, die die alte Frau nie verdient hatte. War sie das irgendwie auch für Nick geworden? War sie so sehr in ihrem eigenen, blöden Ich gefangen gewesen, dass sie es bisher nicht gemerkt hatte?

Kofferraum und Rücksitz ihres Wagens voll beladen, fuhr Jayne zu ihrer Wohnung und begann mit dem Ausladen. Sechsmal die Treppe hinauf und hinunter, und schon war sie fertig. Es war wohl ganz gut, dass ihr ganzes Leben auf die Ladefläche ihres Autos passte – das machte das Umziehen leichter. Als sie die letzte Kiste absetzte, vibrierte ihr Handy und eine SMS von Nick ging ein.

Tut mir leid wg vorhin. Bis nachher um 7.

Jayne las die Nachricht zweimal, bevor sie das Handy wieder in die Tasche steckte. Typisch Nick. Sie hatte irgendeine Missstimmung zwischen ihm und seinen Arbeitern verursacht, und er war derjenige, der sich entschuldigte.

Sie klappte eine der großen Kisten auf und nahm eine kleinere, flache Schachtel heraus. Sehr vorsichtig hob sie die oberste Schicht Packpapier an, und da war sie: die Löwenzahnhalskette, die Nick vor so vielen Jahren für sie gemacht hatte. Jayne hatte sie jeden Tag getragen, bis sie allmählich auseinanderzufallen begann. Dann hatte sie sie zwischen zwei Bögen Wachspapier in dem größten Buch gepresst, das sie im Laden hatte finden können.

Als sie die Stadt verließ, hatte Gran ihr nicht erlaubt, das Buch mitzunehmen, also hatte sie im Ramschladen den schönsten Rahmen gekauft, den sie sich leisten konnte. Jetzt, so viele Jahre später, mochte die Kette für jeden anderen zerschlissen und verblasst aussehen, doch für Jayne war sie noch genauso schön wie an dem Tag, an dem Nick sie ihr geschenkt hatte.

Sie strich mit den Fingern über das Glas und war stolz, dass ihr nur eine einzige Träne entkam.

Den Rahmen in der einen und den Werkzeuggürtel in der anderen Hand, schlenderte sie auf der Suche nach dem perfekten Platz dafür die Treppe hinauf und wieder hinunter. Über der Eingangstür? Gegenüber der Kasse? Im Wohnzimmer? Jede der Stellen hatte Vor- und Nachteile. Nach einer Weile gab sie auf und ließ den Rahmen auf dem Küchentresen liegen, während sie weiter auspackte.

Im Kleiderschrank war noch Platz, nachdem sie ihre ganze Garderobe darin aufgehängt hatte, und als ihr Geschirr in den Küchenschränken verstaut war, gab es auch dort noch Raum.

Ein paar Minuten vor sechs schloss sie die Tür ab und ging

hinüber zum Chalker's. Als sie dort eintraf, setzten sich Ellie und Maya gerade. Jayne winkte nach der Kellnerin. »Die Runde geht auf mich.«

»Oh, das gefällt mir«, sagte Ellie. »Wie kommt's?«

Jayne setzte sich auf den Stuhl neben ihr. »Bauprüfung geschafft, wir können also eröffnen.«

»Das ist ja toll!«, sagte Maya. Ihr Lächeln wirkte deutlich weniger gezwungen als letzte Woche.

»Bei den ganzen Leuten, die in der vergangenen Woche bei dir ein- und ausgegangen sind«, sagte Ellie, »hättest du das ganze Haus von Grund auf neu bauen können.« Sie lächelte ein wenig schuldbewusst. »Ja, ich habe euch beobachtet.«

Jayne atmete erleichtert auf. »Oh ja«, sagte sie. »Nick und seine Leute waren sagenhaft.«

Die Kellnerin stellte die Gläser ab, mit denen die Frauen unverzüglich anstießen.

»Dann trinken wir darauf, einen Baumeister als Mitbewohner Schrägstrich Freund Schrägstrich Nur-Freund Schrägstrich Was-auch-immer zu haben!«

Jayne und Maya lachten beide und tranken.

»Kommt Regan auch?«

»Soweit ich weiß, ja«, sagte Maya. »Aber ich habe diese Woche nicht viel mit ihr gesprochen.«

»Ich auch nicht.« Ellie lehnte sich ein Stück vor und senkte die Stimme. »Schaut jetzt nicht hin, aber diese Typen sind wieder da, und es sieht aus, als würde der Blonde am Rand endlich den ersten Schritt machen.«

»Was?« Jayne sah sich um, bis sie den Tisch mit den Männern entdeckte, den Ellie gemeint haben musste. Es waren dieselben vier, die letzte Woche beim Spiel so laut gejubelt hatten.

Ellie stieß ihr den Ellbogen in die Rippen. »Ich habe gesagt, *nicht* hinsehen!«

»Aber«, Jayne lachte, »wer ist der Blonde, und was für einen Schritt soll er machen?«

Maya drehte sich auf ihrem Stuhl um, damit sie etwas sehen konnte, aber wenigstens sah es bei ihr nicht so aus, als würde sie die Männer angaffen. Sie ließ den Blick einmal durchs ganze Lokal schweifen, als würde sie nach der Kellnerin Ausschau halten, und deutete dann ohne bestimmten Grund auf sie.

»Er ist süß«, sagte Maya grinsend. »Ich meine, er ist kein Nick Scott, aber er ist süß.«

Nachdem sie letzte Woche so viel Spaß damit gehabt hatten, Jayne wegen Nick aufzuziehen, schien es diese Woche nicht mehr ganz so lustig zu sein. Über die Gründe dafür wollte Jayne lieber nicht nachdenken. Sie hatte kaum Luft geholt, als die Kellnerin an ihrem Tisch anhielt und Jayne einen weiteren Cosmo hinstellte.

»Von dem Gentleman am Tisch da drüben.« Sie deutete auf den blonden Mann, lächelte und huschte davon.

Ellie und Maya prusteten und lachten, aber Jaynes Mund wurde staubtrocken. So etwas war ihr noch nie passiert, und sie hatte keinen blassen Schimmer, was sie jetzt tun sollte. Ellie zum Glück schon.

»Um Himmels willen, Jayne, jetzt wink ihm schon zu oder schenk ihm wenigstens ein Lächeln.«

Mit flammenden Wangen und zitternden Händen schaffte Jayne es irgendwie, das Glas zu heben und die Lippen zu etwas zu verbiegen, das hoffentlich ein Lächeln war. Dann drehte sie sich sofort wieder zu Ellie um, die neben ihr saß.

»Meine Güte.« Ellie kicherte hinter ihrem Glas. »Man könnte meinen, du wärst noch nie von einem Mann angeflirtet worden.«

Jayne machte so große Augen wie möglich, bis Ellie es endlich kapierte.

»Nein«, hauchte sie. »Wirklich? Noch nie?«

»Äh, nein«, flüsterte Jayne. »Ich bin nicht der Typ Frau, den Kerle anflirten.«

»Machst du Witze?«, fragte Maya und starrte sie an. »Kerle brauchen keinen Typ. Sie brauchen nur jemanden mit Möpsen.«

»Na ja, meine 75B sind jetzt auch kein Grund, nach Hause zu schreiben.«

»Sieht aus, als wäre Blondie da anderer Meinung.« Sie sah sich um, und diesmal gab sie sich keinerlei Mühe, unauffällig zu sein. »Dann mach dich ran und sieh, was passiert.«

Jayne neigte den Kopf zur Seite und flüsterte: »Ich werde mich nicht *ranmachen*, Maya – ich weiß ja nicht mal, wer er ist.«

»Tja, das wirst du gleich erfahren«, sagte Ellie grinsend. »Da kommt er nämlich.«

Panik stieg in Jayne auf und drohte sie zu ersticken. »Was soll ich sagen?«

»Vielleicht fängst du mit Hallo an.« Sie räusperte sich, lehnte sich zurück und deutete mit dem Kopf kaum merklich in Richtung des Mannes, der auf sie zukam.

»Entschuldigung, wenn ich die Damen störe.« Er stand neben ihrem Tisch und sah lächelnd auf Jayne herab. Okay, er war schon ganz süß, mit den zerzaust gestylten Haaren und seinen tiefen Grübchen. »Ich wollte mich nur vorstellen.«

Jayne hielt den Stiel ihres Glases so fest umklammert, dass sie fürchtete, er würde zerbrechen.

»Ich bin Ellie.« Sie streckte den Arm an Jayne vorbei und schüttelte ihm die Hand. »Das ist Maya, und das hier ist Jayne.«

Der Blonde nickte beiden zum Gruß zu und wartete, bis auch Jayne ihm die Hand gab. »Schön, dich kennenzulernen, Jayne. Ich bin Troy.«

Fast hätte Jayne laut gelacht. Natürlich hieß er Troy. Er sah aus wie ein Troy. »D-danke für den Drink«, krächzte sie. »Das war sehr reizend.«

»Kein Problem.« Wieder ließ er seine Grübchen sehen, und Jayne drängte sich die Frage auf, wie alt er sein mochte. »Vielleicht können wir später zusammen essen?«

Jayne spürte Ellies Blick, wagte jedoch nicht, sie anzusehen. »Oh, ähm, ja, tut mir leid, aber ich bin schon mit jemandem verabredet.«

»Mit deinem Freund?«, fragte er und verzog dabei ein wenig das Gesicht.

»Mit *einem* Freund.«

»Cool.« Er strahlte. »Dann vielleicht ein andermal?«

»Wir sind jeden Dienstag hier«, platzte Maya heraus.

»Dann sehen wir uns wohl nächsten Dienstag.« Statt auf eine Antwort zu warten, ging er langsam rückwärts zu seinen Freunden, die von ihrem Tisch aus alles beobachtet hatten.

Sie erwiderte sein Lächeln und widerstand dem überwältigenden Drang, Maya unter dem Tisch zu treten. Sie wollte nicht mit ihm zu Abend essen. Sie wollte nicht mal etwas mit ihm trinken gehen!

»Vielen Dank auch«, raunte sie mit zusammengebissenen Zähnen.

»Gern geschehen.« Maya und Ellie stießen noch einmal an, doch Jayne weigerte sich. Das war kein freudiger Anlass. »Das hast du davon, dass du uns nichts von deinem Date mit Nick heute Abend erzählt hast.«

»Es ist kein Date. Nur ein Abendessen.«

»Dasselbe in Grün«, sagte Maya und grinste Ellie über ihr Glas hinweg an.

Regan kam eine halbe Stunde später und ließ sich auf den Stuhl neben Maya fallen.

»Was ist dir denn über die Leber gelaufen?«, neckte Ellie

sie. »Freu dich, Jayne ist durch die Inspektion gekommen und gibt einen aus.«

»Natürlich ist sie durchgekommen.« Regan hielt die Kellnerin am Arm fest, als diese vorbeikam, und flehte sie geradezu um ein Bier an. »Ihr Freund hat ja auch das ganze Wochenende lang alle auf Abruf bereitstehen lassen, falls er etwas braucht. Und das, obwohl sie letzte Woche schon sechzig Stunden geschoben haben und *manche von ihnen* schon Pläne fürs Wochenende hatten.«

Nicht manche, dachte Jayne. *Todd. Und Regan.*

»Das erste Wochenende in diesem Jahr, das wir beide komplett frei hatten, und dann – wums! *Nick Scott* will das Haus seiner Freundin fertig kriegen, also muss alles andere sofort auf Eis gelegt werden. Völlig egal, was wir geplant hatten, solange *Nick Scott* nur bekommt, was er will.«

Einen Moment lang saßen Jayne, Maya und Ellie nur da und schwiegen verblüfft.

»Nick hat mir gesagt, sie würden einige Tage nichts zu tun haben, während er und Delmar das Haus verkleiden, deshalb habe ich sie engagiert, um bei mir zu arbeiten.« Sie hielt kurz inne, um Luft zu holen. »Sie haben nicht für ihn gearbeitet, sondern für mich.«

»Als ob das einen Unterschied machen würde.« Regan nahm die Bierflasche von der Kellnerin entgegen und trank in großen Schlucken.

»Wow.« Ellies Augen wurden hinter ihrem Glas groß und rund, doch Regan war noch nicht fertig.

»Und als ob das nicht schlimm genug wäre, geht Nick hin und schmeißt Todd achtkantig raus. Den ganzen Nachmittag über durfte ich mir anhören, wie er deswegen ausgerastet ist.«

»Er hat *was*?«, rief Jayne. »Was ist passiert?«

»Oh, bitte«, murrte Regan. »Als ob du das nicht wüsstest.«

Maya und Ellie, die sich schräg gegenübersaßen, starrten mit offenem Mund zwischen Jayne und Regan hin und her.

»Hör zu«, sagte Jayne mit gesenkter Stimme. »Als ich die Baustelle heute verlassen habe, waren sie noch alle vier da. Wenn danach also irgendetwas passiert ist, hat es nichts mit mir zu tun.«

»Oh mein Gott, Jayne«, rief Regan aus, sie hielt die Hände mit gespreizten Fingern vor sich und betonte jedes Wort. »Alles, was Nick in letzter Zeit tut, hat etwas mit dir zu tun.«

Jayne schob ihr Glas ein Stück zu Maya hinüber, um sich weiter nach vorn lehnen zu können. Das Letzte, was sie gebrauchen konnte, war, dass jeder in dem Lokal das mitbekam. Doch bevor sie etwas sagen konnte, fasste Ellie sie am Arm.

»Warte«, sagte sie. »Was ist passiert, Regan?«

»Er hat Todd gefeuert, das ist passiert.«

»Ja, das haben wir verstanden«, seufzte Ellie. »Warum?«

Ein langer, wütender Luftstrom trat zwischen Regans zusammengekniffenen Lippen aus. »Es sind ein paar Worte gefallen, und dann hat Nick herausgefunden, dass Todd heute fast Jaynes Inspektion vermasselt hätte, weil er vergessen hat, einen Bericht pünktlich bei der Stadtverwaltung abzuliefern.«

»Was für Worte sind gefallen?« Maya und Ellie sahen Jayne an, doch die hielt den Blick auf Regan gerichtet. Wenn sie diese Geschichte erzählen wollte, sollte sie es tun. Was Jayne anging, war das eine Sache zwischen Nick und Todd und hatte nichts mit irgendjemandem sonst zu tun.

»Es ist so blöde.« Regan trank noch einen Schluck und ließ sich auf ihrem Stuhl zurücksinken. »Seit Jayne aufgetaucht ist, lässt Nick die Jungs im Stich und überlässt die meiste Arbeit am Haus Delmar, statt sie selbst zu machen. Todd sagt, er verbringe mehr Zeit mit Jayne als mit Lisa und dass es aussehe, als hätte Jayne ihn ganz schön an den …«

»Nick!«, rief Maya aus, sie sah über Jaynes Schulter zur Tür und versetzte Regan einen Stoß gegen den Arm. »Sieh mal, wer da ist.«

Jayne fuhr in ihrem Stuhl herum, und da war er. In der verwaschenen Jeans und dem schwarzen Twillhemd sah er so gut aus wie eh und je. Vielleicht sogar besser. Aber musste er denn unbedingt einen so riesigen Blumenstrauß mitbringen?

»Maya«, murmelte sie. »Du hättest mich vorwarnen können.«

»Ich wusste nicht, dass sie für dich sind«, flüsterte sie. »Ich dachte, sie wären für Lisa.«

Stille empfing Nick, als er auf die Frauen zukam. Er nickte erst in die Runde, bevor er sich direkt an Regan wandte. »Alles okay?«

»Großartig.« Ohne den Kopf zu bewegen, richtete sie ihren wütenden Blick auf Nick. »Der dämliche Scheißer hat in seinem Leben keinen einzigen Cent gespart, deshalb meint er jetzt, wir sollten zusammenziehen.«

»Ui«, quiekte Ellie. »Ich hoffe, du hast Nein gesagt.«

»Natürlich hab ich Nein gesagt! Ich verdiene ja kaum genug für mich selbst. Da fange ich ganz bestimmt nicht an, auch noch seine Rechnungen zu bezahlen.«

»Tut mir leid«, sagte Nick leise. »Ich kann niemanden für mich arbeiten lassen, dem ich nicht vertraue. Und wir wissen alle, dass Todd nicht zum ersten Mal was verbockt hat.« Er legte Jayne eine Hand auf den Rücken. »Bist du so weit?«

»Ja.« Sie stand vom Tisch auf und bemühte sich um ein Lächeln. »Es tut mir leid, Regan.«

»Mir auch.« Obwohl es sie große Mühe zu kosten schien, hob sie schließlich den Blick und sah Jayne an. »Es ist nicht deine Schuld. Ich musste nur Dampf ablassen.«

»Sprechen wir uns später?«

»Klar.«

Auf dem ganzen Weg durchs Restaurant konnte sie die Blicke der anderen im Rücken spüren. Als sie zu dem Tisch kamen, an dem Troy und seine Freunde saßen, grüßte Nick sie im Vorbeigehen.

»Hey, Nick.« Alle vier sprachen gleichzeitig, keiner von ihnen zuckte mit der Wimper.

Jayne wand sich. Sie hätte sich denken können, dass sie Nick kannten; jeder kannte ihn. Er rückte ihr den Stuhl zurecht, wartete, bis sie bequem saß, und reichte ihr dann den gewaltigen Blumenstrauß.

»Hi«, sagte er leise. »Du siehst hübsch aus.«

Sie war schon vorher angespannt gewesen, doch jetzt erst recht. Jeder Muskel in ihrem Hals und Rücken war zum Zerreißen gespannt, und ihr Herz schien hinter den Rippen Purzelbäume zu schlagen.

»Die sind wunderschön.« Jaynes Wangen brannten, und sie versuchte, sich nicht unter den vielen neugierigen Blicken zu winden, die sie in diesem Restaurant von zwei Seiten beobachteten. »Aber warum?«

Nachdem sie den schweren, süßen Duft eingeatmet hatte, legte sie die Lilien mit den Blüten zu sich an den Tischrand. Maya hatte sich selbst übertroffen.

»Erstens, weil wir etwas zu feiern haben«, sagte er, und sie stellte überrascht fest, dass sich auch seine Wangen gerötet hatten. »Und zweitens, weil es ein beschissener Tag und ich richtig unausstehlich war, als du vorhin vorbeigekommen bist. Es tut mir leid.«

»Gott, Nick.« Sie wusste nicht, wo sie hinsehen sollte, weil sie noch immer spürte, dass diese neugierigen Idioten sie beobachteten und alles, was sie tat oder nicht tat, garantiert genauestens untersuchen und analysieren würden. »Das hättest du nicht tun sollen.«

»Doch, hätte ich.« Er zog die Stirn kraus und sah ungefähr so elend aus, wie sie sich fühlte. »Erst, nachdem ich nach Hause gekommen bin und gesehen habe, dass deine ganzen Sachen weg waren. Ich dachte die ganze Zeit, du würdest für heute Abend absagen.«

Aus dem Augenwinkel sah Jayne, wie Ellie und Maya die Köpfe zusammensteckten. Kurz darauf wich auch die Härte aus Regans Miene und sie beugte sich ebenfalls dazu. Jayne konnte sich vorstellen, was sie sagten, besonders als Nick auf dem Tisch nach ihrer Hand griff und sie drückte. Seine Hand war warm, und sein Daumen strich langsam über ihren. Jede neue Berührung weckte ein Flattern in ihrem Magen, was ihre Haut nur noch heißer brennen ließ.

Reiß dich zusammen, Jayne!

Als die Kellnerin auf sie zukam, zog Jayne die Hand zurück und legte sie in ihren Schoß, wo sie, weil sie nichts anderes hatte, an jedem Niednagel zupfte und ein paar neue hinzufügte. Einige Minuten verbrachten sie mit der Entscheidung, was sie essen wollten, und als sie bestellten, waren die Mädels gerade im Aufbruch. Keineswegs diskret hielt Ellie beide Daumen nach oben und deutete mit einem Kopfnicken zu Troy, der an ihrem Tisch stehen blieb, als seine Freunde zur Tür gingen.

»Hey, Mann«, sagte er zu Nick. »Ich wusste nicht, dass du der Freund bist, mit dem sie sich trifft. Tut mir leid.« Er schlug Nick auf die Schulter, wünschte Jayne leise eine gute Nacht und ging weiter, ehe Nick etwas erwidern konnte.

Er nahm sein Bier von der Kellnerin entgegen und trank einen großen Schluck. »Hilfst du mir auf die Sprünge?«

»Da ist nichts.« Es war äußerst merkwürdig, ihm davon zu erzählen, obwohl sie wusste, wie lächerlich das war. »Vorhin hat er mir einen Drink bestellt und angeboten, mich zum Essen einzuladen.«

»*Und?*«

»Ich habe mich für den Drink bedankt und ihm gesagt, dass ich schon zum Essen verabredet bin.«

»Aber du hast ihm nicht gesagt, dass ich das bin.« Er schien direkt in sein Bier zu sprechen, und Jayne stellte fest, dass ihr leichtes Unbehagen echtem Unwohlsein und einem Anflug von Gereiztheit wich.

»Er hat mich gefragt, ob es mein Freund ist, und ich sagte, es wäre *ein* Freund.«

Nick schloss die Augen, lehnte sich auf seinem Stuhl zurück und ächzte leise. »Und dann spaziere ich mit Blumen herein. *Mist.* Ich hasse es, wenn Delmar recht hat. Aber das hätte ich mir denken können.«

»Delmar? Was hat der denn damit zu tun?«

Nicks Brust wölbte sich, als er einatmete, dann beugte er sich über den Tisch, die Flasche fest in den Händen. »Wir hatten es letzte Woche schon davon.«

»*Wovon?*« Was es auch war, es erklärte wahrscheinlich die Spannungen vorhin an der Baustelle.

»Er sagte, ich würde dir dabei im Weg stehen, jemanden kennenzulernen.«

»Du?« Jayne zog die Brauen zusammen. »Aber das ist lächerlich.«

»Das dachte ich auch. Bis heute Abend.«

»Was … du meinst Troy?«

Er nickte mit grimmig verzogenem Mund. »Wahrscheinlich denkt er, dass hier«, er machte eine vage Geste, die sie beide einschloss, »etwas läuft, deshalb wird er sich wahrscheinlich zurückziehen. Ich werde mit ihm reden und ihm erklären, was Sache ist.«

»Wenn du vielleicht nicht das *ganze* Gewächshaus mitgebracht hättest …«

Endlich ein Lächeln. »Maya kann das Geld gut gebrauchen, und ich dachte, ich helfe ihr aus der Klemme.«

»Idiot.« Mit gesenktem Kopf konzentrierte Jayne sich auf die eingerissene Nagelhaut an ihrem linken Daumen.

»Hey.« Nick wedelte direkt vor ihr mit einer Hand über die Tischplatte. »Was ist los?«

»Ich weiß nicht«, sagte sie. »Der ganze Tag war einfach … komisch. Die Inspektion, der Auszug bei dir, Regan, und dann dieser Typ.«

»Troy ist in Ordnung.«

Jayne zuckte die Achseln. »Er ist zu hübsch.«

»Zu hübsch?«

»Ach, komm schon. Ich gebe ja zu, dass meine Erfahrungen mit Männern eher begrenzt sind, aber ich glaube, ich kann getrost sagen, dass jemand, der mehr Hairstyling-Produkte benutzt als ich, *nicht* mein Typ ist.« Sie kicherte. »Und ganz bestimmt ist es kein Mann, dessen Augenbrauen besser gewachst sind als meine.«

Die goldenen Flecken in Nicks Augen funkelten.

»Und mal ehrlich«, fuhr Jayne fort. »Wie alt ist er, zwanzig?«

Dank seinem leisen Lachen fühlte sie sich ganz allmählich besser. »Er muss älter sein. Vielleicht dreiundzwanzig.«

»Oh, super. Dann ist er also dreiundzwanzig. Als ich dreiundzwanzig war, war er sechzehn.« Bei dem Gedanken erschauerte sie. »Igitt.«

»Also, was meinst du?« Sein Grinsen schien breiter zu werden. »Soll ich ihm sagen, er soll sich zurückhalten, oder nicht?«

»Ja. Ich meine, nein. Ich meine …« Der Salat wurde serviert, doch Jayne schob ihren nur auf dem Teller hin und her. »Du brauchst nichts zu tun. Ich erledige das schon.«

»Es ist kein Problem, Jayne. Sag mir einfach, was du willst.«

Ihr Schnauben überraschte sie ebenso sehr wie Nick.

»Entschuldige«, murmelte sie, während Regans Worte in ihrem Kopf widerhallten. *Alles, was Nick in letzter Zeit tut, hat mit dir zu tun.* Verdammt, Regan hatte recht. »Ich weiß das Angebot zu schätzen, aber vielleicht ist es aus der Zeit, dass du dich wieder auf dein eigenes Leben konzentrierst.«

»Wovon sprichst du?«

»Ich rede davon, dass sich jeder deiner wachen Gedanken um mich und meine Probleme dreht, seit ich wieder in die Stadt spaziert bin. Du machst nicht mehr das, was du sonst gemacht hast, und das gibt Probleme.«

»Halt mal!« Er schob seinen Teller von sich. »Wo zum Teufel kommt denn das auf einmal her?«

»Ach, komm schon, Nick. Ich weiß doch, was los ist. Ich weiß, dass du deine Jungs bei der Arbeit im Stich lässt und dass Todd seine Pläne fürs Wochenende meinetwegen streichen musste.« Ihr waren sämtliche Niednägel zum Knibbeln ausgegangen. *Verdammt.* »Und von der armen Lisa will ich gar nicht erst anfangen.«

»Was für Pläne?« Seine Stirn legte sich in tiefe Falten. »Davon hat er mir nie etwas gesagt, und selbst wenn, war es seine freie Entscheidung zu arbeiten. Niemand hat ihm eine Knarre an den Kopf gehalten.«

»Das vielleicht nicht«, sagte sie. »Aber es klingt, als wäre es nicht weniger lebensgefährlich, Nick Scott etwas abzuschlagen. Regan ist stinksauer.«

»Das hat nichts mit uns zu tun«, sagte er. »Und dass ich die Jungs im Stich lasse … es geht um ein paar Bier am Freitagnachmittag, Jayne. Das ist nichts.«

»Es ist nicht nichts. Jedenfalls nicht für Todd.«

Die Falten auf Nicks Stirn vertieften sich. »Todd hat eine große Klappe.«

»Vielleicht. Aber musstest du ihn feuern?«

»Allerdings.« Er reichte die noch vollen Salatteller der Kellnerin, die stattdessen den Hauptgang servierte. »Ich brauche Männer, auf die ich mich verlassen kann. Nicht solche, die Mist bauen und das Maul aufreißen.«

»Das Maul aufreißen über … uns, richtig?« Sie hob die Gabel an, ließ sie jedoch über dem Teller in der Luft schweben. »Was uns wieder zu der Tatsache führt, dass er nie etwas gesagt hätte und jetzt noch einen Job hätte, wenn du dich nicht auf meinen Kram konzentriert hättest. Es tut mir leid, dass deswegen so viel für dich schiefgelaufen ist.«

»Nichts ist schiefgelaufen.« Ein paar Sekunden lang sah Nick sie fest an, dann wurde seine Miene weicher. »Ich möchte die Zeit seit deiner Rückkehr keine Minute zurückdrehen, und ich würde nichts anders machen. Es hat Spaß gemacht.«

»Spaß«, brachte sie erstickt hervor. »Was davon? Sich durch Milliarden Kisten voller Müll zu wühlen? Oder achtzehn Stunden am Tag zu arbeiten, um durch die Inspektion zu kommen? Oh, ich weiß, was mir am besten gefallen hat – wie du mich der Marathon-Barbie vorgestellt hast, als ich aussah wie gerade vom Container gefallen.«

»Was?« Er lachte. »Du hast süß ausgesehen.«

»Ich habe wie ein Trottel ausgesehen.« Jayne verdrehte die Augen und lächelte, einen Bissen gegrilltes Zitronenhähnchen im Mund. »Ich glaube, ich bin mir in meinem ganzen Leben noch nie so hässlich vorgekommen.«

Er trank einen großen Schluck Wasser und zwinkerte ihr über den Rand seines Glases hinweg zu. »Aber sie ist nichts gegen dich. Frag nur Troy.«

»Waa…« Jayne blieb der Mund offen stehen. »Du meinst, Troy und sie? Er ist der Ex?«

»Streng genommen waren sie nie verheiratet.«

»Aber das Kind …«

Er nickte. »Der kleine T. J.«

»Nein!« Sie erwiderte sein Grinsen und schüttelte langsam den Kopf. »Irgendwie sind in dieser Stadt alle miteinander verbandelt, oder?«

»So ziemlich.«

»Und irgendwie hängt alles mit dir zusammen.«

»Natürlich.« Er grinste. »Die ganze verflixte Welt dreht sich um mich. Hast du etwa Moms Memo nicht gekriegt?«

»Wie auch immer.« Augenrollend griff Jayne nach ihrer Tasche. »Ich habe eine Kleinigkeit für dich. Es ist nichts Großes, nur ein Dankeschön für alles, was du für mich getan hast.«

Er zögerte, bevor er das Päckchen entgegennahm, dann betrachtete er es einen Moment, ehe er es auspackte. Sie hatte lange gebraucht, um den perfekten Rahmen zu finden; er durfte nicht zu verspielt sein, aber auch nicht zu schlicht, und musste so aussehen, als würde er in einen Männerhaushalt gehören.

»Wow«, murmelte er und grinste dann verlegen. »Süßes Baby. Aber der Kerl sieht ziemlich doof aus.«

Jayne sah sich die Nahaufnahme von Nick und Sophia an und lächelte. »Es ist mein Lieblingsbild.«

Nicks Lächeln wurde wärmer, als er sein Handy hervorholte und ihr das Hintergrundbild zeigte. Ein Foto von Jayne und Sophia, im Krankenhaus neben Katies Bett. Jayne hatte die Fotos von sich und dem Baby gesehen, als sie sich die Bilder gemailt hatte, aber weil sie Fotos von sich selbst noch nie sonderlich gemocht hatte, hatte sie diese direkt übersprungen.

Sie erinnerte sich nicht, an diesem Abend geweint zu haben, aber auf diesem Bild sah sie den Beweis vor sich, denn eine dicke, runde Träne rann ihr über die Wange.

»Das ist *mein* Lieblingsbild.« Nicks Stimme war so weich, so sanft, dass Jayne nicht wagte, ihn anzusehen, weil sie fürchtete, gleich wieder loszuheulen.

14

This is an incredibly romantic moment,
and you're ruining it for me!

Duckie Dale, *Pretty in Pink*

Die erste Nacht in ihrer eigenen Wohnung war furchtbar, die zweite noch schlimmer. Wie konnte Stille so überwältigend sein? Mindestens ein Dutzend Mal setzte Jayne dazu an, ihn anzurufen oder ihm eine SMS zu schreiben, und jedes Mal zwang sie sich, es sein zu lassen.

Es war ja nicht so, als hätten sie nicht mehr täglich miteinander geredet, verdammt noch mal, aber es war etwas anderes. Telefonate waren einfach nicht damit vergleichbar, ihm beim Abendessen gegenüberzusitzen und sein Gesicht zu sehen, während er sprach.

Er war nur fünf Minuten entfernt, und sie vermisste ihn so sehr, dass es wehtat. Auch Bücher zu kaufen und die Wohnung einzurichten hatte nicht geholfen. Sie wanderte von Zimmer zu Zimmer, in den Laden und wieder nach oben und erreichte nichts weiter, als sich immer rastloser zu fühlen.

Gott, war sie erbärmlich.

Den vierten Abend in Folge lag sie im Bett, starrte an die Decke und fragte sich, was Nick wohl gerade tat. Sah er SportsCenter? War er nach der Arbeit für ein paar Bier auf der Baustelle geblieben? Und wie viel härter mussten sie jetzt arbeiten, wo Todd nicht mehr da war?

Vor ihrem Umzug war sie es gewohnt gewesen, ihre Freitagabende allein zu verbringen. Wie war es also möglich, dass sie auf einmal nicht mehr dazu in der Lage sein sollte, nachdem sie sie nur einen knappen Monat mit Nick verbracht hatte?

Vielleicht sollte sie sich einen Hund zulegen. Oder vielleicht sollte sie sich auch einfach zusammenreißen.

Als der Morgen anbrach, war sie erschöpft und unendlich mies gelaunt. Zwei Tassen Kaffee und eine lange Dusche später schnappte sie sich die Kleinanzeigen und machte sich auf den Weg, um private Flohmärkte abzuklappern. Sie schloss gerade die Tür ab, als Nicks Pick-up hinter ihrem Wagen parkte.

Ihr Magen geriet ins Trudeln und stürzte ab, und sofort wurde alles in ihr ganz warm. Noch nie hatten Jeans und ein Johnny-Cash-T-Shirt so gut ausgesehen.

»Wo gehst du hin?«

Jayne schwenkte die Zeitung. »Ich stürze mich auf die Hausflohmärkte.«

»Cool. Willst du Gesellschaft?«

»Weil du und Lisa an einem Samstag nichts Besseres zu tun habt?«

»Genau. Sie ist bei ihrer Mom auf Vancouver Island.« Er hielt ihr die Beifahrertür seines Pick-ups auf und wartete, bis sie eingestiegen war und sich neben Duke gesetzt hatte.

»Hi, Kumpel.« Sie nahm sein faltiges Gesicht in beide Hände und kraulte ihn ausgiebig. »Ooh, ich hab dich vermisst.«

Mit freudig wedelndem Schwanz kletterte Duke auf ihren Schoß.

»Alles okay bei dir?«, fragte Nick.

»Ja, mir geht's gut.« Eigentlich war es keine Lüge, auch wenn es sich so anfühlte. »Warum?«

»Ich weiß nicht.« Er zuckte die Achseln. »In den letzten Tagen kam es mir so vor, als würdest du mir aus dem Weg gehen.«

»Was? Nein!« Als er sie skeptisch ansah, schüttelte sie heftig den Kopf. »Wirklich nicht. Ich wollte dir nur Raum lassen, um dein eigenes Leben wieder aufzunehmen. Daran erinnerst du dich doch noch, oder? Arbeit, Familie, Freunde, Freundin ... klingelt da irgendwas bei dir?«

Er lehnte den linken Ellbogen an die Tür und den rechten Unterarm aufs Lenkrad.

»Ob du es glaubst oder nicht«, sagte er, »da ist auch noch reichlich Platz für dich.«

»Ich weiß, aber ...«

»Kein Aber.«

Sie bogen in eine Straße in einem Wohnviertel ein und kurvten herum, bis sie einen Parkplatz am Straßenrand gefunden hatten. Die Auffahrt war voll von überquellenden Tischen, Kleiderständern und Menschen.

Jayne ließ Nick am ersten Tisch zurück und lief zielstrebig an allem anderen vorbei zu den drei Kisten, die direkt neben der Garage standen. Fünfundzwanzig Cent pro Buch war nicht schlecht, und es waren viele. Größtenteils Taschenbuchausgaben von Romanen, aber ganz unten steckten noch ein paar echte Schätze. Eine zerfledderte alte Ausgabe von *Die letzten Tage von Pompeji* und eine Shakespeare-Gesamtausgabe, die aussah, als wäre jemand ein paar Dutzend Mal mit dem Auto darübergefahren.

»Wie viel für alles zusammen?«, fragte sie den Mann mit der Grillschürze.

Ein paar Sekunden lang wiegte er den Kopf von einer Seite zur anderen. »Fünf Mäuse pro Kiste.«

»Verkauft.« Sie nahm das Geld aus der Tasche, und Nick half ihr, die drei Kisten in seinen Pick-up zu schleppen.

»Einen noch.« Sie tippte auf die Liste der Flohmärkte, die sie aus der Zeitung ausgeschnitten hatte. »Und dann kannst du mir helfen, sie auszuladen und in den Laden zu schaffen.«

Nick warf einen Blick auf die Adresse und lachte.

»Was ist so lustig?«

»Nichts.« Er grinste. »Überhaupt nichts.«

Er fuhr zu einer kleinen Anlage mit Eigentumswohnungen und parkte an der Straße. Sie stiegen aus, und Nick legte Jayne eine Hand ins Kreuz, als sie gemeinsam die Einfahrt hinaufgingen.

»Was ist so lustig?«, fragte sie noch einmal. Seit sie vom letzten Flohmarkt aufgebrochen waren, hatte er nicht mehr aufgehört zu grinsen.

»Wart's ab.« Gleich hinter der Ecke des ersten Hauses stießen sie auf den letzten Flohmarkt aus der Zeitung.

Auf den ersten Blick schienen es hauptsächlich Kindersachen zu sein, aber Jayne trat trotzdem näher, um sicherzugehen, dass sie keine Kinderbücher übersah.

»Nick! Wie schön, dich zu sehen.«

Marathon-Barbie. Jayne brauchte nicht aufzusehen, um zu wissen, dass Nick von einem Ohr zum anderen feixte.

»Hey, Amber. Wie geht's dir? Verkaufst du gut?«

»Na ja, so weit, so gut.« Sie hatte ihre blonden Haare hochgesteckt und trug pinke Shorts zu einem winzigen weißen Tank-Top. »Hätte nicht gedacht, dass du auf Flohmärkte stehst.«

»Wir sind auf der Suche nach Büchern«, sagte er.

»Wir?«

Vielleicht hatte sie sich das nur eingebildet, aber Jayne hätte ihren rechten Arm darauf verwettet, dass sie Enttäuschung in Marathon-Barbies Stimme gehört hatte. Als Nächstes hatte Nick ihr wieder die Hand ins Kreuz gelegt und lächelte sein albernes, schiefes Lächeln.

»Jayne, du erinnerst dich doch an Amber, nicht wahr?«

»Natürlich.« Sie richtete sich von der Kiste auf, die sie gerade durchgesehen hatte, und setzte das schönste Lächeln auf, das sie zustande brachte. »Schön, dich wiederzusehen.«

»Ja, gleichfalls.« Das Lächeln blieb, nicht aber das Funkeln. »Ich glaube, da hinten sind noch ein paar Bücher übrig.«

Während Amber voranging und sie zu einem der anderen Tische führte, zwickte Nick Jayne, damit sie sich in Bewegung setzte. Sie schlug seine Hand weg und lächelte dann wieder Amber an. »Danke.«

»Gern geschehen.«

Eine Dame mit verbeultem Strohhut zog Amber wieder zur Kinderkleidung, und Jayne fuhr herum, um Nick lachend mit dem Finger in die Brust zu pieken.

»Du bist so ein Idiot!«

»Was?«, kicherte er, wich vor ihrem Finger zurück, um dann wieder ihre Hand zu nehmen. »Ich bin nur der Fahrer. Ich fahre, wohin man es mir sagt.«

»Ich sag dir nur zu gern, wohin du fahren kannst!« Sie erwiderte sein spöttisches Grinsen.

»Komm schon.« Er versetzte ihr einen leichten Stoß und musterte sie dann von oben bis unten, während sie zum Pickup zurückgingen, ohne sich noch einmal umzusehen. »Immerhin warst du diesmal nicht wie ein Landstreicher angezogen.«

Im Laden verbrachten sie einige Zeit damit, die Bücher in Stapeln zu sortieren, dann saß Nick an den Verkaufstisch gelehnt auf dem Boden und las einen alten Louis L'Amour, während Jayne die einzelnen Abteilungen alphabetisch ordnete.

»Hast du noch mehr davon?«, fragte er. »Der Kerl ist ziemlich gut.«

»Ja, ein paar habe ich hier. Aber willst du sie nicht der Reihe nach lesen?«

»Wie viele gibt es denn?«

»Hmm.« Jayne verzog das Gesicht, während sie sich an Grans alte Bücher zu erinnern versuchte. »Es müssen so fünfzehn oder zwanzig sein, glaube ich. Welches hast du da?«

Nick drehte es so, dass er den Umschlag betrachten konnte. »*The Daybreakers.*«

»Ich glaube, das war das erste, das erschienen ist, aber dann hat er noch einige Bücher geschrieben, die vor dieser Geschichte spielen. Eine Art Prequels.«

»Wie bei *Star Wars*.«

»Nein«, schnaubte sie. »Nicht wie bei *Star Wars*.«

»Muss ich sie der Reihe nach lesen?«, fragte er, während er bereits in seinem Exemplar weiterlas.

»Ich glaube nicht«, sagte sie.

»Aber du würdest es tun.«

»Na ja, logisch.« Sie stieß ihn mit dem Fuß an und hielt ihm die Ausgabe von *Die letzten Tage von Pompeji* hin. »Sieh dir das mal an.«

»Oh ja, hübsch.«

»Nein, sieh hin!« Sie hockte sich neben ihn und öffnete ganz langsam und behutsam den Einband, um ihm die Seite mit dem Impressum zu zeigen. Als Nick nichts sagte, gab sie ihm einen Klaps auf den Kopf. »Willst du mich vereimern? Das ist von 1897, Nick, und dann landet es auf einem privaten Flohmarkt. Was ist nur mit den Leuten los?«

»Ich weiß es nicht«, kicherte er. »Vielleicht hat Otto Normalverbraucher kein so großes Interesse an schäbigen alten Büchern mit brüchigen Seiten und auseinanderfallendem Einband.«

Seufzend stand Jayne wieder auf. »Ich finde es wunderschön.«

»Natürlich tust du das. Hast du was zu trinken da?« Er ging nach oben und ließ Jayne allein zurück, die noch immer das in Leder gebundene Buch in Händen hielt. Gleich darauf war er wieder da und hielt die gerahmte Löwenzahnkette in der Hand.

»Ich dachte, du machst Witze, als du meintest, du hättest sie noch.«

»Nein.« Lächelnd legte sie das Buch auf den Tresen. »Ich kann mich nur nicht entscheiden, wo ich sie aufhängen soll.«

»Wie wäre es irgendwo in einem Schrank? Sie ist scheußlich.«

Er legte den Rahmen auf den Tresen, ging durch den Laden und rüttelte an den Regalbrettern, um zu sehen, ob sie hielten. Am Fuß der Treppe blieb er stehen und betrachtete den leeren Türrahmen, der in den Laden führte.

»Himmel hilf, ich kenne diesen Blick. Hier gibt es nichts mehr, das befestigt, gehämmert, repariert oder aufgerissen werden muss, Nick. Wir sind fertig.«

»Wo ist dein Werkzeuggürtel?«

»Danke fürs Zuhören.« Seufzend holte sie den Gürtel aus dem Schrank und reichte ihn Nick.

Er nahm das Maßband heraus und führte es am Türrahmen entlang, wobei er die ganze Zeit vor sich hinmurmelte. Als er fertig war, deutete er mit dem Band auf die Öffnung und nickte.

»In meiner Garage habe ich eine Tür, die hier reinpassen würde.«

»Ich brauche keine Tür.«

»Du solltest wirklich eine haben.«

»Warum?«

»Damit die Kunden nicht nach oben in deine Wohnung spazieren können, darum.« Sein Blick maß den Raum zwischen dem Türrahmen und der Treppe und zwischen dieser und der Hintertür ab. »Ich hole sie.«

»Nick.« Aber er war schon weg, und eine Stunde später hing eine neue Tür, wo noch nie eine gehangen hatte, samt Schloss und glänzenden neuen Schlüsseln.

»Danke. Und jetzt komm, das Abendessen ist fertig.«

»Abendessen?«

Jayne blieb auf der Treppe stehen. »Entschuldige. Hattest du schon Pläne?«

»Nein, aber ich hatte nicht erwartet …«

»Oh, um Himmels willen, Nick. Nach allem anderen habe ich jetzt auch noch eine kostenlose Tür bekommen. Da ist es ja wohl das Mindeste, dass ich dir was zu essen mache.«

»Hey, ich wehre mich ja gar nicht«, sagte er, während er hinter ihr die Stufen hinaufging. »Ich sage nur, es wäre nicht nötig gewesen.«

Als sie oben angekommen waren, atmete er lang und tief ein. »Ooh ja, Spaghettisauce. Diesmal mit Fleisch?«

»Natürlich.« Sie schob ihn zum Spülbecken, während sie alles auf den Tisch stellte. Es war ziemlich eng, zu zweit in ihrer winzigen Küche, und nachdem er zum dritten Mal mit ihr zusammengestoßen war, fasste er sie unter den Achselhöhlen, hob sie hoch und drehte sich mit ihr um hundertachtzig Grad, sodass sie auf der Spülbeckenseite war und er hinauskonnte.

»Wie kriegst du hier irgendwas hin?«, fragte er.

»Ganz leicht. Normalerweise ist immer nur ein Hintern gleichzeitig in dieser Küche.« Leise lachend brachte sie den Topf mit der Pastasauce an den Tisch. Eigentlich war es nur ein besserer Kartentisch mit zwei Spindelstühlen, aber mehr brauchte sie auch nicht.

Nick häufte sich den Teller voll und wickelte Nudeln auf seine Gabel. Jayne reichte ihm die Salatschüssel, die er gleich wieder abstellte, ohne sich etwas davon zu nehmen. Während des Essens konnte Jayne die ganze Zeit nicht aufhören zu lächeln. Sie versuchte es zu verbergen, doch vergebens.

Nick löffelte die letzten Saucenreste von seinem Teller. »Was?«

Sie nippte an ihrem Wasser und zuckte die Achseln. »Es ist nur schön, wieder Gesellschaft beim Abendessen zu haben, das ist alles.«

»Morgen Abend bin ich auch verfügbar.« Er grinste. »Was gibt's dann?«

»Offenbar keine Spaghetti mehr.«

Er hielt inne, den vollen Spaghettilöffel noch über dem Topf und ein schuldbewusstes Grinsen auf den Lippen. Dann lud er die Pasta auf seinen Teller und zuckte die Schultern. »Scheiß drauf, morgen koche ich für uns.«

»Erdnussbutter-Sandwiches?«

»Nein«, sagte er gedehnt. »Gegrillte Käsesandwiches und Tomatensuppe.«

»Wow. Haute Cuisine.« Sie lachte. »Ich werde mir Mühe geben, den richtigen Wein dazu zu finden.«

Nach dem Abwasch stand Nick in dem winzigen Wohnzimmer und stemmte die Hände in die Hüften. »Kein Fernseher?«

»Nein.« Jayne legte den Kopf schräg und lächelte. »Wir könnten einen Spaziergang machen.«

»Oder wir könnten rüber zum Walmart fahren und dir einen Fernseher kaufen.«

»Netter Versuch. Komm schon.«

Abends um acht an einem Samstag war die Innenstadt wie ausgestorben. Außer ihnen war nur der alte Mann aus dem Ramschladen auf der Straße, der den Gehweg fegte. Jayne und Nick schlenderten langsam nebeneinander her, sahen sich Schaufenster an und sprachen über nichts Besonderes.

»Das ist wohl so ein Mädchen-Ding, was?«

»Ein bisschen.« Er nickte. »Aber nach all den SportsCenter-Sendungen, die du dir mit mir ansehen musstest, bin ich dir was schuldig.«

»Genau«, schnaubte sie. »Du bist mir was schuldig. Von wegen.«

An der Ecke überquerten sie die Straße und gingen auf der anderen Seite zurück. Vor Ellies Laden wurde Jayne langsamer, um sich die Schaufensterauslagen anzusehen. Die Kleider in zarten Pastelltönen waren gegen einige andere ausgetauscht worden, die eher nach »Heute ist es so weit« aussahen. Die ersten beiden in Weiß und Rosa waren für Jaynes Geschmack deutlich übertrieben, aber beim dritten sah sie zweimal hin.

Es war aus dem gleichen Stoff wie ihr grünes Kleid, hatte aber einen tiefen Auberginenton und weiße Schulterträger, einen gerüschten Tellerrock und einen verschnörkelten Knoten, der mittig auf der gerafften Taille saß. Nicht direkt ein Leg-mich-flach-Kleid, aber es ging ein bisschen in die Richtung.

»Hübsch.« Nicks Stimme an ihrem Ohr ließ sie zusammenfahren. »Mit Violett liegt man nie falsch, stimmt's?«

»Stimmt«, murmelte sie im Weitergehen. Sie folgten der Straße bis zum Ende und bogen dann um die Kurve Richtung Jachtclub. Die Sonne ging bereits unter und überzog das Wasser mit orange- und rosafarbenen Wellen.

Weil Jayne annahm, dass Nick genug von diesem Mädchenkram hatte, hielt sie sich hier nicht lange auf, sondern machte kehrt und ging den Weg zurück, den sie gekommen waren. Die Luft war so reglos und still, dass ihre Schritte das einzige Geräusch weit und breit waren, bis sie, viel zu schnell für ihren Geschmack, wieder zu ihrem Laden kamen.

Sie schloss die Hintertür auf und trat ein, doch Nick schien zu zögern.

»Kommst du noch mit rauf?«, fragte sie. »Ich könnte uns Kaffee machen.«

Er schob die Hände in die Taschen und blickte für einen Moment zu Boden. »Ich, ähm, ich glaube, ich sollte lieber gehen.«

»Bist du sicher?«

Er schien eine Sekunde auf seiner Wange herumzukauen, bevor er tief ausatmete. »Ja. Wir sehen uns morgen.«

Er gab ihr einen flüchtigen Kuss auf die Wange, und bevor sie wusste, wie ihr geschah, tat Jayne wieder genau das Gleiche wie am Abend zuvor: Sie starrte an die Decke und wünschte, sie würde es schaffen, lange genug nicht an ihn zu denken, um ein bisschen Schlaf zu finden.

Am nächsten Samstag hämmerte Nick in aller Frühe gegen Jaynes Tür, eine Packung Taschentücher in der Hand und Carter an seiner Seite. Er klopfte erneut, aber immer noch keine Reaktion. Allerdings war es auch kein Wunder, dass sie ihn nicht hören konnte, denn ihre Musik ließ das Haus erzittern.

Er setzte eine Türklingel auf die Liste der Dinge, die sie für den Laden brauchte.

»Du meinst, du hast keinen Schlüssel?« Carter lehnte sich mit dem Rücken an die Tür und verschränkte die Arme.

Statt zu antworten, holte Nick sein Handy heraus, gab ihre Nummer ein und wartete. Es klingelte dreimal, dann ging die Mailbox dran. Auflegen, noch mal wählen. Mailbox. Früher oder später würde das Lied zu Ende sein, und Jayne würde das Klingeln hören. Aller guten Dinge waren fünf.

»Hi!« Sie klang ein bisschen außer Atem. Wahrscheinlich vom Tanzen.

Nick grinste in sein Handy. »Lässt du uns jetzt rein, oder was?«

»Oh, äh, klar. Warte.«

Da keiner von ihnen aufgelegt hatte, konnte er hören, wie sie sich im Haus bewegte, ihren Atem, als sie die Treppe hinunterlief, um die Tür zu öffnen. Und in dem Moment, als er sie sah, wusste er es.

»Hi.« Vielleicht war es die Art, wie sie dastand. In ihrem Bademantel und mit dem Scooby-Doo-Handtuch auf dem Kopf. Vielleicht auch, wie sie mit dem Handy am Ohr die Tür öffnete.

Oder vielleicht … vielleicht war es auch das Lächeln, mit dem sie zu ihm aufsah. Das gleiche Lächeln, mit dem sie ihn so oft angesehen hatte, die blauen Augen so voller Hoffnung, und ihre hübschen Lippen, die zitterten und bebten, bis sie sie unter Kontrolle bekam.

Was es auch war, plötzlich wusste Nick, was zwischen ihm und Lisa fehlte: dieses Gefühl, als würde sein Herz seine Rippen sprengen, wenn es noch weiter anschwoll, als hätte er einen Schlag auf den Solarplexus bekommen und sein nächster Atemzug hinge einzig und allein von ihr ab, und als ob … *Ooh, Scheiße.*

Auch Nick hielt sich das Handy noch ans Ohr und versuchte stockend, seine Zunge zum Arbeiten zu bewegen. »Hey.«

»Sollen wir hier nur rumstehen? Vorsicht.« Carter schob Nick aus dem Weg, hob Jayne in einer Umarmung von den Füßen und trug sie in den kleinen Lagerraum. »Herzlichen Glückwunsch zum Geburtstag, Jay. Lass mal sehen, was du aus dem Laden gemacht hast. Wann eröffnest du?«

»Nächsten Samstag.«

Er ließ sie los und schien ihr einen leichten Schubs in Nicks Richtung zu geben, aber das konnte er sich auch eingebildet haben. Nick nahm sie fest in die Arme und gab sich alle Mühe, nicht den süßen Duft von Erdbeeren an ihrem Hals einzuatmen. Noch mehr bemühte er sich, nicht preiszugeben, was er so plötzlich begriffen hatte. Was er schon vor sehr, sehr langer Zeit hätte begreifen müssen. Nein, er würde es nicht vermasseln. Nicht heute. Heute war Jaynes Geburtstag, und der sollte für sie perfekt werden.

Früher hatte Jayne aus Nicks Geburtstagen immer eine ganz große Sache gemacht. Sie hatte stundenlang an einer Karte für ihn gebastelt und zwischen den Bögen aus Bastelpapier kleine Welten aus den Dingen erschaffen, die sie seit seinem letzten Geburtstag getan hatten. Sie hatte jede Menge Sachen für ihn aufgetrieben, die sie sich garantiert nicht hatte leisten können, wie den 1970er Ford Mustang von Matchbox oder die Baseballkarte aus Ichiro Suzukis erster Saison. Und den ganzen Tag lang hatte er entscheiden dürfen, was sie machen würden.

Nick grinste. Meistens hatte er letztendlich das getan, von dem er geglaubt hatte, dass sie es wollte.

»Herzlichen Glückwunsch«, sagte er leise und drückte sie fester. Weich und warm schmiegte sich ihr Körper an ihn, und ihr schneller Atem strich über seinen Hals. Sie passten so perfekt zusammen, und das war schon immer so gewesen. Nur widerstrebend ließ er sie langsam wieder los, rückte ihren Turban zurecht und versuchte nicht zu bemerken, wie sie eilig den Gürtel ihres Bademantels fester zuzog. »Hübsches Outfit.«

»Ich war gerade unter der Dusche«, brachte sie hervor. Ihr Lächeln zitterte ein wenig, aber nicht sehr. »Ich hatte noch nicht mal einen Kaffee.«

»Hmm.« Er stupste sie auf die Nase und drehte sie dann zur Treppe um. »Zieh dich an, wir haben heute viel vor.«

In ihren Augen erwachte ein leises Funkeln. Endlich verzogen sich ihre Lippen zu einem Lächeln, dann sauste sie, zwei Stufen auf einmal nehmend, die Treppe hinauf. Nick und

Carter warteten, bis Jayne in ihrer Wohnung verschwunden war, dann gingen sie zum Pick-up zurück, luden die lange, flache Kiste aus und manövrierten sie durch die Tür und die Treppe hinauf, allerdings nicht ohne dabei ein paar Mal gegen die Wände zu stoßen.

Er war gerade dabei, die Plastikverpackung zu entfernen, als Jayne die Badezimmertür aufriss und sich im Gehen die Haare bürstete, während sie auf ihn und Carter zukam. Sie trug knielange Shorts, ein schlichtes lila T-Shirt und keine Spur Makeup.

Wow. In seiner Magengegend zog sich etwas zusammen, doch das versteckte er hinter einem Grinsen.

»Was habt ihr gemacht?«, fragte sie misstrauisch.

»Das war ganz allein er.« Carter lachte. »Direkt aus dem Handbuch *Arschloch für Anfänger*. Er hat dir ein Geschenk für sich selbst gekauft.«

»Was?« Sie versuchte, an Nick vorbeizugehen, doch er trat ihr in den Weg.

»Es ist nicht nur für mich, Carter. Ich bin sicher, tief in ihrem Inneren will sie es auch.« Er strich ihr eine Haarsträhne hinters Ohr und zog kurz eine Braue hoch. »Hundertsechs Zentimeter hören sich vielleicht viel an, aber glaub mir, ich kriege ihn schon rein.«

»Was?« In ihren blauen Augen blitzte Panik auf, gefolgt von etwas anderem, das warm und – *ach du Scheiße* – verdammt sexy war. Sie öffnete den Mund zu einem kleinen O und wollte den Rückzug antreten, doch Carter hielt sie fest.

»Heiliges Kanonenrohr, Jay«, lachte er. »Sieh mal einer an, was du schon so früh am Morgen für unanständige Sachen denkst.«

Noch nie hatte Nick jemanden so schnell und so tief erröten sehen. Verdammt, war sie süß. Aber bevor sie noch platzte, ging er aus dem Weg und führte sie ins Wohnzimmer, damit sie das Geschenk sehen konnte, das er ihr für sich selbst gekauft hatte.

»Plasmabildschirm, HD, Ethernet-Anschluss, zwei USB-Anschlüsse, DVD und Blu-Ray. Wenn du Lautsprecher hättest, könnten wir sogar Surround-Sound anschließen …« Die Hände in die Hüften gestützt, lächelte er den glänzenden neuen Fernseher an, den er auf dem Tisch in der Ecke aufgebaut hatte. »Der Mann von der Kabelfirma kommt am Montag.«

Jayne starrte das Gerät einige Sekunden lang an und sah dann auf, um Nicks Blick aufzufangen. »Ein Fernseher? Ist das dein Ernst, Nick?«

»Allerdings.« Er zwinkerte ihr zu und gab ihr die Fernbedienung. »Ich meine, es ist offenbar nicht das, was du dir unter hundertsechs Zentimetern vorgestellt hast, aber …«

»Wow.« Sie errötete noch tiefer, ihr Lachen rauschte über ihn hinweg. »Also ernsthaft, ich weiß nicht, ob ich ›Dankeschön‹ oder ›gern geschehen‹ sagen soll. Ich kann wohl davon ausgehen, dass du SportsNet schon als Favorit eingespeichert hast?«

»Nein«, sagte er gedehnt. »Aber das habe ich vor.«

Ihr Lächeln wurde breiter. Teufel auch, diesmal hätte er fast ihre Zähne gesehen.

»Du bist so ein Idiot.«

»Das sagst du ständig.« Er und Carter setzten sich Richtung Treppe in Bewegung, doch sie rührte sich nicht. »Komm, wir gehen frühstücken.«

»Wartet, ich bin noch nicht fertig.«

»Fertig wofür? Du siehst toll aus.«

»Nein, ich sehe aus, als wäre ich gerade aus der Dusche gesprungen, damit mir so ein Dummbeutel ein Geschenk für sich selbst machen kann.«

Das Lächeln war noch da. Gut.

Sie piekte ihm mit der Bürste auf die Brust und deutete in die Küche. »Ihr kocht Kaffee, und ich mache mich fertig.«

»Kaffee bekommen wir beim Frühstück.«

»Dann setzt euch hin und glotzt ein paar Minuten euer neues Spielzeug an.« Sie verschwand wieder im Bad, während Nick ihr nachsah und Carter Nick ansah.

»Du steckst bis zum Hals in Schwierigkeiten, Kumpel.« Carters Stimme war so leise, dass Nick erst dachte, er hätte es sich eingebildet, doch der Klaps auf die Schulter und der mitleidige Blick, den Carter ihm zuwarf, bestätigten es. Und er hatte recht. Nick steckte richtig tief in Schwierigkeiten, und dabei hatte er noch gar nichts getan.

Er hatte nur daran gedacht.

Immer wenn er Jayne umarmt hatte, war die kleine Flamme in seinem Bauch aufgeflackert, um dann wieder vor sich hinzuglimmen. Doch nicht dieses Mal. Jetzt brannte sie von Sekunde zu Sekunde heißer, und als sie ihn mit diesen großen, sexy Augen ansah, wusste er, er war geliefert.

Außerdem wusste er, dass er mit Lisa reden musste, und das nagte an ihm. Sie hatte etwas Besseres verdient. Und Jayne ebenfalls. Er mochte Lisa, aber er wusste auch, dass er niemals das für sie empfinden würde, was sie sich wünschte. Er hatte es versucht, bei Gott, und wie er es versucht hatte, aber es war einfach nicht da.

Und jetzt würde es so aussehen, als hätte Jayne sich zwischen sie gedrängt, ganz egal, was er sagte. Sie würde die Schuld für etwas bekommen, wofür sie überhaupt nichts konnte. Das alles war Nicks Schuld, und er musste einen Weg finden, es wiedergutzumachen. Aber wie sollte er Lisa erklären, dass sie so perfekt war, wie eine Frau nur sein konnte, und nie irgendetwas falsch gemacht hatte und trotzdem …?

Ein Fön wurde eingeschaltet, etwas klapperte, Schubladen wurden auf- und zugeschoben, Wasser lief. Während sie warteten, sammelten Nick und Carter den Verpackungsmüll vom Fernseher ein und stopften ihn in die Recyclingkiste.

Eine gute Wahl, wenn er das so sagen durfte. Das Gerät passte perfekt in die Ecke, und Jaynes Möbel standen so, dass man ihn aus jedem Winkel der Wohnung sehen konnte. Sie würde ihn lieben. Irgendwann.

Als Jayne endlich auftauchte, versuchte Nick, sie nicht anzustarren, aber wenn sie die Haare auf diese Art hochgesteckt trug … erst ein harter Ellbogenstoß von Carter riss Nick aus seiner Erstarrung.

»Fertig.« Sie nahm ein paar Karten aus ihrem Portemonnaie, steckte sie in die Gesäßtasche ihrer Hose und griff nach ihren Schlüsseln.

»Eins noch.« Er holte ein kleineres Päckchen hervor, das er im Fernsehkarton versteckt hatte, und reichte es ihr.

»Das fühlt sich an wie DVDs.« Mit zusammengekniffenen Augen sah sie ihn an, während sie den Finger unter das Papier schob. »Oh mein Gott, willst du mich etwa zwingen, mir alle *Star-Wars*-Filme mit dir anzusehen?«

»Nein, aber ich wünschte, das wäre mir eingefallen, bevor ich die gekauft habe.«

Ihr Mund klappte auf, als sie drei ihrer Lieblingsfilme von John Hughes auspackte: *Das darf man nur als Erwachsener, Ist sie nicht wunderbar?* und *Pretty in Pink*.

»Im Ernst?« Sie starrte ihn an, die Filme an die Brust gedrückt, als erwartete sie, dass er sie ihr wieder wegnehmen würde. »Seht ihr euch die mit mir an?«

»Auf keinen Fall«, antworteten beide gleichzeitig. Dann reichte ihr Carter noch ein Päckchen.

»Aber die hier schon.«

Sie riss das Papier auf und quietschte, als sie *Der Frühstücksclub, Ferris macht blau* und *Kevin – Allein zu Haus* auspackte.

»Okay«, grinste sie. »Jetzt bin ich froh, dass du mir den Fernseher geschenkt hast.«

»Gut. Können wir jetzt essen gehen?«

Wenn man auswärts frühstücken wollte, war die Auswahl im Ort begrenzt, aber zum Glück war Jayne noch nie ein Fan von schicken Restaurants gewesen. Sie fanden eine Nische im Diner, wo sie einen lächerlich kleinen Obstsalat mit Joghurt bestellte. Nick und Carter nahmen Steak, Eier und extra Hash Browns.

Während sie warteten, legte Nick ein kleines Päckchen vor Jayne auf den Tisch. Ihre blauen Augen blickten weich und mädchenhaft, als sie erst ihn und dann das Päckchen ansah. Er zog die Serviette unter seiner Gabel hervor und schob sie ebenfalls über den Tisch.

»Nur für alle Fälle.«

»Himmel«, murrte Carter, »ich hoffe, du erwartest von mir nicht auch noch etwas. Ich fand, ich habe mich schon mit den Filmen selbst übertroffen.«

Lachend begann Jayne auszupacken. Als schließlich der Schlüssel und das Trinkpäckchen aus dem Papier fielen, starrte sie beides eine lange Zeit an, bevor sie den Schlüssel aufhob und an seiner silbernen Kette baumeln ließ.

»Der sieht aber ganz gewaltig dem ähnlich, den ich dir vor etwa einer Woche zurückgegeben habe.«

»Es ist derselbe.« Er nahm ihn ihr aus der Hand, ging um den Tisch herum und legte ihr die Kette um den Hals. Als er sich wieder setzte, mied er Carters eindringlichen Blick.

Mit zitternden Fingern betastete sie den Schlüssel auf ihrer Haut. »Warum?«

Er nahm das Trinkpäckchen vom Tisch und hielt es hoch.

»Damit du nicht vergisst, dass du jederzeit eine Verabredung zum Mittagessen haben kannst, wenn du möchtest. Ganz egal, was passiert. Und der hier«, er deutete mit dem Trinkpäckchen auf den Schlüssel, »heißt, dass du jederzeit nach Hause kommen kannst. Duke vermisst dich.«

»Nick.« Ihre Unterlippe zitterte, ihre Augen füllten sich mit Tränen, und sie griff nach der Serviette. Die Kellnerin brachte das Essen.

»Heilige Scheiße«, murrte Carter schnaubend. »Wenn ich gewusst hätte, dass ein Trinkpäckchen für fünfzig Cent und ein rostiger alter Schlüssel ausreichen, hätte ich *Ferris macht blau* selbst behalten.«

»Solltest du versuchen, mir den Film wieder wegzunehmen«, sagte sie hinter ihrer Serviette, »breche ich dir den Arm.«

Sie war so leicht zu erfreuen; zu schade nur, dass sie so viel weinte, wenn sie glücklich war. Aber wenn es schon sein musste, wollte Nick gern derjenige sein, der sie zum Weinen brachte. Wie verdreht war das denn?

Nach dem Frühstück quetschten sie sich zu dritt in die Fahrerkabine des Pick-ups, Jayne in der Mitte, und steuerten alle privaten Flohmärkte an, die sie finden konnten. Es war zwar Jaynes Geburtstag, aber auch ein sonniger Samstag, und es gab Bücher zu kaufen.

Bei jedem Stopp schlenderten Nick und Carter an den Tischen entlang und brachten sie mit Dingen wie Spielzeug-Boxrobotern oder einer fast kahlen Barbie, die nur eine winzige Shorts und einen einzelnen Laufschuh trug, zum Lachen.

Sie schafften alles in den Laden, doch Nick wollte sie die Bücher nicht sortieren lassen.

»Zieh dir vernünftige Schuhe an.« So niedlich ihre lackierten Zehennägel auch aussahen, diese Flip-Flops würden ihr bei ihrem nächsten Ausflug keine guten Dienste leisten. Als sie wieder im Wagen saßen, hielt er kurz an der Bäckerei an, um die vorbestellten Lunchpakete abzuholen.

»Denkst du jemals an etwas anderes als Essen?«, fragte Jayne lachend, als er ihr die Tüte auf den Schoß stellte.

»Hin und wieder«, murmelte er und nahm an, sie würde wahrscheinlich nicht wissen wollen, woran er zuletzt oft gedacht hatte. Carter hatte offensichtlich eine Ahnung, denn er stieß ein Schnauben aus, das Jayne zusammenzucken ließ.

Nach zwanzig Minuten auf dem Highway fuhr Nick auf einen provisorischen Parkplatz und verstaute das Mittagessen in seinem Rucksack. »Bereit?«

»Schätze schon.« Sie klang nicht sehr zuversichtlich. »Wohin gehen wir?«

»Zum Lake Eloise.« Er zog sie leicht am Arm, damit sie sich in Bewegung setzte. »Ein paar Kilometer den Weg rauf.«

»Bergauf?«

Nick grinste und nickte. »Auf dem Rückweg geht es bergab.«

Der Weg war noch genau so, wie er ihn in Erinnerung hatte, tief zwischen den Bäumen verborgen, durchsetzt mit Wurzeln und Felsen, die ihn wesentlich anspruchsvoller machten als ihren Ausflug um den Golfplatz. Soweit er wusste, war Jayne noch nie hier oben gewesen, und er konnte es kaum erwarten, dass sie den See sah.

Nach etwa vierhundert Metern Steigung wurde der Weg im Licht der frühen Nachmittagssonne flacher, ehe er abermals anstieg. Ein paar Mountainbiker fuhren vorbei und lächelten hinter dem Staub und Schmutz auf ihren Gesichtern; und einige Zeit später kam ihnen ein älteres Paar mit einem rattengroßen schwarzen Hund entgegen, das auf dem Rückweg zum Parkplatz war.

Carter hielt das Gespräch mit Geschichten aus dem Krankenhaus im Gang, welche Schwestern süß waren, welche verrückte Stalker und welcher Arzt mit welcher Schwester schlief. Nick konnte dem Ganzen nicht folgen, Jayne hingegen schon; ihr fielen sogar die Ärzte auf, die mit mehr als einer Schwester gleichzeitig etwas am Laufen hatten.

Eine große gelbe Wespe summte um Jaynes Kopf herum, tauchte unter ihren Schlägen weg, nur um gleich darauf wiederzukommen.

»Das hast du davon, dass du so gut riechst.« Carter duckte sich, als sie die Wespe in seine Richtung scheuchte.

»Sehr hilfreich.« Noch ein paar Mal sprang sie der Wespe davon, ehe die offenbar zu dem Schluss kam, dass der Aufwand zu groß war, und zwischen den Bäumen verschwand.

Hundert Meter vom See entfernt fiel der Weg steil ab. Nick und Carter kletterten hinunter und halfen dann Jayne.

»Mach die Augen zu.«

»Ja, klar«, spottete sie. »Damit du mich gegen den nächsten Baum laufen lässt. Nein, danke.«

Carter, der ein Stück vorausgegangen war, drehte sich um und stieß einen lauten Pfiff aus. »Nicht übel, Cousin.«

»Jayne.« Nick wusste, dass sie es tun würde – allerdings nicht ohne einen letzten warnenden Blick und einen langen Seufzer. Als er sicher war, dass sie nicht heimlich hinsah, schob er die Hand unter ihren Ellbogen und führte sie zum See.

»Der Boden ist ganz eben«, sagte er und musste darüber lachen, wie sie die Füße hoch über den Boden hob und mit einer Hand in der Luft herumtastete. »Ein klein wenig Vertrauen wäre nett.«

Als sie die Lichtung am See erreichten, hätte Nick fast einen Freudenschrei ausgestoßen. Es war beinahe genau so, wie er gehofft hatte. Ein paar Leute waren außer ihnen noch da, aber weit genug entfernt, um sich gegenseitig nicht zu stören. Okay. Wohin mit Jayne?

»Noch nicht gucken.« Er nahm sein iPhone aus der Tasche und rief die Kamera-App auf.

»Was machst du?« Noch immer tastete sie in der Luft herum, fand aber nichts.

»Nur die Ruhe.« Ein Stück nach links, ein paar große Schritte auf den See zu. Da. Perfekt.

»Erst aufmachen, wenn ich es sage. Ich gehe jetzt ganz kurz ein paar Schritte weg.«

Sie versuchte, ihn am Ellbogen festzuhalten, doch er löste ihre Finger von seinem Arm und sprang aus ihrer Reichweite. Den Rucksack stellte er vor seinen Füßen auf den Boden.

»Okay. Aufmachen.« Noch bevor sie reagieren konnte, fing er an, Fotos zu schießen.

Langsam öffnete Jayne die Lider, fast als erwartete sie, von etwas Entsetzlichem angestarrt zu werden, doch in der nächsten Sekunde riss sie die Augen weit auf. Wunderschön.

Lake Eloise, einer der tiefsten gletschergespeisten Seen der Gegend, war unvorstellbar blau, und ringsum, fast auf jedem Zentimeter des Bodens, wuchs zu Tausenden und Abertausenden leuchtend gelber Löwenzahn.

»Oh mein Gott«, brachte sie hervor und verschluckte ein Lachen. »Es ist sagenhaft.«

Ohne auf die Wespen zu achten, die überall um sie herumschwirrten, sank sie auf die Knie und strich mit den Händen über die goldenen Blüten, und eine leichte Wellenbewegung lief durch das Blumenmeer. Nick schoss noch ein paar Fotos, dann steckte er das iPhone wieder ein und stand einfach nur da und sah ihr zu.

Ein schmutziger Schlüssel, ein Trinkpäckchen und ein Feld mit Löwenzahn – mit niemandem war ein Date so günstig wie mit Jayne.

Wieder stieß Carter einen Pfiff aus, diesmal schärfer, bis

Nick zu ihm hinsah. Er deutete mit dem Kopf ein Stück den See hinauf, wo drei Blondinen saßen. Nick entließ ihn mit einem Winken und setzte sich neben Jayne auf den Boden.

»War das die Wanderung wert?«

»Absolut.« Sie pflückte den größten Löwenzahn, den sie finden konnte, und hielt ihn über ihr Handgelenk. Die Sonne fiel durch die Blütenblätter und tauchte ihre helle Haut in weiches, gelbes Licht. »Das ist so toll.«

»Ja.« Er pflückte eine Blume so nah wie möglich an der Wurzel ab und stach mit dem Korkenzieher seines Taschenmessers am unteren Ende ein Loch in den Stiel. Dann pflückte er eine weitere Blume, führte den Stiel durch das Loch im ersten und wiederholte das Ganze wieder und wieder.

»Ich dachte, es wäre an der Zeit, dass du eine neue Kette bekommst.« Er ließ sich Zeit und vergewisserte sich, dass jede Blüte fest saß, bevor er zur nächsten überging.

Jayne machte keinen Mucks, sie saß nur da, die Arme um die angezogenen Knie geschlungen, und sah ihm mit ihren riesigen blauen Augen zu. Mit jedem neuen Stiel, den er auffädelte, schlug sein Herz schneller; er wusste, dass er bald zum Ende kommen würde und den Zauber brechen musste, der auf ihnen zu liegen schien.

Nick arbeitete langsam und zog die Zeit so weit wie möglich in die Länge, bis nichts mehr zu tun war. Dann glitt er auf Jayne zu und führte die Kette über ihren Kopf, wobei er darauf achtete, nicht an einer der vielen Haarnadeln hängen zu bleiben. Seine Finger strichen über ihren Hals.

Ihre Augen, so blau wie das Wasser, füllten sich bedrohlich, bis sich eine dicke Träne unter ihren Wimpern hervorschlich und über ihre Wange rollte.

»Hey.« Nick fing den Tropfen mit dem Daumen auf und wischte ihn fort. Doch anstatt die Hand wieder wegzuziehen, öffnete er sie und legte sie an Jaynes Wange. »Du sollst an deinem Geburtstag nicht weinen.«

»Nick.« Sein Name war nicht mehr als ein gehauchtes Seufzen auf ihren Lippen und verdammt noch mal das sinnlichste Geräusch, das er je gehört hatte.

Sie war ihm so nah und hielt so still, und Gott steh ihm bei, wenn sie ihn weiter so ansah … nur einen Kuss, nicht mehr; nur einmal kosten, eine Chance, die Haarnadeln zu lösen und ihre Haare offen über seine Hände fallen zu lassen.

»Ich … äh …« Er rückte noch ein kleines Stück näher und beugte sich vor … War sie gerade *zusammengezuckt*?

Sie riss den Kopf zurück und schlug sich in den Nacken. »Au!«

»Was?« Nick brauchte eine Sekunde, um sich wieder konzentrieren zu können, dann löste er ihre Hände von ihrem Hals, damit er etwas sehen konnte. Tatsächlich, da steckten zwei kleine schwarze Stacheln in ihrem Nacken, einer fast genau in der Mitte, der andere gleich links daneben. Beide Stellen waren bereits gerötet und begannen anzuschwellen. *Herrgott.*

»Bist du allergisch?«

»N-nein.«

»Gut. Halt still.« Er zückte sein Taschenmesser, klemmte die Stacheln zwischen die Klingenspitze und seinen Daumen und zog sie sehr vorsichtig nacheinander heraus.

»Komm.« Er half ihr hoch und schleifte sie fast zum Wasser. »Setz dich.«

»Du kannst einen ganz schön rumkommandieren.«

Er ignorierte sie, ging zurück, um den Rucksack zu holen, und ließ ihn neben ihr auf den Boden fallen. Er nahm eine Handvoll Servietten aus dem Lunchpaket, tauchte die Hälfte davon in das eisige Wasser und drückte sie ihr in den Nacken.

»Wie ist das?«

»Kalt.«

»Gut.«

Ein paar Mal hob er die Kompresse an, um sich die Stiche anzusehen, und als er sicher war, dass die Schwellung nicht mehr schlimmer werden würde, tauchte er die Servietten noch einmal ins Wasser, legte sie auf ihren Hals und schob ihre Hand darüber, damit sie die Kompresse selbst festhalten konnte.

Gott, was war er für ein Idiot; er hatte nichts Besseres zu tun gehabt, als scharf auf sie zu sein, während sie von Wespen angegriffen wurde. Er gab ihr eine Flasche Wasser und versuchte, die Falten auf seiner Stirn zu glätten. Nach einiger Zeit schaffte er es und ließ das beschämte Lächeln zu, das um seine Mundwinkel zuckte.

»Hier.« Er wartete, bis sie widerstrebend die Hand aufhielt, und ließ dann ein halbes Dutzend in Folie gewickelte Ferrero Küsschen auf ihre Handfläche fallen. Sie schnaubte leise, sah lächelnd zu ihm auf, bis er glaubte, sterben zu müssen. Dann nahm er die Hand von ihrem Hals, um eines der Küsschen hochzuheben.

»Dritte Klasse?«

»Zweite.« Noch einmal sah er nach ihrem Hals, benetzte die Servietten im See und legte sie wieder auf. Valentinstag in Miss Toths Unterricht: um die zwanzig Kinder beugten sich über ihre Tische und dekorierten glitzernde Pappherzen, um sie an alle in der Klasse zu verteilen. Nick wollte Jayne etwas anderes schenken – ein Küsschen –, aber sie hatte ihn rundweg abgewiesen.

»Ich glaube, deine genauen Worte waren: ›Igitt, Nick, das ist eklig.‹«

Ihr leises Lachen kitzelte in seinen Ohren und glättete die

letzten Falten auf seiner Stirn. »Tja, wenn ich gewusst hätte, dass es ein Küsschen aus Schokolade ist, hätte ich dich vielleicht nicht so feste getreten.«

Er winkte Carter zu ihnen herüber, damit er sich Jaynes Hals ansah. Dann verbrachte er die restliche Zeit am See abwechselnd damit, alle Wespen der westlichen Welt zu verfluchen und ihnen dafür zu danken, dass sie ihn vor dem womöglich größten Fehler seines Lebens bewahrt hatten. Jayne zu küssen? War er wahnsinnig? Sicher, im Laufe der Jahre hatte er schon daran gedacht, aber mehr auch nicht. Er hatte es nie getan, weil er wusste, dass sie ihn dafür umgebracht hätte – und selbst wenn nicht, wäre es zwischen ihnen nie wieder wie vorher gewesen.

Außerdem hatte er die Sache mit Lisa noch nicht beendet. Heute Abend. Er würde es heute Abend tun.

»Wir sollten uns beeilen, wenn wir die Reservierung noch schaffen wollen«, sagte Carter. »Lisa wartet bestimmt schon.«

»Reservierung?« Jaynes Stimme klang misstrauisch, fast verzagt. »Ihr meint, es kommt noch mehr?«

»Natürlich kommt noch mehr.« Er lachte. »Du hast doch nicht geglaubt, Nick würde dich an deinem Geburtstag allein zu Abend essen lassen, oder?«

»Nein, aber …« Sie verschränkte die Finger im Schoß und räusperte sich, bevor sie schließlich zu Nick aufsah. »Ich glaube, für diesen Geburtstag bin ich leer gefeiert. Können wir das Essen an einem anderen Abend nachholen?«

Sie konnte weder ihm noch Carter etwas vormachen – doch nach den Ereignissen am See konnte Nick es ihr nicht verdenken, dass sie den Tag frühzeitig beenden wollte. Bevor er etwas sagen konnte, fing Carter an zu maulen.

»Wenn Jay nicht mitkommt, will ich auch nicht, also setz mich bitte bei dir zu Hause ab, ja?«

Während der restlichen Rückfahrt sprachen sie nur wenig. Jayne hielt den Blick entweder starr geradeaus gerichtet oder auf ihre Finger, die sie noch immer im Schoß verschlungen hielt. Man brauchte kein Genie zu sein, um zu erkennen, dass es sie Mühe kostete, langsam und gleichmäßig zu atmen, erst recht, nachdem sie Carter abgesetzt hatten und Richtung Innenstadt fuhren.

Als sie am Laden ankamen, stieg Nick mit ihr aus und wartete, bis sie die Hintertür aufgeschlossen hatte.

»Bisschen viel heute?«

»Ein bisschen, ja.« Sie lehnte im Türrahmen und lächelte ihn an, doch das Lächeln reichte nicht annähernd bis zu ihren Augen. »Aber es war großartig. Danke.«

Zwischen ihnen konnten nicht mehr als dreißig Zentimeter liegen, aber ihm kam es mindestens wie ein Kilometer vor.

»Also, äh … hast du diese Woche viel zu tun?« Nick hatte die Hände zu Fäusten geballt und tief in den Hosentaschen vergraben, damit er nicht in Versuchung kam, Jayne zu berühren.

Sie zog eine Schulter hoch. »Ich werde in die Stadt und zurück pendeln, aber wenn du bei irgendwas meine Hilfe brauchst …«

»Nein, ich … äh …« Er blies die Luft aus und fuhr sich dann mit der Hand über den Mund, um einen Fluch zu unterdrücken. »Ich muss ein paar Dinge erledigen, und wir sind ein bisschen unter Druck, das Haus der Schwanns fertig zu kriegen. Aber ich melde mich im Lauf der Woche bei dir.«

»Ja, okay. Werdet ihr rechtzeitig fertig?«

Er tat ihre Frage mit einem Murren ab. »Wie geht's deinem Hals?«

»Gut. Inzwischen komme ich mir nur noch wie ein entfernter Verwandter von Quasimodo vor.«

Warum sah sie ihn so an? Als wollte sie etwas sagen oder als hoffte sie, dass er noch etwas sagen würde? Er hatte eine Menge zu sagen, so viel stand fest, aber noch nicht jetzt. Wenigstens das war er Lisa schuldig.

»Ich sollte jetzt gehen.« Er rührte sich nicht.

»Heute war …« Jayne fing an zu lachen, schluckte es dann aber hinunter. »Es war toll. Danke.«

Sie gab ihm einen Kuss auf die Wange, und zum ersten Mal, seit sie wieder in der Stadt war, nahm Nick nicht ihre Hand, umarmte sie nicht und erwiderte auch nicht ihren Kuss. Er murmelte nur eine Verabschiedung, stieg in seinen Pick-up und drückte auf dem ganzen Weg zu Lisa das Gaspedal bis zum Bodenblech durch.

Wie üblich war sie fertig und erwartete ihn.

»Wir sollten uns beeilen«, sagte sie. »Wir sind schon spät dran.«

»Äh, also. Wegen heute Abend …« Er deutete mit dem Kopf in Richtung Wohnzimmer. »Können wir reden?«

Lisa erstarrte, ohne mit der Wimper zu zucken. Nach einem kurzen Moment fuhr sie sich mit der Zunge über die Lippen und strich sich die Ponysträhnen aus der Stirn, dann ließ sie sich langsam aufs Sofa sinken und wartete, bis er ihr gegenüber Platz genommen hatte.

»Die Tickets können nicht erstattet werden, Nick.«

»Was für Tickets?«

»Für die Reise.« Sie faltete die Hände auf den Knien und sah mit ihren vertrauensvollen grünen Augen zu ihm auf, die voller Schmerz waren, dabei hatte er noch gar nichts gesagt. »Nach Montreal.«

Scheiße. Die Reise hatte er völlig vergessen. Langsam ausatmend, stützte er die Ellbogen auf die Oberschenkel. »Es tut mir leid.«

Ein bedächtiges, kaum merkliches Nicken, dann sog sie für

einen Moment die Lippen zwischen die Zähne. »Habe ich irgendetwas getan?«

»Nein«, sagte er leise. »Das alles würde viel mehr Sinn ergeben, wenn es so wäre, und es würde das hier verdammt sicher leichter machen.«

»Hast … hast *du* irgendetwas getan?« Sie blinzelte, jedoch nicht schnell genug, um zu verhindern, dass die erste Träne über ihre Wange rann.

»Nein.« Aber fast.

Einige Sekunden lang saßen sie schweigend da, während er krampfhaft nach den richtigen Worten suchte, die es für sie beide leichter machen sollten. Als er solche Worte nicht fand, entschied er sich für die Wahrheit.

»Lisa«, sagte er und zwang sich dabei, ihr in die Augen zu sehen, den Schmerz zu sehen, den er verursachte. »Du bist lieb und wunderschön, und wenn ich dich anschaue, sehe ich alles, was ich wollen sollte.«

»›Wollen *sollte*‹«, wiederholte sie langsam. »Aber du willst es nicht.«

»Ich bin ein Idiot.«

»Ja. Ja, das bist du. Aber ich wohl auch.« Ein Anflug von etwas – Schuldbewusstsein womöglich – flackerte in ihren Zügen auf. »Ein Teil von mir hat schon seit einer ganzen Weile damit gerechnet, dass dieser Tag kommen würde.«

»Wirklich?«

»M-hm.« Sie blickte auf ihre Hände, und als sie ihm wieder in die Augen sah, erkannte er Anflug eines kleinen, sehr traurigen Lächelns. »Du solltest dein Gesicht sehen, wenn sie in der Nähe ist. So hast du mich *nie* angesehen.«

»Lisa …« Er unterbrach sich und schluckte. »Es ist nicht ihre Schuld. Schon bevor sie wieder in der Stadt war, wusste ich, dass unsere Beziehung für mich nicht funktioniert.

Wahrscheinlich habe ich gehofft, dass ich es hinkriegen würde, dass ich der Mann werden würde, den du verdienst, wenn ich uns nur ein bisschen Zeit gebe. Aber dieser Mann bin ich nicht.«

»Ich weiß.« Lisa blinzelte kräftiger und drückte die Fingerspitzen unter ihre Augen, um die Tränen aufzufangen, ohne die geringsten Spuren auf ihrem Make-up zu hinterlassen. »Ich habe wohl auch gehofft, dass du es hinkriegst.«

»Es tut mir so leid.« Er zwang sich, ihrem Blick standzuhalten, obwohl er sich mit jeder Sekunde mehr wie ein Schwachkopf vorkam.

»Habt ihr, du und sie …?« Sie zog eine Braue hoch und wartete.

»Nein.«

»Aber du hast daran gedacht.«

Nick wand sich. »Ja.«

»Weiß sie es?«

»Gott, nein. Wahrscheinlich würde sie mich umbringen, wenn sie es herausfände. Schließlich hat sie unaufhörlich davon geredet, dass sie kein Problem für unsere Beziehung sein wollte und ich nicht so viel Zeit mit ihr verbringen sollte, weil du dich dann schlecht fühlen würdest, aber … äh …« Er atmete langsam aus. »Für dich und mich wäre dieser Tag gekommen, ob mit oder ohne Jayne, und das hast du einfach nicht verdient.«

»Also kann ich ihr nicht mal die Schuld geben?« Für einen kurzen Moment erreichte ihr trauriges Lächeln ihre Augen. »Das ist sehr schade, weil ich sie im Moment nämlich zu gern hassen würde.«

»Hass stattdessen mich. Nichts von alledem ist ihre Schuld.«

Sie atmete langsam und tief ein, hielt einen Moment die Luft an und atmete dann noch langsamer wieder aus.

»Nun, das heißt dann wohl, dass ich allein in die romantischste Stadt des Landes fahre.«

Sie war viel netter zu ihm, als Nick es verdient hätte, aber das war eben Lisa. Immer liebenswürdig, immer reizend.

»Ich könnte dir Carter mitschicken.«

»Nein, vielen Dank.« Ihr ganzer Körper bebte, als sie kurz auflachte. »Da fahre ich lieber allein.«

Er sah, wie ihr Lächeln allmählich verblasste, bis ihre Züge wieder aussahen wie vorhin, als sie sich hingesetzt hatten.

»Habe ich dir schon gesagt, wie leid es mir tut?«, fragte er, den Mund zu einer reuigen Grimasse verzogen.

»Du hast es das eine oder andere Mal erwähnt.«

Er spürte die Frage aufkommen, bevor sie die Worte aussprach, alles schien wie in Zeitlupe zu geschehen, doch er konnte es nicht verhindern.

»Bist du in sie verliebt?«

Für eine Sekunde schloss Nick die Augen, als könnte er Lisa auf diese Weise die Bilder ersparen, die in seinem Kopf aufblitzten: die fünfjährige Jayne, die ihn hinter der Schule umarmte, dann mit acht, wie sie ihm gegen die Schienbeine trat, der Ausdruck auf ihrem Gesicht, als er ihr die erste Löwenzahnkette geschenkt hatte, und dann heute, als er ihr die neue überreicht hatte, das Entsetzen, das ihn gepackt hatte, als die rotierende Flasche bei Carlas Party auf sie gezeigt hatte, Filme im Kino sehen, auf dem Footballfeld liegen, all ihre gemeinsam verbrachten Sommer, der Tag, an dem sie in den Bus gestiegen und fortgefahren war.

Und der Tag, an dem sie zurückgekommen war.

Nick öffnete die Augen, vermied jedoch eine direkte Antwort. »Wir waren unser ganzes Leben lang Freunde.«

»Das war nicht meine Frage.« Sie setzte sich aufrechter hin, reckte das Kinn ein kleines Stück höher.

Es lag ihm auf der Zunge, Nein zu sagen, als würde diese Lüge alles leichter machen, aber er konnte es nicht. Das Wort wollte einfach nicht über seine Lippen.

Schließlich nickte er. »Ja. Ich glaube, ich habe sie immer geliebt, mir war nur nie bewusst, wie sehr.«

»Das dachte ich mir.« Sie räusperte sich leise. »Und hast du vor, es ihr in nächster Zeit zu sagen, oder willst du einfach rumsitzen und noch mal fünfundzwanzig Jahre verschwenden?«

»Ich will es, aber …« Nick fuhr sich mit den Handflächen übers Gesicht und seufzte. »Noch nicht.«

»Warum nicht?«

»Ich muss mich noch darauf vorbereiten.« Er hätte sich nicht elender fühlen können, als er es in diesem Moment tat, und er hatte es verdient. »Was, wenn sie es nicht erwidert?«

Und, oh ja, er hatte auch das Schnauben verdient, das über Lisas Lippen kam, und jede Sekunde ihres schroffen, höhnischen Lachens, das darauf folgte.

15

Because I'm driving you crazy and you're driving me crazy and I'd rather not see you and have you think good things about me than have you see me and hate me. 'Cause I can't afford to have you hate me, Keith. The only things I care about in this goddamn life are me and my drums and you.

Watt, Ist sie nicht wunderbar

Die nächsten Tage verbrachte Jayne wie auch schon die Woche davor damit, die Kleinanzeigen und Online-Angebote wie Craigslist nach Büchern zu durchforsten. In den vergangenen Wochen hatte sie mit ihrem Wagen mehr Kilometer zurückgelegt als in den letzten Jahren, aber allmählich fing es an, sich auszuzahlen.

Sie hatte ihre bisher gesammelten Bücher nach Genres sortiert und grob in die Abteilungen gebracht, in die sie ihrer Ansicht nach gehörten. Seit der Zeit ihrer Großmutter hatte sich eine Menge verändert. Damals hatte die Science-Fiction- und Fantasy-Abteilung nur ein paar Regalbretter ganz hinten umfasst, doch Jayne wusste, dass sie dafür heute weitaus mehr Platz benötigen würde. Für Western bedauerlicherweise eher weniger.

Sachbücher waren etwas heikel, weil diese Titel manchmal lange in den Regalen standen, aber bei einem alten Geschichtsbuch konnte Jayne nicht Nein sagen, bei einem alten Nachschlagewerk noch weniger. Sie kaufte eine komplette Ausgabe der *World Book Encyclopedias* aus dem Jahr 1941, einfach nur, weil sie so hübsch waren, und im Ernst, was war ein Buchladen ohne ein mehrbändiges Lexikon? Sie wusste, dass niemand es kaufen würde, aber das störte sie nicht; bei ihrer letzten Fahrt in die Stadt war sie bei den Romanen auf Gold gestoßen, und das würde die unverkäufliche Enzyklopädie leicht wieder aufwiegen.

Robert Jordan, die *Unsere-kleine-Farm*-Bücher, fünfundzwanzig *Nancy-Drew*-Hardcover, John Jakes, Julie Garwood, ein paar Harry-Potter-Reihen, jede Menge Louis L'Amour und eine ganze Kiste Stephen King.

Das Pendeln in die Stadt war eine fantastische Möglichkeit, sich zu beschäftigen und unterzutauchen. Sie hatte kurz mit Nick telefoniert und ihm ein paar SMS geschrieben. Aber weil er alle Hände voll damit zu tun hatte, das Schwann-Haus fertigzustellen, ließ sie ihn lieber in Ruhe.

Am Dienstag traf sie sich mit den Mädels auf ein paar Drinks, wobei sie erfuhr, dass Mayas Mann mit seinem Flittchen in einem Restaurant im Ort gesehen worden war, und jede versuchte auf ihre Weise, die Freundin zu trösten.

Jayne berichtete von ihren eigenen Erfahrungen – dass Barry sie betrogen hatte und sie nicht hatte ausziehen können, weil sie zu große Angst gehabt hatte und es sich, offen gesagt, auch nicht hatte leisten können. Anschließend bot sie Maya an, dass sie jederzeit in ihrem Apartment unterkommen konnte. Ellie fand, Maya sollte den Scheißkerl kastrieren und fertig, und Regan hielt einfach nur Mayas Hand und sorgte dafür, dass ihr Glas immer voll war.

Gegen Mitte der Woche begann Jayne, sich Sorgen zu machen. Seit ihrem Geburtstag hatte sie kaum mit Nick gesprochen, und bei den wenigen Malen war er abgelenkt gewesen. Er konzentrierte sich ganz darauf, das Haus der Schwanns früher als geplant fertig zu kriegen, damit er sich (wie er es vage formulierte) anderen Dingen zuwenden konnte.

Am Mittwoch hielt sie zwischen ihren Fahrten in die Stadt am Cactus Café an, bestellte Mittagessen zum Mitnehmen und trat dann beiseite, damit der Nächste bestellen konnte.

»Hey, Jayne. Schön, dich zu sehen.« Brett Hale griff hinter die Theke, füllte sich dampfend heißen Kaffee in eine Tasse und legte ein paar Geldscheine auf den Tresen. »Möchtest du dich zu mir setzen, während du wartest?«

»Klar, gern.«

Sie setzten sich an den Tisch ganz hinten, von dem aus sie den vorderen Bereich des Cafés im Auge behalten konnten. Drinnen musste es über fünfundzwanzig Grad warm sein, doch Brett saß völlig ungerührt in seiner gestärkten Uniform und der Kevlarweste da, mit weiß der Kuckuck wie viel Kilo Gewicht an seinem Gürtel. Allein die Pistole musste schon zwei oder drei Pfund wiegen, und sie war nur ein Teil seiner gefährlich aussehenden Ausrüstung.

»Nick sagt, du hättest den Laden richtig hübsch hingekriegt.« Er nippte an seinem Kaffee, während er sie mit seinen dunklen Augen unverwandt ansah.

Sie nickte lächelnd. »Es wird. Langsam, aber es wird.«

»Ganz schön viel Arbeit.«

Es entstand ein kurzer Moment des Schweigens, doch zum ersten Mal in ihrem Leben wurde Jayne deswegen nicht unruhig. Sie setzte sich nicht unter Druck und suchte nicht verzweifelt nach einem Gesprächsthema. Es passierte einfach.

»Seit wann wohnst du eigentlich hier?«, fragte sie. »Ich glaube, bei meinem letzten Besuch warst du noch nicht hier.«

»Bald fünf Jahre. Ich bin aus Toronto hergezogen.«

»Ich auch.« Sie lachte. »Was treibt einen Großstadt-Cop in eine Kleinstadt wie diese?«

»Er folgt einer Frau.«

»Oh, schön. Was macht sie?«

Brett hob nur leicht eine Schulter. »Meine letzte Information ist, dass sie mit ihrem neuen Mann nach Norden gezogen ist.«

»Autsch. Das tut mir leid.«

Noch ein Schulterzucken. »So was passiert.«

Sara kam zu ihnen und legte Jaynes eingewickeltes Sandwich neben ihre Wasserflasche auf den Tisch.

»Danke«, sagte Jayne und wandte sich dann an Brett. »Ich muss wieder in die Stadt, aber es war schön, dich zu sehen.«

Er erhob sich, als sie aufstand. »Jayne?«

»Hm?«

»Würdest du vielleicht irgendwann mal etwas mit mir trinken gehen?«

Was? Hatte er sie gerade um ein Date gebeten? Brett? In Uniform und mit einem kleinen Waffenarsenal an der Hüfte? Als sie zögerte, blinzelte er irritiert.

»Entschuldige«, murmelte er. »Ist das unangebracht? Wenn es jemand anderen gibt … wenn du und Nick …«

»Nein«, platzte sie heraus und schüttelte dann den Kopf. »Ich meine, sehr gern.«

»Dann gehen wir was trinken?«

»Klar, o-kay.« Was tat sie da? Ein Date mit einem von Nicks Freunden? War sie verrückt? *War Brett verrückt?*

»Gut.« Ob dieser Mann jemals lächelte? »Wie wäre es mit morgen Abend?«

»Äh, ja, klar.«

»Um sechs im Chalker's?«

»Ja, klar. Okay.« Wie oft hatte sie das in den letzten sechzig Sekunden gesagt? Ihre Finger schlossen sich immer fester um die Wasserflasche, bis das Plastik einknickte. Sie musste hier raus. »Dann sehen wir uns da.«

Oh Gott. Oh Gott. *Oh Gott.*

Sie verließ die Bäckerei, doch statt in ihren Wagen zu steigen, wie sie es vorgehabt hatte, lief sie geradewegs zu Ellies Laden und riss beinahe die Tür aus den Angeln. Ellie sah von dem Hemd auf, das sie gerade zusammenlegte, warf einen Blick auf Jaynes Miene und rief nach ihrer Aushilfe.

»Angie!«

Aus dem Hinterzimmer kam eine kleine Frau mit einem runden Gesicht und wirren blonden Haaren.

»Ich bin mal kurz weg. Wenn ich nicht wiederkomme, kannst du dann heute Abend abschließen? Ich mache die Abrechnung später.« Sie nahm ihre Handtasche, die unter dem Tresen lag, fasste Jayne am Arm und marschierte mit ihr zum Buchladen zurück. »Schlüssel.«

Jayne wollte sie ihr schon geben, schüttelte dann jedoch den Kopf. »Nein. Ich muss in die Stadt, Bücher abholen. Der Mann sagt, er legt sie mir nur bis drei zurück.«

»Also gut. Ich fahre.« Sie stiegen in den Wagen, und Ellie fuhr auf die Logger's Lane Richtung Highway. »Spuck's aus.«

»Ich … ich habe ein … Date. Morgen«, brachte sie schließlich hervor. »Mit Brett Hale.«

»Mit dem Cop?«, staunte Ellie, dann änderte sie sofort ihre Stimmlage, um ermutigend zu klingen. Allerdings wenig überzeugend. »Entschuldige, ich meine, das ist toll.«

»Nein, ist es nicht.«

»Warum nicht? Ich würde nie mit einem Cop ausgehen, aber er scheint okay zu sein.« Ellie wandte den Kopf, um Jayne anzusehen, und grinste dann. »Ist es wegen Nick? Hattest du nicht gesagt, ihr wärt nur Freunde?«

»Wir *sind* nur Freunde.«

»Aber?«

»Aber«, haspelte Jayne. »Aber … Ich weiß es nicht! Ich bin

so verwirrt.« Sie lehnte den Kopf gegen das Fenster und hielt sich am Türgriff fest, als Ellie um eine Kurve bog.

»Verwirrt. Okay.« Ellie nickte. »Also gut, wir haben fast eine Stunde Zeit, bis wir in der Stadt sind. Also erzähl mir alles, und dann versuchen wir, es zu entwirren.«

»Ich kann nicht«, seufzte Jayne. »Es ist zu viel.«

So schnell gab Bleifuß-Ellie nicht auf. »Klar kannst du. Die *Reader's-Digest*-Version. Los.«

Bei dem Tempo, in dem Ellie fuhr, würden sie deutlich weniger als eine Stunde brauchen, also sprach Jayne so schnell sie konnte. Sie brachte so viele Highlights wie möglich unter, einschließlich einer kurzen Zusammenfassung von ihrem Leben mit Gran, Nick, Abby, Barry und ein paar anderen Traumprinzen, mit denen sie ausgegangen war; dann wieder Nick und alles Verwirrende, was sie in den letzten sechs Wochen gesehen, gehört oder empfunden hatte, einschließlich des Moments oben am See, als sie geglaubt hatte, Nick würde sie jeden Moment küssen. Dass sie fast daran zerbrochen wäre, als er es nicht tat, ließ sie aus.

»Wow«, hauchte Ellie. »Das ist … Wow.«

»Tja. ›Wow‹ hilft mir ehrlich gesagt nicht weiter, Ellie. Was soll ich tun?«

Ellie leckte sich die Lippen und sah durch die Windschutzscheibe.

»Okay. Also, zuallererst kann ich nicht glauben, dass er die andere Tussi geheiratet hat.«

»Abby«, sagte Jayne. »Und warum nicht? Sie war klug und witzig und unglaublich umwerfend. Ich meine, so umwerfend wie ein Victoria's-Secret-Supermodel. Er hat sie geliebt.«

»Aha. Und was ist mit dir?«

»Oh, bitte.« Jayne schnalzte mit der Zunge. »Wenn ich ein Bild von ihr hätte, würdest du es verstehen.«

»Das bezweifle ich.« Ihre Finger schlossen sich fester um das Lenkrad, und ihre Augen blitzten. »Er ist ein großer, dämlicher Arsch wie alle anderen auch.«

»Nein, ist er nicht. Er ist süß und …«

»Oh, fang gar nicht erst damit an«, warnte Ellie, als sie ausscherte, um den Fiat vor ihnen zu überholen. »Süße Typen lassen dich nicht für eine andere Tussi sitzen.«

»Er hat mich nicht sitzen lassen. Wir waren Freunde. Wir waren immer Freunde.«

»Ach bitte.« Sie lenkte den Wagen zurück auf die rechte Spur. »Also, was willst du tun?«

»Ich weiß es nicht.« Selbst in ihren eigenen Ohren klang sie erbärmlich. »Fährst du immer so schnell?«

»Ja.« Sie warf Jayne ein kurzes Lächeln zu. »Also gut, vergiss alles andere. Wenn der dämliche Arsch dir hier und jetzt sagen würde, er hält es keine Sekunde länger aus und muss es unbedingt mit dir hier auf dem Rücksitz tun – und ja, ich meine Sex, bei dem dir die Augen aus dem Kopf fallen, dich ein Tsunami überrollt und die Erde bebt –, was würdest du sagen?«

»Das würde Nick nicht tun. Er ist mit Lisa zusammen.«

»Jayne! Konzentrier dich. Was würdest du sagen?«

»Na ja, ich weiß nicht … ich meine, wenn Lisa nicht wäre …« Jayne unterbrach sich und kaute auf ihrer Unterlippe, bis sich die oberste Hautschicht löste. Schließlich ließ sie das Gesicht in die Hände sinken und brummte: »Ja.«

»Und was diese kleine Kussgeschichte oben am See angeht, würde ich darauf wetten, dass ihn nur ein paar Bienenstiche davon abgehalten haben, dich zu fragen.« Ihre Gesichtszüge wurden weicher, als sie Jayne ansah.

»Sieh auf die Straße!«

Ellie schnalzte mit der Zunge und seufzte. »Er ist trotzdem ein dämlicher Arsch, weil er die andere Tussi geheiratet hat.«

»Abby.«

»Wie auch immer. Ist es nur Sex? Wenn es nämlich nur Sex ist, kannst du das mit jedem haben, Jayne. Es muss nicht der dämliche Arsch sein.«

»Es ist nicht nur Sex. Ich denke die ganze Zeit an ihn, und wenn er nicht bei mir ist, tut es richtig körperlich weh, genau hier.« Sie presste sich die Faust vor die Brust, wobei ein Teil von ihr hoffte, dass sie das gerade nicht laut eingestand, sondern alles nur ein Traum war.

»Könnte auch Sodbrennen sein. Hast du es mal mit Rennie probiert?« Ellie trommelte schmunzelnd mit den Fingern aufs Lenkrad. »Okay, vergessen wir das. Was ist, wenn ihr zusammen seid?«

Das Lächeln kam aus dem Nichts, und die Wärmestrahlen, die es mit sich brachte, strömten Jayne aus jeder Pore. Und mit jeder Sekunde wurde es wärmer und weicher, bis ihr perlendes Lachen erklang.

»Oh, hör auf«, würgte Ellie. »Ich bereue, dass ich gefragt habe.«

Jayne lächelte noch immer. »Ich kann nicht anders.«

»Igitt.« Sie schauderte. »Halt einfach die Klappe. Es ist nicht denkbar, dass es nur vorübergehend ist?«

Jayne starrte sie nur an.

»Bist du sicher?« Ellie seufzte. »So wie es klingt, bist du nie richtig auf die Jagd gegangen, seit du den anderen dämlichen Arsch verlassen hast. Vielleicht brauchst du einfach nur eine heiße Affäre.«

Jayne ließ den Kopf gegen die Sitzlehne fallen. »Es ist nichts Vorübergehendes, ich will keine Affäre mit einem anderen.«

»Sicher?« Als Jayne nicht antwortete, zuckte Ellie die Achseln. »Also gut, wie lange bist du schon in den dämlichen Arsch verliebt?«

»Ehrlich?« Jayne schmunzelte. »Seit der zweiten Woche im Kindergarten.«

Ellie verdrehte dramatisch die Augen. »Noch so eine Antwort und ich kotze dir den Wagen voll und du darfst es wegmachen, versprochen. Also hör auf damit.«

Jayne lachte. So erbärmlich sie sich auch vorkam, die Erleichterung, das alles nach so vielen Jahren erzählen zu können, war einfach überwältigend. Und erschöpfend.

»Von allen Dummheiten, die ich begangen habe«, murmelte sie, »war das wahrscheinlich die größte.«

»Dumm wäre nur, wenn du weiterhin versuchen würdest, es zu leugnen«, sagte Ellie. »Glaubst du, er ist in dich verliebt?«

»Auf keinen Fall.« Die Antwort kam so selbstverständlich über ihre Lippen wie Atemluft und tat so weh, als müsse sie sterben.

»Wie kannst du dir so sicher sein?« Ellie warf ihr noch einen kurzen Blick zu. »Er hat doch versucht, dich zu küssen.«

»Das wissen wir nicht mit Gewissheit, vielleicht habe ich es mir nur eingebildet. Außerdem reden wir von Nick.« Jayne lachte leise, obwohl sie nichts von alledem für besonders witzig hielt. »Wäre er in mich verliebt, dann wäre er nicht mit Lisa zusammen. Es ist eher so, dass er sich für mich verantwortlich fühlt, wegen unserer gemeinsamen Geschichte.«

Für eine Weile füllte sich der Wagen mit Schweigen. Jayne konnte Ellies Entrüstung spüren, die sich wie Dampf in einem Kessel aufbaute. Trotzdem fuhr sie zusammen, als Ellie schließlich explodierte.

»Das ist der größte Haufen Bockmist, den ich je gehört habe!« Sie wandte den Kopf zu Jayne und dann wieder zur Straße. »Niemand tut das, was Nick tut, weil er sich ›verantwortlich‹ fühlt. Ich fühle mich für dich verantwortlich, aber du kannst deinen Arsch drauf verwetten, dass ich dir keine Löwenzahnketten basteln und dir keinen Schlüssel zu meinem Haus geben werde, ›damit du jederzeit wieder nach Hause kommen kannst‹.«

Sie öffnete den Mund, stieß sich den Finger in den Rachen und machte Würgelaute.

»Sehr lustig«, sagte Jayne. »Nimm die nächste Ausfahrt. Wenn du Nick kennen würdest, wüsstest du, dass er schon immer so war. Es hat nichts weiter zu bedeuten.«

Die Wärme, die Jayne noch vor wenigen Augenblicken gespürt hatte, verflüchtigte sich, als Lisas Worte wieder über sie herfielen. *»Du bist für ihn wie eine Schwester. Wenn er mehr von dir wollen würde, dann hätte er es inzwischen bekommen.«*

Ellies Stirn legte sich in Falten. »Wo geht's lang?«

»Links.«

»Vielleicht wartet er ja darauf, dass du den ersten Schritt machst.«

»Oh, nein.« Jayne unterdrückte ein Schnauben. »Nick wartet nicht darauf, dass irgendjemand irgendetwas tut.«

»Tja, wer weiß?« Ellie zuckte die Achseln. »Vielleicht solltest du es drauf ankommen lassen und sehen, was passiert.«

»Hast du völlig den Verstand verloren?«

»Warum nicht?«

»Hast du denn gar nichts von dem gehört, was ich gesagt habe?«, rief Jayne aus. »Er hat eine Freundin! Und selbst wenn nicht, ist er seit fünfundzwanzig Jahren mein bester Freund, Ellie. *Fünfundzwanzig Jahre!* Ich kann nicht riskieren, das jetzt zu verlieren.«

»Du hast dein ganzes Leben damit verschwendet, auf diesen Mann zu warten, Jayne. Was hast du denn sonst noch zu verlieren?«

»Alles.« Eine eiserne Faust der Angst schloss sich um Jaynes

Herz. »Er ist für mich das, was einer Familie am nächsten kommt, Ellie. Wenn ich ihn verliere, habe ich nichts mehr.«

»Also willst du dich zurücklehnen und mit ansehen, wie er seine Partyplanerin anschmachtet? Was, wenn er sie auch heiratet? Was machst du dann?«

»Nichts. Ich habe schon einmal mit angesehen, wie er geheiratet hat, und es hat mich nicht umgebracht.« Jayne schluckte. »Das schaffe ich auch noch mal.«

»Jayne.«

»Vergiss es, Ellie«, sagte sie und schnitt ihr damit den nächsten harschen Kommentar ab. »Das Einzige, was zählt, ist, Nick in meinem Leben zu behalten. Und wenn das heißt, dass alles so bleibt, wie es ist, dann ist das … dann ist das gut so. Das grüne Haus auf der linken Seite.«

»Also ehrlich.« Ellie schüttelte langsam den Kopf und seufzte. »Du arme, verkorkste kleine Irre.«

Sie verbrachten ein paar Stunden damit, die siebzig Bücherkisten in der Garage durchzusehen, und noch ein paar Minuten mit Preisverhandlungen, bevor Jayne ihren Wagen bis unters Dach vollud, eine Zeit für die nächste Fuhre verabredete und wieder auf den Highway fuhr, diesmal selbst hinter dem Steuer.

Ellie kippte ihre Sitzlehne so weit wie möglich nach hinten, streifte die Schuhe ab und legte die Füße übereinander aufs Armaturenbrett. »Dann gehst du also mit Brett aus?«

»Ja, schätze schon.«

»Gut. Mein Typ ist er nicht, aber vielleicht hilft er dir, einzusehen, dass der dämliche Arsch nicht das absolute Nonplusultra ist, für das du ihn offenbar hältst.«

»Vielleicht.« Jayne seufzte zweifelnd. »Es kommt mir nur komisch vor, mit einem seiner Freunde auszugehen.«

»Warum?«, brummte Ellie. »Soweit ich das mitbekommen habe, hat es der Cop in Nicks Endauswahl geschafft, bevor er dich Martin vorgestellt hat. Also habt ihr ganz bestimmt kuschlige Doppeldates, und alles wird voller Regenbogen und Einhörner sein.«

Sie öffnete die Tüte mit Jaynes längst vergessenem Lunch und nahm das Sandwich heraus. Eine Hälfte davon reichte sie Jayne und biss selbst in die andere. »Und ich wette, die Partyplanerin wird überglücklich sein, wenn du jemand anderen als ihren Freund findest, mit dem du deine Zeit verbringen kannst.«

Ja. Es war nicht zu leugnen, dass Lisa darüber froh sein würde. Ebenso wie Nicks Mutter und wahrscheinlich auch Nick selbst.

Nachdem sie Ellie abgesetzt hatte, fuhr Jayne direkt nach Hause und lud den Wagen wieder aus. Die Regale waren noch immer nicht voll, aber das Logo war am Schaufenster angebracht und das Kreditkarten-Lesegerät war aktiviert worden. Dandelion Books würde am Samstag eröffnen, komme, was da wolle.

Ohne auf den Stapel Post zu achten, der auf sie wartete, stand sie vorn im Laden und betrachtete die zahlreichen Kisten und Stapel, die sie zusammengetragen hatte; doch heute Abend würde sie nichts mehr schaffen, das wusste sie. Sie musste mit Nick reden, damit er über Brett Bescheid wusste. Nicht, dass sie ihm eine Erklärung schuldig gewesen wäre, aber aus irgendeinem Grund fand sie, dass sie diejenige sein sollte, die ihm davon erzählte. Vielleicht machte sie eine zu große Sache daraus. Warum sollte es ihn überhaupt interessieren? Schließlich hatte Ellie recht, Nick selbst hatte sie von Anfang an unbedingt mit jemandem verkuppeln wollen.

Sie nahm ihr Handy und setzte eine kurze SMS ab.

Kann ich vorbeikommen? Muss mit dir reden.

Nur Sekunden später summte seine Antwort. *Ja, gut. In 5 Min bei mir.*

Nachdem sie sich umgezogen hatte, sammelte sie ihre Schlüssel und ein bisschen Mut zusammen und öffnete die Hintertür.

»Maya!« Das arme Mädchen sah furchtbar aus. Ihre normalerweise zartblauen Augen waren jetzt rot gerändert und geschwollen, beide Wangen waren mit roten Flecken übersät, und sie zitterte von Kopf bis Fuß. »Was ist los? Komm, komm mit rein.«

Jayne drängte sie die Treppe hinauf und bot ihr einen Platz auf dem Sofa an.

»Tut mir leid«, schniefte Maya. »Aber ich habe deinen Wagen gesehen, und ich … ich kann nicht nach Hause.«

»Warte kurz.« Jayne rannte ins Badezimmer, schnappte sich die Schachtel Kosmetiktücher und rannte wieder zurück.

»Danke.« Sie nahm zwei oder drei Tücher aus der Schachtel und schnäuzte sich lange und kräftig die Nase. »Ich … ich habe ihn verlassen. I-ich konnte einfach nicht mehr …«

»Oh Maya.« Jayne zog sie in die Arme und ließ sie schluchzen. »Es tut mir so leid.«

Eine ganze Weile blieben sie so sitzen, weil Maya sich nicht bewegte und Jayne nicht wusste, was sie sonst tun sollte. Sie hatte noch nie Freundinnen wie diese Frauen gehabt, und noch nie war sie diejenige gewesen, bei der andere Trost suchten. Sie rieb Maya den Rücken, ließ sie weinen und reichte ihr frische Tücher.

»Ich habe es versucht, Jayne«, brachte Maya erstickt hervor. »Das habe ich wirklich.«

»Ich weiß, Süße.« Ihr Handy summte, zweifellos eine SMS von Nick, aber darauf konnte sie jetzt schlecht antworten. »Es ist nicht deine Schuld.«

»Doch, ist es. Warum sonst sollte mein Ehemann mir so etwas antun?«

»Ich weiß es nicht.«

»Wir hatten am Sonntag Jahrestag, und er … er war … und sie … Gott, es ist so peinlich!«

»Wenn das jemandem peinlich sein sollte, dann den beiden! Du hast nichts falsch gemacht, Maya.«

Doch Maya schien nicht zuzuhören. Sie barg das Gesicht in den Händen und wiegte sich lange Zeit vor und zurück.

Nicks Klingelton plärrte aus Jaynes Handy und ließ sie hochfahren, doch Maya hörte nicht auf, sich hin und her zu wiegen, und wimmerte die ganze Zeit vor sich hin. Jayne nahm ihr Handy, lehnte den Anruf ab und ging in die Küche, um Tee aufzusetzen, wobei sie sich aufs Übelste verfluchte, weil sie keine Schokolade oder Lay's-Chips auf Lager hatte.

Sie hatte gerade Wasser in den Kessel gefüllt, als ihr Handy erneut klingelte. Schnell wie der Blitz schaltete sie es stumm. *Himmel, Nick, entspann dich.* Sie rief das SMS-Fenster auf und schrieb, so schnell sie konnte.

Kann grad nicht. Reden später.

Als der Tee fertig war, ließ sie das Handy auf der Anrichte liegen, schenkte eine große, dampfende Tasse mit etwas Honig ein und brachte sie ins Wohnzimmer, wo Maya endlich aufgehört hatte, sich hin und her zu wiegen, und den Kopf gegen die Sofalehne sinken ließ.

»Was soll ich nur tun, Jayne? Wie soll ich leben? *Wo* soll ich leben?«

»Nun, ich bin sicher …«

Die Tür im Erdgeschoss sprang auf, und Jayne fuhr hoch. Tee schwappte aus ihrer Tasse, verbrannte ihr das Handgelenk und tropfte überall auf das Sofakissen.

»Jayne!«

Gute Güte. Bevor sie die Tasse auf den Tisch stellen konnte, war er schon die Treppe hinaufgestürmt.

»Was ist los?«

»Nichts.« Eilig lief sie zur Tür und versuchte, ihn aufzuhalten, aber er war zu schnell.

»Warum gehst du dann nicht ans Telefon?« Er stapfte in ihre Wohnung und sah sich hektisch um, bis er Mayas Kopf entdeckte. »Oh, hi, Maya.«

Jayne legte die Hände flach auf seine Brust und schob ihn zurück zur Tür.

»Es tut mir leid«, flüsterte sie. »Ich kann jetzt nicht. Ich muss bei Maya bleiben, also müssen wir später reden.«

»Aber …«

Sie packte ihn am Ärmel und zog ihn die Stufen hinunter. »Sie braucht mich, Nick. Sie hat Will verlassen.«

»Wurde auch Zeit.« Als er auf der untersten Stufe angelangt war, klingelte sein Handy. Bevor er abnahm, sah er Jayne mit hochgezogener Braue an. »Aber wir müssen wirklich reden, und ich …«

»Ich weiß. Später.«

»Hauptsache, noch heute Abend … Moment.« Er zwinkerte ihr kurz zu und hielt sich das Handy ans Ohr. »Nick Scott. Hey, Brett. Was gibt's?«

Jaynes Magen zog sich zusammen, stürzte dann ab und landete irgendwo in der Nähe ihrer Zehen. Vielleicht hatte es nichts mit ihr zu tun, vielleicht ging es um etwas anderes.

Genau. Und vielleicht war Mayas Arsch von einem Ehemann kein fremdgehendes Schwein.

»Ja, klar«, murmelte Nick und seine Augen verdunkelten sich, als er sie, ohne zu blinzeln, anstarrte. »Ach, tatsächlich? Hm. Nein, hat sie nicht erwähnt. Nein, das ist, äh, gut. Schön für dich.«

»Nick.« Warum sah er sie so an?

»Nein.« Mit weiß hervortretenden Knöcheln hielt er das

Handy fest. »Hey, Mann, das hat nichts mit mir zu tun. Ja. Okay. Bis später.«

Er legte auf, rührte sich aber nicht, sondern stand nur da und starrte sein Handy an.

»Das war es, was ich dir erzählen wollte«, sagte sie und zwang sich zu einem Lächeln. »Ich treffe mich morgen mit ihm auf einen Drink, und dann, ich weiß nicht, schätze, das sehen wir dann. Er scheint ein netter Kerl zu sein.«

Nick stand stocksteif da, nur die Hand, in der er das Handy hielt, öffnete und schloss sich immer wieder. Als er endlich aufsah, durchbohrte sein eisiger Blick sie regelrecht. Sein Kinn zuckte, dann presste er die Kiefer so fest zusammen, dass Jayne fürchtete, sie würden brechen. Ohne ein Wort riss er die Tür auf und stürmte hinaus.

»Nick, warte! Was ist …?«

Er wurde nicht einmal langsamer, sondern stieg in seinen Pick-up, brauste davon in die Dämmerung und ließ Jayne mit offenem Mund stehen. Sie hatte erwartet, dass es merkwürdig sein würde, unbehaglich. Sie hatte *nicht* erwartet, dass er wütend werden würde.

»Es tut mir leid, Jayne. Ich wollte dich nicht in Schwierigkeiten bringen.« Maya lief an der Tür auf und ab, ihr Gesicht war immer noch verquollen, und ihre Arme zitterten.

»Das hast du nicht«, sagte Jayne. »Alles bestens.«

»Vielleicht sollte ich lieber gehen.« Sie machte einen Schritt auf die Treppe zu, doch Jayne hielt sie am Ärmel fest und zog sie zurück.

»Du gehst nirgendwo hin. Du bleibst heute Nacht hier, und dann überlegen wir uns, was morgen wird.«

»Aber was ist mit Nick?«, schniefte sie.

Das war eine gute Frage, aber Jayne wischte Mayas Besorgnis mit einer Handbewegung fort. »Darum kümmere ich mich später. Jetzt brauchst du erst mal Ruhe.«

»Bist du sicher?«

»Ja, natürlich.« Jayne deutete mit dem Kopf zu ihrem Schlafzimmer. »Nimm mein Zimmer. Ich habe unten noch viel Arbeit.«

Mayas Züge, bis eben noch traurig und aufgelöst, nahmen einen entschuldigenden Ausdruck an. »Es tut mir so leid.«

»Schh, es ist nicht deine Schuld.« Sie versuchte zu lächeln, doch das kostete einfach zu viel Kraft. »Möchtest du etwas essen? Ich könnte dir ein Sandwich machen.«

»Nein, danke. Ich glaube, ich lege mich einfach hin.«

»Gern. Wenn du später etwas brauchst, sag Bescheid. Oder bedien dich einfach selbst.« Sie nahm Maya noch einmal in den Arm. »In der untersten Schublade liegt ein sauberes Nachthemd, das kannst du haben.«

Mayas blonde Locken wackelten, als sie nickte, dann verschwand sie im Schlafzimmer und schloss die Tür.

Ausgerechnet jetzt hatte sie kein Ben & Jerry's im Haus.

Jayne kochte eine frische Tasse Tee und nahm sie mit nach unten. Die Lichter eingeschaltet und die Musik so leise gestellt, dass sie Maya nicht stören würde, fing sie an, Bücher aus der ersten Kiste zu nehmen und sie mit dem Rücken voran im Regal neben dem Verkaufstresen zu stapeln.

Sie sortierte und entstaubte stapelweise Krimis, Fantasy, Liebesromane und Western, dann sortierte sie sie alphabetisch zwischen die bereits aufgestellten Bücher.

Warum zum Teufel musste alles so verdammt verwirrend sein? Zu wissen, dass Nick deswegen sauer auf sie war, ließ Jayne innerlich zittern, überforderte sie, ließ sie fast schon verzweifeln, doch je mehr Bücher sie sortierte, desto mehr verwandelte sich ihre Ängstlichkeit in etwas anderes. Etwas, das sie sich in der Vergangenheit nicht oft zu fühlen erlaubt hatte.

Wut.

Wer zum Teufel glaubte er eigentlich, zu sein? Er hatte eine Freundin! Jayne hatte nichts weiter getan, als eine Einladung auf ein Getränk anzunehmen. Von einem *netten Mann*, einem Mann, den Nick sogar mochte. Also was zum Kuckuck war sein Problem?

Er war es doch, der ihr ständig gesagt hatte, sie hätte etwas Besseres verdient als Barry, und außerdem, was zur Hölle ging es ihn überhaupt an, mit wem sie ausging? Sie schrieb ihm doch auch nicht vor, mit wem er auszugehen hatte und mit wem nicht!

Als Jayne daran dachte, ihren Tee zu trinken, war er längst kalt geworden, und mehrere Stunden waren vergangen. Die Zeit vergeht im Flug, wenn man sauer ist. Es überraschte sie nicht, als mitten in der Nacht plötzlich eine SMS von Nick kam; viel mehr überraschte es sie, dass sie für einen Moment daran dachte, sie einfach zu ignorieren.

Kann ich reinkommen?

Ein paar Sekunden lang starrte sie die Nachricht an, dann ging sie zur Hintertür. Noch bevor sie den Laden zur Hälfte durchquert hatte, summte das Handy erneut.

Vordertür.

Ein Knurren unterdrückend, knallte sie ihr Handy auf den Verkaufstresen. Dabei stieß sie versehentlich ihre Tasse um und verschüttete den kalten Tee über die gesamte Post des Tages.

Unter nicht besonders damenhaften Flüchen machte sie sich an der Vordertür zu schaffen und öffnete sie. Nick stand direkt davor und stützte sich zu beiden Seiten in den Türrahmen. Er sah beschissen aus, wirklich erbärmlich, und für einen

Augenblick hätte sie sich fast in seine Arme geworfen. Stattdessen drückte sie das Rückgrat durch – ein neuer Körperteil, an den sie sich erst noch gewöhnen musste – und starrte ihn mit einem Blick an, der hoffentlich wütend und erwartungsvoll war.

»Was?« Mit einer Hand hielt sie die Tür fest, die andere presste sie auf ihren Magen, damit er aufhörte, Purzelbäume zu schlagen.

Er senkte den Blick, schloss für einen Moment die Augen und sah sie dann an, was ihm sichtlich schwerfiel. Gut. Er fühlte sich mies. Das sollte er auch. »Ich hab da draußen in meinem Pick-up gesessen und mir gewünscht, mir würde eine Erklärung dafür einfallen, dass ich so ein …«

»Ein was?«, fragte sie, als er den Satz nicht zu Ende brachte. »Ein blöder Scheißkerl gewesen bist?«

Seine Lippen zuckten, als er seufzte. »Ja.«

»Und was ist dir eingefallen?« Die Kraft ihrer eigenen Stimme erschreckte sie. Ihn offenbar auch.

»Nichts«, sagte er schließlich mit leiser Stimme. »Überhaupt nichts.«

»Dachte ich mir.« Sie drehte sich um und ließ die Tür zufallen, doch Nick stieß sie wieder auf und folgte Jayne in den Laden.

»Jayne. Warte.«

Lustig, das hatte sie vor ein paar Stunden zu ihm gesagt, und er war nicht einmal langsamer geworden. Aber jetzt sollte sie tun, was er wollte? Oh, sie dachte gar nicht daran.

»Es tut mir leid.« Seine Stimme war direkt hinter ihr, so sanft, so verlockend.

»Wie auch immer.« Sie holte ein Staubtuch hinter dem Tresen hervor und fing an, den verschütteten Tee aufzuwischen, bis Nick ihr das Tuch aus der Hand nahm.

»Ich meine es ernst. Es tut mir leid.«

»Ich weiß.« Jayne sah ihn nicht an, trotzdem konnte sie die Wärme in seinem Blick spüren und wusste, dass er sie wahrscheinlich einfach in den Arm nehmen wollte, weil er hoffte, dass davon alles besser wurde. In fünfundzwanzig Jahren hatte es immer funktioniert, aber jetzt …

Jetzt würde es alles nur schlimmer machen.

Sie hob den Poststapel an und sah ein paar Sekunden lang zu, wie der Tee von den Umschlägen tropfte, dann warf sie den ganzen Stapel wieder auf den Tresen. Mit einem schweren Seufzen rutschte sie mit dem Rücken an der Tresenfront hinunter, bis sie auf dem Boden saß, das Gesicht in den Händen verborgen. Im nächsten Augenblick saß er neben ihr.

»Ich weiß nicht, was vorhin los war«, murmelte er. »Es hat mich einfach überrascht.«

»Was?«, schnaubte sie. »Die Vorstellung, dass jemand, der kein totales Arschloch ist, tatsächlich Interesse an der langweiligen grauen Maus Jayne zeigt?«

»Sag das ni… Nein!« Er hatte die Knie angezogen und die Hände darum verschränkt. »Es hat mich unerwartet erwischt, das ist alles. Und ich schätze, ich … ich bin noch nicht bereit, dich mit jemandem zu teilen.«

»Du bist nicht bereit, *mich zu teilen*?« Jayne schnappte nach Luft und ließ den Kopf gegen den Tresen fallen. »Ich bin keine Kiste Lego, die du zwischen deinen kleinen Freunden aufteilen kannst, Nick.«

»Ich weiß. So habe ich das nicht gemeint … verdammt.« Er drehte sich zu ihr um. »Ich weiß nicht, was ich tun soll, Jayne. Sag mir, wie ich es wiedergutmachen kann, und ich tue es.«

Nick. Wie immer derjenige, der alles reparierte. Es machte ihn verrückt, wenn er keine Lösung fand, und hier … tja, sie konnte ihm nicht helfen, weil sie selbst keine Ahnung hatte.

»Ich weiß es nicht«, gab sie schließlich zu. »Vielleicht gibt es nichts wiedergutzumachen.«

Wenn sie nicht so erschöpft gewesen wäre, hätte sie vielleicht über die verständnislose Miene gelacht, die sich auf sein Gesicht legte; als weigerte sich sein Gehirn zu begreifen, was sie gerade gesagt hatte.

»Aber du bist noch sauer.«

»Ich bin nicht sauer«, seufzte sie. »Ich bin … verwirrt.«

Sie setzte sich auf, nahm seine Hand und schenkte ihm ein kleines Lächeln. »Erinnerst du dich noch an den Tag, an dem ich hergekommen bin? Als wir in deinem Wagen saßen und du so penetrant und unausstehlich warst wie eh und je? Weißt du noch, was ich da gesagt habe?«

Seine Verwirrung ließ ein wenig nach, und seine Lippen zuckten kaum merklich. »Du hast gesagt, es würde merkwürdig werden.«

Jayne hob die Hand. »Ich hab's dir gesagt. Alles ist so schnell gegangen, mit dem Laden, mit deiner Arbeit, Katie und das Baby, dass wir zusammen gewohnt haben … wir hatten keine Zeit, uns zu sortieren.«

»Wie meinst du das?«

»Komm schon, Nick«, seufzte sie. »Ich ziehe wieder her, nachdem ich zwölf Jahre weg war, und wir beide machen weiter, als wäre nichts gewesen; als wären wir wieder fünfzehn und du glaubst, du müsstest dich um mich kümmern.«

»Du sagst das, als ob es etwas Schlechtes wäre.«

»Nein, es ist nicht schlecht. Es ist nur … ich weiß nicht.« Sie lehnte sich wieder an den Tresen und rieb sich mit beiden Händen das Gesicht. »Wenn wir in den letzten zwölf Jahren nicht so lange getrennt gewesen wären, oder in den letzten sechs Wochen so viel zusammen, oder wenn du mich nicht behandeln würdest wie … ach, es ist einfach seltsam.«

»Es ist nicht seltsam!« Seine Stimme klang angestrengt, als würde es ihn große Mühe kosten, nicht zu schreien. »So habe ich dich immer behandelt, also was ist jetzt anders? Du bist meine Familie, Jayne.«

Ein Schnitt mit einer Machete hätte nicht tiefer oder schneller sein können. Es riss ihr den Atem aus der Lunge und machte sie unfähig, etwas anderes zu tun, als zu blinzeln. Ihr ganzes Leben lang hatte Jayne sich eine Familie gewünscht. Nein, sie hatte sich Nicks Familie gewünscht. Und hier war er und gab ihr genau das, was sie gewollt hatte.

Scheiße.

Lisa hatte recht. Jayne war für ihn wie eine Schwester. *Nicht weinen. Um Gottes willen, nicht weinen.*

Sie wusste, dass er so für sie empfand, hatte es immer gewusst. Warum also war es so unvorstellbar viel schlimmer, es aus seinem Mund zu hören? Zu hören, wie es ihm mit solcher Leichtigkeit über die Lippen kam?

»Jayne?«

Sie musste sich in den Griff bekommen – und zwar schnell –, sonst würde diese Sache nicht nur schmerzhaft, sondern wirklich unerträglich werden. Sie selbst hatte zu Ellie gesagt, dass für sie nichts anderes zählte, als Nick in ihrem Leben zu behalten, ganz egal, wie.

Nun, dann würde sie ihn also als Bruder bekommen.

»Alles okay mit dir?«, fragte Nick.

Atmen, Jayne.

»Mir geht's bestens«, krächzte sie. »Aber können wir bitte über etwas anderes reden?«

Lächeln. Genau. Gut gemacht.

»Aber …«

»Ich schwöre bei Gott, Nick …«

»Okay, okay.« Die angespannten Muskeln in seinem Kiefer

verrieten ihr, dass dieses Gespräch für ihn noch nicht beendet war. Zu schade, denn für sie war es das definitiv. Sie zählte sogar die Minuten, bis er zu seiner blöden Reise aufbrach, damit sie wieder Atem holen konnte. Und vielleicht würde ihr dann auch wieder einfallen, wie sie ein Leben führen konnte, ohne ihn ständig um sich zu haben.

Keiner von ihnen bewegte sich. Jayne schaffte es kaum, genug Luft in die Lunge und wieder hinauszupressen. Die Vorstellung, aufrecht zu stehen, war im Moment zu anstrengend, um sie überhaupt in Betracht zu ziehen. Weiß der Himmel, warum Nick auf dem Boden sitzen blieb.

»Wie geht's Maya?«, fragte er endlich.

Ja. Gut. Über anderer Leute Probleme reden.

»Elend.«

Nick wand sich. »Was hat sie jetzt vor?«

»Sie bleibt hier, bis wir eine Lösung finden.«

»Hier?«, staunte er. »Da oben ist kaum Platz für eine Person, von zweien ganz zu schweigen.«

»Macht nichts.« Sie zuckte die Achseln. »Sie wird nicht zu ihm zurückgehen, und wenn das heißt, dass ich auf der Couch schlafen muss, bis wir eine Wohnung für sie finden, dann mache ich das eben. Sie würde das Gleiche für mich tun.«

Jayne schluckte. Es war noch nicht lange her, dass sie selbst in Mayas Lage gewesen war; die Scham war überwältigend gewesen, zum Teil auch deshalb, weil Barry nicht einmal versucht hatte, etwas geheim zu halten. Er hatte gewusst, dass Jayne sich selbst die Schuld geben würde, was sie auch getan hatte, genau wie Maya jetzt. Aber sie wollte verdammt sein, wenn sie zuließ, dass Maya sich noch einen weiteren Tag ihres Lebens so ohnmächtig fühlte.

Ein paar Minuten später stand Nick auf und reichte ihr die Hand. Noch immer wackelig auf den Beinen, ließ sie sich von ihm aufhelfen und betete, dass ihre Beine sie tragen würden.

»Ist alles gut zwischen uns?«, fragte er. Noch immer hielt er ihre Hand, noch immer lächelte er sie an.

Sie zuckte seufzend mit der Schulter und nickte. »Ich gehe morgen Abend trotzdem mit Brett aus.«

Sein Lächeln verschwand, sein Kiefer war steinhart. »Darf ich dir wenigstens sagen …?«

»Nein, darfst du nicht.« Sie riss die Tür auf und forderte ihn mit einer Geste auf zu gehen. »Du hast viel für mich getan, Nick. Aber das gibt dir nicht das Recht, Entscheidungen für mich zu treffen oder mir vorzuschreiben, mit wem ich ausgehen darf und mit wem nicht.«

»Ich will doch nur …«

»Gute Nacht.« Mit einem nicht allzu sanften Stoß bugsierte sie ihn aus der Tür und schloss sie hinter ihm ab.

Wie lange stand sie noch so da, nachdem er gegangen war? Sie hatte keine Ahnung. Mit Gewissheit wusste sie nur, dass sie jede Sekunde umfallen würde und der Weg quer durch den Laden und die dreizehn Stufen hinauf verdammt lang waren.

Sie nahm ihre Tasse und den Stapel Post und trat die Wanderung zum Sofa an. Als sie auf der obersten Stufe war, kam Maya aus dem Bad. Sie sah so erbärmlich aus, wie Jayne sich fühlte.

»Was sind wir doch für ein Paar«, kicherte Maya, doch es lag kein Funke Humor darin.

Zusammen gingen sie zur Couch und ließen sich darauffallen.

Jayne nahm Mayas Hand und drückte sie. »Tut mir leid, wenn wir dich geweckt haben.«

»Ach was.« Sie lächelte schwach. »Schlaf wird allgemein überbewertet.«

»Ganz deiner Meinung. Warum schlafen, wenn wir hier sitzen und die Wand anstarren können?«

Maya nahm die Fernbedienung vom Tisch und schaltete den Fernseher ein. »Man weiß nie, welche alten Filme mitten in der Nacht gesendet werden.«

»Genau.« Während Maya durch die Kanäle schaltete, fing Jayne an, die Post zu öffnen. Telefonrechnung, Stromrechnung und eine Mitteilung von einem Dr. Woodrow Reimer, der Gran daran erinnerte, dass ihre halbjährliche Zahnreinigung fällig war.

Immer auf dem Laufenden, was, Doc?

Sie riss den letzten Umschlag auf und nahm ein zusammengefaltetes Blatt Papier heraus. Am unteren Rand war ein kleiner Schlüssel aufgeklebt. Es war ein Brief von Grans Anwalt.

Liebe Ms Morgan,
beiliegend erhalten Sie den Schlüssel zu Lagerraum Nr. 427 der Firma Lakeside Storage. Die Einheit gehörte Ihrer Großmutter Tilly Morgan und wurde Ihnen als Teil ihres Vermögens hinterlassen. Auf spezielle Anweisung Ihrer Großmutter jedoch sollten Sie diesen Schlüssel nur erhalten, falls Sie die Buchhandlung wiedereröffnen.

Da offenkundig geworden ist, dass Sie dies planen, freuen wir uns, den Schlüssel an Sie weiterleiten zu können, und hoffen, dass Sie alles ordnungsgemäß vorfinden. Bitte beachten Sie, dass die Miete für den Lagerraum bis zum 30. September dieses Jahres bezahlt ist. Bis zu diesem Zeitpunkt können Sie den Raum entweder räumen oder die weitere monatliche Miete bezahlen. Sollten Sie keines von beidem tun, wird der Inhalt des Lagerraums am ersten Oktober zur Auktion freigegeben.

Falls Sie Fragen haben, wenden Sie sich bitte an den Unterzeichner.

»Du willst mich wohl verarschen!«

»Was?« Maya sah auf.

Ungläubig schüttelte Jayne den Kopf. »Es gibt noch mehr. Gran hatte noch mehr Müll.«

»Was?«, wiederholte Maya. »Wo?«

»In einem Lagerraum! Ist das zu fassen? Und jetzt heißt es, ich soll das Zeug nur dann bekommen, wenn ich den Laden wiedereröffne. Als würde sie mir einen unglaublich großen Gefallen tun, indem sie mich mit noch mehr Schrott überhäuft.«

Sie drehte den Brief um, damit Maya ihn lesen konnte, dann ließ sie sich aufs Sofa fallen und legte die Füße auf den Tisch. *Scheiß doch drauf.* Was immer darin sein mochte, konnte getrost versteigert werden. Wer dumm genug war, auf einen Lagerraum voller Plastikweihnachtsmänner und schäbiger alter Babykleidung zu bieten, hatte es nicht besser verdient.

16

Being bad feels pretty good, huh?

John Bender, Der Frühstücksclub

Jayne und Maya warteten, bis sie sicher waren, dass Will zur Arbeit gefahren war, und gingen dann zu Maya nach Hause. Während Jayne sich um die einfachen Dinge wie Kleidung und Toilettenartikel kümmerte, lief Maya durchs Haus und suchte die persönlichen Gegenstände zusammen, die sie mitnehmen wollte.

Traurigerweise gab es da nicht viel.

Das Haus hatte drei Schlafzimmer und lag an einer ruhigen Straße, ein paar Fahrminuten hinter Nicks Haus in einer der älteren Erschließungen. Der Vorgarten war ordentlich gepflegt, bunte Farbtupfer leuchteten in unkrautfreien Beeten, und das Gras war gleichmäßig grün. Im Hausinneren sah es genau so aus, wie Jayne es sich vorgestellt hatte.

Die Wände hatten eine weiche, erdige Farbe, nur eine Nuance dunkler als Creme, und in jedem Zimmer gab es kontrastfarbige Akzente. Es war beinahe zu perfekt; selbst die ungenutzten Schlafzimmer waren picobello eingerichtet, die grünen Zierkissen in akkuraten Winkeln arrangiert, und kein einziger Fußabdruck verunzierte die Staubsaugerlinien auf dem Teppich.

Auf dem Couchtisch im Wohnzimmer stand eine gläserne Vase mit rosa Rosen, direkt hinter einem gerahmten Foto von

Maya und Will in vollem Hochzeitsputz. Wenn man ihre Gesichter auf diesem Foto sah, würde man nie glauben, wo sie nun, ein Jahr später, standen.

Jayne drückte Maya kurz. »Willst du den Fernseher? Oder den Computer?«

»Nein«, murmelte sie und ging dann direkt auf den Computer zu, den sie nicht wollte. Sie kopierte eine ganze Menge Daten auf einen USB-Stick, löschte alles, was ihr gehörte, von der Festplatte und deaktivierte die Antivirus-Software.

»Er überprüft das nie«, sagte sie lächelnd. »Wenn es also ein wenig Gerechtigkeit auf der Welt gibt, wird er schon bald von jedem Virus da draußen befallen werden, in persönlicher und technischer Hinsicht. Möge ihm der Computer verrecken und der Schwanz abfallen.«

Jayne lachte prustend und hob die Hand. »High Five darauf, Schwester!«

An der Tür blieb Maya stehen.

»Warte mal.«

»Aber du kommst zu spät, um deinen Laden aufzumachen.« Jayne tippte auf ihre Uhr, um ihre Worte zu unterstreichen.

»Es dauert nicht lange.«

»Okay.« Zunächst blieb Jayne in der Tür stehen, doch als das erste Krachen aus der Küche drang, rannte sie Maya hinterher. Als sie dort ankam, lag ein ganzer Stapel Teller in Scherben auf dem Boden.

»Maya!« Hätte Jayne sich nicht geduckt, wäre sie von einem gläsernen Wurfgeschoss am Kopf getroffen worden. »Hör auf! Was tust du da?«

Maya hörte nicht auf. Sie schien gerade erst warm zu werden.

»Er hat mir immer gesagt, es wäre meine Aufgabe, mich um das Geschirr zu kümmern. Und weißt du was? Ich kümmere mich jetzt drum – ein für alle Mal.« Mit dem Blick einer Wahnsinnigen ging Maya von Schrank zu Schrank und warf alles zu Boden. Gläser splitterten, Teller zerbrachen, und überall flog Besteck herum. Dann ging sie zum Kühlschrank über.

Sie nahm ein volles Glas Gewürzgurken und warf es sich über die Schulter. »Ups. Wie dumm von mir.«

Eier flogen in zwölf verschiedene Richtungen, dann Marmelade, dann ein ganzes Fässchen Butter, Ketchup und Milch. So ging es immer weiter, bis alles, was in den Schränken und dem Kühlschrank gewesen war, in einem großen Ekelsee auf dem Küchenboden verteilt war. Jayne sah gleichermaßen erschrocken und ehrfürchtig zu, dann folgte sie Mayas klebrigen Schritten aus der Küche in den ersten Stock.

»Wir sollten jetzt gehen.«

»Dauert nur eine Minute.« Sie hob die Bettlaken am Rand an und tastete die Matratze ab. Eine langsame Welle zog sich über das Bett.

»Ihr habt ein Wasserbett?«, fragte Jayne staunend.

»Er findet, es ist das Beste auf der ganzen Welt.« Maya runzelte die Stirn und schlug die Laken weiter zurück, bis sie fand, wonach sie gesucht hatte. Ohne einen Augenblick zu zögern, zog sie Deckel und Stopfen ab und setzte sie lose wieder ein.

»Maya«, mahnte Jayne, wurde aber völlig ignoriert. »Das kannst du nicht machen.«

»Natürlich kann ich das.« Maya zog die Laken wieder so, wie sie vorher gelegen hatten, dann stand sie da und ließ den Blick durchs Zimmer schweifen, als suche sie nach etwas. Doch wonach? Jayne wollte lieber nicht darüber nachdenken. »Ich habe ihm immer und immer wieder gesagt, dass der Stopfen nicht richtig abdichtet. Immer war ich diejenige, die ihn wieder befestigt hat, aber wenn ich nicht mehr da bin, um das zu tun – wer weiß, was da passieren kann?«

Plötzlich grinste sie, holte ein paar leere Koffer aus dem Schrank und warf sie aufs Bett. »Das sollte genügen. Gehen wir.«

Jayne rannte ihr nach. »Du willst es doch nicht ernsthaft so lassen, wie es ist? Dafür kommst du ins Gefängnis!«

»Wofür?« Maya lachte. »Das sind meine Sachen, damit kann ich verdammt noch mal machen, was ich will. Außerdem kommt er immer zum Mittagessen nach Hause, also wird das Haus bis dahin nicht überschwemmt sein, nur ein bisschen durchgeweicht.«

»Ein bisschen durchgeweicht? Maya!«

Sie hatten es fast bis zur Haustür geschafft, als Maya scharf nach rechts in die Wäschekammer abbog und mit einem funkelnagelneuen Wilson-Neunereisen wieder herauskam.

»Den habe ich ihm am Morgen unseres Jahrestags geschenkt«, sagte sie. »Aber er meinte, er benutzt nur Titleist, also wollte ich ihn umtauschen. Ich habe mich immer gefragt, wie es sich wohl anfühlt, den zu schwingen.«

»Maya«, rief Jayne, als sie Maya ins Wohnzimmer hinterherlief. »Nicht!«

»Was ›nicht‹?«, fragte sie mit einem breiten Lächeln. »Ich soll nicht im Haus Golf spielen? Nein, das würde ich nie tun. Diese ganze Golf-Sache habe ich ohnehin nie verstanden. Baseball allerdings … das ist ein Sport, mit dem ich mich anfreunden kann.«

Sie legte beide Hände um den Griff, fasste noch mal nach und hob ihn dann über ihre rechte Schulter. Sie zögerte keinen Atemzug lang, ehe sie ihn herumschwang wie Babe Ruth, der auf die Tribüne zielt. Der Plasma-Bildschirm explodierte und schleuderte seine Splitter in alle Richtungen, aber Maya war noch nicht fertig. Als Nächstes zielte sie auf jede gerahmte Fotografie im Zimmer. Eine Kristallvase zerbarst in Stücke, von denen eins in der Wand stecken blieb. Und dann, um das Maß voll zu machen, ging sie wieder zum Computer und schwang den Kopf des Schlägers durch den Bildschirm.

»Okay.« Sie wischte sich die Hände an der Jeans ab und nickte. Nach einem letzten Blick zurück ging sie zur Tür hinaus.

Jayne sprang in den Wagen und sah sich hektisch um, ob sie jemand beobachtete. Wenn man Maya ansah, würde man nie glauben, dass ein so süßes kleines Ding eine solche Verwüstung in ihrem eigenen Haus anrichten konnte, zumal dann, wenn sie in aller Seelenruhe davonfuhr.

»Ich kann nicht glauben, dass du das getan hast.«

»Er hat es mit dieser Nutte in meinem Haus getrieben, Jayne. *In meinem Bett!* Wärst du einfach gegangen, ohne irgendwas zu tun? Oh, das glaube ich kaum.«

Darauf antwortete Jayne nicht, weil es genau das war, was sie bei Barry getan hatte. Junge, war der leicht davongekommen.

Nach dem Versprechen, sie später anzurufen, setzte Maya Jayne an ihrer Wohnung ab und machte sich dann, »Tequila« pfeifend, auf den Weg zu ihrem Blumenladen. Jayne brauchte drei Anläufe, um die Hintertür zu öffnen, so sehr zitterten ihre Hände. Guter Gott, hatte sie gerade eine Straftat begangen? Und wenn ja, wie sollte sie dann heute Abend Brett gegenübersitzen, ohne schuldbewusst auszusehen?

Die ganze Sache war so lächerlich, dass sie nicht anders konnte, als laut zu aufzulachen. Ein paar Mal hatte sie fast Mitleid mit Will, der keine Ahnung hatte, was seinem Haus gerade widerfahren war, aber diese Momente dauerten nicht lange. Er hatte es verdient. Das und noch viel mehr.

Den ganzen Tag über musste sie jedes Mal wieder lachen, wenn sie daran dachte, wie die kleine Maya das Neunereisen in den Plasma-Bildschirm schlug, und rief sich dann stets in Erinnerung, diese Frau niemals gegen sich aufzubringen.

Am späten Nachmittag ertappte sie sich dabei, wie sie den Brief des Anwalts noch einmal las. Irgendetwas kam ihr komisch vor. Sie löste den Schlüssel vom Klebeband und betrachtete ihn; was mochte wohl in diesem Lagerraum sein? Nach all dem Müll, den sie hier herausgeschafft hatten, war der Gedanke an noch mehr davon einfach zu viel.

Sie wendete den Schlüssel zwischen den Fingern und griff noch einmal nach dem Brief.

Auf spezielle Anweisung Ihrer Großmutter jedoch sollten Sie diesen Schlüssel nur erhalten, falls Sie die Buchhandlung wiedereröffnen.

Nur wenn sie den Laden wiedereröffnete? Was zum Teufel sollte das? Eine seltsame Form der Bestechung? Was zum Teufel interessierte es Gran, ob sie den Laden weiterführte oder nicht? Die alte Schreckschraube hatte ihn vor Jahren geschlossen, und Gott allein wusste, was sie mit den Beständen gemacht hatte.

Wieder starrte Jayne auf den Brief. War Gran wirklich so verrückt gewesen?

Sie steckte den Schlüssel in die Tasche, ließ alles andere auf dem Küchentresen liegen und schloss hinter sich ab. Dann rannte sie den ganzen Weg zum Lakeside Storage. Dort angekommen, brauchte sie nicht lange, um den Lagerraum zu finden, allerdings dauerte es gut fünf Minuten, bis sie den Mut aufbrachte, den Schlüssel auch wirklich ins Schloss zu stecken.

Sie würde es schaffen.

Wenn hinter diesem Tor die Bücher waren, musste sie sie rausschaffen. Wenn dort nur noch mehr Müll war, würde sie einfach wieder abschließen und gehen. Sollten sich die Anwälte des Gebäudemanagements darum kümmern. Zum Teufel, von ihr aus konnten sie es niederbrennen.

Sie ließ das Schloss los und nahm es vom Bügel, dann packte sie den Griff mit beiden Händen dicht über dem Boden und schob das Tor mit einem Ruck nach oben, bis es sich von allein zur Decke aufrollte.

»Unmöglich.« Jaynes Kinnlade klappte nach unten, ihre Kehle wurde staubtrocken, und sie konnte nicht einmal blinzeln. Genau genommen hatte sie Angst zu blinzeln, weil sie fürchtete, es könnte eine Art Fata Morgana sein und wieder verschwinden, sobald sie die Augen schloss.

Sechs Reihen identischer Kisten in gleichmäßigen Abständen, fünf übereinander, zwanzig hintereinander. Jede Kiste war mit Grans sauberer Handschrift beschriftet, aber Jayne brauchte noch eine weitere Minute, um zu begreifen, was sie da las.

Romane: Taschenbuch A-AR

Romane: Taschenbuch AR-BA

Nein, das war unmöglich. Und dennoch. Sie lief alle Reihen ab und las jedes Etikett. Die einzelnen Genres waren in separate Kisten verpackt, Hardcover von Taschenbüchern getrennt, Erwachsenenromane von Kinder- und Jugendbüchern. Science-Fiction, Historisches ... es war alles da.

»Wie zum Geier hast du das geschafft?«, flüsterte sie. Gran war gerade mal eins fünfzig groß gewesen, aber jeder Kistenstapel war mindestens dreißig Zentimeter höher. »Und *warum*?«

Sie strich mit der Hand über die Kisten und las dabei jedes Etikett. Doch selbst während die Worte in ihre Gedanken sickerten, konnte sie es einfach nicht glauben. Achtzehn Jahre lang hatte sie in Grans Wohnung gelebt, doch es war nie ihr Zuhause gewesen. Der einzige Ort, an dem sie sich zu Hause gefühlt hatte, war der Buchladen gewesen, zwischen all diesen Büchern.

Und jetzt hatte sie sie wieder. Sie hatte wieder ein Zuhause.

Endlich schaffte Jayne den Rückweg zur Vorderseite des Lagerraums, zur ersten Kiste mit der Aufschrift *Romane: Taschenbuch A-AR*, doch sie öffnete sie nicht. Eine Zeit lang konnte sie nichts weiter tun, als sie anzustarren und die flache Hand an den Kistenrand zu legen. Wenn sie diese Kiste öffnete und sie *nicht* voller Bücher war … wenn sie mit etwas anderem gefüllt war, wie etwa Babykleidung …

»Komm schon, Gran«, murmelte sie. »Lass mich jetzt nicht im Stich.«

Sie hob die Hände über den Kopf, fasste beide Seiten der obersten Kiste und zog sie langsam so weit nach vorn, dass sie in ihre Richtung kippte.

Bitte, fall mir nicht auf den Kopf.

Als Jayne die Kiste endlich heruntergehievt hatte, stellte sie sie auf den Boden und betrachtete das dicke Klebeband, mit dem die Klappen fixiert waren. Natürlich hatte sie kein Werkzeug dabei, deshalb nahm sie ihren Schlüssel aus der Tasche und schlitzte damit das Klebeband auf.

Warum klopfte ihr Herz so schnell? So schwer, wie die Kiste gewesen war, konnte sie kaum etwas anderes als Bücher enthalten, trotzdem wagte sie es kaum, darauf zu hoffen. Nach allem, was bisher passiert war, ergab es einfach keinen Sinn.

Sehr langsam hob sie die Klappen an, dann eine Handvoll Packpapier.

Bücher. Oh ja, es waren Bücher. Säuberlich verpackt mit genügend Papier, damit sie nicht in der Kiste verrutschten, mit dem Rücken nach oben und alphabetisch nach Autor geordnet. Dieser Anblick war einer der schönsten, die Jayne je gesehen hatte. Verrückt und unerwartet, nach allem, was Gran ihr sonst hinterlassen hatte, und dennoch wunderschön.

Jayne strich mit der Fingerspitze über die Buchrücken,

manche fast makellos, andere gebrochen und rissig. Ihre Augen brannten, doch es störte sie nicht. So schnell die Tränen kamen, wischte sie sie mit dem Saum ihres T-Shirts wieder fort.

Richard Adams. Mitch Albom, Maya Angelou, Jeffrey Archer.

Wunderschön.

Sie strich mit der Hand über die Buchrücken und genoss das Gefühl unter ihren Fingern. Als sie erneut über die Archer-Bücher strich, fühlte sie noch etwas anderes. Sie sah genauer hin und tatsächlich: zwischen *Ein Mann von Ehre* und *Der Aufstieg* war ein Stück weißes Papier eingeklemmt.

Sie zwängte Daumen und Zeigefinger zwischen die beiden Bücher und zog einen weißen Umschlag heraus, auf dem ihr Name stand, ebenfalls in Grans ordentlicher Handschrift.

Okay, jetzt wurde es unheimlich.

Sie klappte die unverschlossene Lasche auf und nahm den Brief heraus. Er war nicht datiert, und die verschiedenfarbige Tinte ließ darauf schließen, dass Gran ihn nicht an einem Stück geschrieben hatte. Jayne schloss die Augen und holte tief Luft. Wollte sie das wirklich lesen? Konnte Gran irgendetwas gesagt haben, das an diesem Punkt noch etwas ändern würde?

Nein. Trotzdem konnte sie den Brief nicht *nicht* lesen, auch wenn ihr als Erstes das Fehlen jedes freundlichen Worts in der Anrede auffiel.

Jayne,
dies ist kein Brief voller Reue, wie manch einer erwarten würde, denn ich bereue nichts. Ich möchte dir nur erklären, was du hier vorfindest und warum.

Einen Monat vor Kirstens zweitem Geburtstag hat dein Großvater mich verlassen. Er sagte, er könne die Verantwortung nicht mehr tragen, und wir seien ohne ihn besser dran. Zu seiner Verteidigung sei gesagt, dass beides zutraf. Kirsten war von Beginn an ein schwieriges Baby, sie war weinerlich, hatte Koliken und war der wählerischste Esser, der mir in meinem ganzen Leben untergekommen ist. Aber sie war auch das hübscheste Kind weit und breit, das sagten alle, und das muss auch ich ihr mindestens eine Million Mal gesagt haben. Das war ein Fehler.

Na klar. Jayne schnaubte. Welches Mädchen will schon hören, dass es hübsch ist?

Ohne die Unterstützung eines Ehemanns musste ich zwei Jobs annehmen, weshalb Kirsten in die Kindertagesstätte kam. Zu behaupten, sie hätte es dort gehasst, wäre eine gewaltige Untertreibung. Doch es war schon schlimm genug, dass mein Mann mich verlassen hatte, ich wollte nicht noch mehr Schande auf uns laden, indem ich meine Arbeit kündigte und von der Wohlfahrt lebte. Du weißt, was ich davon halte.

Jede Woche gab es neuen Streit, und ich kann nicht leugnen, dass es oft meine Schuld war. Aber Regeln sind dafür gemacht, sie zu befolgen, und Kirsten wollte die meisten einfach nicht akzeptieren. Sie wusste, wie sie ihr hübsches Gesicht einsetzen musste, um ihren Willen zu bekommen, und zu viele Jahre lang konnte sie sich mit einem Lächeln oder einer schnellen Träne aus allen Schwierigkeiten retten. Am Ende der zehnten Klasse rauchte sie Zigaretten und Marihuana, trank Alkohol, log mich an und kam zu spät nach Hause. Als sie zum ersten Mal verhaftet wurde, war sie sechzehn. Ich habe mich geweigert, ihre Kaution zu zahlen.

Ich will nicht alles aufführen, was Kirsten getan hat, es soll genügen, dass sie zwei Jahre später, als sie verkündete, mit dir schwanger zu sein, auf Heroin war und drei weitere Male ver-

haftet worden war. Zwar kenne ich die genauen Zahlen nicht, aber du warst die erste Schwangerschaft, die sie nicht abgetrieben hat, auch wenn ich, wie du weißt, versucht habe, sie dazu zu bewegen.

Jayne rutschte auf den Boden und starrte die Seiten mit großen Augen an. Sollte sie Gran für diese Bemühungen dankbar sein? Sich vielleicht dafür entschuldigen, dass Kirsten sie nicht abgetrieben hatte? Was zum Teufel sollte das alles?

Ich muss ihr zugutehalten, dass sie in der Schwangerschaft versucht hat, clean zu bleiben, und es wohl auch größtenteils geschafft hat. Du wurdest an einem Mittwoch geboren, dem Unglückstag, natürlich. Kirsten flehte mich an, euch beide bei mir aufzunehmen, bis sie sich eine eigene Wohnung nehmen konnte. Angesichts unserer Geschichte wollte ich das nicht, aber wie hätte es ausgesehen, wenn ich mein eigenes Enkelkind abgewiesen hätte – auch wenn du unehelich geboren wurdest?

Manche sagen, Kirstens Tod ist ein Unfall gewesen, aber nach meiner Einschätzung war es ihre Entscheidung, die Drogen zu nehmen, die sie umgebracht haben, also läuft es eigentlich auf Selbstmord hinaus. Ich blieb zurück und musste dich großziehen, wieder als alleinerziehende Mutter, nur dass ich diesmal nicht deine Mutter war, sondern deine Großmutter. Und jetzt hatte ich nicht nur die Schande eines unehelichen Enkels zu tragen, sondern auch die, dass deine Mutter mithilfe von Drogen Selbstmord begangen hatte.

Ich hatte bereits ein Kind großgezogen und dabei kläglich versagt, aber ich hatte aus meinem Fehler gelernt und wollte ihn bei dir nicht wiederholen. Es war meine Schuld gewesen, dass Kirsten eine so hohe Meinung von sich hatte, und jedes Mal, wenn ich dich ansah, sah ich sie in dir. Nur warst du noch hübscher, und ich wusste, dass das nur Probleme bringen würde.

Jayne ließ den Brief in den Schoß sinken und atmete langsam aus. Ein Teil ihres Gehirns schrie sie an, dieses verdammte Ding zu zerreißen und zu vergessen, aber der andere Teil zwang sie, ihn wieder aufzunehmen und weiterzulesen.

Wie beim Abreißen eines Pflasters tat sie es schnell.

Um zu verhindern, dass du den gleichen Weg einschlägst wie sie (den Weg, auf den ich sie getrieben habe, indem ich sie als Kind verhätschelte), beschloss ich, dich in die andere Richtung zu treiben. Das war meine einzige Hoffnung, dich vor dem gleichen Schicksal zu bewahren, das deine Mutter erleiden musste. Du musstest bescheiden sein, durftest dich nie für besser als andere halten und auf keinen Fall jemals deine Schönheit benutzen, um in der Welt durchzukommen. Und du musstest so weit wie möglich fort von dieser Stadt und der Schande deiner Familie.

An dem Tag, als du mit deinem Koffer aus der Tür gegangen bist, habe ich vor tiefer Erleichterung geseufzt. Trotz deines hübschen Gesichts hattest du deine Kindheit überstanden, und du hattest keine sentimentalen Gefühle für mich, was wichtig war, damit du dich von dieser Stadt fernhielst und dir ein besseres Leben aufbautest. Aus dir sollte mehr werden als aus deiner Mutter, du solltest erfahren, was die Welt alles zu bieten hat. Aber ich wusste auch, dass du irgendwann zurückkommen würdest. Nicht meinetwegen, nein. Nachdem du in den ersten paar Jahren immer wieder versucht hast, Kontakt zu mir aufzunehmen, hast du es schließlich aufgegeben. Und nachdem dieser Junge das nette, blonde Mädchen geheiratet hatte, war mir klar, dass du auch seinetwegen nicht wiederkommen wür-

dest. Aber wegen des Buchladens würdest du kommen, das wusste ich, so wie ich wusste, dass im Osten die Sonne aufgeht.

An deinem dreiundzwanzigsten Geburtstag habe ich den Laden geschlossen, die Fenster abgeklebt und unchristlich viel Zeit darauf verwendet, alle Bücher in Kisten zu packen und hierher zu bringen. Es war, gelinde gesagt, eine Menge Arbeit, aber du hattest meine Wünsche respektiert, und deshalb war es das Mindeste, was ich tun konnte: das zu bewahren, was du am meisten geliebt hast, falls du irgendwann zurückkommst – was du offenbar getan hast.

Wenn du dir die anderen Dinge ansiehst, die ich für dich aufgehoben habe, wirst du den Grund für meine Auswahl erkennen. Zum Beispiel die Weihnachtsmänner. In meinem ganzen Leben habe ich kein Kind gesehen, das sich so sehr bemüht hat, sich NICHT auf Weihnachten zu freuen. Es ist nicht gut, sich so gar nichts daraus zu machen, Jayne, deshalb habe ich für dich die fünf größten Weihnachtsmänner gesammelt, die ich finden konnte. Ich hoffe, du wirst jedes Jahr damit deine Wohnung dekorieren.

Während ich diese Zeilen schreibe, bist du gerade dreißig Jahre alt geworden, es ist also gut möglich, dass du die ganzen Babysachen schon nicht mehr brauchst, da ich annehme, dass die Kinder inzwischen mindestens im Kleinkindalter sind. Wenn du sie also nicht gebrauchen kannst, spendest du sie hoffentlich an eine gute Wohltätigkeitsstiftung. Da wir ja beide wissen, dass die einzige Pflanze, die du nicht vernachlässigt hast, die Unkrautkette von diesem Jungen ist, habe ich ein paar Kunstblumen für dich besorgt, die selbst du nicht kaputt bekommst.

Irgendwo in den Kisten liegen einige Stapel Boulevardzeitungen und National-Geographic-*Ausgaben. Es ist schön, sie anzusehen, wenn man alt ist und einen die Nostalgie über-*

kommt. Ich schaue mir immer noch gern alte Bilder von Michael Landon und Lorne Greene in den Groschenheften an.

Die Mutter dieses Jungen hat mir erzählt, du würdest als eine Art Korrektorin arbeiten, deshalb habe ich angefangen, rote Stifte für dich zu sammeln, obwohl ich annehme, dass man den Unfug jetzt an Computern macht, nicht wahr?

Meine Hand wird zu müde, um weiterzuschreiben, also vertraue ich darauf, dass du die Bedeutung von allem, was ich für dich aufbewahrt habe, selbst herausfindest.

Da du diesen Lagerraum geöffnet hast, willst du den Laden offenbar wiedereröffnen, falls du es nicht bereits getan hast. Ich bin sicher, du wirst das gut machen, du warst immer ein starkes Kind. Du hast nie geweint, und diese Stärke wird dich in deinem Leben gewiss weit bringen.

Tilly

Nick sprang aus der Dusche und griff nach seinem Handy, als es zum dritten Mal klingelte. Unterdrückte Rufnummer. Er hasste unterdrückte Rufnummern.

»Nick Scott.«

»Hey, Nick, hier ist Brett.«

Er brauchte einen Augenblick, um durch den roten Schleier zu sehen, der sein Denken vernebelte. Warum zum Teufel sollte Brett ihn anrufen? Sollte er nicht bei seinem Date mit Jayne sein?

»Ah. Was gibt's?«

Brett räusperte sich. »Ist Jayne bei dir?«

»Äh, nein.« Er schnappte sich ein Handtuch und fuhr sich damit über Gesicht und Kopf. »Ich dachte, sie wäre bei dir.«

»Tja«, sagte Brett. »Sie ist nicht gekommen.«

Ja! Es gelang Nick, das Wort abzufangen, bevor es ihm von der Zunge purzelte. Das Grinsen aber, das sich dazugesellte, versuchte er gar nicht erst zu unterdrücken. »Hast du sie angerufen?«

»Sie hat nicht abgenommen, deshalb bin ich zum Buchladen gefahren, aber Maya sagt, sie hätte sie seit heute Morgen nicht mehr gesehen. Handy und Portemonnaie liegen allerdings noch in der Wohnung.«

Nicht gut. »Hast du Ellie oder Regan angerufen?«

»Noch nicht.« Noch mehr Räuspern. »Ich dachte, wenn sie bei jemandem ist, dann bei dir.«

Warum spürte Nick bei diesen Worten so ein Ziehen in der Magengegend? Er stellte das Handy auf Lautsprecher und legte es aufs Bett, während er wahllos nach einem T-Shirt und einer Jeans griff. »Vielleicht ist sie spazieren gegangen.«

»Vielleicht.« Brett klang nicht überzeugt. Seine Stimme wechselte in den Cop-Tonfall. »Verpasst sie häufiger Termine?«

»Termin?« Nick schnaubte. »So nennst du das? Kein Date, sondern einen Termin?«

Schweigen.

»Entschuldige.« Nick nahm Handy und Schlüssel mit und zog sich im Laufen seine Joggingschuhe an. »Nein, normalerweise versäumt sie sie nicht, allerdings ist es nicht ungewöhnlich, dass sie sich ein bisschen verspätet.«

»Was ist ›ein bisschen‹? Inzwischen sind es nämlich anderthalb Stunden.«

Gar nicht gut.

»Nein, das ist selbst für sie nicht normal.«

Brett seufzte. »Ich gehe zu Ellie und frage nach, ob sie etwas weiß.«

»Gut.« Fast hätte er das Handy fallen lassen, als er versuchte, die Wagentür zu öffnen. »Ich breche gerade auf und werde nach ihr Ausschau halten.«

Er schaltete das Handy aus, legte den Gang ein und preschte

aus der Einfahrt. Während er an der roten Ampel wartete, griff er abermals nach dem Telefon und gab Mayas Nummer ein.

»Maya, hier ist Nick. Wann hast du zuletzt mit Jayne gesprochen?«

»Heute Morgen.« Ihre Stimme zitterte ein wenig. »Wir sind zu mir nach Hause gefahren, um ein paar Sachen zu holen, waren aber um kurz nach zehn zurück, und sie meinte, sie wollte wieder in ihre Wohnung.«

»Sie hat nichts davon gesagt, was sie heute vorhatte?«

»N-nein. Das hat Brett mich auch schon gefragt. Glaubst du, ihr ist etwas passiert?«

Der Knoten in Nicks Magen zog sich immer enger, bis er sich am liebsten zusammengekrümmt hätte.

»Wirkte sie aufgebracht?« Die Ampel sprang um, und er brauste über die Kreuzung. Ein paar Sekunden lang war die einzige Antwort am anderen Ende der Leitung ein schniefendes Geräusch. »Maya! War sie aufgebracht?«

»Na ja, j-ja. Ich meine, gestern Abend war sie es. Ich weiß nicht, worüber ihr gesprochen habt, aber sie war nicht gerade glücklich, als sie nach oben kam, und dann bekam sie diesen Brief, und wir haben beide nicht viel geschlafen, und dann sind wir …«

»Was für einen Brief?«

»Was?«

Fast hätte Nick das Steuer von der Lenksäule gerissen. War es zu viel verlangt, sich zwei Minuten lang zu konzentrieren?

»Der Brief, Maya«, presste er hervor. »Von wem war er?«

»Von den Anwälten ihrer Großmutter.« Verwirrt hielt sie inne. »Hat sie dir nichts davon erzählt?«

In Nicks Bauch sammelte sich ein See aus Angst. Er hatte nicht mehr mit Jayne gesprochen, seit sie ihn aus dem Laden geworfen hatte. »Was stand darin?«

»Etwas über … warte, ich glaube, hier ist er.« Etwas polterte, Papier raschelte. »Ja. Das ist er. Es gibt einen Lagerraum mit noch mehr Zeug.«

»Scheiße.« Nick fuhr sich ruckartig durch die nassen Haare und lenkte den Wagen Richtung Innenstadt. »Wo?«

»Lakeside, Nummer 427.«

Ohne sich zu verabschieden, schaltete er das Telefon aus. Verdammte Tilly. Zur Hölle mit ihr.

Er raste über zwei Kreuzungen und lenkte den Wagen scharf auf das riesige Gelände von Lakeside Storage. Wo zum Teufel waren die Nummern? Da. 220. *Scheiße*. Er fuhr bis zum Ende der Gasse und in der nächsten wieder zurück.

Die vorletzte Tür am Ende der Gasse war geöffnet, schwaches Licht fiel auf die Straße. Nick rammte den Schalthebel auf Parken, sprang aus dem Wagen und ließ ihn mit laufendem Motor und offener Tür stehen.

Sein Kopf registrierte zwei Dinge gleichzeitig. Das Erste war der Anblick der vielen säuberlich gestapelten Kisten. Das Zweite war ein leises Schluchzen, das aus dem Dunkel im hinteren Bereich des Lagerraums drang. Der Raum konnte kaum fünfzehn Meter tief sein, doch das schwache Licht erhellte nur den vorderen Teil und ließ den hinteren in grauen Schatten liegen.

»Jayne?« Er hielt inne, um in die offene Kiste am Anfang einer Reihe zu blicken, seufzte und folgte dann dem schniefenden Geräusch nach hinten. »Süße. Komm zu mir.«

Im nächsten Moment kam sie auf ihn zu. Sie hielt einige zusammengeknüllte Bögen Papier in der Hand, lief direkt in seine Arme und barg zitternd und schluchzend das Gesicht an seinem Hals.

»Sie … sie ist verrückt.« Jayne schluchzte so heftig und schnell, dass sich ihre Brust mit jedem Atemzug hob. »Dieser … dieser ganze Müll, der ganze Schrott war für mich. Sie hat das Zeug absichtlich für mich aufbewahrt, Nick, und ich … ich habe alles weggeschmissen. Ich habe es weggeschmissen!«

»Wovon redest du?« Er hielt die Stimme gesenkt, doch sie ließ sich nicht beruhigen.

»Ihr Brief!« Jaynes Faust, mit der sie die Blätter umklammert hielt, hieb auf sein Schulterblatt. »Sie wollte nicht, dass ich … so ende wie m-meine Mutter, deshalb …«

Dieses Weinen … das war anders als alles, was er bisher bei ihr erlebt hatte. Es waren die Trauer, Einsamkeit und Wut von dreißig Jahren, alles zu einem wilden Kloß aus Wut zusammengeballt.

»Süße«, murmelte er. »Was kann ich tun?«

»N-nichts.« Sie schmiegte sich enger in seine Arme. Bei jedem Schluchzer bebten ihre Schultern. »Es ist alles weg. Ich … ich …«

Mit einem Arm hielt er sie fest, während er mit der anderen Hand den Brief hochhielt und ihn las. Es dauerte nicht lange, bis er begriff, dass Jayne recht hatte. Die alte Dame war total verrückt gewesen. Sie hatte geglaubt, Jayne einen Gefallen zu tun, indem sie sie klein machte, ihr das Gefühl gab, hässlich und dumm zu sein, und sie aus dem Haus warf.

»Jayne.« Er legte den Brief auf den nächsten Kistenstapel und küsste sie auf den Scheitel. »Es tut mir so leid.«

»Warum hat sie mich nicht einfach weggegeben?«

Darauf konnte Nick ihr keine Antwort geben, denn so leid ihm auch tat, was sie durchgemacht hatte, er konnte sich sein Leben ohne sie einfach nicht vorstellen, weder mit fünf noch mit fünfzehn – und am allerwenigsten heute.

Ihm blieb nichts anderes übrig, als einfach er selbst zu sein und sie so fest in den Arm zu nehmen, wie er konnte, ohne ihr etwas zu brechen. Oh Gott, wie weich sie war. Ihr Körper fügte sich an seinen, als wäre sie genau dafür erschaffen worden, und bei jedem Wort, das sie sprach, strichen ihre Lippen über seinen Hals, bis er beinahe aufgestöhnt hätte.

»Sie hätte mich auf die Militärschule schicken können.« Ihre Stimme war kaum mehr als ein tränenersticktes Krächzen. »Oder ins Kloster.«

»Nach dem Mist, den wir in der Kirche gebaut haben«, sagte er leise, »hätte man dich nie in ein Kloster gelassen.«

»D-das ist nicht lustig.« Sie schniefte an seiner Schulter. »Und das warst du und Carter, nicht ich.«

»Aber du hast zu uns gehalten, sogar als Father O'Keefe uns zur Strafe den Kirchenboden hat schrubben lassen. Wer sonst hätte das getan?« Er strich ihr die Haare hinter die Ohren und hob ihr Kinn an, damit er ihr Gesicht sehen konnte. Ihr wunderschönes, tränenfleckiges Gesicht mit verschwollenen Augen. »Wenn Gran dich weggegeben hätte … Gott, Jayne. Du bist die beste Freundin, die ich je hatte, das erste – und einzige – Mädchen, das mich je getreten hat.« Er strich mit dem Daumen über ihre Wange, ganz langsam und wie hypnotisiert davon, wie weich sie sich anfühlte. »Du warst das erste Mädchen, das ich geküsst habe.«

Langsam zog sich ihre Stirn in Falten. »Das war Christina Webb.«

»Das warst du.« Auch wenn sie sich vielleicht nicht daran erinnerte, er tat es. »Carla Devons Geburtstagsparty …«

»Flaschendrehen-Küsse zählen nicht, vor allem, weil du mich kaum berührt hast.«

Tränenüberströmt, mit verquollenen Augen und bebender Unterlippe, löste sie in Nick eine Flutwelle von Emotionen aus. Er wollte sie noch fester halten, wollte sie enger an sich ziehen, wollte alles tun, um es ihr leichter zu machen. Aber was? Noch nie hatte sie sich so lange von ihm umarmen lassen, und obwohl sie die Unterarme zwischen ihren und seinen Oberkörper geklemmt hatte, schob sie ihn nicht fort. Ihre Finger gruben sich in den Stoff seines T-Shirts, und in ihren blauen Augen lag so viel Trauer, so viel Kummer. Es gab nur eins, was Nick tun konnte.

Er küsste sie.

Nur einmal auf die Stirn. Dann auf beide Wangen. Und langsam, ganz sacht auf die Augenwinkel. Da war diese Stelle unter ihrem Ohr, wo ihr Puls so heftig pochte … oh Mann, wie sehr er sie auch dort küssen wollte. Langsam fuhr er mit dem Daumen die Kontur ihres Kiefers nach, kam immer näher, bis er das Zittern ihrer Lippe spüren konnte.

Wie sein Mund schließlich so nahe an ihren kam, wusste er nicht, aber es geschah, und ihr weicher Atem strich über seine Haut, ihre Lippen öffneten sich leicht und einladend. Er sah ihr fest in die Augen; ihre Pupillen waren so groß, die Augen so weit aufgerissen. Einen halben Herzschlag lang dachte er daran, einen Rückzieher zu machen, doch dann befeuchtete sie sich mit der Zunge die Lippen, und er war verloren.

Es gab keine Flasche zu drehen und niemanden, der sie unterbrach; diesmal würde es verdammt noch mal zählen.

Mit einem tiefen, rauen Laut drückte er die Lippen auf ihre, die weich und warm bebten. Sie hielt den Atem an, als er sie noch einmal küsste, voller Angst, sie könnte davonlaufen, und ebenso voller Angst, sie könnte es nicht tun.

»Nick.« Da war es wieder, dieses leise Seufzen, und es traf ihn so hart, dass seine Knie weich wurden.

»Sag, dass ich aufhören soll«, forderte er flüsternd zwischen federleichten, behutsamen Küssen. Doch Jayne rührte sich nicht.

Oh Gott, was tat er da? Jeden Moment würde sie wieder zu Verstand kommen und ihn treten, nur diesmal vermutlich etwas höher als gegen das Schienbein. Er zog sich zurück, ihr Gesicht immer noch in beiden Händen haltend, und lehnte die Stirn gegen ihre.

»Jayne«, flüsterte er. »Hilf mir. Ich …«

Mit langsamen Bewegungen schob sie die Hände an seiner Brust hinauf, legte sie um seinen Hals und zog ihn wieder zu sich herab, bis ihre Lippen sich einmal, zweimal streiften. Sie hatte die Augen weit geöffnet, und ihre Fingerspitzen tanzten leicht durch sein Haar.

Ja!

Er neigte den Kopf, legte den Mund auf ihren und küsste sie, wie er es sich gewünscht hatte; fest und lang und feucht, bis sie atemlos vor ihm stand. Diese Küsse waren nicht mehr sanft, nicht behutsam. Er hob sie hoch, schmiegte sie an seine Brust, und sie schlang die Arme um seinen Hals und hielt sich mit aller Kraft fest. Ihr Mund war heiß, ihr Stöhnen leise und ungeheuer sinnlich.

Er trug sie ein paar Schritte, bis er sie an die Wand drückte, dann ließ er sie langsam, Zentimeter für herrlichen Zentimeter hinuntergleiten. Er schob seinen Schenkel zwischen ihre, wissend, dass er es nicht tun sollte, dass er seine Lippen nicht so auf ihre und seine Hände nicht so auf ihren Körper legen sollte. Seine Finger glitten unter ihr T-Shirt und über ihren Brustkorb bis zur Wölbung ihres Busens.

Er bedeckte ihren Kiefer mit Küssen, schmeckte die getrockneten Tränen und küsste sie auf den Hals, bis sie sich ihm entgegenbog, ihr Puls unter seinen Lippen hämmerte und sein Name als heiseres Seufzen aus ihrer Kehle drang.

Jayne. Seine Jayne.

Jayne, die seine Küsse genauso innig erwiderte, deren Hände über seine Brust fuhren und die sich an sein Bein drückte.

Gott steh ihm bei. Das war besser … so viel besser … als alles, was er sich je vorgestellt, was er je erlebt hatte. Es war perfekt, es war …

Eine Autotür wurde zugeworfen.

»Nick?« Bretts Stimme, aber die Schritte mehrerer Personen.

Scheiße!

Jaynes Lippen erstarrten, und sie riss panisch die Augen auf. Lautlos zog er sie tiefer in die Schatten am Ende der Kistenreihe und ließ sie dann widerstrebend los, allerdings nicht ohne sie noch einmal flüchtig zu küssen.

Guter Gott.

»Jayne?« Ellies Stimme klang lauter, näher.

Nick brauchte zwei Anläufe, um seine Stimme zu finden.

»Hier hinten.« Stocksteif stand er da, während Jayne hinter ihm hantierte, zweifellos, um sich Haare und Kleidung glatt zu streichen, bevor jemand sie sah. Sie war so ein Mädchen. Nein. Sie war *sein* Mädchen.

Als er ihre zitternde Hand in seinem Kreuz spürte, sah er eine Sekunde lang zu ihr hinab, bevor er nach vorn ging und Brett gegenübertrat.

»Hast du sie gefunden?«

»Ja. Sie ist hier. Es geht ihr gut.«

»Oh, Gott sei Dank.« Maya und Ellie eilten um die Kistenreihe herum und nahmen Jayne in die Arme. »Du hast uns eine Heidenangst eingejagt!«

»Was zum Teufel denkst du dir dabei, ganz allein hierherzugehen?«, fragte Ellie mit finsterer Miene. »Und sie sieht nicht aus, als ob es ihr gut ginge, Nick. Sie sieht furchtbar aus. Was ist passiert?«

Jayne antwortete nicht. Sie sah nur zu Nick auf, die Wangen gerötet, der Blick voller Verwirrung. Er musste sich zurückhalten, um Ellie nicht zu korrigieren, denn Jayne sah *nicht* furchtbar aus. Sie sah wunderschön aus. Ihre Haare waren zerzaust, weil er mit den Händen hindurchgefahren war, die Wangen waren von seinen Bartstoppeln gerötet und ihre Lippen von den Küssen geschwollen.

Von seinen Küssen. Er sah Jayne an, die über und über seine Spuren trug. Endlich wusste er, wie sie schmeckte, wie sie sich anfühlte, und musste alle Kraft aufbringen, um sie nicht gleich hier, vor allen anderen, noch einmal zu küssen, bis sie keine Luft mehr bekam.

Maya musterte Jayne und Nick. Sie sagte nichts, doch ihr Blick schweifte zu Ellie und dann zur Decke. Als hätten die beiden sich in einer Geheimsprache verständigt, sah Ellie Maya stirnrunzelnd an und ließ den Blick dann von Jayne zu Nick und wieder zu Jayne wandern, und langsam breitete sich ein Lächeln auf ihrem Gesicht aus.

Offenbar hatten sie spitzgekriegt, was Nick und Jayne getan hatten, doch während Nick es kaum erwarten konnte, damit weiterzumachen, wirkte Jayne … verunsichert.

Brett durchbrach die Stille mit einem leisen Räuspern. »Sicher, dass es dir gut geht, Jayne? Ich habe mir Sorgen gemacht.«

»J-ja. Mir geht's bestens.« Im nächsten Moment schlug sie sich die Hand vor den Mund und stöhnte auf. »Oh, Brett. Es tut mir leid. Ich habe es total vergessen. Ich wollte mir das hier nur kurz ansehen, aber dann waren da diese ganzen …«

»Mach dir deswegen keine Gedanken. Wir können es morgen Abend nachholen, wenn du Zeit hast.«

»Ich … äh …« Jayne schluckte schwer. »Ich muss erst noch etwas klären.«

»In Ordnung, sag einfach Bescheid.« Er schenkte ihr ein äußerst seltenes Brett-Hale-Lächeln. »Wenn du sicher bist, dass alles okay ist, bringe ich Ellie jetzt zurück zu ihren Kunden.«

Ellie zog die Stirn kraus. »Meine Kun…? Oh verdammt! Ich habe Debra und Lisa im Laden gelassen!«

»Du hast was?«, rief Maya aus.

Keiner von ihnen schien zu bemerken, wie Jayne bei der Erwähnung von Lisas Namen erbleichte oder wie sie die Hand auf ihren Bauch presste und ein paar Schritte zurückwich.

Aber Nick bemerkte es, und es war allein seine Schuld. Idiot! Er schloss die Augen und seufzte. Als er Jayne in dem Lagerraum gefunden hatte, hatte er keinen Gedanken an Lisa verschwendet … und sie offenbar auch nicht. Bis jetzt.

Wenn er die letzten paar Minuten zurückdrehen könnte, würde er ihr die Sache mit ihm und Lisa erklären und damit vielleicht die Demütigung in ihrem Gesicht lindern.

»Jayne.« Zwischen den Stimmen der anderen konnte er seine eigene kaum hören, und wenn alle mal die Klappe halten oder, noch besser, einfach verschwinden würden, müsste er sich nicht wiederholen und sie würde nicht mehr vor ihm zurückweichen. Sie würde aufhören, den Kopf zu schütteln, und ihn nicht mehr so ansehen, wie sie es gerade tat.

»Was hätte ich denn tun sollen?«, fuhr Ellie fort. »Die beiden sind zu mir gekommen, um die letzten Sachen für die Montreal-Reise zu kaufen, aber dann sagt Brett, Jayne wäre verschwunden, und dann rufst du an und erzählst ihm von diesem Lagerraum, und ich kann nur noch denken, wenn dieser Raum im gleichen Zustand ist wie der Laden, als sie hier ankam …«

Sie wurde vom Klingeln ihres Handys unterbrochen.

»Hallo? Oh, ja. Hi. Ja, alles in Ordnung. Wir sind gleich zurück.« Sie sah nervös zu Jayne und Nick. »Ähm, ja. Er ist hier.«

Als sie Nick das Handy hinhielt, schüttelte er den Kopf, doch sie drängte es ihm auf, bis er es schließlich nahm.

»Was? Mom, ich muss dich später zurückrufen … weil … ich weiß!« In ihm baute sich ein Grollen auf, das jede Sekunde zu explodieren drohte. »Ja. Gut. *Gut.* Ich hole sie um sieben ab.«

Jayne rannte so schnell an ihm vorbei, dass ihm keine Zeit blieb, irgendetwas anderes zu tun, als ihr nachzurufen.

»Jayne, warte, es ist nicht so, wie du …«

Zu spät. Sie war zu Brett in den Wagen gestiegen und fuhr mit ihm davon, und Nick stand in dem Lagerraum, während Maya und Ellie ihn mit ihren Blicken aufspießten.

Ellie nahm ihm ihr Handy ab, legte mit einem kräftigen Tastendruck auf und zeigte mit dem Telefon auf sein Gesicht. »Ich habe ihr gesagt, dass du ein dämlicher Arsch bist.«

»Es ist nicht so, wie sie denkt?« Maya spie die Worte aus, als wären sie Gift auf ihrer Zunge.

»Das ist es wirklich nicht.« War das seine Stimme? Himmel, klang er erbärmlich.

»Nein, natürlich nicht«, wütete sie. »Das ist es ja nie.«

Er drehte sich ganz zu ihr um. Noch nie waren ein Meter fünfzig so einschüchternd gewesen. »Wir sind nicht alle wie dein Ehemann.«

Mayas Mund öffnete sich, doch Ellie sprach zuerst. Ihre Stimme hätte töten können. »Hast du *irgendeine* Ahnung, wie oft sie diesen beschissenen Satz von dem letzten Schwein, mit dem sie zusammen war, gehört hat?«

»Barry?« Den Namen dieses Arschlochs nur auszusprechen, machte Nick schon rasend. »Er hat sie betrogen? Ich dachte, er wäre einfach nur ein Arschloch gewesen.«

Maya versetzte ihm einen Schlag mit dem Handrücken. »Warum, glaubst du, bin ich zu ihr gegangen, nachdem ich Will verlassen hatte? Weil sie weiß, was für ein Gefühl das ist.«

»Aber ich habe nie …«

Ellie schnitt ihm das Wort ab. »Und warum zum Geier glaubst du, hat sie dir immer gesagt, du sollst aufhören, sie immer in den Arm zu nehmen, ihr Sachen zu schenken und alles für sie zu tun?«

Sie wartete seine Antwort nicht einmal ab. »Sie wusste, wonach es aussah, wusste, wie Lisa sich fühlen musste, und obwohl sie schon … ewig in dich verliebt ist, du dämlicher Scheißkerl, wollte sie Lisa nie so wehtun!«

Lisa? Was? Moment!

Hatte Ellie gerade das gesagt, was er glaubte?

»Warte mal.« Nick hob beide Hände, um Ellie und Maya zu bremsen. »Jayne ist in mich verliebt?«

»Oh Gott«, brummte Ellie. »Du bist wirklich ein Idiot.«

Ja. Das war er wirklich.

17

You can be too old for a lot of things,
but you're never too old to be afraid!

Marley, Kevin – Allein zu Haus

Jayne hatte ihr Handy ausgeschaltet und ging nicht an die Tür. Jeder Atemzug rief ihr schmerzlich ins Gedächtnis, was ihr für einen kurzen Augenblick vergönnt gewesen war, Nicks Umarmung, seine Lippen auf ihren, und seine Hände …

Oh verdammt, seine Hände.

»In einer Million Jahren hätte ich nicht erwartet, dass Nick so etwas tun würde«, sagte sie, während sie blicklos in ihren Tee starrte. »Und nicht in zwei Millionen Jahren hätte ich gedacht, dass ich diejenige sein würde, mit der er es tut. Gott, Maya, was habe ich getan? Wie soll ich Lisa je wieder unter die Augen treten?«

Maya zuckte grimmig die Achseln. Die ganze Nacht über sagte sie Jayne nicht ein einziges Mal, dass es okay war, dass es nicht ihre Schuld war. Aber sie hielt Wache wie ein Pitbull und weigerte sich, Nick in die Wohnung zu lassen; und als er versuchte, durch die Tür zu schreien, drohte sie damit, Brett anzurufen und Nick mit Gewalt vom Grundstück entfernen zu lassen.

»Wenn du so weit bist«, sagte sie zu Jayne. »Nicht wenn er es ist.«

Irgendwie schaffte es Maya in dieser Nacht als Jaynes persönliche Leibwache auch noch, die Anrufe von ihrem zukünftigen Ex-Mann abzuhören. Offenbar war Will an diesem Tag nicht wie üblich zum Mittagessen nach Hause gekommen, und als er endlich kam, waren die Sachen nicht mehr nur ein bisschen durchgeweicht gewesen.

Die letzten Sprachnachrichten, die er Maya hinterlassen hatte, waren fast schon Drohungen, doch Maya wirkte nicht beunruhigt. Und nachdem Jayne gesehen hatte, wie die kleine Frau den Golfschläger schwang, war sie ziemlich zuversichtlich, dass sich Maya gegen jeden zur Wehr setzen konnte. Bedenklich war es trotzdem.

Jedenfalls bis er am nächsten Morgen noch einmal anrief, als Jayne und Maya gerade aufbrechen wollten.

»Sprich mit meinem Anwalt, Arschloch! Ach ja? Tja, fick dich. Ich will dieses Drecksloch von einem Haus ohnehin nicht – es war schon ein Drecksloch, als du es gekauft hast, und jetzt ist es ein noch größeres Drecksloch. Was zum Geier interessiert es dich, wo ich wohne?«

Jayne blieb abrupt stehen, doch Maya grinste nur.

»Dieser Golfschläger gehört mir. Du benutzt doch nur Titleist, weißt du nicht mehr? Der Fernseher? Auch meiner, Arschgesicht ... ach, wirklich? Ein Geschenk für dich? Wer hat ihn denn gekauft? Ach ja, richtig, ich! ... Nein, ich erinnere mich nicht daran, ihn dir zu Weihnachten geschenkt zu haben. Nö. Ich glaube, du irrst dich. Na gut, beweise es nur. Finde die Karte, auf der steht: ›Frohe Weihnachten, Arschgesicht, hier ist ein riesengroßer Angeber-Fernseher für dich.‹ Was, du meinst, so eine Karte hast du nicht? Oh, zu schade, ich habe nämlich eine Kreditkartenabrechnung, die besagt, dass ich ihn gekauft habe. Genau. Meine private Visa-Karte, nicht die gemeinsame. Und das Gleiche gilt für den Computer. Meine Sachen, mein Geld, ich kann damit tun und lassen, was ich will. Wenn mich mein Gedächtnis nicht trügt, habe ich hier sogar noch eine Abrechnung, die belegt, dass ich …« Ihr Grinsen wurde breiter. »Hallo? Hallo!«

Sie schaltete das Handy aus und legte es auf den Tresen. »Hoffentlich lässt er das heute nicht an den armen Kindern in seiner Klasse aus.«

»Wow.« Jayne schnaubte anerkennend. »Mensch, Mädchen, du kannst einem richtig Angst machen, weißt du das?«

Als sie auf halber Treppe waren, fing das Klopfen wieder an.

»Nick kann es nicht sein«, murmelte Jayne. »Sie sind heute Morgen weggefahren.«

»Lass mich das machen.« Maya drückte sich an ihr vorbei und zog die Hintertür einen Spalt auf, während Jayne wie angewurzelt stehen blieb, den Rücken gegen das Geländer gedrückt. »Oh, hi, Katie. Äh, ich weiß nicht. Warte kurz.«

Die Tür wurde geschlossen, und Maya kam zum Fuß der Treppe. »Willst du sie sehen?«

»Kommt drauf an.«

»Stimmt.« Maya nickte und marschierte zurück zur Tür. »Hast du das Baby dabei? Dann komm rein.«

»Wolltet ihr gerade weg?«, fragte Katie.

Jayne spürte, wie Katie sie anstarrte, doch sie hielt den Blick unverwandt auf Sophia gerichtet, die in ihrem Autositz schlief. »Ich habe Grans Bücher im Lagerhaus gefunden …«

»Ja, ich hab davon gehört.«

»Also muss ich sie heute alle hierherschaffen und in die Regale räumen.« Sie lächelte so fröhlich, wie sie konnte. »Morgen ist Eröffnung.«

»Okay«, sagte Maya langsam. »Ich gehe rüber in den Blumenladen und sehe, womit ich mich beschäftigen kann. Ruf mich an, wenn du mich brauchst.«

Die peinliche Stille wurde nur vom Nuckeln des Babys an seinem Schnuller durchbrochen. Nachdem sie sich ein paar

Sekunden lang so fest auf die Backe gebissen hatte, dass Blut kam, seufzte Jayne.

»Möchtest du Kaffee?«

»Nur wenn du auch einen Schuss Baileys dazu hast.« Als Jayne die Stirn runzelte, zuckte Katie die Achseln. »Carter sagt, ein kleiner Schluck hier und da ist okay, solange ich mir nicht literweise hartes Zeug reinschütte.«

Jayne konnte ein Grinsen nicht unterdrücken. Das klang ganz nach Carter. Sie brachte zwei Tassen aufgepeppten Kaffee ins Wohnzimmer, vergaß ihren aber gleich wieder, während sie Sophia hätschelte und liebkoste.

»Du musst etwas tun, Jayne. Rede einfach mit ihm.«

»Oh nein. Auf keinen Fall.« Sie schnaubte leise, um das Baby nicht zu erschrecken. »Ich habe schon genug verbockt. Das Beste, was ich jetzt noch tun kann, ist, mich so weit wie möglich von ihm und Lisa fernzuhalten. Außerdem dürften sie inzwischen in zehntausend Meter Höhe sein, also müssen alle Gespräche warten, bis sie zurückkommen, und selbst dann …«

»Zurückkommen?« Katie sah sie staunend an. »Oh, um Himmels willen, wann hast du zuletzt mit Nick gesprochen?«

Eine neue Woge der Scham überfiel sie, vermischt mit der Hitze ihrer Erinnerungen. »Gestern, im Lagerraum.«

»Nach allem, was er mir erzählt hat, habt ihr da nicht sonderlich viel geredet.« Katies Lachen trug nicht gerade dazu bei, Jaynes Scham zu lindern.

»Er hat es dir erzählt?« Konnte das hier noch demütigender werden?

»Tut nichts zur Sache. Wann habt ihr davor zum letzten Mal richtig miteinander geredet?«

»Ich weiß nicht.« Mit gefurchter Stirn versuchte Jayne sich zu erinnern. »Er war neulich Abend hier, aber wir haben uns gestritten.«

»Du und Nick?« Katie klappte die Kinnlade herunter. »Worüber habt ihr euch gestritten?«

»Darüber, dass dein Bruder ein Arsch ist.« Sie drückte dem Baby einen entschuldigenden Kuss auf die Wange. »Er glaubt offenbar, dass er entscheiden kann, was ich in meinem Leben zu tun oder zu lassen habe. Und er ist stinksauer geworden, weil ich Brett gesagt habe, dass ich mit ihm ausgehen würde.«

»Du hast was?« Warum spitzte Katie so spöttisch die Lippen? Das war überhaupt nicht lustig. »Hat er Lisa überhaupt erwähnt?«

Hatte er? Sie ließ das Gespräch in ihrem Kopf noch mal ablaufen, konnte sich aber nicht daran erinnern, dass Lisas Name auch nur einmal gefallen wäre.

»Nein. Er wollte mit mir über etwas reden, aber ich hatte genug von dem Scheiß und habe ihn rausgeschmissen.«

»Tja, das erklärt einiges.« Der spöttische Zug um ihre Lippen war einem breiten Grinsen gewichen. »Jetzt tut er mir beinahe leid.«

»Warum sollte er dir leidtun? Er hat kein Recht, hier hereinzuspazieren und mir zu sagen, was ich tun darf und was nicht. Ich meine, für wen zum Teufel hält er sich?«

Als Sophia anfing zu wimmern, legte Jayne sie an ihre Schulter, ging im Zimmer auf und ab, wippte sanft in den Knien und tätschelte dem Baby den Rücken.

»Ernsthaft, Jayne. Wenn du mal an dein Handy gehen würdest – oder die Tür aufmachen –, wüsstest du das alles längst.«

»Was wüsste ich?«

»Nick und Lisa haben sich getrennt.«

Jayne erstarrte mitten im Wippen, ihre Hand ein paar Zentimeter über Sophias Rücken. Der Atem blieb ihr auf halbem Weg im Halse stecken. Als sie die Frage endlich über die Lippen brachte, war es kaum mehr als ein Krächzen.

»Wann?«

Katie war aufgestanden und führte Jayne zum nächsten Sofakissen. »Setz dich lieber, bevor du mir umkippst. Besonders, solange du mein Baby auf dem Arm hast.«

Jayne setzte sich, schluckte und wiederholte: »Wann?«

»Darf ich sie dir abnehmen?«

»Katie!«

»Am Abend deines Geburtstags«, sagte sie mit ängstlicher Stimme und nahm Jayne behutsam die kleine Sophia aus den Armen. »Er sagte, er hätte es schon seit einer Weile kommen sehen und nur noch nicht gewusst, was er ihr sagen sollte.«

»Also als er neulich Abend herkam … und Brett anrief … und ich dann …« Jayne schlug sich die Hände vors Gesicht und stöhnte. »Warum hat er es mir nicht gesagt?«

»Weil er wohl irgendwie nicht dazu gekommen ist, als er erfuhr, dass du mit seinem besten Freund ausgehen wolltest, Maya ihre Ehekrise hatte und du seinen armen Hintern vor die Tür gesetzt hast.«

»Das habe ich wirklich getan. Ich habe ihn rausgeschmissen.«

»Ja.« Katie lachte. »Das hast du. Er muss ganz schön sauer gewesen sein.«

Nichts von alledem ergab Sinn. »Aber gestern im Lagerraum … warum hat er mir nichts gesagt?«

»Weil es sich so schlecht spricht, wenn seine Zunge in deinem Hals steckt.«

»Katie!« Jayne schüttelte den Kopf, in der Hoffnung, dass alle Teile an den richtigen Platz fallen würden und sie endlich alles begreifen würde. Aber ein Stück hing noch immer in der Luft. »Wenn sie sich getrennt haben, warum sind sie dann zusammen weggeflogen?«

»Das sind sie nicht. Lisa ist geflogen, Nick nicht.«

»Doch, ist er. Ich war dabei.« Die Worte sprudelten so schnell hervor, wie Jayne sie formen konnte. »Gestern. Im Lagerraum. Sie wollte los, er sagte, er würde sie abholen.«

»Um sie zum Flughafen zu fahren, ja.« Katie lachte leise. »Ich sage dir, wenn du deinen Wachhund mal für eine oder zwei Sekunden zurückgepfiffen hättest …«

»Katie!«

»Er hat sie zum Flughafen gefahren, damit sie ihren Wagen nicht dort stehen lassen musste.« Das Grinsen in Katies Gesicht wurde immer breiter. »Er meinte, das wäre das Mindeste, was er für sie tun könnte.«

Jayne beugte sich vor, bis ihr Kopf zwischen den Knien hing. »Oh, Katie. Ich bin so eine Idiotin.«

»Ich weiß. Deshalb gebt ihr ja so ein gutes Paar ab.«

Immer noch halb kopfüber hängend, musste Jayne schnaubend lachen.

Jeden Tag und jede Nacht, seit sie sich erinnern konnte, hatte sie sich an die hauchdünne Hoffnung geklammert, dass Nick Scott eines Tages den ganzen Mist glauben würde, den er ihr immer erzählte; dass sie schön und klug war und seine beste Freundin auf der ganzen Welt. Oh ja, sie hatte sich an diese zerbrechliche Hoffnung geklammert, bis er mit Abby aus der Kirche gekommen war, beide strahlend und lachend und so offensichtlich ineinander verliebt.

In diesem herzzerreißenden Moment hatte Jayne gewusst, dass es nie passieren würde, weil Abby die Schöne war, die Kluge und die Frau, mit der er sein Leben teilte. War es möglich, dass Jayne jetzt all das für ihn sein sollte? Fünfundzwanzig Jahre lang hatte die Antwort immer Nein gelautet. Und es gab keine Hoffnung, dass sich das jemals ändern würde. Aber mit der Hoffnung war es so eine Sache; sie war nicht immer vernünftig.

Als Nick vom Flughafen zurückkam, stand der Wagen seines Vaters in der Auffahrt. Er hatte den Großteil der Nacht vor Jaynes Apartment verbracht, den Rest eingeschnappt bei Katie und sich vier Stunden lang durch den Stadtverkehr gekämpft – jetzt wollte er nur noch schlafen und ein bis sechs Bier trinken.

Er ging durchs Haus und fand Paps im Garten, wo er die Motorhaube des Aufsitzrasenmähers hochgeklappt hatte. Ein Blick in das Gesicht seines alten Herrn verriet ihm, dass er nicht hergekommen war, um einen funktionstüchtigen Rasenmäher zu reparieren.

»Hey, Paps. Was gibt's?« Im Vorbeigehen drückte er die Schulter seines Vaters, doch dieser erwiderte den Gruß nicht wie üblich. Er lächelte nicht mal, dabei lächelte Paps immer. Er sagte, das sei gut fürs Geschäft.

»Warum holst du uns nicht ein paar Bier?«

Oh Junge. Diese Woche wurde immer besser.

Nick seufzte, holte Bier aus dem Kühlschrank und brachte es nach draußen. Er gab Paps eins, stieg dann auf den Sitz des Rasenmähers und wartete. Die Sekunden zogen sich in die Länge, und das Bier schmeckte mit jedem Schluck weniger.

Endlich wischte Paps sich die Hände an einem Lappen ab. »Also, was hast du jetzt vor?«

Nick zuckte die Achseln und versuchte, sich ein Grinsen abzuringen. »Tja, ich hatte eine ziemlich harte Woche, also dachte ich daran, mir eine Pizza zu bestellen und auf dem Sofa abzuhängen.«

»Lass das Klugscheißen.« Paps trank einen großen Schluck aus seiner Flasche und steckte den Lappen in die Hosentasche. »Was hast du wegen Jayne vor?«

»Ach bitte, Paps«, seufzte Nick. »Ich bin müde.«

»Zum Schlafen hast du noch genug Zeit, wenn du tot bist. Aber deine Zeit, um mit Jaynie glücklich zu sein, ist begrenzt.«

Nick kleckerte sich Bier aufs Kinn und musste es mit dem Ärmel abwischen. »Du weißt es?«

»Natürlich weiß ich es«, brummte Paps. »Ich habe es immer gewusst. Es ist die Art, wie du sie ansiehst, wie du alles für sie tust und um nichts in der Welt die Finger von ihr lassen kannst.«

Nick versuchte gar nicht erst, es zu leugnen. Jedes Mal, wenn er an Jayne im Lagerraum dachte, an ihre weichen Lippen und an ihre Haut, die sich so heiß angefühlt hatte …

Verdammt!

»Geh einfach hin und rede mit ihr.«

»Glaubst du, das hätte ich nicht versucht?«

»Dann versuch es noch mal!« Paps schüttelte den Kopf, erst langsam, dann mit dem Anflug eines Grinsens. »Sie ist nicht perfekt, mein Sohn, und auch wenn deine Mutter das anders sieht, du bist es auch nicht. Keine Frage, du kannst dieses Mädchen zum Lächeln bringen – und zum Weinen –, aber du musst jetzt endlich mal Nägel mit Köpfen machen. Es ist nicht fair, sie weiter in der Luft hängen zu lassen.«

»Da irrst du dich, Paps. Sie und Brett …« Gott, er konnte es nicht einmal aussprechen.

»Da ist nichts«, sagte Paps. »Er bedeutet ihr nichts.«

»Moment mal«, brummelte Nick. »Ich stand direkt daneben, als Brett gesagt hat, er wolle heute Abend mit ihr ausgehen, und sie hat nicht abgelehnt.«

Oh ja, er war dabei gewesen, ganz vorn in der ersten Reihe, und wäre fast verrückt geworden, so sehr hatte er sie wieder in seinen Armen halten wollen. Egal ob in diesem blöden Lagerraum oder irgendwo anders. Und sie war gar nicht schnell genug von ihm weggekommen.

»Was zum Teufel hast du denn von ihr erwartet?« Paps hob eine Braue und seufzte. »Du hättest Brett sagen sollen, was Sache ist, statt sie einfach so stehen zu lassen.«

»Oh mein Gott.« Nick sackte über dem Lenkrad zusammen und ließ den Kopf auf die gefalteten Hände fallen. »Ich hätte es nur zu gern klargestellt, das kannst du mir glauben! Aber am Abend vorher hat deine liebe kleine Jaynie mich aus ihrem Laden geschmissen und mir gesagt, ich hätte keine Entscheidungen für sie zu treffen und ihr nicht zu sagen, mit wem sie ausgehen darf und mit wem nicht. Was hätte ich also tun sollen?«

»Das hat Jaynie getan?« Die Lippen des alten Mannes zuckten. »Gut gemacht.«

»Freut mich, dass dich das erheitert, Paps.«

»Es war höchste Zeit, dass sie sich zur Wehr setzt.« Paps' Lächeln verschwand. »Sag mir eins: Hast du ihr gesagt, dass du sie liebst, während du in diesem Lagerraum damit beschäftigt warst, sie zu befummeln?«

»Paps!«

»Komm mir nicht mit ›Paps‹«, sagte er und warf Nick dabei seinen nur allzu vertrauten warnenden Blick zu. »Das hast du nicht, richtig? Hast du ihr wenigstens gesagt, dass es mit Lisa und dir aus ist?«

»Wir waren ein bisschen beschäftigt.« Kein guter Ansatz, um die Sache herunterzuspielen, aber sie waren in dem Moment nun mal wirklich ein bisschen beschäftigt gewesen.

»Das Mädchen weiß nur, dass sie nie gut genug war; nicht für Tilly und nicht für dich, und jetzt hast du sie so durcheinander gebracht, dass sie nicht mehr weiß, wo oben und unten ist.« Er trank sein Bier aus und reichte Nick die leere Flasche. »Du und Jaynie, ihr gehört zusammen. Immer schon.«

»Wa…?« Nick richtete sich auf, aber Paps redete einfach weiter.

»Versteh mich nicht falsch, Abby war ein nettes Mädchen, und wenn sie noch unter uns wäre, würde ich meine Meinung mit ins Grab nehmen.« Sein Blick war fest und ohne zu blinzeln auf Nick gerichtet. »Aber mit dir und Jaynie ist es etwas anderes. Das war es schon immer, und ich habe gleich von Anfang an gesagt, dass ihr zusammenpasst.«

Ja, dachte Nick. Und wie sie zusammenpassten. Perfekt. Und nicht nur auf die Art, die Paps meinte. Noch immer spürte Nick ihre sanften Kurven, die sich an ihn schmiegten, hörte ihr heiseres Seufzen, als sich ihre Lippen berührten, und sah das Verlangen in ihrem Blick, als er die Hand unter ihr T-Shirt geschoben hatte.

»Wie soll ich es wieder hinkriegen, wenn sie nicht mit mir spricht?«

»Versuch es weiter. Wahrscheinlich hat sie nur Angst.«

»Und ich etwa nicht?« Er stieg vom Rasenmäher und schlug die Fäuste aufs Lenkrad.

»Sicher.« Langsam breitete sich ein Lächeln auf Paps' Gesicht aus. »Himmel, deine Mutter macht mir immer noch eine Heidenangst. Aber sie ist es wert, mein Junge. Tu alles, was nötig ist, damit sie dir glaubt, dass sie die Einzige für dich ist.«

»Das ist sie.« Und war es schon immer gewesen, nur war er zu blöd gewesen, das zu erkennen. Aber jetzt … jetzt würde er alles tun, um sie für sich zu gewinnen. Und dazu musste er als Erstes ein paar Dinge mit Brett klären.

Eine Karambolage mit vier Pkw auf dem Highway hielt Brett den größten Teil der Nacht auf Trab, aber Nick ließ es sich nicht nehmen, ihn am Ende seiner Schicht auf dem Polizeirevier abzufangen. Es war wahrscheinlich nicht die allerbeste Idee, ihn auf der Dienststelle zur Rede zu stellen, aber Nick wollte keine Minute länger warten.

Brett telefonierte gerade, doch er winkte Nick zu sich und legte auf.

»Hey, Nick, was gibt's?«

»Hast du mal 'ne Sekunde?«

»Klar.« Brett stand auf und deutete mit dem Kopf auf ein leeres, mit Glaswänden abgeteiltes Büro.

Nick folgte ihm in den Raum, doch keiner von beiden setzte sich. Bretts Hände ruhten auf seinem Holster und dem Schlagstock, während Nick die Arme vor der Brust verschränkt hatte und hoffte, er würde nichts sagen oder tun, was Brett veranlassen würde, seinen Taser gegen ihn einzusetzen.

»Was läuft zwischen dir und Jayne?«

Das Funkeln in Bretts Augen gefiel ihm nicht und auch nicht die Art, wie er sich offenbar große Mühe gab, nicht zu lächeln. In der ganzen Zeit, die sie sich kannten, hatte er Brett so selten lächeln sehen, dass er es an einer Hand abzählen konnte. Das letzte Mal vor zwei Tagen im Lagerraum, als er Jayne angelächelt hatte.

»Was läuft?«, wiederholte er langsam. »Ich bin mir nicht ganz sicher, was du von mir wissen willst, Nick, aber wir haben den gemeinsamen Drink von gestern verschoben, wenn dir das weiterhilft.«

»Dann seid ihr zwei also nicht …?« Er konnte es nicht einmal aussprechen. Beim bloßen Gedanken daran vernebelte ein roter Schleier sein Hirn.

»Wir sind nicht was? Zusammen im Bett gewesen?«

»Herrgott!« Mit geballten Fäusten machte Nick einen Schritt nach vorn, doch Brett lachte nur. Er lachte!

»Hinter dieser Glaswand stehen drei Cops, die bereit sind, auf dich zu schießen, also solltest du lieber einen Schritt zurücktreten.«

Tatsächlich starrten ihn drei Polizisten an, einer hielt ein Telefon in der Hand, die beiden anderen standen nur da und warteten. Nick hob die Hände und trat zwei Schritte zurück, doch Brett hatte nicht mit der Wimper gezuckt. Er grinste immer noch.

»Ich habe Jayne nur gefragt, ob sie mit mir ausgeht, um dich zu ärgern«, sagte er.

»Du hast was?« Nicks Zorn brodelte.

»Ach, komm schon. Lisa war nie die Richtige für dich; das wusste ich auf den ersten Blick. Aber nachdem Jayne aufgetaucht war … Himmel, Junge, da muss man wirklich kein Genie sein.« Brett deutete auf einen Stuhl hinter Nick und wartete, bis er sich gesetzt hatte, bevor er einen anderen Stuhl für sich heranzog. »Scheiße, Nick. Du hast dich von Lisa getrennt, und ich wusste nicht, worauf du noch wartest oder warum du es Jayne nicht einfach sagst. Dann dachte ich, wenn ich sie einlade, würdest du ausflippen – was du übrigens auch getan hast –, und vielleicht würdest du dann den Arsch hochkriegen und endlich etwas unternehmen.«

Wieder zuckten seine Lippen. »Als wir euch vorgestern Abend im Lagerraum fanden, dachte ich, es hätte funktioniert. Aber du hast nichts gemacht.«

»Also hast du …« Nick ließ den Kopf auf die Oberschenkel sinken und schüttelte den Kopf. »Himmel.«

»Komm schon, Mann. Leute zu verhören ist mein Job. Und Jayne ist wie ein offenes Buch. Als ich sie zum ersten Mal gefragt habe, ob sie mit mir ausgeht, war ich in Uniform an einem öffentlichen Ort. Was hätte sie sagen sollen? Und dann, im Lagerraum, haben wir alle darauf gewartet, dass du mir den Arsch aufreißt. Aber du hast sie einfach hängen lassen, also konnte sie mich vor Ellie und Maya unmöglich abweisen.«

Damit hatte er recht; Jayne würde niemals jemanden so hängen lassen, wie Nick es getan hatte.

»Warum hast du ihr nicht einfach gesagt, dass du dich von Lisa getrennt hast?«

»Das wollte ich, aber erst wollte ich ein paar andere Dinge klären, damit ich … ich weiß nicht … ein bisschen Zeit habe und mir überlegen kann, was ich tun muss, um sie davon zu überzeugen, dass ich nicht …«

»Dass du was nicht?«, schnaubte Brett. »Der dümmste Penner der Stadt bist?«

»Tja.« Nick atmete langsam aus, sah zu seinem Freund auf und zuckte die Achseln. »Deshalb brauchte ich Zeit; ich musste mir irgendetwas einfallen lassen, um ihr zu beweisen, dass ich das nicht war. Nicht bin.«

Endlich fiel Bretts Grinsen in sich zusammen und wich einer schuldbewussten Miene. »Ups. Mein Fehler.«

Er lehnte sich auf seinem Stuhl zurück, verschränkte die Hände hinter dem Kopf und seufzte. »Also, was hast du vor?«

»Ich weiß es nicht.« Für eine Sekunde schloss Nick die Augen und schmunzelte. »Sie will nicht mit mir reden.«

Brett lachte nicht; er zeigte nicht einmal den Anflug eines Lächelns. »Sag mir nicht, dass du so dumm bist, dich davon abhalten zu lassen.«

»Nein.« Nick stand auf und nickte. »Ich arbeite an einem Plan.«

»Beeil dich lieber, bevor dir jemand bei ihr zuvorkommt.«

Als sie das Büro verlassen wollten, blieb Nick stehen und reichte Brett die Hand.

»Danke, Mann.« Sie schüttelten sich die Hände, doch als Brett loslassen wollte, packte Nick noch einmal fester zu. »Nur damit wir uns richtig verstehen, wenn du noch einmal etwas bei Jayne versuchst, trete ich dir so fest in den Arsch, dass du bis in die nächste Woche fliegst. Ist das klar?«

»Ja.« Eine Sekunde lang starrte Brett ihn an und nickte dann langsam. Sein Grinsen war wieder da und noch breiter als zuvor. »Ich denke, wir verstehen uns.«

Nick saß lange in seinem Pick-up, bevor er endlich den Mut aufbrachte, ihn anzulassen. Eigentlich hatte er bei Jayne sein wollen, bevor sie heute früh den Laden öffnete, aber jetzt war er zu spät dran, weil er auf Brett hatte warten müssen. Also würde er es vor den Kunden tun.

Was konnte schlimmstenfalls passieren? Oh, richtig, sie konnte ihn vor aller Augen aus dem Haus schleifen, wie er es mit ihr gemacht hatte.

Scheiße.

Wie in der Zeitung angekündigt, öffnete Dandelion Books am Samstagmorgen seine Türen. Jayne nahm das Papier aus den Schaufenstern, schrubbte die Scheiben noch einmal von innen und außen, öffnete die Tür und stellte sie mit einem Gummi-Türstopper fest. Dank Gran hatte sie gestern nichts weiter zu tun brauchen, als die Kisten in den Laden zu schaffen, die Bücher in den Bestand aufzunehmen und in die Regale zu räumen. Sortieren war nicht mehr nötig gewesen.

Diesen Tag hatte sie sich ausgemalt, seit sie von den Rechtsanwälten erfahren hatte, dass sie den Laden geerbt hatte: wieder zwischen ihren geliebten Büchern zu stehen und wieder in Nicks Nähe zu sein, so weit das eben möglich war.

Die Realität war vollkommen anders. War sie noch vor wenigen Monaten darauf vorbereitet gewesen, alles allein zu schaffen, fühlte sie sich jetzt einfach nur leer. Leer und einsam.

Wessen Schuld war das? Ihre natürlich.

Als er angerufen hatte, war sie nicht ans Telefon gegangen, und nachdem sie von Katie die Wahrheit erfahren hatte, war sie zu feige gewesen, sich bei ihm zu melden und zu entschuldigen. Sie fürchtete, er würde ihr nicht zuhören, und das hätte sie ihm nicht einmal verübeln können. Sie wusste, dass sie ein Feigling war, aber guter Gott, sie vermisste ihn so sehr.

Sie räumte den Scheibenreiniger weg und versuchte, nicht an Nick zu denken, doch genauso gut hätte sie versuchen können, nicht zu atmen. Als die ersten Kunden eintrudelten, tat Jayne ihr Bestes, um sich ihnen zu widmen und darauf zu konzentrieren, was sie lesen wollten oder welche Autoren sie ihnen vorschlagen konnte. Aber in ihrem Hinterkopf war sie die ganze Zeit bei Nick.

Oh, wem wollte sie etwas vormachen? Er war nicht in ihrem Hinterkopf, er war ganz vorn, im Mittelpunkt von allem. Überlebensgroß.

»Sieh mal an, wer eröffnet hat!« Fast vollzählig betrat Familie Scott im Gänsemarsch den Laden; Doc ging vorneweg, und Mrs Scott bildete die Nachhut. Alle waren da, bis auf Nick. Verdammt, sogar Carter war mitgekommen.

»Hi!« Sie rang sich ihr schönstes Lächeln ab und umarmte jeden – sogar Mrs Scott –, ohne darauf zu warten, dass einer von ihnen den Anfang machte. Dann führte sie sie durch alle drei Gänge, zeigte ihnen die verschiedenen Abteilungen und schlug Bücher vor, die ihnen gefallen könnten: Krimis für Doc, die Oprah-Auswahl für Mrs Scott und Liebesromane für Katie.

»Und was ist mit mir, Jay?« Carter nahm eine große gebundene Biografie von Churchill aus dem Regal und stellte sie gleich wieder zurück.

»Hmm. Also, ich hätte eine große Auswahl an Dr. Seuss da, wenn dich das interessiert.«

»Wow.« Er legte sich die Hand aufs Herz. »Das ist hart, nach all der Arbeit, die ich in diesen Laden gesteckt habe.«

»Hier.« Sie klatschte ihm eine Ausgabe von *Der Lorax* vor die Brust und streckte sich, um ihn auf die Wange zu küssen. »Bezahlung für gute Arbeit.«

»Hier sieht es ja toll aus.« Doc stand am Ende der Taschenbuch-Abteilung und nickte, während er sich langsam im Kreis drehte. »Wirklich toll, Jaynie.«

»Danke, Doc. Ich hatte viel Hilfe.« Sie schluckte schwer, blinzelte kräftig und lehnte sich an die massive Eichentür, die Nick erst vor wenigen Wochen eingesetzt hatte. »Wenn Nick nicht … äh …«

Gott, wie erbärmlich sie war. Sie konnte nicht mal seinen Namen aussprechen, ohne zu heulen. Das musste aufhören. Jetzt, in dieser Sekunde.

»Entschuldigung.« Sie fuhr sich mit der Hand über die Wange, hob das Kinn und trieb die ganze Herde zur Tür. »Es war schön, euch alle zu sehen, aber ich … ich muss für einige Zeit schließen.«

»Schließen?« Katie zog die Brauen zusammen. »Aber du hast doch gerade erst geöffnet.«

»Das ist das Tolle daran, dass der Laden mir gehört.« Jayne unterdrückte ein Schmunzeln. »Ich kann schließen, wann immer ich will.«

»Aber wo willst du hin?«

Jaynes Lächeln wurde breiter. Das würde Katie gefallen. »Etwas tun, das ich schon vor langer Zeit hätte tun sollen. Ich hoffe nur, es ist noch nicht zu spät.«

Eine halbe Sekunde herrschte Schweigen, dann quiekte Katie und fiel Jayne um den Hals, wobei sie fast das Baby zwischen ihnen erdrückt hätte.

»Kommt, wir gehen.« Katie legte ihren Eltern eine Hand ins Kreuz und schob sie zum Ausgang. »Ruf mich an, Jayne. Ich will alles wissen.«

Carter folgte als Letzter, ein kleines, schiefes Grinsen auf seinen Lippen. »Wurde auch verdammt noch mal Zeit, Jay. Ich dachte schon, ihr zwei würdet das nie gebacken kriegen.«

Während sie durch den Gang liefen, fiel Jaynes Blick auf die Eisenwaren-Brüder, die vor ihrem Laden standen und auf etwas außerhalb ihres Sichtfelds zeigten. Das an sich reichte noch nicht, um sie stutzig werden zu lassen, doch als die beiden in ihren Laden liefen und die Kunden auf die Straße holten, da wurde sie doch neugierig.

»Was ist los?« Katie trat zuerst vor die Tür und blieb dann so abrupt stehen, dass ihre Mutter sich am Türrahmen festhalten musste, um nicht in sie hineinzulaufen.

Jayne war noch gut zwei Meter vom Schaufenster entfernt, als sie ihn sah. Ihre Füße stellten jede Bewegung ein, ihre Augen das Blinzeln, und ihre Lunge weigerte sich, auch nur den kleinsten Lufthauch aufzunehmen.

Nicks Arme quollen buchstäblich über vor Löwenzahn; es waren so viele Blumen, dass er beim Gehen eine Spur hinter sich herzog. Zielstrebig hielt er auf die Tür zu, dann entstand ein kurzes Durcheinander, als er versuchte, sich an den anderen vorbei in den Laden zu drängen.

Die Sekunden zogen sich in die Länge, und dann war er plötzlich da, stand vor ihr und verteilte die leuchtend gelben Löwenzahnblüten überall auf dem Boden. Er sah sie mit seinen goldbraunen Augen an, seine Lippen verzogen sich zu dem unsicheren, schiefen Lächeln, das fast schon eine Grimasse war, als wüsste er nicht, ob er sie umarmen durfte oder sich lieber ducken sollte, weil sie ihm eine verpassen würde.

Nicht, dass sie in den letzten Tagen nicht daran gedacht hätte – und zwar fest –, aber es war Nick. Sie konnte schlecht für immer böse auf ihren besten Freund sein.

Carter zog den Gummistopper unter der Tür weg und zog sie zu, steckte aber noch einmal den Kopf durch den Spalt, um einen letzten Kommentar loszuwerden. »Hey, Jayne, du könntest es mit *One Fish Two Fish* … bei ihm versuchen.«

Ohne den Blick von ihr abzuwenden, ging Nick rückwärts zur Tür, verlagerte den Großteil seiner Fracht auf den linken Arm und schlug die Tür zu, wobei er Carter fast den Kopf eingequetscht hätte. Das Krachen, mit dem der Riegel ins Schloss fiel, hallte durch die inzwischen leere Buchhandlung.

»Ich wollte gestern schon kommen.« Wieder ging er auf sie zu, diesmal langsamer, und hob dabei ganz leicht die Arme. »Aber es hat eine Weile gedauert, die alle zu pflücken.«

Nicht weinen. Nicht weinen. Nicht weinen.

Als sie endlich zu Atem kam, hob Jayne ein paar Löwenzahnblüten vom Boden auf, rang sich ein spöttisches Lächeln ab und sah ihn blinzelnd an.

»Willst du mir noch mehr Halsketten machen?«

Farbe strömte in seinen Hals und sein Gesicht, er lächelte.

»Wenn du das möchtest.« Er sah so süß aus, wie er dastand, Arme und Hände vor Löwenzahn überquellend, der den Boden um seine Füße herum übersäte. Jaynes Herz schwoll an, ihre Knie zitterten, und sie brauchte drei Anläufe, um den Kloß in ihrem Hals hinunterzuschlucken.

Wem wollte sie etwas vormachen? Sie war nicht bereit dafür; auch wenn sie noch einmal fünfundzwanzig Jahre warten würde, wäre sie immer noch nicht bereit. Es war zu viel; sie würde nie in der Lage sein, damit umzugehen. Niemals würde sie ihm sagen können, was sie empfand.

Bevor es ihr bewusst wurde, hatte sie eine der armen Löwenzahnblüten in Dutzende Stücke zerrissen und zu Boden fallen lassen.

Nicks Blick wurde weich, seine Lippen verzogen sich zu seinem typischen ruhigen Lächeln. »Du hast nicht vielleicht eine oder zwei Vasen für mich?«

»Vasen.« Endlich gelang es ihr zu blinzeln, und nickte heftig. »Klar. Wie gut, dass ich mit einer Floristin zusammenwohne.«

Mit ihm die dreizehn Stufen hinaufzugehen, kostete Jayne mehr Konzentration, als sie sich zugetraut hätte. Als sie es in die Küche geschafft hatte, zitterten ihre Knie so stark, dass sie fürchtete, sie würden unter ihr nachgeben. Zum Glück hatte sie die Theke, an der sie sich festhalten konnte, während sie eine Vase aus dem Schrank nahm.

»Jayne.«

Sein Atem strich über ihren Hals, seine Hände … heiliger Strohsack, diese Hände … legten sich auf ihre Hüften, als er sie zu sich herumdrehte. Sie war noch nicht so weit. Sie brauchte Zeit, um ihr spöttisches Lächeln wiederzufinden, die Panik hinunterzuschlucken, die ihr die Kehle zuschnürte, und etwas zu finden, womit sie ihre Hände beschäftigen konnte.

Sein erster Kuss, zart und langsam, wurde eins mit ihr und durchströmte jede ihrer Zellen, bis sie nicht mehr denken und nicht mehr atmen konnte.

»Entschuldige bitte«, flüsterte er, während er sie noch einmal küsste und die Hände vorsichtig an ihrem Brustkorb hinaufwandern ließ. Sie schloss die Augen und atmete langsam und tief ein. Gillette-Rasierschaum, Sonne und Sägemehl. Wenn sie in diesem Augenblick sterben würde, wäre es genau das, was sie ins Jenseits mitnehmen wollte; der Geruch von Trost, von Zuhause. Nicks Geruch.

»Wo… wofür?«

»Dafür, dass ich dich nicht schon früher geküsst habe. Und nicht sehr viel öfter.«

Ihre Lippen bebten unter seinen, und für einen Moment verspannte sie sich, doch er küsste sie einfach inniger, bis sie seufzte, die Finger an seinen Hals legte und unter seinen Lippen lächelte.

Nick konnte nicht genug bekommen; auch als Jayne sich zurückzog, stoßweise und nervös atmend, wollte er sie nicht loslassen. Es war ein zauberhaftes Gefühl, ihre Finger auf seinem Hals und in seinen Haaren zu spüren, ihr zarter Erdbeerduft zog ihn wieder und wieder zu ihr hin, und ihre Hüften … wenn sie sich weiter so an ihn schmiegte … heiliges Kanonenrohr … in dieser Küche war nicht annähernd genug Platz für das, was er mit ihr vorhatte.

»Nick.« In ihrer heiseren, sanften Stimme lag ein Lächeln. »Mir tut es nicht mal leid, dass ich das zwischen dir und Lisa kaputt gemacht habe.«

»Das hast du nicht«, sagte er, ohne die Lippen von ihrem Hals zu lösen. »Zwischen uns hat es nie gestimmt. Ich glaube, ich habe es die ganze Zeit gewusst. Aber ich dachte, ich könnte es reparieren.«

»Aber sie ist hübsch und süß und …«

»… sie ist nicht du. Nicht mal annähernd.« Es war ihm ernst, doch als er sie so lächeln sah, so strahlend und verletzlich, so echt, da musste er ebenfalls lächeln. Und er musste noch mehr lächeln, als sie sich langsam und verführerisch vorbeugte, um ihn zu küssen. Jayne, seine Jayne, die sich so viele Jahre lang aus seinen Armen gewunden hatte, zog ihn jetzt enger an sich, bis kein Luftzug mehr zwischen sie passte.

»Jayne?« Er hauchte ihr einen Kuss aufs Ohrläppchen und lächelte breit, als sie in seinen Armen erzitterte. »Ich muss dir etwas sagen, aber ich will nicht, dass du ausflippst.«

Kaum dass er die Worte ausgesprochen hatte, verspannte sie sich am ganzen Körper. Sie zog sich zurück, ließ ihn los und hielt sich zu beiden Seiten am Küchentresen fest, bis ihre Knöchel weiß hervortraten. Sie hatte den Kopf gesenkt, die Augen geschlossen und seufzte schwer, als würde sie sich auf schlechte Nachrichten gefasst machen.

Mit gekrümmten Fingern hob er ihr Kinn an, doch sie öffnete die Augen nicht.

»Sieh mich an, Jayne.«

»Nein. Sag es einfach.« Sie ließ ihm keine Zeit, etwas zu erwidern. »Geht es um mich? Oder um dich? Hat deine Mutter dich verstoßen?«

Statt zu antworten, nahm er ihr wunderschönes Gesicht in beide Hände und wartete, bis sie die Augen geöffnet hatte. Es war nicht überraschend, dass es einige Zeit dauerte, doch als sie es tat, sah er lächelnd zu ihr hinab.

»Ich liebe dich.«

»Nick …«

»Nein, es ist mehr als das. Ich bin so irrsinnig in dich verliebt, dass ich kaum noch geradeaus gucken kann. Und es tut mir leid, dass ich das nicht früher begriffen habe.«

Stückchen für Stückchen verzog sie den Mund zu ihrem spöttischen Lächeln. »Tja, du warst schon immer ein bisschen langsam.«

»Stimmt.« Er küsste sie noch einmal in aller Ruhe auf den spöttisch hochgezogenen Mundwinkel. »Aber wenn ich gewusst hätte, wie es ist …«

Sie drehte den Saum ihres T-Shirts zwischen ihren Fingern zu einem festen Knäuel, während sie auf der Unterlippe herumkaute. »Findest du es nicht irgendwie seltsam?«

»Nein. Ich finde, alles *bisher* war seltsam. Aber das … Moment.« Unter zusammengezogenen Brauen sah er sie an. »Findest *du* es irgendwie seltsam?«

»Ein bisschen.« Sie wand sich. »Tut mir leid, aber mal ehrlich, Nick. So viele Jahre sind wir nur Freunde gewesen, und jetzt …«

»Jetzt ist es so.«

»Ja. Jetzt ist es so.«

Er strich ihr die Haare hinters Ohr und lächelte mit einem leisen Seufzen. »So ist es besser.«

Bebend verzogen sich ihre Lippen zu dem merkwürdigen Jayne-Lächeln, das als langsames Zittern begann und schwankte, bis sie es in den Griff bekam. Es schien furchtbar lange zu dauern, bis sie schließlich leise schniefte und nickte. »Ja.«

»Das Einzige, was es noch besser machen könnte«, sagte er hoffnungsvoll grinsend, »wäre, wenn du mir auch sagst, wie sehr du mich liebst.«

Tief in ihren blauen Augen erwachte ein Funke, ihr Lächeln gewann an Festigkeit, und sie zog frech eine Augenbraue in die Höhe.

»Ich habe zwölf Jahre darauf gewartet, dass du es mir sagst, Nick. Da kannst du bestimmt noch eine oder zwei Minuten warten.«

»Aber … du hast nicht … oh Mist.« Er legte die Hände auf ihre Hüften und schob sie Zentimeter für Zentimeter unter ihr Shirt, bis er endlich ihre Haut berührte. Heiße Haut. Ihr Pulsschlag in jeder Pore. »Ich hasse warten.«

Er küsste sie langsam und gemächlich, einmal, zweimal, um die Wartezeit zu verkürzen. Aller guten Dinge waren drei, auch wenn sie vorher einen ungeduldigen Seufzer ausstieß.

»Also gut. Ich liebe dich. Bist du jetzt zufrieden? Ich bin auch so irrsinnig in dich verliebt, dass ich kaum noch geradeaus gucken kann.« Ihre herrlichen blauen Augen funkelten gegen die Tränen an, die sie wegzublinzeln versuchte. »Weiß Gott, ich wollte es nicht, aber …«

Nick verharrte reglos, nur einen Atemhauch von ihren Lippen entfernt. »Du wolltest es nicht?«

»Natürlich nicht!« Ihre Mundwinkel hoben sich kaum merklich, bevor sie sich vorbeugte und ihn aufs Kinn küsste. »Du kannst herrisch sein.«

»Ja, das kann ich.« Er versuchte, ihre Lippen mit seinen einzufangen, doch sie wich zurück.

»Du findest dich witzig.«

»Nein, du findest mich witzig.« Als sie ihm zum zweiten Mal auswich, änderte er seine Taktik. Er schob die Hände an ihren Rippen hinauf, bis … endlich das leise Stocken ihres Atems zu hören war, auf das er gewartet hatte. Vielleicht würde sie ihn jetzt wieder küssen.

»U-und du läufst die ganze Zeit halb nackt im Haus rum«, sagte sie atemlos. »Das macht mich wahnsinnig.«

»Das lässt sich leicht beheben.« Er grinste. »Von jetzt an laufe ich nur noch ganz nackt durch die Gegend.« Diesmal küsste sie ihn mitten auf den Mund, zog ihn enger an sich und küsste ihn länger, inniger. »Sonst noch was?«

Ihre Haut war so heiß, als er die Hände langsam höher schob, bis seine Finger auf Seide stießen. Wer hätte gedacht, dass seine kleine, unkomplizierte Jayne Spitzenunterwäsche trug?

»Du fasst mich ständig an«, flüsterte sie. »Das hasse ich.«

Nick ließ seinen letzten Kuss auf ihren Lippen verweilen, bis sie die schweren Lider hob und ihn ansah. Erst dann flüsterte er an ihren Lippen: »Lügnerin.«

Seufzen. Erröten. »Stimmt.«

»Wenn du meinst, ich hätte dich bis jetzt häufig angefasst«, er rieb die Nase seitlich an ihrer und knabberte an ihrer Unterlippe, »solltest du dich auf etwas gefasst machen.«

Sie strich über seine Brust und machte ein leises, wimmerndes Geräusch, als sie die Hände endlich unter sein Hemd schob und flach auf seinen Bauch legte. Nicks Muskeln zuckten unter ihrer Berührung, alle Nerven waren zum Zerreißen gespannt. Das war Jayne, seine Jayne, bei der immer alles logisch sein musste, die immer versucht hatte, seinen Berührungen auszuweichen, und die ihn jetzt verrückt vor Verlangen machte.

Nicht allzu behutsam umfasste er ihren Po und trug sie zur Couch. Im Gehen drückte er sie fest an sich. Er war hart und wurde immer härter, und es war ihm egal, ob sie es merkte.

»Oh.« Nur diese eine Silbe aus ihrem Mund, kaum mehr als ein Lufthauch, und fast wäre es um ihn geschehen gewesen. Dann lachte sie. »Tja, das verleiht unserer Freundschaft eine ganz neue Dimension, was?«

»Das hoffe ich.« Er küsste sie auf den Mundwinkel, auf diesen wunderbaren, spöttischen, sinnlichen Mund. »Freunde waren wir lange genug.«

Sie saß auf seinem Schoß, das Gesicht ihm zugewandt. Er ließ den kleinen Finger in den Halsausschnitt ihres Shirts gleiten und zog die Silberkette mit dem Schlüssel hervor.

»Komm nach Hause, Jayne. Wir vermissen dich.«

»Wirklich?« Sie nahm ihm den Schlüssel aus der Hand und steckte ihn wieder in ihren Ausschnitt. »Und es macht dir nichts aus, mich die ganze Zeit um dich zu haben?«

»Beim ersten Mal hat es doch ziemlich gut geklappt.« Er zuckte die Achseln, dann lächelte er. »Aber an den Schlafarrangements müssen wir etwas ändern.«

»Oh ja.« Die Farbe auf ihren Wangen verdunkelte sich. »Aber was soll ich mit dieser Wohnung machen? Sie ist gerade erst fertig geworden.«

»Die kann doch Maya kriegen.« Er schlang die Hände um ihre Taille und drückte sie fest an sich. »Und ich kriege dich.«

Jayne holte Luft, nahm sein Gesicht in beide Hände und beugte sich vor, um ihn lange und leidenschaftlich zu küssen.

»Du hattest mich schon immer«, raunte sie. »Ich wusste nur nicht, wie ich es dir sagen sollte.«

»Jayne?«

»Hmm?«

Er schluckte schwer und hob ihr Gesicht an, damit sie ihn ansah. »Können wir jetzt nach Hause gehen?«

»Ich kann nicht weg. Heute ist meine große Neueröffnung, weißt du noch?«

Die gekräuselte Stirn, die leicht zusammengezogenen Brauen … fast hätte sie ihn reingelegt, doch dann wurden die Fältchen an ihren Augenwinkeln sichtbar. Sie gab ihm einen hauchzarten Kuss auf den Adamsapfel und ließ die Zunge an seinem Hals auf und ab tanzen, bis ihre Lippen direkt vor seinem Ohrläppchen waren.

»Wenn wir nach Hause kommen«, flüsterte sie, »zeigst du mir dann, wie du dir das Nur-noch-ganz-nackt-sein vorgestellt hast?«

Fast wäre Nick mit ihr zusammen die Treppe hinuntergestürzt, so eilig hatte er es, sie zu seinem Pick-up zu bringen. Für einen Moment versuchte sie, sich aus seinen Armen zu befreien, um die Tür hinter sich abzuschließen, doch Nick wollte sie nicht loslassen. Nie mehr.

Epilog

You look good wearing my future.

Keith Nelson, Ist sie nicht wunderbar?

Nick stand neben dem Friedensrichter und betrachtete die in seinem Garten versammelten Menschen. Katie fand, sie hätten eine große Hochzeit am Nachmittag planen sollen, aber keine Macht der Welt hätte Nick dazu bewegen können, auch nur eine Minute länger zu warten als unbedingt nötig, und Jayne teilte seine Meinung. Also waren sie am nächsten Samstag um zehn Uhr alle versammelt und warteten auf Jayne.

Er wusste, dass sie sich nicht verspäten würde. Und das tat sie auch nicht.

Nie war sie schöner gewesen als in diesem Moment, als sie an Paps' Arm auf ihn zuschritt. Sie trug ein schlichtes, cremefarbenes Kleid, das sie von Ellie bekommen hatte. Es passte perfekt, schmiegte sich an ihre Kurven und ließ Nick das Ende der Zeremonie herbeisehnen. Als einzigen Schmuck trug sie eine frische Löwenzahnkette um den Hals; darunter verbarg sich der Schlüssel, den sie nicht hatte ablegen wollen.

Wegen des Rings stritten sie noch. Sie fand nicht, dass einer nötig sei, er aber bestand darauf. Er wollte nicht, dass irgendwelche Troys oder Bretts ihr Glück bei *seiner* Jayne versuchten, und ein hübscher, großer Diamant würde dem vorbeugen.

Jayne richtete den Blick auf Nick und wandte ihn nicht mehr ab. Für diesen Anlass hatte er sich eine neue schwarze Anzughose gekauft, aber auf Jaynes Bitte hin – und sehr zum Leidwesen seiner Mutter – hatte er kein neues Hemd gekauft, sondern trug sein altes aus blauem Twill. Er hatte es sogar gebügelt.

Der Friedensrichter machte kurzen Prozess, dann schwieg er einen Moment und sah sich die kleine Versammlung an. »Wenn jemand hier einen Grund vorzubringen hat, warum diese beiden nicht heiraten sollen, möge er jetzt sprechen oder für immer schweigen.«

Jayne, Maya und Regan sandten Ellie warnende Blicke.

»Was?«, rief Ellie. »Ich habe kein Wort gesagt. Wenn sie den dämlichen Arsch heiraten will, ist das ihre Entscheidung.«

Der Friedensrichter lächelte. »Nachdem Jayne und Nicholas in Anwesenheit dieser Zeugen ihre Gelöbnisse gesprochen haben, wenn auch ohne Ringe, die, wie Nick mir versichert hat, noch folgen werden …«, er warf Nick einen vielsagenden Blick zu, »… erkläre ich Sie kraft des mir verliehenen Amtes zu Mann und Frau.«

Wieder machte er eine Pause, lächelte breit und hob beide Hände.

»Sie dürfen die Braut jetzt küssen.«

Und das tat Nick. Und dann küsste er sie noch einmal, als Zugabe.

Dafür, dass die Hochzeitsgesellschaft in seinem Garten so klein war, machte sie einen Höllenlärm. Jayne wand sich lachend in seinen Armen, doch Nick ließ sich genüsslich viel Zeit, und auch nach dem Kuss ließ er sie nicht mehr los.

Er verschränkte die Finger mit ihren und zog sie jedes Mal für einen Kuss zu sich, wenn ihm danach war, was ziemlich oft der Fall war. Er konnte einfach nicht genug davon bekommen, obwohl sie ihn bei jedem Kuss ansah, als würde sie gleich wieder anfangen zu weinen.

Er wollte nur noch mit ihr allein sein – war das denn zu viel verlangt? Hatten diese Leute mitten am Tag nichts anderes zu tun? Auch wenn es ihn mehr Kraft kostete, als er sich zugetraut hätte, konnte er sich zurückhalten, bis alle Gelegenheit gehabt hatten, etwas zu essen und zu trinken.

»Okay, Leute«, verkündete er schließlich und hob sein Glas. »Ich danke euch allen für euer Kommen und für … na ja, für alles eben, und jetzt, wenn es euch nichts ausmacht … raus mit euch.«

»Nick!« Jayne verschluckte sich an ihrem Getränk. »Das kannst du nicht machen.«

»Natürlich kann ich das.« Er wandte sich an Ellie. »Es ist mein Haus und meine Frau, da kann ich tun, was ich will, oder?«

»Aber so was von«, sagte sie und lachte. »Ich kann gar nicht glauben, dass wir so lange bleiben durften.«

»Siehst du?«

Jaynes Miene konnte ihn nicht täuschen. Sicher war es ihr peinlich, dass er alle hinauswarf, aber dieser kleine Funke in ihren Augen verriet ihm die Wahrheit: Sie war froh, dass alle gingen.

Nachdem Nick die Tür hinter seiner Mutter, der Nachzüglerin, abgeschlossen hatte, nahm er Jayne an der Hand und zog sie in die Küche. Er stellte ihren Laptop auf den Tisch, startete iTunes und klickte auf die Play-Taste.

»Was machst du …?«

I'm shameless when it comes to loving you, I'll do anything you want me to …

»Ich war dir noch einen Song schuldig.« Nick zog sie in seine Arme und am Tisch vorbei auf eine freie Fläche. »Was sagst du dazu?«

»Ich sage, es kommt nicht oft vor, dass ich einen Country-Song Elton John vorziehen würde, aber diesmal …« Sie kuschelte sich in seine Arme und seufzte glücklich an seinem Hals. »Gute Wahl.«

»Freut mich, dass er dir gefällt«, sagte er und hauchte ihr einen zarten Kuss auf die Wange. »Es war nämlich eine Münzwurfentscheidung zwischen diesem und Rick Astley.«

Jayne sah mit skeptisch gewölbter Braue zu ihm auf. »Im Ernst?«

»Never gonna give you up, never gonna let you down …« Nick lachte. »Ein Klassiker der Achtziger, aber ich konnte es in deiner Musikbibliothek nicht finden.«

»Und das wirst du auch nie.«

»Warum nicht? Das ist ein guter Song.«

»Oh Gott«, stöhnte sie. »Von den Unmengen an Musik, die in den Achtzigern veröffentlicht wurden, hältst du das für gut? Ist es zu spät, mir diese Sache mit dem Heiraten noch mal zu überlegen?«

»Jupp.« Nick zog sie enger an sich und küsste sie ausgiebiger. »Etwa fünfundzwanzig Jahre zu spät.«

»Hmm.« Ein Lächeln umspielte ihre Mundwinkel, als sie sich an seinen Hemdknöpfen zu schaffen machte. Es dauerte einige Sekunden, doch dann sah sie zu ihm auf, ihre Augen waren so blau und warm. »Wenn du mich noch einmal so küsst, lasse ich mich vielleicht davon überzeugen, doch noch ein bisschen zu bleiben.«

»Oh, ich kann sehr überzeugend sein, mein Schatz.« Er schlang beide Arme um sie, hob sie hoch, bis ihre Zehen über seinen schwebten, und trug sie geradewegs ins Schlafzimmer, wo er sie davon überzeugte, noch sehr viel länger zu bleiben.

Danksagung

Mein großer Dank gilt meiner Agentin Holly Root, weil sie ein Zuhause für Jayne gefunden hat, und meiner Lektorin Junessa Viloria, weil sie dieses Zuhause so warmherzig macht. Ich danke auch John und Terry Acorn, Sean Kelly, Wendy und Rande Evans sowie Colin McCarthy, die meine vielen Fragen zum Thema Bau, Bauabnahmen und Stadtverordnungen beantwortet haben. Alle Fehler und dichterischen Freiheiten, die ich mir auf diesem Gebiet erlaubt habe, sind einzig mir anzulasten. Ich danke Bryan Couture, Kathy Branco, Brian Drewry und Nicole Smith, die mir manch seltsame Frage beantwortet haben, Sue, die mir zu allem, was ich ihr zu lesen gebe, immer die Wahrheit sagt (ob gut oder schlecht), Rosella, die immer mitspielt, wenn ich den Paten zitiere. Ein riesengroßes Dankeschön geht an meine Mädels, Ann Christopher, Kristi Cook, Lori Devoti, Caroline Linden, Sally MacKenzie und Eve Silver – ihr seid klasse! Und Ron … danke, dass du mich nach all der Zeit immer noch jeden Tag zum Lachen bringst.